Cousines

Un livre fort et puissant. Je n'ai pas pu arrêter de le lire. Lyrique et vibrante, subtilement rythmée, la langue de Grace passe aisément d'un personnage à l'autre au fur et à mesure que les histoires se déroulent.

Ngahuia Te Awekotuku, *NZ Listener*

Cousines est une histoire captivante qui reste en nous longtemps après la fin.

Dominion Sunday Times

Patricia Grace écrit avec une clarté et une puissance qu'on ne peut que lui envier.

Margaret Mahy, *Evening Post*

Cette autrice raconte des histoires frappantes et envoûtantes, qui mêlent mythes tribaux et réalités politiques, et dressent des portraits pénétrants de la nature humaine.

Publishers Weekly

Un roman dense, à plusieurs niveaux, dont les parties et les préoccupations s'entremêlent, un récit sensible, intense et le plus souvent sérieux, tant dans la thématique que dans le ton, mais qui comprend aussi beaucoup de ces situations ironiques, presque pince-sans-rire, que Grace maîtrise si bien.

Sunday Star-Times

Graphisme de couverture : Gabrielle Ambrym

First published by Penguin Random House New Zealand Ltd.
This edition published by arrangement with Penguin Random House New Zealand Ltd via Agence Littéraire Lora Fountain & Associates.
Titre original : *Cousins*

Cet ouvrage a été publié avec le concours du Fonds Pacifique.

L'éditeur remercie Creative New Zealand pour son soutien à la production de ce titre.
ARTS COUNCIL
NEW ZEALAND TOI AOTEAROA
creative nz

Patricia Grace

Cousines

Traduit de l'anglais (Nouvelle-Zélande)
par Jean Anderson & Marie-Laure Vuaille-Barcan

AU VENT DES ÎLES

Aux descendants de Te Kakakura et Unaiki Whareangiangi.

Note des traductrices

Cousines est à la fois une saga familiale et un roman historique qui explore l'impact durable de la colonisation et la résistance des valeurs culturelles du peuple māori. Selon leur tradition, le temps n'est pas linéaire mais circulaire ; c'est sans doute pourquoi Patricia Grace a choisi une trame narrative qui s'enroule sur elle-même, au lieu de suivre un développement strictement chronologique. Elle en profite également pour présenter plusieurs fois certains épisodes racontés par différents personnages. Si les voix narratives des trois dernières sections, celles de Missy, Makareta et Mata, présentent leurs expériences personnelles de manière affirmée à la première personne, tel n'est pas le cas des trois sections qui précèdent. La première, intitulée « Mata », alterne le récit au présent de sa vie d'errance vue de son point de vue adulte avec des retours en arrière sur son enfance, le tout à la troisième personne, de manière apparemment décousue qui illustre la confusion du personnage, éloigné de ses racines. La section suivante, « Makareta », est racontée principalement par la mère de celle-ci, Polly, mais intègre plusieurs lettres de la jeune fille dans une perspective double. Quant à « Missy », la narration de cette section est confiée à son frère jumeau, mort avant de naître, mais qui s'adresse à sa sœur comme pour l'accompagner malgré tout dans la vie.

À travers des épreuves imposées par la modernisation, Patricia Grace expose la nécessité de respecter les traditions culturelles d'un peuple pour qui famille, langue et terres sont d'une importance primordiale. Depuis l'arrière-grand-mère, Kui Hinemate, en passant par sa fille Keita, chargée de maintenir les pratiques des anciens, et les enfants de celle-ci (Cissie, Anihera, Rere, Polly, Gloria et Aperehama), le texte met en scène surtout la génération née pendant ou après la Seconde Guerre mondiale. Les hommes partis se battre en Europe avec le 28ᵉ bataillon (appelé aussi « le bataillon māori », voir le roman de Patricia Grace du même titre), et leurs familles, sont fortement marqués par cette expérience. Soit les soldats n'en reviennent pas, tel Rere, le père de Makareta, soit ils rentrent mais en subissent les séquelles dévastatrices (Oncle Bobby). De nombreux enfants d'anciens combattants se voient attribuer des noms en hommage à des lieux ou à des batailles tragiques — ici Maleme, Egypt, Suda Bay (surnommés Missy, Manny, Chumchum).

Dans cette période de l'après-guerre, au moment où l'urbanisation commence à miner les communautés māori, Mata, Makareta et Missy, ces trois petites-filles de Keita, la gardienne des traditions, vivent trois expériences très différentes de la vie moderne.

MATA

Un

Elle avait assez marché, ne savait pas comment elle s'était retrouvée au milieu de la rue. Ne se rappelait pas avoir quitté les trottoirs où elle avait marché cette après-midi, ce matin, plus tôt, avant, quand ?

Au milieu de la rue, sans bouger. Un pied qui ne se mettait pas devant l'autre. Les mains qui ne pagayaient plus — de ce côté-ci, de ce côté-là — pour l'aider à avancer. Les yeux ne regardaient pas devant mais vers le bas, vers deux pieds. Deux ongles de gros orteils fendus, striés, noircis, croûtés, comme des sabots. Des scies rouillées. Et les ongles des orteils voisins, cannelés et bosselés, crochus et griffus, qui s'accrochaient et se cramponnaient à l'asphalte au milieu de la rue. Et les ongles du centre ? Celui de gauche parti, celui de droite usé, presque parti. Il était gris, couleur peau malade, comme un fragment de dent sans nerf, aussi criard qu'une contusion, comme une raclée, comme un lambeau, morceau déchiré. Des ongles d'orteils, à gauche et à droite. Les ongles des orteils suivants, à gauche et à droite, repliés sous ceux du milieu, les jointures blanches saillant, deux grands os qui soutenaient la peau sale. Puis les ongles des petits orteils s'étaient incarnés, mordant la peau de l'orteil, la chair de l'orteil. Ne se rappelait pas avoir quitté le trottoir pour marcher au milieu de la rue.

Toute la journée à marcher sur les trottoirs. Au début, pas sur les fissures, mais après, partout où ses pieds voulaient bien se poser, un vers le sol, l'autre vers l'avant, puis celui au sol vers l'avant à son tour. Les mains qui l'avaient pagayée — une main puis l'autre — en attrapant l'air et le poussant derrière. Sa poignée d'air à elle, puis pas à elle, de l'air qui rentrait là où bon lui semblait.

De la poussière de pieds aussi. Une bouffée de poussière sous un pied qui se traîne et recule. À elle, pas à elle. Puis sous l'autre pied, en arrière puis partie. À personne. Rien de possédé, rien de dû à personne sur son chemin, elle à qui parlaient seulement des signaux et des panneaux qui disaient : Traversez, Patientez, Changez, Ralentissez, Défense de se garer, Boulangerie, Prix choc, Hauts fluo, Librairie d'occasion, Ouvert, Produits bio, Crasse poisseuse, Chambre libre, Planning familial, Tous les jours à 18 h et 20 h, Voyages Rarotonga Hawaii, Recherchons serveuse, Soldes de fin de saison, Fermé, Triez, Ne jetez pas, Jade, Dents de requin, Déstockage massif, Sortie de camions de pompiers, Produits bio, Venez voir, Café Paradiso, Apportez votre propre vin, Tirages en une heure, Droits conjugaux, Remorquage de véhicules non autorisés. Et le souffle, à elle, pas à elle. À bout de souffle.

Maintenant elle se tenait au milieu de la nuit, au milieu de la rue goudronnée. Personne, seulement elle. Pas d'acheteurs, pas de travailleurs ni d'enfants sur des skateboards, pas de joggeurs, de cinéphiles, ni de promeneurs nocturnes. Les pas de porte, les rampes d'accès et les parcs avaient accueilli les vieillards pâles et les enfants sombres, les gens de la rue. Pas de voitures, pas de camions ni de fourgonnettes, pas de garçon à vélo, pas de fille qui court — pas de femme qui regarde fixement, la tête tournée, à travers la vitre d'un des derniers bus.

Là-bas, quelque part derrière, elle avait laissé les fissures de malchance sous les vérandas des magasins où elle s'était avancée pas à pas devant des vitrines de chaussures, jupes, robes, chemises de nuit, lingerie, collants et foulards. Devant des survêtements accrochés sur les rayonnages, des tee-shirts sur des carrousels, des vestes et des jeans, débardeurs et slips, chaussettes, pyjamas et cravates. Fleurs en soie, papillons en gaze, masques et miroirs. Mickey et Donald, vaisselle porte-bonheur, assiettes en laiton, services à eau, imitations de fruits, boules et bols de cristal et lustres en plastique. Devant des coiffeurs, photographes, bijoutiers, prédicateurs, chanteurs, renifleurs et vendeurs de journaux. Pain frais, poulet rôti, fruits et légumes, poisson-frites, petits pains, gâteaux, tourtes, steaks de poisson, beignets au *pāua*, filets de poisson, écrevisses, pieuvre, moules en saumure.

Toute la journée. Mais maintenant, au milieu de la rue goudronneuse, elle était assise, pieds asphaltés, pieds et chevilles mouchetés de goudron poisseux, à inspirer et expirer, souffles et sifflements d'air allant là où ils voulaient aller. Assise. Milieu de la rue goudronneuse. Milieu de la nuit innoire qui était de couleur orange, éclairée par les lampadaires orange et les astres hérissés.

En bas, asphalte. En haut, astres. Astres d'asphalte. Astres-désastres. Tout le monde parti, il était passé un bus, un seul, dernier bus. Plus de fille qui court, plus de garçon à vélo. Les gosses perdus et les vieux perdus s'étaient nichés sur des pas de porte, dans des allées, des cours d'école, des parcs, tous partis. Il n'y avait plus qu'elle du côté de la rue, qui se promenait, et depuis le bus qui passait une femme avait regardé, les yeux écarquillés de surprise de l'autre côté de la vitre. Et là maintenant, encore une fois, il n'y avait plus qu'elle, assise, à fixer les astraphaltes — elle qu'on appelait « la noire », une robe et un manteau flasque aux grandes poches, une chaussure dans chaque poche, des chaussures aux talons usés, aux deux trous ronds dans deux semelles. Dans l'une des poches, il y avait une photographie dans un cadre. Là-bas quelque part, après le tohu-bohu, les voitures rapides et les bus qui se hâtaient, elle s'était penchée, avait enlevé une chaussure, puis l'autre, et les avait empochées.

Quand ?

Après, elle s'était remise à marcher, et ses pieds, et non ses chaussures, s'étaient posés lourdement par-dessus les pas déjà disparus des gens partis — par-dessus les pas des gens d'aujourd'hui et d'hier qui avaient marché, lambiné, chancelé, esquivé, qui avaient zigué et zagué. Beaucoup de pas de beaucoup de gens. Ses pieds larges à elle avaient marché par-dessus, son pied sur le pied d'un autre.

Puis, au bord du trottoir, elle avait attendu, là-bas dans le noir innoir, elle avait attendu, une chaussure dans chaque poche, pendant que le bus de nuit passait dans la rue récemment goudronnée, au milieu de la nuit.

Le visage qu'elle avait aperçu ressemblait au sien, large et sombre, encadré de cheveux épais qui blanchissaient, et il y avait eu de la surprise dans ce regard croisant le sien. Le bus avait tambouriné son chemin et leurs regards étaient restés accrochés jusqu'à ce qu'il n'ait plus été qu'une forme vague, une lumière de plus en plus faible sur la longue route.

Elle avait alors quitté le trottoir et l'abri des vérandas, ses chaussures en poche, pour marcher au milieu de la rue. Elle brassait encore des mots dans son esprit, des mots en rapport avec les magasins et les marchandises, les pancartes et les messages — des coiffeurs et des supermarchés, des laveries et des poissonneries, des boucheries, des cafés, des fleuristes, des dentistes, des photographes, des bijoutiers et des pharmaciens. En rapport avec des gens qui rentraient chez eux, qui dormaient dans les parcs et sur des pas de porte, avec la lumière et les étoiles, l'obscurité et la marche, une femme qui se retournait, des pieds et des visages, des pas et de la marche. Elle avait embrouillé son esprit avec des mots qui n'étaient pas des pensées, des mots qui ne deviendraient pas des pensées. Puis elle s'était arrêtée.

Où ça ? Elle ne voulait pas demander où ni pourquoi, ne voulait pas avoir de pensées qui mènent à la réflexion. Ne voulait que des mains dans des chaussures dans des poches et rien qu'elle-même, sa propre personne laide, avec ses grands pieds et ses grandes mains, son propre visage large, ses vilains cheveux qui commençaient à blanchir et qui jaillissaient autour de sa grosse tête. Un seul manteau, une seule robe. Des chaussures au bout du rouleau ou au bout des jambes ou nichées dans leurs dernières poches, une photo dans un cadre, et son nom.

Elle voulait ce qu'elle avait essayé jusqu'à présent de ne pas avoir — juste elle-même, et c'était ce qu'elle avait toujours eu. Juste elle-même et son nom, Mata Pairama.

Mata Pairama assise dans la rue, à inspirer et à expirer, à avoir des pensées mais sans penser. À avoir des pensées qui parfois s'enroulaient, se recroquevillaient sur elles-mêmes en attendant un moment d'oubli où elles deviendraient la réflexion, deviendraient le questionnement — le où, le pourquoi, le quoi — redeviendraient le début de la quête aux réponses, redeviendraient le début de l'attente.

Mais il n'y aurait plus d'attente, plus de quête aux réponses à des questions usées déjà par le frottement des doigts, parce qu'elle savait désormais qu'il n'y avait pas de réponses, à moins que ces réponses soient « Nulle part », « Sans raison », « Rien », « Personne ».

Rien et personne, seulement elle-même et son nom, une robe, un manteau, des mains dans des chaussures dans des poches. Mata Pairama. Une photo dans un cadre et deux pieds pour la faire marcher. Elle était elle-même, la laide.

Deux

« Lai-deuh, lai-deuh. »

Les gamins chantaient dans les espaces entre les planches, assez bas pour qu'elle puisse faire semblant de ne pas entendre. Un œil se déplaçait derrière un nœud dans le bois et elle a détourné la tête pour ne pas le voir, s'est retournée sur le tabouret, a tourné le dos.

La femme à la robe élimée qui tournait la manivelle de la cheminée, c'était sa tatie. Elle avait un joli visage, un sourire qui montrait ses dents du bonheur, la peau lisse comme si elle pouvait être jeune, plus jeune que sa robe.

Froncement de sourcils.

– Rentrez ici, les gosses, arrêtez de faire les malins. Apportez du bois, Chumchum. Missy, tu m'amènes ce bébé et tu rentres le linge, prends-lui un lainage aussi.

Tatie a déplacé une casserole sur le côté du four et a mis une boîte en métal à sa place.

Le garçon est entré et a mis du bois sur l'âtre. Il est resté là et s'est mis à brosser ses vêtements, les yeux écarquillés et la bouche tordue. « Arrête tes grimaces », lui a dit sa mère, en lui donnant une claque sur le côté de la tête.

– Y a que moi qui m'occupe toute seule de Bubba, s'est plainte la fille derrière lui. Bubba elle a fait *mīmimi*. Bubba elle a fait *tūtae*.

Tatie a tapé du pied pour envoyer la fille dehors à la corde à linge.

– Passe Bubba à Mata, a-t-elle dit.

Le bébé puait, et puis elle ne s'appelait pas Mata. Pourquoi sa tatie insistait pour l'appeler Mata, ça ne sonnait pas du tout comme un nom — c'était plutôt un bruit, ou un ordre, Barre-toi. Elle n'aimait pas les gens qui inventaient des noms et qui avaient des gosses insolents et un bébé qui puait, mais elle était trop timide pour dire quelque chose à propos de son nom.

Et voilà que Tatie souriait à nouveau.

– Là, Bubba, ta cousine Mata, tu vois.

– C'est May.

– Quoi ?

– Mon nom. Comme sur mon sac, a-t-elle expliqué, en montrant l'étiquette. May Parker.

– J'ai vu, mais je croyais que... Alors c'est ton nom, ça ?

– Oui.

– Ma sœur t'a appelée Mata.

Puer, c'était un vilain mot et si la Directrice entendait les enfants le dire à l'Orphelinat, elle leur mettait du savon dans la bouche ou bien ils devaient se pencher, fesses nues, et recevoir un coup de bâton. À l'heure du repas, ils devaient lire la Bible à haute voix pendant que les autres mangeaient. Pendant les vacances, elle ne devait pas oublier de lire la parole du Seigneur, de prier soir et matin et de respecter toujours la volonté du Seigneur. Elle avait des sandales neuves, et une robe vichy marron et blanc faite pour ses vacances par Mrs Parkinson. Elle avait reprisé ses chaussettes et les manchettes de son gilet et elle avait deux mouchoirs marqués de son nom. Tout ça, c'était parce qu'elle avait des grands-parents, des tantes et des oncles et des cousins qui l'avaient fait venir ici. Jeanie avait été jalouse à cause des grands-parents et des sandales.

Elle ne reverrait peut-être plus jamais Jeanie, elle ne retournerait peut-être plus jamais à l'Orphelinat, parce que ses grands-parents allaient l'aimer pour de vrai et voudraient la garder. Comme ça, elle aurait des robes et des chaussures comme les enfants de l'École qui sortaient tous les jours par leur propre porte, de leur propre maison, qui marchaient le long de leur propre allée et passaient par leur propre portail pour venir à l'école. Leurs propres rideaux à leurs propres fenêtres s'écartaient et des mains maternelles faisaient des signes. Parfois une mère passait la tête par la fenêtre pour crier : « N'oublie pas de rentrer directement à la maison après l'école. » Les filles avaient des cordes à sauter et des trousses, les garçons avaient de la petite monnaie et des billes.

La fille, Missy, est rentrée avec le linge et l'a emporté dans l'autre pièce. Le garçon était derrière elle avec une bassine d'eau et un petit morceau de savon jaune. « Prends cette couche, Miss, emporte-la aux toilettes », a crié sa tante, et Missy a couru, couru quelque part.

Où ça ? Parce qu'elle-même, elle voulait aller aux toilettes ; elle ne l'avait pas fait depuis qu'elle avait quitté l'Orphelinat, même pas dans le train.

« Tu restes à ta place, avait dit Mrs Parkinson. Tu ne parles à personne et tu ne descends pas avant d'arriver à ta gare. Et puis n'oublie pas que je suis responsable de toi, May. C'est moi qui te permets de partir comme ça en vacances et j'attends de toi que tu sois bien élevée et obéissante. Les enfants de l'Orphelinat sont élevés dans l'amour et la crainte du Seigneur. Tu dois te garder du péché et te méfier des mauvaises fréquentations. Et méfie-toi du diable, qui murmurera le mal à tes oreilles et te soumettra à la tentation et les portes de l'enfer te seront ouvertes. »

Alors que le train s'éloignait, elle avait regardé par la fenêtre les locomotives qui manœuvraient, les bâtiments des chemins de fer, les usines et les hangars et les rails entrecroisés. La fumée et la suie s'échappaient de la locomotive à mesure que le train prenait de la vitesse.

Des poteaux et des maisons noircies de suie avaient défilé. Poteau, maison maison, poteau, maison maison, de plus en plus vite.

Ensuite, il y avait eu de grands enclos où des moutons paissaient, ou d'autres plus petits où des vaches broutaient parmi des touffes de mauvaises herbes, des *toetoe* alignés, des joncs, et de vieux arbres penchés. Mais elle avait surtout regardé les maisons, parce que c'était ça qu'elle aimait le mieux, elle aimait les imaginer.

À l'intérieur des maisons, il y avait des mères, des pères et des enfants, des tables et des chaises, des tasses et des assiettes dans des placards, des rideaux à fleurs, du papier peint à fleurs, des tapis à motifs sur les planchers, des lits à couvre-lits satinés, des tiroirs et des armoires pleins de vêtements. Il y avait des jouets et des poupées. Les poupées avaient des robes et des culottes et il y avait aussi des boîtes pleines de perles avec lesquelles on pouvait faire des bracelets et des colliers, en les enfilant sur du coton — verte blanche rouge, verte blanche rouge, toutes rouges, toutes vertes, comme on voulait. Quand c'était assez long, on les nouait autour du poignet ou du cou de la poupée.

Puis la mère était venue et t'avait chassée parce que tu n'avais pas le droit. Betty n'était pas autorisée à amener des enfants noirs et sales dans la maison pour faire des bracelets et des colliers pour les poupées. Ni des enfants de l'Orphelinat. Betty était une petite fille vilaine, vraiment vilaine.

Vite debout. Des perles en cascade qui tombaient sur le tapis fleuri, parsemaient le lino à motifs. Elle était sortie en courant, en faisant presque sur elle, en serrant les cuisses. «Qui t'a dit que tu pouvais venir ici... Dehors... Et ne me laisse plus jamais te surprendre ici.»

Franchir le portail, descendre la rue, et se faire presque dessus.

Elle était arrivée en retard à l'Orphelinat et avait dû aller dans la salle de bains pour se mettre fesses nues et attendre le bâton. Après les coups elle avait fait pipi, alors le bâton avait frappé à nouveau Parce que, Tu, Es, Une, Sale, Petite, Fille, Et, Maintenant, Nettoie-moi, Cette, Saleté.

Alors qu'elle partait chercher la serpillière et le seau, «Pisseuse, pisseuse», avaient dit les gamins, à voix basse pour éviter qu'on les force à desserrer les dents pour leur savonner la bouche. «Pisseuse, pisseuse», dans un sifflement.

Elle était restée à sa place dans le train, alors qu'elle voulait aller aux toilettes. Maintenant ça devenait urgent et elle ne savait pas si elle devait demander l'autorisation à sa tante ou se lever simplement et chercher Missy, partie quelque part vers les toilettes.

À l'école, levant haut le doigt pour être vue de la maîtresse, il fallait demander, «Puis-je sortir de la salle, s'il vous plaît ?». Parfois, un enfant à la fois, on pouvait y aller, mais d'autres fois non.

– Tu y es allée pendant la pause-déjeuner ? avait demandé Miss Bower.

– Oui, Miss Bower.

– Alors tu peux bien attendre la fin du cours, n'est-ce pas ?

Des yeux. Des yeux fixés sur elle. Des yeux fixés sur sa robe de l'Orphelinat, sa coupe de cheveux de l'Orphelinat, sur son visage noir. Orphe, orphe, orpheline. Noire, noire, noiraude.

– Tu peux, non ?

– Oui, Miss Bower.

– Rassieds-toi alors.

Elle s'était rassise, serrant les jambes l'une contre l'autre, comprimant les os de côté de ses genoux et les parties grasses du haut de ses jambes, incapable de lire, d'écrire ou d'écouter.

Un garçon se tenait sur le pas de la porte un serpent à la main et elle était prête à faire pipi.

– T'es un brave garçon, Manny, avait dit sa tatie.

– J'y ai trouvé le trou à lui. Je le tire près de la rive qui pente.

– Tu le mets sur la souche dehors, j'apporte un couteau.

Elle voyait bien que sa tante était contente, se tournant pour prendre un couteau sur le crochet près du fourneau. Tatie Qui ? Si elle avait su le nom de sa tatie, elle aurait pu dire : s'il te plaît Tatie Betty, ou Tatie Jeanie, ou Tatie Mary, puis-je sortir de la pièce ?

En descendant du train avec son sac, elle avait cherché des yeux quelqu'un qui pourrait être sa grand-mère ou son grand-père, mais elle n'avait vu que la femme, ou la fille, dans un grand manteau et des chaussures de fillette.

– Je suis ta tatie, avait dit la femme comme si elle était timide, mais elle n'avait pas dit son nom. Donne ton sac.

Elles avaient marché ensemble le long d'une route blanche, sans parler, puis sa tatie s'était arrêtée et avait dit « Nous passons par ici », en écartant pour elle les fils de fer d'une clôture. « Cette petite maison-là, c'est là qu'on va. »

Les nouvelles sandales étaient couvertes de poussière blanche et commençaient à lui faire mal.

Une fois la clôture franchie, elles avaient descendu une petite pente, traversé un petit ruisseau, puis pris un chemin à travers des joncs et des arbres.

– Ta grand-mère et ton grand-père, ils rentrent après-demain, avait dit sa tatie alors qu'elles débouchaient dans une petite cour. Le garçon et la fille étaient là avec le bébé. Ils semblaient avoir le même âge que les enfants pleurnichards de l'Orphelinat que Jeanie et elle devaient garder, habiller, aider, tirer et pourchasser jusqu'à l'école, porter quand même le chapeau pour eux. Les deux gamins étaient partis derrière la maison, en tirant le bébé sale. Mais ce n'était pas une vraie maison.

– Petits idiots, leur avait crié sa tatie. Puis elle avait ajouté, Allez viens, Mata. Assieds-toi, et repose-toi, Mata chérie.

Mais elle ne s'appelait pas Mata.

Elle avait une place pour s'asseoir entre la table et le mur et il y avait une petite fenêtre au-dessus de sa tête. C'était comme être dans le fort que les garçons de l'École avaient construit une fois, de planches et de caisses. Il y avait un fourneau avec une casserole et un bidon à kérosène dessus, une bassine et une rangée de boîtes de conserve sur un plan de travail et des caisses clouées au mur comme des placards sans portes. Elles contenaient des assiettes et des tasses en fer-blanc, des bols, des gamelles et des couteaux. Les murs étaient tapissés de vieilles pages du *Free Lance* et de l'*Auckland Weekly* et une lampe était suspendue au plafond par un bout de fil de fer en forme de S.

Le fort des garçons de l'École avait de petites portes et des passages étroits que l'on empruntait en rampant pour arriver à une petite pièce où on pouvait s'asseoir avec les genoux bien serrés, mais c'était vilain. Des enfants avaient enlevé leur culotte là-dedans, puis quelqu'un l'avait dit et ils avaient tous reçu une raclée. Après ça, les caisses avaient été interdites et le talus aussi.

– Tatie, j'ai besoin de...

Elle s'était levée, Bubba dans les bras, en gigotant, et sa tatie s'était arrêtée sur le seuil, et s'était retournée avec le couteau.

– Pardon, Mata... May... Là, dehors. Elle avait pris le bébé et de son couteau avait indiqué un chemin qui traversait de longues herbes. Là-bas, au bout que tu peux voir.

L'herbe était froide contre ses chevilles et elle avait peur des serpents ; elle voulait courir mais pensait qu'elle allait se pisser dessus. Pisser, à l'Orphelinat, c'était un vilain mot. Elle s'était dépêchée, gardant ses muscles contractés jusqu'à la porte entrebâillée d'un petit hangar en tôle.

Dedans, il faisait noir. Ça puait. Elle avait fait dans un grand trou où on pouvait tomber. Se noyer, suffoquer dans le pipi et le caca des autres. Des pages de papier journal pour s'essuyer. Des mouches, des araignées — des serpents peut-être. Elle avait vite remonté sa culotte, avait lissé sa robe, poussé la porte. Voulait rentrer, courir le long du chemin herbeux et sinueux.

Puis elle s'était arrêtée de courir. Elle avait dix ans, presque onze. Elle aimait bien sa tatie et il y avait des grands-parents qui allaient revenir le surlendemain pour la ramener chez eux. Chez ses grands-parents il y aurait de jolis fauteuils avec de jolis coussins, des rideaux et des couvre-lits. Ils voudraient la garder et elle aurait des robes, des jupes, une robe de chambre, des pantoufles et des poupées. Les cousins étaient des gamins effrontés, mais quelle importance ?

Sous le support du réservoir à eau se trouvaient un bidon plein d'eau et une caisse avec des bassines et des bouts de savon dessus. Il y avait des seaux remplis de linge et un vieux baquet. Posés sur une traverse du support, un morceau de miroir, une tasse contenant un rasoir et un blaireau, une brosse à cheveux en métal, un grand peigne vert auquel il manquait des dents, et un pot en verre graisseux. Deux serviettes filandreuses pendillaient d'un fil de fer qui s'étendait d'un coin à l'autre. Tatie avait envoyé Missy pour lui montrer comment faire. Missy, rouquine et galeuse. Visage roux, cheveux rayés de roux, jambes et bras roux et galeux, robe rousse en lambeaux. Maigre, dentue, galeuse et rouquine.

Des yeux rouquins aussi, qui la surveillaient, des cils roux qui papillotaient alors qu'elle se tenait sur une jambe contre laquelle elle frottait son autre cheville. « Makareta elle a été dans un train. A mangé une tourte et bu un soda framboise », avait-elle dit, avant de se retourner et d'écouter quelque chose. Puis avait couru, en appelant « Dadda, Dadda ».

Quand May était revenue dans la cour, sa tatie et ses cousins étaient là à regarder la chose découpée sur la souche, le serpent, et il y avait un homme roux aux cheveux en fil de fer. « Tu vois, Bobby, c'est May », avait expliqué sa tatie, et l'homme l'avait prise dans ses bras pour l'embrasser sur la joue.

– Je pensais que c'était autre chose, son nom ?

– Mata, mais elle dit qu'elle s'appelle May.

– May-be, May-be, peut-être, avait-il chanté.

– Tais-toi, Bobby, elle est timide.

Le visage de sa tatie avait rougi et elle avait souri en s'asseyant sur la souche près de la hache.

May-be ma fille,

Qu'est-ce qu'on attend désormais ?

Il s'était penché pour prendre Bubba dans ses bras et chantait en sautillant avec elle dans la cour de terre battue.

Ce n'était pas une vraie maison mais il faisait chaud à l'intérieur, mieux que dans le fort des garçons à l'École parce qu'on pouvait s'y tenir debout. Ça sentait comme un placard à casseroles. Son Tonton Bobby avait allumé la lampe, mais ça ne faisait pas beaucoup de lumière et elle ne voyait que la table couverte de papier journal et ce qui était posé dessus — du sel dans une tasse, du beurre sur une soucoupe, de la confiture dans un bocal, du pain qui n'avait pas l'air bien frais, comme le pain du mercredi qu'ils mangeaient à l'Orphelinat. Elle en voulait. Ça faisait un bon moment qu'elle avait pris son petit déjeuner — qu'elle n'avait pas voulu manger du tout parce qu'elle avait été trop émue à l'idée de partir en vacances. Mais elle s'était forcée à manger la bouillie et avait pris une bouchée de sa tranche de pain grillé avant de la passer en douce à Jeanie.

Sa tatie était près du fourneau en train de servir la nourriture, se tenant de côté pour que la lumière éclaire la casserole. Des pommes de terre, et pas de serpent mais de l'anguille. Elle n'avait pas entendu dire que l'anguille se mangeait mais ça devait se faire parce qu'ils aimaient tous ça, et prenaient des morceaux avec les doigts parce qu'ils ne connaissaient pas les bonnes manières, et essuyaient leurs mains collantes sur la nappe en papier journal.

Elle n'avait qu'une cuillère pour manger, alors elle s'en était servie pour fendre la pomme de terre ; elle avait gratté un morceau de chair d'anguille en le séparant d'arêtes plus fines que des épingles, s'était rappelé qu'ils n'avaient pas dit le bénédicité. Elle avait goûté — pire que les navets et les tripes.

Tatie et Tonton fumaient. Un peu plus tôt, quand ils étaient dehors, Tatie s'était assise sur une souche dans laquelle on avait enfoncé une hache, tandis que son oncle était allé en sautillant jusqu'au support du réservoir pour se laver. Tatie avait roulé deux maigres cigarettes avec du tabac pris dans une boîte bleue, et Manny lui avait apporté une brindille enflammée pour les allumer. Ils étaient restés là tous les deux sans rien dire, à fumer. Elle dirait son propre bénédicité dans sa propre tête, si jamais elle arrivait à se rappeler le début.

Rappelle-toi. Tout ce qu'on t'a dit, May. Prie au début et à la fin de chaque journée, avant et après les repas. Le Seigneur est notre berger, rappelle-toi. Merci Seigneur pour Tes bienfaits, pour lesquels Tu, Toi, Ta grâce, Tes… Elle a séparé encore de la chair d'anguille des arêtes et l'a mâchée avec un morceau de pain, même méthode que pour faire passer les tripes avec des navets. Elle avait faim.

Sa tatie prenait des louchées d'eau d'anguille dans la casserole et en posait une tasse à côté de chacun. Son oncle et les enfants y trempaient du pain parce qu'ils ne connaissaient pas les bonnes manières ; ils mangeaient leur pain dégoulinant comme si c'était délicieux. Nous ne permettons pas aux petites filles mal élevées de partir en vacances, tu le sais bien.

L'anguille, c'était une tourte, l'eau d'anguille, c'était une boisson à la framboise. C'est ça qu'elle avalait, une tourte et une boisson à la framboise, comme la fille et le garçon dans le train.

Des fils en feston qui allaient de poteau en poteau, des fils de fer qui s'étiraient de piquet en piquet. Appuyée contre la vitre, elle avait vu la locomotive noire d'où s'échappait une plume d'épaisse fumée blanche.

En face d'elle étaient assis un père et une mère avec leurs deux enfants. Ils avaient des sacs et des oreillers et ils avaient tourné le dossier d'une des banquettes afin de pouvoir se regarder en face, une famille qui partait en vacances ensemble. Là d'où ils venaient il y aurait leur maison, fenêtres et portes fermées à clé, mais si on avait pu y entrer, on y aurait vu une cuisine aux murs bleus, du linoléum bleu, des rideaux ornés de marguerites et des portes de placard blanches. Dans la salle de séjour il y aurait eu un tapis décoré de fleurs et de feuilles, du papier peint à motifs fleuris, des rideaux en dentelle, une cheminée entourée de briques marron, un canapé marron, et deux fauteuils.

La chambre de la fille aurait eu des rideaux roses et des stores marron, un lit avec un couvre-lit satiné et un édredon à fleurs. Il y aurait eu une coiffeuse vernie et dessus un ensemble brosse-peigne-miroir, des napperons crochetés aux motifs chats et une boîte à bijoux, et puis au sol, du linoléum beige et un petit tapis rose. La fille aurait eu une robe de chambre et des pantoufles à pompons.

Dans la chambre du garçon, il y aurait eu un lino vert et un couvre-lit à rayures avec des rideaux assortis. Il y aurait eu du papier peint couleur crème et des stores marron. Un meuble à tiroirs, peint en vert, et posés dessus, des objets de garçon — un pistolet de cowboy, une boule de papier argenté, une croix avec un clou dedans, des armées en pâte à modeler s'affrontant derrière des barricades en pâte à modeler. Le garçon aurait eu des pantoufles marron et une robe de chambre marron.

La chambre du père et de la mère ? Mais non, on n'avait pas le droit. Betty avait dit non, non, pas le droit de tourner la poignée, de pousser la porte, de regarder à l'intérieur.

Puis Betty et elle s'étaient assises sur le petit tapis rose pour habiller les poupées, qui avaient des robes, des maillots de corps, des culottes, des chapeaux et des gilets. Elles avaient fait pour elles des bracelets et des colliers de perles, et puis la mère de Betty était entrée, furieuse.

Des perles, des perles, tombant sur le linoléum en un doux crépitement, tintement, éparpillement. Elle, se lever d'un bond, faire presque sur elle, sortir par la porte, courir dans l'allée... Betty, vilaine, vilaine petite fille.

Vilaine petite fille, vilain petit garçon dans le train. Il donne des coups de pied. Moi non. Regarde, regarde maman... On va bientôt s'arrêter pour prendre un petit en-cas. «Dix minutes d'arrêt pour les rafraîchissements», avait annoncé le contrôleur, en passant dans le couloir.

«Soyez très sages et nous vous achèterons une tourte et une boisson à la framboise», avaient dit le père et la mère. «Restez là et soyez sages jusqu'à ce que nous revenions.»

Par la vitre elle avait regardé le père courir vers le comptoir, la mère le suivant de près. Les enfants avaient attendu, attendu, en se levant de temps en temps pour regarder par la fenêtre. Dix minutes. Puis cinq minutes. Trois ou deux. Le train pouvait... Les voilà.

Papa avait empilé les assiettes les unes sur les autres et mis les tourtes sur celle du dessus, le tout en équilibre sur sa grande main. Dans l'autre main, il tenait… deux boissons rouges, les goulots serrés entre ses doigts, et des pailles gigotant dans les bulles. Maman avait apporté des tasses de thé, d'épaisses tasses blanches sur d'épaisses soucoupes blanches. Elle avait souri, souri en montant dans le train, et Papa avait mis la main dans sa poche pour en sortir des couteaux et des fourchettes.

– Reprends de la soupe, May, il en reste.

– Non merci.

– Missy, tu prends Bubba à Papa pour permettre à Papa et à moi de manger notre *kai*. Essuie-toi les mains.

– Allez, viens là, Bubba.

Sa tatie avait soulevé la plaque du milieu du fourneau et une flamme avait surgi alors qu'elle faisait tomber les arêtes d'anguille dedans. Il y avait eu un sifflement et une odeur désagréable de poisson, puis la plaque était retombée bruyamment sur le trou.

– Puis-je sortir de table s'il vous plaît ?

– Oui, May chérie.

– Ils ont des nappes comme ça, ah ah, là d'où tu viens ? avait demandé son oncle.

Elle ne savait pas quoi dire.

– Arrête, Bobby, gros bêta, elle est timide avec toi, avait dit sa tatie en passant une assiette remplie à son mari.

Ah, Maluna, comme
J'aime mon tuna
Au ventre d'argent

– Ne l'écoute pas, May, il fait l'idiot.

Elle ne savait pas quoi dire, ni quoi faire, maintenant qu'elle s'était levée pour sortir de table, parce qu'il n'y avait nulle part ailleurs où aller. Missy était assise sur le plancher avec Bubba sur les genoux et Manny et Chumchum étaient sortis. Bubba avait arrêté de pleurnicher et allait peut-être s'endormir. Tout était calme maintenant, à part le bruit que faisaient sa tatie et son tonton en suçant les arêtes, et les craquements et grondements intermittents du fourneau. Elle n'avait jamais entendu un tel calme.

– Rassieds-toi, May, avait dit sa tatie. Après on débarrasse la table puis on descend la lampe.

Trois

Du noir innoir.

Assise au milieu de la rue noire, il faisait assez clair pour qu'elle voie les ampoules qu'elle avait sous chaque pied. Elle a pris appui sur une main pour se mettre à genoux, avant de pousser avec les pieds pour se relever.

Marcher encore, pour aller où ? Pour aller au n'importe-où, au nulle-part, au jamais, au toujours-nulle-part, loin, loin. La route était longue et sinueuse.

Il y avait des maisons qui n'étaient que des formes floues dans la lumière de la nuit, des formes superposées sur les pentes des collines, angulaires, cannelées, empilées, à tourelles et à dômes. Elle avait rêvé autrefois de maisons.

Marcher, mais à partir d'où ?

De là. Du centre-même du sol de la cuisine, sur l'endroit usé du linoléum, où elle s'était tenue ce matin-là à regarder ses pieds et à leur dire : « Vous êtes ce que j'ai et vous pouvez me porter. Vous pouvez me porter jusqu'à l'armoire où je mets mon manteau, me porter jusqu'au tabouret à côté du lit où je prends la photo, me porter jusqu'au placard où je vous loge dans deux chaussures, me porter jusqu'à la porte que j'ouvre, puis dehors sur la marche, le long de l'allée pour sortir dans la rue puis partir. Vous pouvez me porter de rue en rue en rue. »

Loin, loin.

Alors elle avait marché tôt le matin quand les premiers bus et camions passaient et que les premiers travailleurs se pressaient sur les trottoirs, quand les camionnettes étaient chargées et déchargées, quand les portes claquaient et que les moteurs démarraient, quand les lampadaires s'éteignaient et que les lumières s'allumaient dans les bâtiments.

Au petit matin, elle était passée devant des entrepôts, des espaces et des locaux à louer, des cours de triage, des usines et des supérettes. Elle était arrivée aux centres commerciaux à l'heure où les trottoirs se remplissaient, où les aspirateurs se manœuvraient entre les piles et les rangées de produits, et où les vitrines étaient réorganisées, les enseignes montées, démontées, changées.

En milieu de matinée, elle avait longé une arcade rose pour entrer dans une salle de jeux vidéo où les machines étaient restées sans joueurs pendant que des bruits de mitraillette résonnaient et rebondissaient contre des murs peints en noir. Sur les écrans, des personnages-machines bleus et rouges se faisaient la guerre, des coups de feu claquaient le long des rues de Crime City, des héros de stade allaient et venaient en vacillant sur des champs d'un vert criard et des dragons à gueule rouge prenaient d'assaut l'Allée aux Monstres. Elle était passée devant Ax Battle, Robocop, Shinobi, Wonder Boy, Black Ray Boy, Swat, Secret Service, Winning Run, Sword of Fury, avant de redescendre l'arcade rose et de ressortir, en clignant des yeux dans la lumière crue. Il y avait eu des odeurs de nourriture — café, pain frais et frites.

Les gens qui faisaient leurs courses flânaient et elle s'était frayé un chemin parmi eux, sans marcher sur les fissures d'abord, mais au bout d'un moment laissant chaque pied se poser là où il voulait, sans se demander « Pour aller où ? » « En venant d'où ? », mais en cherchant les scènes, les sons, les mots, les odeurs qui l'empêcheraient de se poser la question.

À midi, devant Livres d'occasion, Mode unisexe, Vins pas chers, Charcuterie discount, Pâtisserie chez Josie, Bière Lion Brown — dans une longue rue pleine de drapeaux et de bannières qui annonçaient des voitures à vendre, des services pour voitures, des stations de lavage, des pièces détachées et des accessoires pour voitures — des joggeurs étaient apparus, dans des vêtements qui disaient Bali, Hawaii, Love Your Heart, U.S.A., Rheineck, Nike, Tauranga, Canada, Lion Brown, Petone, Pōneke, Italia, Masterton, Sydney, New York, Rage Without Alcohol, Kiwi, Ultra, Railways, Don't Worry Be Happy, Aotearoa.

Elle avait rassemblé les mots en elle afin d'éloigner les pensées, la réflexion, marchant encore jusqu'au début de l'après-midi, jusqu'à la fin de l'après-midi, jusqu'à la soirée, jusqu'à la nuit, jusqu'au milieu de la nuit, jusqu'au milieu de la rue, allant nulle part — jusqu'à ce que ses pieds s'arrêtent.

Alors elle s'était assise, une chaussure dans chaque poche, sur l'asphalte tout neuf, là où plus tôt un bus était passé avec une femme qui regardait par la vitre. Assise jusqu'à ce que les pensées viennent frapper, et se transformer en questions : Qu'est-ce qui va se passer, Quelque chose ou rien, Rien ou quelque chose. Et puis elle s'était levée.

Elle avait marché à nouveau, laissant ses pieds cloqués et crasseux la mener au milieu de la rue, là où passaient autrefois les tramways, au milieu d'une allée de poteaux d'où s'échappait une lumière orange. Elle avait faim.

Oui, mais sans urgence. Elle ne se sentait ni triste ni joyeuse et souhaitait ne pas examiner ses sentiments, ni avoir de pensées qui mènent à la réflexion, ne voulait que sa faim et elle-même.

Tôt ou tard, il lui faudrait dormir, rejoindre les gens de la rue. Il y avait de pâles vieillards avec du whisky et du vin pour éloigner leurs tourments, des gamins bruns hébétés par la colle et les solvants qu'ils avaient inhalés, et maintenant il y avait elle-même — une femme d'un certain âge sans rien dans une bouteille ou un sac pour la réconforter, mais qui se barattait la cervelle avec les mots de la rue, les spectacles et les odeurs et les sons de la rue, pour ne pas penser.

Maintenant, elle ne voulait rien de plus que ce qu'elle avait toujours eu, c'est-à-dire rien. Rien, et juste marcher, un pied cloqué devant l'autre, ses mains-pagaies déplaçant des volées de nuit innoire.

Quatre

Noir.

Sa tatie, Bubba accrochée sous un bras et une bougie à la main, les avait emmenés par la porte sombre dans l'autre pièce qui ressemblait à une boîte collée à la première. Dans cette boîte se trouvaient trois lits, chacun recouvert d'une couverture grise bordée de points de laine rouge.

– Tu dors là, May, avec Missy.

– Je veux Bubba, avait dit Missy.

– Bubba, elle dort cette nuit avec moi et Dadda.

– Bubba.

– Tais-toi et va te changer. Manny, Chum, allez vous changer là-bas.

– Moi… je la veu-euh-eux.

– Missy, la ferme.

– Bubba-aah.

Missy avait vite retiré sa robe, mis une chemise, puis s'était glissée sous les couvertures en pleurnichant, comme à l'Orphelinat Margaret qui suçait son pouce et Colleen le gros bébé.

C'était loin, l'Orphelinat ; pour y aller il fallait traverser des enclos, parcourir une longue route blanche et des *miles* et des *miles* de rails de chemin de fer, suivre une rue après l'autre, passer par un portail, puis une cour, monter quatre marches jusqu'à une grande porte en bois avec une poignée en forme d'œuf. À l'intérieur, il y avait un long couloir et de grandes pièces, de grandes fenêtres. Des robinets et des tuyaux, des ampoules attachées à des fils qui pendaient des hauts plafonds. Une vraie maison. Pas seulement des boîtes collées ensemble, des murs en papier journal, des toilettes qui n'étaient qu'un trou profond. Parfois, ses cousins n'utilisaient même pas les toilettes. C'était vilain. Tatie les avait envoyés faire pipi sur l'herbe.

« Venez dehors pour *mīmimi* », avait dit sa Tatie. Alors elle était sortie avec Tatie et les gamins pour voir ce que c'était, et les garçons avaient sorti leurs robinets de leurs shorts, Missy avait baissé sa culotte et s'était trémoussée et ils avaient tous pissé dans l'herbe haute.

« Allez, May, ne sois pas timide », avait dit Tatie, en posant la lampe et en s'accroupissant.

Au bout d'un moment, elle avait dû le faire aussi parce que les toilettes étaient trop loin dans l'obscurité. Son eau avait giclé dans l'herbe en sentant la pisse et la chaleur comme Colleen et Margaret quand elles mouillaient leur lit.

Puantes, pisseuses. Jeanie et elle devaient tirer Colleen et Margaret de leurs lits, les mettre debout et leur enlever leurs chemises de nuit humides — de vilaines pleurnichardes malodorantes, chaudes et collantes avec des visages morveux. Regardez, vous avez mouillé vos lits. Elles devaient envoyer Colleen et Margaret porter leurs draps et leurs chemises à la buanderie, puis les aider à se laver, à s'habiller et à prendre leur petit déjeuner. De vilaines petites filles en culottes puantes, qui reniflaient et geignaient, qu'elles devaient traîner jusqu'à l'école.

Manny et Chumchum avaient enjambé Missy la boudeuse pour aller dans leur lit, et Bubba était déjà endormie dans le lit de Tatie et Tonton. Elle avait donc dû se mettre avec Missy parce qu'il n'y avait pas d'autre endroit où dormir. À l'Orphelinat, on n'avait pas le droit d'aller dans le lit d'un autre. Elle pensait que ça pouvait être vilain.

Sa tatie était sortie avec la bougie, et à part la petite parcelle de lumière qui venait de la cuisine, il faisait noir. La petite maison-fort tenait toute seule, quelque part, dans une cour poussiéreuse et il n'y avait pas de lampadaires allumés à l'extérieur, pas de voitures, de camions, de tramways qui passaient. Pas de bruits de porte, pas d'eau qui s'engouffre dans les tuyaux ou sort des robinets, le long des gouttières et dans les cuvettes des toilettes. Pas de vaisselle qui claque dans les éviers. Pas de cris, de pleurs, de reniflements, de déplacements, de grincements. Pas de chuchotements.

Des chuchotements. «Je vais chez mes grands-parents.»

– Ils pourraient te vouloir et te garder et tu pourrais avoir des robes, des chaussures marron, des crayons neufs dans une boîte avec un couvercle coulissant sur lequel tu pourrais mettre des autocollants de roses.

– Il y aura des fleurs sur le papier peint, les rideaux, le sol.

– Des gants pour les jours froids. Des rubans…

– Des armoires.

– Des miroirs.

– Des poupées avec des robes. Je t'écrirai.

Des chuchotements. Sa tatie et son tonton étaient sortis avec la lampe. Elle les entendait chuchoter dehors dans le noir.

Des cris. Elle s'était réveillée dans le noir en entendant des cris. La lueur d'une allumette avait jailli et sa tante s'était penchée pour allumer une bougie. «Réveille-toi, réveille-toi, Bobby.» Sa tatie s'était assise sur le lit, avait pris son oncle par les épaules et l'avait secoué. Elle l'avait fait asseoir et il se penchait en avant, la tête dans les mains.

«Passe-moi une clope, Glory», avait-il dit.

Cinq

Il faisait encore noir quand elle s'est réveillée. Tout en haut se trouvait un petit carré de lumière grise, qui provenait d'une petite fenêtre dans cette boîte qui était une chambre. Bubba pleurait dans la cuisine, et elle entendait son oncle qui soufflait et reniflait dehors sous le réservoir. Par la porte, à la lumière de la lampe, elle voyait Tatie près du fourneau. Elle en grattait la grille avec un long tisonnier, remuait le bois, ouvrait le clapet, déplaçait la boîte pleine d'eau.

Au bout d'un moment, sa tatie est venue dans la chambre avec Bubba, elle l'a couchée avec un biberon et est ressortie. Bubba tétait bruyamment, s'arrêtant de temps en temps pour laisser les bulles s'échapper parce que la tétine s'était affaissée — exactement comme le faisait Bébé Myra à l'Orphelinat. Puis, tout d'un coup les yeux de Myra se fermaient et elle s'endormait comme ça et même si on regardait de près, fixait son regard sur ses yeux, on ne la voyait pas faire. Comme Bubba maintenant. Bubba s'était endormie.

Son oncle est revenu dans la cuisine et elle a entendu Tatie lui dire ce qu'il devait rapporter à la maison, puis il est ressorti, et ses bottes ont fait craquer le gravier de la cour. Comment saurait-elle quand il serait sept heures, l'heure de se lever et de se mettre à genoux pour les prières du matin ?

« Viens prendre une tasse de thé, May », lui a dit sa tatie depuis la porte.

Alors elle n'a pas su quoi faire : il n'y avait pas assez de place entre les lits pour s'agenouiller et prier et elle n'arriverait pas à prendre ses vêtements dans son sac sans réveiller Missy. Et puis elle ne voulait pas s'habiller dans une chambre où il y avait des garçons. Et elle n'avait pas le droit de boire du thé.

Mais le thé, elle le voulait.

Les enfants dormaient toujours. Elle a vite enfilé les vêtements qu'elle avait portés la veille et qu'elle était supposée garder pour les grandes occasions. Pas de brosse, pas possible de se brosser les cheveux. Elle est allée dans la cuisine.

« Du thé, May, bien chaud. Du lait dans la gamelle, du sucre dans le bocal. »

Tatie se tenait près du fourneau et remuait la bouillie. De l'autre main, coincé entre les ongles du pouce et de l'index, elle tenait un mégot qu'elle portait de temps en temps à ses lèvres, en creusant les joues, et de petits fils de fumée lui sortaient des narines. Le lait avait tourné et des grumeaux flottaient sur le thé.

– Bois ça avant que les gamins se réveillent, a dit sa tatie, comme si elle était contente, en remplissant de bouillie deux assiettes qu'elle a apportées ensuite à la table, où elle s'est assise, penchée dans le cercle de lumière, tendant la main avec un sourire.

– Y a du pain sur la planche et du sirop à mettre dessus.

May s'est dit que Tatie l'aimait peut-être bien.

– Alors May, t'as bientôt onze ans ?

– Oui.

– Comme ta cousine Makareta, la fille de notre frère, le frère qui est mort à la guerre.

Elle lui racontait des choses comme si elle était grande.

– Ta mère avait deux ans de plus que lui, l'aînée de la famille. Notre grande sœur. Moi je suis la troisième, puis après il y a Aperehama.

La sœur de sa propre mère ?

Cette idée l'a transpercée. Cette tatie, c'était la sœur de sa propre mère à elle, elle savait des choses sur sa propre mère à elle.

– Nous serions venus te chercher, May, si ton père nous avait laissés faire. Keita et Wi, tes grands-parents, ils ont essayé de te prendre.

C'est alors que Chummy a appelé et que Bubba s'est mise à pleurnicher ; Tatie a avalé le reste de son thé et s'est levée.

– Nous devons descendre le linge au ruisseau, a-t-elle dit, faudra nous laver là-bas aussi parce que le réservoir est à court.

Manny a traversé la cuisine et est sorti par la porte et elle l'a entendu pisser dans l'herbe. Pisser, c'était un vilain mot, il fallait dire faire pipi. Manny a fait pipi, vite et bruyamment — en fait pisser correspondait mieux. Dieu lisait dans tes pensées et savait tout ce qui se trouvait dans ton cœur. Il était partout, même dans les toilettes à araignées. Elle se demandait ce que ça pouvait bien être, un réservoir court.

Il y avait encore une flamme dans la lampe, mais le cercle de lumière s'était estompé car le jour était venu. Sa tatie a tendu la main pour baisser la mèche et un mince fil de fumée s'est élevé de la fente où la flamme avait disparu.

Mon père ne les a pas laissés me prendre.

Elle est rentrée dans la chambre, a tiré son sac de sous le lit et s'est changée, enfilant sa robe-tablier qui était de couleur vert fané, sauf là où on l'avait rallongée et où on avait décousu les pinces. L'année dernière, ça avait été à Maggie. Elle s'est brossé les cheveux, comprimant les boucles résistantes du mieux qu'elle pouvait — ces vilaines boucles qu'il fallait couper, couper, couper, la Directrice faisait claquer les ciseaux, et tirait vigoureusement sur le peigne. Vilaines. Tous les matins elle devait aplatir ses cheveux avec de l'eau avant d'y glisser ses deux longues barrettes pour essayer d'empêcher les boucles de rebondir.

Betty-qui-louche avait des boucles que sa mère enroulait autour de chiffons tous les soirs, des boucles dorées qui pendillaient le matin lorsqu'elle les dénouait. Chacune était lissée autour d'un doigt avec une rotation lente de la brosse. Avec la poupée, Betty lui avait montré comment faire. Elle avait un ruban blanc noué sur le haut de sa tête, et des barrettes, décorées d'oiseaux bleus, pour empêcher le ruban de glisser.

Après avoir fini de lui couper les cheveux, la Directrice lui disait d'aller chercher la pelle et la brosse pour nettoyer cette saleté, alors elle ramassait toutes les vilaines boucles et les descendait à l'incinérateur. James, le concierge, s'était trouvé là un jour où elle avait apporté ses cheveux pour les brûler.

« Alors, on a tondu la brebis noire, c'est ça ? » avait-il dit.

Il n'y avait pas d'eau, pas de miroir. Elle a pris son peigne et a aplati ses cheveux du mieux qu'elle a pu, puis elle a glissé une barrette de chaque côté. Bubba la regardait depuis le lit de Tatie.

Elles ont pris le chemin qui passait devant les toilettes, à travers l'herbe froide, l'oxalis sauvage et les orties piquantes. Le sac de linge sale que May portait sur son épaule s'échappait constamment de ses mains et de temps en temps elle s'arrêtait pour changer de côté. Le linge puait.

Sa tatie, qui la précédait, portait Bubba sur son dos, emmaillotée dans une couverture, et tenait devant elle un paquet de vêtements en boule, comme si elle transportait une grosse citrouille avec deux feuilles tordues dessus. Manny était en tête de file, chargé des boîtes à eau, puis Missy et Chummy derrière portaient les gamelles et le pain, en marchant à pas lourds et en pleurnichant.

Après les toilettes, ils ont escaladé une petite colline où ils se sont reposés. « Là, en bas », a dit sa tatie, et May a vu une petite maison marron entourée de grands arbres. « La maison de tes grands-parents. »

Plus loin il y avait d'autres maisons, des maisons faire-semblant, des maisons-boîtes, en bois et en tôle, comme argentées, avec de vieux chemins qui allaient de-ci de-là vers elles à travers l'herbe et les arbres. Et au loin se trouvait une maison ou une salle communale, de forme triangulaire, complètement entourée d'herbes hautes. Ils ont descendu la pente, traversé un champ, puis ont rejoint en contrebas une rive couverte d'arbres pour arriver au ruisseau. Il y avait une clairière où le ruisseau avait été endigué.

Tatie a enlevé les vêtements de Bubba et les a jetés au bord de l'eau. Missy et les garçons se sont mis tout nus aussi, puis ont longé la rive à poil. Tatie a rentré sa robe dans sa culotte et s'est mise à défaire les paquets, triant le linge par piles. Bubba, assise à côté de sa mère, tapotait l'eau, en riant et en faisant des grimaces.

Elle n'avait jamais vu de ruisseau avant, sauf depuis la fenêtre du train. Elle pensait aux anguilles. « Allez, descends, May », a crié sa tatie, mais elle n'est pas descendue. Elle est restée là à regarder Tatie savonner les vêtements, frotter et rincer, puis les tordre avant de les lancer dans une bassine sur la rive derrière elle.

Au bout d'un moment, sa tatie l'a appelée à nouveau.

– Allez, descends, tu peux rincer, là-bas dans l'eau qui coule près des rochers. Les gamins peuvent les étendre sur les buissons... Missy, Missy, a-t-elle appelé.

Alors May a enlevé ses chaussures, est descendue jusqu'à la rive avec la bassine, est entrée dans l'eau en pensant aux anguilles.

– Jette les vêtements dans l'eau, May, rince-les, puis remets-les dans la bassine... Ça fait drôle qu'on soit les seuls à être chez nous.

Tatie avait dit la même chose ce matin-là en envoyant Manny quelque part avec une gamelle pour traire une vache — la vache de leurs grands-parents. Chummy était parti aussi, pour donner à manger aux poules et à un chien. Il s'était plaint et avait pleuré, il ne voulait pas y aller, et se frappait les côtes de ses coudes comme s'il pompait des larmes. Tatie lui avait donné de la bouillie rance et du lait tourné pour les poules et deux morceaux de pain rassis avec du gras dessus pour le chien.

– Et pourquoi c'est pas elle ? avait dit Chumchum, les pieds fermement plantés dans le sol, la tête tournée vers elle. Tatie avait dû le gifler pour le faire partir, et il avait détalé en pleurant.

– Toi, ne mange pas le pain pour le chien, Tatie avait crié dans son dos. Puis elle s'était retournée depuis le seuil de la porte et avait dit : «C'est drôle, tout le monde parti comme ça.»

Environ une heure plus tard, Chummy était revenu en souriant, portant une boîte qui contenait cinq œufs. «Aucun de cassé», avait-il dit. Manny derrière lui tenait avec précaution la gamelle de lait.

Sa tatie a remonté la rive avec Bubba et a commencé à étendre les vêtements rincés sur les buissons. May a serré et tordu le linge restant, puis est montée aider, contente de ne plus avoir les pieds dans l'eau.

– Cet arbre-là derrière toi, a expliqué Tatie, c'est là que ta cousine Makareta est née.

Elle a regardé l'arbre mais n'a pas compris de quoi parlait sa tatie, n'avait jamais entendu dire qu'on trouvait des bébés dans les arbres. Il y avait un hôpital dans la rue à côté de son école, où Dieu déposait des bébés, mais elle n'avait jamais entendu dire qu'il en laissait dans des arbres. Elle était trop timide pour poser des questions à Tatie.

Une fois tous les vêtements étendus, Tatie a posé Bubba sur sa hanche, a ramassé un sac, et alors elles ont remonté ensemble le courant, pour arriver là où le sol était dur et pierreux par endroits, boueux et mou à d'autres. De temps en temps Tatie appelait « Manny, Missy, Chumchum », et les gamins répondaient de quelque part.

À un endroit où le ruisseau était large et peu profond, sa tante lui a passé Bubba, puis est entrée dans l'eau et a commencé à cueillir des poignées d'une plante verte. « Ça pousse bien », a-t-elle dit. Le bas de sa robe était complètement mouillé.

Soudain Manny a réapparu près d'elle, tenant dans la main une boîte qu'il a approchée brusquement de son visage. « Yaaaah ! » a-t-il crié. La boîte contenait des insectes, enfin quelque chose de laid, et il a ri quand elle s'est levée d'un bond en hurlant. Il a pris dedans un des insectes, l'a tendu vers elle, et l'insecte tout près de son nez a agité ses pattes et ses deux grosses pinces. Elle a laissé Bubba pour courir dans l'eau.

– Arrête ça, Manny, a crié Tatie. Missy, Chumchum, y a une belle fessée pour vous quand je viendrai là-haut.

Ils riaient comme s'ils n'allaient jamais s'arrêter.

– Un *kōura*, May, n'aie pas peur. Ah, ces gosses…

Mais elle avait peur — des anguilles qui viendraient, de ces bêtes à pinces. Elle voulait sortir de l'eau, a levé un pied puis l'autre, en regardant les pierres du fond et en voulant s'agripper à la robe de Tatie. « Ils perdent rien pour attendre, ces gosses… »

Ils s'étaient enfuis parmi les arbres, en emportant Bubba avec eux, en riant, nus et grossiers.

Les garçons étaient en short et Missy portait une culotte bouffante noire. Ils avaient mis un maillot de corps à Bubba ; elle était couchée sur l'herbe en train de téter son biberon. Elle espérait que Tatie leur donnerait une bonne fessée, mais ils restaient loin de sa portée. La boîte, remplie d'eau, était posée sur deux rochers, avec de l'herbe sèche et des brindilles au milieu. Les bêtes à pinces avaient été jetées par terre. Manny a pris une allumette, mis le feu à l'herbe, et les brindilles ont crépité et se sont enflammées. Comme l'eau se mettait à bouillir, ses cousins ont saisi les bêtes à pinces et les ont fait tomber dedans ; avec un couteau de boucher, sa tatie a coupé d'épaisses tranches de pain et a mis du sirop dessus.

Au bout de quelques minutes, Manny a déplacé la boîte avec précaution, à l'aide de deux petites branches, et l'a mise sur le côté afin que l'eau s'écoule, puis a versé les bêtes à pinces sur un couvercle de gamelle renversé. Elles étaient mortes. Elles étaient rouges.

– Regarde, May, tu peux manger…

Mais elle ne voulait pas. Les enfants les ramassaient, ils soufflaient, jonglaient, picoraient ; l'ongle de leur pouce se couvrait de petits grains qu'ils mettaient dans leur bouche. Tatie poussait de petits morceaux dans la bouche de Bubba aussi et ils léchaient et suçaient tous les carapaces, détachaient les pinces pour les sucer, lui jetant des regards pour voir si elle allait en prendre, mais elle ne voulait pas, même si elle avait faim et si la tranche de pain n'avait pas du tout suffi.

Plus tard, les boîtes remplies d'eau et le linge ramassé, Tatie et les petits sont descendus dans l'eau et se sont mis à se savonner tout en sautillant. Chumchum et Missy étaient roux, avec des peaux de roux et des mèches de cheveux roux et jaunes. Manny avait la peau noire, ses cheveux noirs se dressaient comme une brosse, et Bubba avait la peau blanchâtre, avec des boucles noires sur le haut de la tête. Mais à l'arrière elle n'avait pas de cheveux du tout. Tatie avait le corps brun pâle, un visage brun foncé et les bras et les jambes brun foncé, les cheveux noirs en boucles broussailleuses. De vilains cheveux, elle aussi. Tatie a passé Bubba à Manny, puis a savonné les cheveux de Missy et de Chumchum. Tous se sont baissés sous l'eau, laissant des cercles de savon à la surface, puis sont remontés en soufflant, en crachant et en écarquillant les yeux.

À l'Orphelinat, Jeanie et elle devaient aider Colleen et Margaret à prendre leur bain, leur laver les oreilles, le cou, les cheveux et les aider à se sécher comme il fallait. Colleen et Margaret n'étaient pas sœurs mais avaient l'air de jumelles, maigres et blanches, des os comme des ailes saillantes dans le dos. Des cris d'enfants frissonnants et pleurnichards sortaient de leur bouche lorsqu'on les séchait et qu'on les aidait à enfiler leurs maillots de corps. C'étaient comme des poupées décharnées et grinçantes.

– C'est jour de paie ? a demandé Missy en se rhabillant.

Tatie aidait Manny à hisser le paquet de linge sur son dos et donnait à Chumchum les gamelles à porter.

– Tu portes Bubba, May, s'il te plaît. Et si tu peux, tu portes ce sac… t'as qu'à le tirer.

Alors elle a soulevé Bubba, l'a appuyée contre sa hanche, et s'est mise à tirer le sac de cresson.

– C'est jour de paie ? a demandé à nouveau Missy, et Manny et Chumchum ont arrêté de marcher pour fixer leur mère d'un regard dur.

– C'est jour de paie ?

– Jour de paie ?

– C'est jour de paie ?

– Oui.

– Dadda va venir ?

– Comment je peux savoir, moi ?

– Quand ?

– Taisez-vous. Ne parlez pas de Dadda.

Tatie les a précédés avec la bassine et les enfants se sont précipités derrière elle avec les gamelles et les paquets.

Elle est restée tard avec Tatie à boire du thé, comme une grande personne. Les petits étaient tous endormis. Une lampe se trouvait au milieu de la table et ses mains dans le cercle de lumière tenaient une tasse en émail. Celles de Tatie aussi. Pas de visages. Pas de plafond, pas de murs, pas de plancher. Seulement une tache rouge où se trouvait le fourneau, le dernier rougeoiement du feu.

Elle s'est souvenue qu'elle n'avait pas fait ses prières ni lu la Bible depuis le début de ses vacances. Elle apprenait à être une vilaine fille. Son thé fini, elle a pensé aller chercher sa Bible dans son sac et la lire dans la tache de lumière. Mais si elle attendait, faisait durer longtemps son thé, Tatie dirait peut-être quelque chose — comme elle l'avait fait hier et ce matin — quelque chose d'important pour elle. Elle n'arrêtait pas de se rappeler que Tatie était la sœur de sa propre mère, de cette mère sans visage. Tatie dirait peut-être quelque chose sur le visage de sa mère.

Et pourquoi elle m'avait abandonnée. Et après ça, pourquoi elle était morte ?

Il y avait eu une porte marron, il y a bien longtemps, en haut d'un escalier qui avait une odeur sombre. La poignée était placée haut sur la porte, mais elle ne se souvenait pas bien de ce qui se trouvait derrière, sauf qu'il y avait eu une fenêtre à six carreaux et un sofa brun où elle s'agenouillait pour regarder dehors. La fenêtre donnait sur des toits, des collines couvertes d'ajoncs, des clôtures de rail, des lampadaires, des marches en béton et un chemin en zigzag. Parfois la nuit elle avait vu les projecteurs qui cherchaient les avions de l'ennemi s'entrecroiser comme des aiguilles qui tricotaient des carrés de ciel noir.

Il y avait eu aussi dans la pièce l'ombre qui était sa mère et l'ombre qui était son père. Elle se souvenait d'avoir eu un cartable et une robe neuve parce qu'elle allait commencer l'école. Sa mère avait mis son déjeuner et un tablier dans le cartable et elles étaient allées ensemble à l'école, main dans la main. Elle se souvenait de la main de sa mère.

À l'école elle avait accroché son cartable sous le porche et sa mère s'était penchée pour l'embrasser, avait dit au revoir et était partie. La main de sa mère avait tourné la poignée de la porte du porche — mais elle ne se souvenait pas du visage de sa mère. Ne se souvenait pas de la voix de sa mère, savait seulement qu'elle avait parlé. Dans la salle de classe, des pupitres et des chaises s'alignaient et elle s'était assise, sans bouger, voulant être sage, cherchant à savoir ce qu'il fallait faire.

Quand elle était allée prendre son cartable à midi, il n'y avait pas de déjeuner dedans. La maîtresse était très fâchée et savait qui l'avait pris, et elle avait frappé fort les jambes d'un garçon avec une règle. Après, elle avait reçu une orange de la maîtresse.

Après l'école sa mère n'était pas là pour l'accompagner, alors elle s'était dépêchée de rentrer à la maison, pour tout raconter sur le garçon et l'orange. Mais la porte marron était fermée à clé quand elle était arrivée et elle avait attendu en haut de l'escalier jusqu'à ce qu'il fasse nuit et que son père rentre. Il avait secoué bruyamment la porte, avant de descendre l'escalier et de revenir avec une clé : elle était entrée chez eux pour attendre sa mère. Quand elle s'était réveillée le matin, sa mère n'était toujours pas arrivée. Et depuis, elle avait attendu chaque jour.

D'autres personnes étaient venues. Un homme et une femme avaient parlé à son père, puis un jour la femme avait mis ses vêtements dans un sac et elles étaient allées en bus dans une grande maison où elle avait cru retrouver sa mère.

Il y a eu des voix, des rires d'hommes.

– T'entends ça ? lui a dit sa tatie. Ton idiot d'oncle ivre qui arrive.

Elle écoutait. Les voix se rapprochaient et puis elle a entendu un tintement de bouteilles et des pas qui traversaient la cour.

– Eh, eh ! a appelé une voix.

Sa tatie a retiré le couteau de la porte, qui s'est ouverte, et son oncle est entré en trébuchant, les bras chargés. « Allez, entre, Nonny. » L'autre homme s'est penché, a tiré sur ses lacets. Il a enlevé ses bottes et s'est appuyé un instant contre le chambranle.

– Comment ça va, Gloria ?

– Ça va, Nonny.

– Comment va le feu, Glory ?

Son oncle s'est approché du fourneau, ouvrant la porte pour y fourrer du bois.

– Et tes enfants ? Tu leur as apporté à bouffer ? a dit sa tatie.

– Réveille-les. Il s'est approché de la porte de la chambre. Réveillez-vous, les petits. Dadda, il a du chewing-gum. Dadda, il a des poissons en chocolat…

– Tais-toi et laisse-les tranquilles, oh, trop tard maintenant, s'est exclamée sa tatie, suspendant la lampe au crochet du haut alors que Bubba se mettait à pleurnicher. Regarde ce que tu as fait.

– *Glo-riiii-aa…* a-t-il chanté,

C'est pas Marie
C'est Glo-riiii-aa
C'est pas Chérie
C'est Glo-riiii-aa…

– T'as du lait en poudre et des pommes de terre ?

– Lait en poudre, pommes de terre…

Il s'est mis à tirer des pommes de terre de ses poches pour les poser sur le plan de travail.

– Le reste, c'est où, et le sac ?

– Clôture, là où on nous laisse descendre. Et de la poitrine de mouton.

Il a déballé un paquet mouillé et s'est mis à découper la viande.

Elle est là dans tous mes rêves…

– Va chercher les bières, Nonny, prends une bière pour ma chérie.

Il a laissé tomber les os dans une casserole, s'est mis à éplucher des pommes de terre et à les laver dans un saladier avec un peu d'eau.

– Va chercher un poisson en chocolat pour not' nièce.

Le feu grondait. Elle a regardé son oncle retirer du sac des poignées de cresson pour en jeter dans la casserole.

– T'es pas trop malin, toi, parce que Glo-riiii-aa n'est pas amoureuse de toi… Eh, eh, chante plus fort, Gloria, chante plus fort, Nonny, buvons, buvons, ha ha ha.

Sa tatie et l'homme qui s'appelait Nonny buvaient de la bière dans des tasses en émail. Il y avait un deuxième paquet sur la table et Tatie l'a déballé pour révéler du lait en poudre, de la farine, des BD, des poissons en chocolat et du chewing-gum, et a rangé tout ça sur des étagères faites de caisses. L'homme qui s'appelait Nonny a versé à nouveau de la bière dans les tasses.

Elle a regardé son oncle soulever le couvercle de la casserole. Un nuage de buée en a surgi. Il y a laissé tomber les pommes de terre avant de venir s'asseoir à côté d'elle sur le banc, et de prendre l'autre tasse.

– Ya ha, vas-y, bois, Glory…

Réveille, réveille-toi
Petite marmotte
Lève-toi, lève-toi
Sors de ton lit
Et chante, et chante
Glo-ri-ori-a
Vis donc, aime, ris et sois heureuse…

Tonton, Tatie et l'homme qui s'appelait Nonny connaissaient beaucoup de chansons, qu'ils chantaient sans arrêt, les enchaînant les unes après les autres. Certaines étaient dans une langue qu'elle ne comprenait pas. Elle, qui veillait tard comme une grande personne.

Les poissons en chocolat étaient finalement faits de guimauve, enrobés de chocolat qu'elle a enlevé par petits morceaux. Elle ne savait pas s'il fallait manger la queue d'abord ou bien la tête. Elle a mordu la tête et mâché. Tatie lui a passé tout le sac mais elle était trop timide pour en reprendre, même si elle avait faim. Son oncle est allé dans la chambre et est revenu, en grattant un ukulélé.

Toi, t'aimes une dame ukulélé
Dame ukulélé, elle t'aime aussi
Toi, t'aimes rêvasser à l'ombre
Dame ukulélé, elle aime ça aussi…

Il sautillait et dansait tout près du four et le bois empilé est parti dans tous les sens.

– Assieds-toi, Bobby, ou tu vas tomber dans le feu, a dit sa tatie.

Peut-être qu'elle soupirera
Ou peut-être pas
Peut-être qu'elle pleurera
Ou peut-être pas
Peut-être qu'elle en trouvera un autre
Avec le temps qui passe…

Les doigts de Tonton dansaient sur les cordes du ukulélé et lorsqu'il s'est rassis il s'est penché sur l'instrument, renversant la tête en arrière de temps en temps pour chanter en direction du plafond sombre. Elle n'avait jamais veillé aussi tard, minuit passé, a-t-elle pensé.

Ils ont débarrassé la table et posé dessus du pain et du beurre, du sel et du poivre et des cuillères ; elle avait tellement faim qu'elle avait mal au cœur en regardant sa tatie mettre des pommes de terre, du cresson et de la viande dans des assiettes. Elle espérait qu'elle allait aimer ça. Son oncle s'était endormi à un bout de la table, la tête sur son bras.

Il s'appelait Bobby et sa tatie s'appelait Gloria. Tatie Gloria était la sœur de sa propre mère. La nourriture était bonne et elle essayait de la manger lentement.

Quand elle est allée dans l'autre pièce pour se coucher, Bubba dormait aux côtés de Missy et il n'y avait pas de place pour elle. Tatie Gloria est entrée, a enlevé sa robe, puis l'a accrochée à un clou.

– Allez, viens, May, viens dormir avec Tatie.

La voix de Tatie trahissait son ivresse et elle a pensé que Tatie devait être très vilaine.

– Allez, viens, le bébé de ma sœur, viens dormir avec ta tatie.

Alors elle s'est mise dans le lit à côté de Tatie, qui l'a tirée près d'elle pour lui faire des câlins. Elle était timide pour les câlins, mais elle a bien aimé ça. Tatie avait une odeur de bière, désagréable, mais elle était douce et tiède ; elle murmurait, lui racontait des choses.

– Vilains, Mummy et Daddy, qui ont abandonné leur bébé… Et ce salaud d'Albert qui t'a envoyée là-bas. Vilain avec ma sœur, avec ma sœur, Albert, il la voulait seulement comme esclave pour lui, c'est tout. Il ne voulait pas d'un bébé brun non plus.

Il y avait des choses qu'elle devait savoir, qui ne seraient peut-être pas toutes positives, mais elle voulait savoir quand même. Dans l'obscurité, elle cherchait à se rappeler le visage de sa tatie, le visage de sa mère, voulait que Tatie Gloria continue de parler. Elle a étendu un bras, même si elle n'en avait pas l'habitude, et elle l'a mis autour de sa tante, autour de sa propre mère. « Vilaine sœur pas rentrée à la maison, t'as pas ramenée. Keita... » Elle cherchait à garder les yeux ouverts au cas où Tatie Gloria continuerait de parler, mais elle s'est rendu compte au bout d'un moment que Tatie s'était endormie. Dans l'autre pièce son oncle s'était réveillé et se remettait à chanter.

Six

Elle entendait des bouteilles cliqueter dans l'autre pièce et Tatie Gloria était en train de parler. Quand elle est allée dans la cuisine, l'homme qui s'appelait Nonny débarrassait les bouteilles de la table et les emportait dehors. Tatie mettait du bois dans le fourneau pendant que les enfants pleurnichaient autour d'elle. Tonton Bobby dormait, étendu sur le banc et les bras pendant en arrière.

– Et puis c'est les seuls moments où je passe une bonne nuit, disait sa tatie. Quand il est beurré. C'est les seuls moments où il ne crie pas et ne pleure pas en pleine nuit.

– Je pars chercher les patates, Gloria, a dit Nonny.

– Réveille ton copain.

– Non, ça va, j'y vais.

Mais maintenant son oncle s'était réveillé aussi. Il a bougé les jambes pour se mettre debout, s'est dirigé en titubant vers la chambre, et s'est couché dans le lit. Les petits se sont plaints de lui.

– Nous, on aime pas Dadda.

– Oui on l'aime pas.

– Gros cornichon.

– Même s'il vous a apporté des poissons en chocolat et des BD ? a dit sa tatie, en prenant pour eux de la nourriture dans une casserole.

– Où ça ?

– Où ça ?

– Derrière le lait en poudre.

Manny est monté sur le banc et a tâtonné derrière la boîte de lait en poudre à la recherche des poissons et des BD.

– Tu en donnes à ta cousine, a dit Tatie.

Elle n'avait pas le droit de lire les BD, seulement la Bible et les livres d'école, mais elle a pris la BD. Les petits, assis autour de la table, mangeaient les poissons en chocolat, en souriant et en parlant des friandises.

– Tonton Nonny, Tonton Nonny, on a un possonchoclat, a expliqué Chummy.

– Là dehors, Gloria ? a demandé Nonny.

– Et des BD.

– À côté du garde-manger, près de l'arbre, a répondu sa tatie.

Il s'est déplacé puis est revenu.

– Tonton Nonny, on a un possonchoclat.

– Ah bon, vous avez attrapé ça dans le ruisseau, alors ? a-t-il dit, ce qui a fait rire les enfants. Ils se sont mis à faire nager leurs poissons en chocolat sur la table.

– Ce mien, c'est une anguille. Tonton Nonny, c'est une anguille, ce mien.

Puis ils ont arraché de leurs dents les têtes et les queues des poissons, les ont fourrées dans leur bouche, en mâchant bruyamment. Quand ils ont eu fini, ils ont commencé à manger la nourriture servie par leur mère.

– J'espère que Win va te donner une paire de claques, a dit Tatie à Nonny qui partait. J'espère qu'elle va mettre le couteau dans la porte pour t'empêcher de rentrer.

– Allez, allez, Gloria.

– Bon, tu l'amènes avec toi la prochaine fois.

Nonny a descendu la colline en riant.

Dehors, les petits étaient assis en tailleur, fascinés par les BD, et quand Tatie leur a crié d'aller vite se faire une petite toilette, ils n'ont pas levé la tête, n'ont pas bougé. Tonton Bobby est passé, une serviette drapée autour du cou. Il leur a parlé mais ils n'ont pas entendu, et quand il est revenu du réservoir il s'est mis à sauter et à chanter, tandis que de petits paquets s'envolaient de ses poches et de ses mains et tombaient par terre. C'étaient des chewing-gums. Les gamins ont abandonné leurs BD pour plonger dans tous les sens, en riant et en criant.

– Ah ah ! Dadda !

– Juicy Fruit.

– Spearmint, PK, Arrowmint.

– Donnez-en à votre cousine, a dit Tatie.

Alors ils lui ont donné un Juicy Fruit, un Spearmint, un PK et un Arrowmint — quatre petits paquets, comme quatre petits cadeaux, de tout petits colis emballés à la perfection dans du papier ciré. Chacun avait quatre arêtes dures, qui traçaient les bords des rectangles de chewing-gum à l'intérieur. Une étiquette de papier enserrait chaque paquet pour indiquer que c'était du PK de Wrigley, du Spearmint de Wrigley, de l'Arrowmint de Wrigley ou bien du Juicy Fruit de Wrigley. Elle a décollé le rabat d'un des paquets, a fait sortir avec son pouce un morceau, petit oreiller blanc, l'a mis dans sa bouche et en a sucé la surface sucrée en se demandant si elle était vilaine.

Manny, Missy et Chumchum mâchaient bruyamment, ouvrant grand la bouche avant de faire claquer leurs mâchoires, ouvrir, claquer, ouvrir, claquer. Tatie leur criait de se laver parce qu'ils allaient tous chez Keita, mais ils ont mis longtemps à bouger.

– Et elle, alors, elle l'a pas fait, a protesté Missy.

– Ouais, elle l'a pas fait, a renchéri Chumchum, en tirant la langue et en sautillant, pliant et dépliant les jambes derrière lui, comme un *kaiwero*.

– L'a pas fait hier non plus. S'est pas lavée au ruisseau hier, a dit Missy avant de courir sur le chemin qui menait au réservoir.

Tatie Gloria est entrée dans la maison puis est ressortie avec un peu d'eau chaude dans une bassine. «Allez viens, May», a-t-elle appelé. Alors elle a dû accompagner Tatie Gloria même si elle était timide à l'idée de se laver dehors, et n'aimait pas que ces gosses insolents fassent des grimaces et ne l'apprécient pas.

Elle a attendu que les garçons soient partis puis s'est mise à se laver avec cette eau putride, un chiffon effiloché et un bout de savon sale. Missy se peignait les cheveux en la regardant fixement — le visage, la robe, les pieds.

– Makareta, elle a des sandales, a dit Missy, et à ce moment-là Tonton Bobby est passé, en criant : «T'as une salle de bains comme ça là où tu habites, May ? T'as des chiottes à trou aussi ?» Il se dirigeait vers les toilettes en emportant une BD. Qu'est-ce qu'il était bête !

La maison de ses grands-parents était une vraie maison avec une véranda vitrée. À l'intérieur il y avait une vraie cuisine avec des murs peints en vert, un plan de travail avec un évier et un robinet, et un grand placard avec une porte. On avait envoyé Missy et Chummy nourrir les poules et chercher des œufs, et Manny était parti aider son père à attraper un mouton, mais elle ne savait pas pourquoi.

De la cuisine, une porte donnait sur un salon où il y avait une cheminée, des fauteuils marron et un canapé avec des couvertures. Les murs étaient couverts d'un papier peint tacheté de jaune et de marron, et il y avait des rideaux faits de carrés de tissu, qui étaient peut-être des morceaux de robes cousus ensemble. Dans de grands cadres on voyait des photos de grandes personnes sérieuses, sur leur trente-et-un. Au sol s'étalaient un tapis marron et orange et un deuxième, fait de chiffons tressés, et dont les bords rebiquaient. Elle a porté Bubba jusqu'au canapé et l'a posée — Bubba la morveuse, la baveuse, endormie, poisseuse, molle. Puis elle a aidé Tatie Gloria à tirer les tapis dehors.

Quand elles ont eu fini, Tatie lui a demandé d'aller ouvrir les fenêtres des chambres.

Celles-ci étaient fermées par de longues tiges, qu'elle a débloquées, soulevées puis fait glisser dans leur petit carré en métal. Les tiges avaient des trous qui s'ajustaient parfaitement sur de petites chevilles pour garder les fenêtres ouvertes. Il y avait trois chambres, et alors qu'elle ouvrait les fenêtres de la troisième, Missy est entrée et a ouvert l'armoire.

– Makareta, elle a quatre robes, a-t-elle annoncé. Deux dans sa valise et deux ici.

– Sors de là, Missy, a crié sa mère. Touche pas aux affaires de ta cousine.

– Elle a des pantouffes et des chassures, un couffre-lit et un oreillon. Elle a un tiroir avec un ruban dedans, les cheveux longs. Elle a Kui Hinemate qui la lave et la coiffe.

– Sors de là, Missy, laisse les affaires de ta cousine. Va frapper les tapis.

Dehors, sa cousine a traversé la cour en sautillant, et s'est dirigée vers un hangar qui avait une souche pour marche et un carré de bois qui tournait sur un clou pour garder la porte fermée. Missy l'a fait bouger puis elle a poussé la porte ; à l'intérieur se trouvaient une baignoire, deux baquets en bois et une chaudière de cuivre. Des bottes de caoutchouc et de grosses chaussures s'alignaient contre un mur. Des paniers et de vieux manteaux étaient suspendus à des clous tout en haut. Missy et elle ont frappé les tapis contre le mur du hangar, puis les ont rapportés à la maison.

Tatie Gloria roulait une grosse boule de pâte sur la table — elle la roulait, la pliait et l'aplatissait — et quand elles sont ressorties, Tonton Bobby, Manny et Chum arrivaient par le champ. Son oncle portait sur son épaule un animal sans tête et à quatre pattes sans pieds. Elle a regardé son oncle enfoncer un fil de fer dans le cou de l'animal, puis le suspendre à la branche d'un arbre. Manny lui a passé un couteau et s'est mis à fouetter un fusil avec. « T'as une boucherie comme ça là où tu habites, May ? » et il a ri en ouvrant de son couteau la chair rosée de l'animal. Elle s'est précipitée dans la maison.

La boule de pâte reposait dans une casserole sur la table et Tatie versait du cresson dans l'évier. Chummy est venu derrière elle, poussant la tête de l'animal vers elle.

– Mets ça sur le plan de travail, a dit sa mère.

Affamée, et la nourriture sentait bon. Les petits étaient occupés à différentes tâches, savaient tous quoi faire — aller chercher des choses, mettre le couvert, apporter du bois, attiser le feu, essuyer Bubba ; parfois ils boudaient et frappaient du pied contre le plancher parce qu'ils avaient faim. En passant, ils faisaient de petits grognements en la regardant, parce qu'elle restait là à ne rien faire et qu'ils ne l'aimaient pas. Tonton Bobby allumait les lampes et bougies. Dans la lumière jaune, il avait l'air triste et sérieux.

Au loin, des lumières sautillaient, c'étaient deux torches. Et se dirigeant vers les deux lumières, une autre encore. C'était Tonton Bobby avec une lampe qui sortait pour les aider. Sa lumière gigotait alors qu'il se dépêchait dans l'obscurité, se rapprochant d'*eux* — Tonton Bobby avec une lampe, *eux* avec leurs torches. Lui qui s'approchait d'*eux*, *eux* qui s'approchaient de lui. Tout le monde s'approchant de tout le monde. Puis tous ensemble, réunis. Après une pause, les trois lumières se sont remises en mouvement à travers les champs. Bientôt des voix se sont fait entendre, puis des pas et les bruits lourds de paquets, de sacs et de chaussures posés par terre. Tatie et les petits étaient sortis en la laissant là, à la fenêtre avec la bougie. Elle était trop timide pour sortir et trouvait ça bête d'appeler des grands-parents Keita et Wi. Wi, comme oui, ça faisait rire.

Un jeune homme et une jeune femme sont entrés. L'homme portait un bébé enveloppé d'une couverture rouge et il tenait la lampe, qu'il a mise sur le plan de travail. Il était grand et maigre, marron comme des chaussures et des portes. Il avait la même tête que Tatie Gloria. Il a déposé le bébé sur le canapé. La femme était maigre aussi, un peu beige, avec des yeux exorbités. Elle portait ses cheveux longs, maintenus en arrière par des barrettes. La femme est venue vers elle pour l'embrasser, et quand l'homme a eu déposé le bébé, lui aussi est venu l'embrasser. Elle n'avait pas l'habitude de ça et n'a pas pu les regarder.

Une fille est allée dans une des chambres sans la remarquer, une jeune fille aux longues nattes à rubans blancs, qui portait un manteau bleu et un béret blanc.

Après la jeune fille, une petite femme, vêtue de noir et coiffée d'un foulard noir et blanc est entrée et est restée tout près de la porte. Elle avait le visage rond et le teint foncé et portait des lunettes à monture noire. À la lumière de la lampe, les lunettes semblaient être ses yeux. Derrière elle se tenait une femme plus âgée, grande et jaunâtre, enveloppée dans une couverture colorée qui tenait sous ses aisselles. Ses yeux ressemblaient à deux trous brûlés.

Les femmes se sont tournées vers elle et se sont mises à appeler et à émettre de hauts cris perçants qui l'ont terrifiée à tel point qu'elle a voulu s'enfuir.

– Viens saluer tes grands-mères, May, a dit Tatie Gloria, en entrant derrière les femmes. Tes grands-mères Keita et Hinemate.

Et la petite femme l'a prise dans ses bras, s'est accrochée en pleurant, la mouillant et faisant des bruits bizarres. Elle n'a pas aimé. Puis la petite femme a lâché prise et l'autre femme l'a saisie par les épaules et a pressé son nez contre le sien, elle a pleuré et larmoyé sans se retirer. Des larmes tombaient partout sur elle. Elle était mouillée, elle avait peur, elle voulait rentrer chez elle.

Enfin la vieille femme l'a relâchée et s'est dirigée vers la chambre. Tatie Gloria est venue la faire s'asseoir et lui a essuyé le visage. «T'en fais pas, May», a-t-elle dit.

Lorsque Keita est revenue dans la cuisine, elle avait l'air très différente. Elle avait changé de vêtements et s'était découvert les cheveux, qui étaient abondants et noirs, et elle s'est déplacée d'un pas vif, prenant la lampe pour l'examiner.

– Alors, ils t'ont laissée venir… Eh bien, Mata, pas aussi jolie que ta mère mais tu as ses yeux et ses cheveux. Grande comme elle aussi. J'espère que tu n'es pas têtue comme ta mère.

– Son nom est May, a dit Tatie Gloria. Ils l'ont appelée May.

– Son nom est Mata, rien d'autre, a tranché Keita. Ça, c'est juste son père qui s'en mêle parce qu'il n'a jamais voulu qu'elle porte le nom de son arrière-grand-mère. Même s'il n'avait pas de famille à lui offrir, hein. Mais c'est une chose sur laquelle ma fille a tenu bon : elle a donné à sa fille le nom de ma première mère. Tu entends ça, Fille de ma Fille, c'est Mata et rien d'autre. Il n'en voulait pas, d'un nom māori, ni d'une fille māori non plus, ni d'une femme māori. Voulait seulement une esclave pour lui et la possibilité d'une terre.

Tatie Gloria parlait en même temps que Keita, d'une voix douce comme si elle voulait couvrir ce que disait l'autre femme.

– Ton nom à toi, de ton arrière-grand-mère qui est morte à la naissance de Keita. Ton vrai nom. Ça ira, Mata, quand tu t'y seras habituée.

Puis, quand Keita a eu fini de parler, Tatie Gloria a dit : «Aide-moi, Mata chérie, à leur servir à manger.»

Tonton Bobby et un homme grand et essoufflé sont entrés. «La fille», a dit l'homme grand alors que Tatie Gloria est allée le saluer, puis il a demandé : «Fille de la Fille ?».

– Oui, c'est Mata, a dit sa tatie.

– Viens embrasser ton grand-père, Mata Paraima.

Elle ne voulait pas, mais elle est allée vers lui et il l'a prise dans ses bras. Il avait le visage qui piquait et une veste rugueuse. Elle n'était pas habituée à ça et voulait s'éloigner.

Et n'était pas habituée à s'entendre appeler Mata. Ça ne ressemblait pas à un vrai nom, même si Tatie Gloria avait dit que quelqu'un d'autre l'avait déjà porté, il y a longtemps. Maintenant son grand-père lui avait donné un nom de famille différent aussi, et non Palmer. Ils disaient qu'elle n'était pas May Palmer, mais Mata Quelque chose. Elle avait l'impression de changer, de devenir quelqu'un d'autre, de ne plus être elle-même, d'oublier des choses. Elle n'avait pas lu la Bible et ne se souvenait pas de ce qu'on lui avait dit, ne se rappelait pas à quoi ressemblaient Jeanie, Margaret et Colleen. À l'Orphelinat elle aurait été en train de parler à Jeanie et d'aider à donner leur bain à Margaret et à Colleen, dont elle ne se rappelait pas le visage. Elle se souvenait quand même de quelque chose — elles avaient le corps blanc et les bras de Margaret étaient poilus, ceux de Colleen ne l'étaient pas. Elles avaient toutes les deux des poignets marqués de veines et derrière leurs genoux les veines étaient visibles et frissonnantes.

Tatie Gloria lui a passé un saladier plein de nourriture à poser sur la table et les petits sont entrés et ont pris place autour de la table à côté de leur grand-père, qui beurrait du pain pour eux. Ils regardaient de travers leur mère, qui leur a fait une grimace bizarre et secrète. Toutes les grandes personnes s'étaient mises à parler entre elles dans une langue étrange.

– Mata, voici ta cousine Makareta, a dit Tatie Gloria. La fille se tenait là, un peu plus grande qu'elle, corps large, gros visage, peau foncée, yeux ronds et marron. Ses nattes avaient été brossées et ses cheveux ondulés lui tombaient dans le dos jusqu'aux genoux. Des pantoufles à pompons et une robe de chambre bleue. La Mamie est entrée derrière elle, et son visage mielleux et vieilli, serti de ses deux yeux noirs, était encadré de cheveux blancs fins, tressés en deux nattes courtes qui reposaient sur ses épaules. La fille qu'on appelait Makareta s'est penchée pour l'embrasser lorsqu'elles ont été présentées l'une à l'autre, mais elle n'a rien dit. Puis la vieille femme l'a fait se tourner pour l'emmener, tout en lui parlant dans cette autre langue. Elle ne savait pas si la fille avait une mère, ou si la mère était partie ou morte. Makareta mangeait délicatement pendant que la Mamie parlait sans cesse à voix basse.

Cette nuit-là, elle a dû dormir en travers du matelas, alors que Missy et Chumchum ont dormi à ses côtés. Ils ne voulaient pas qu'elle soit là et sont restés éveillés un certain temps à se plaindre.

À l'Orphelinat elle avait son propre lit à elle à côté de celui de Colleen, qui dormait sous les couvertures où elle se cachait pour sucer son pouce. Après, c'était Margaret, qui dormait les yeux à moitié fermés, ce qui laissait voir les blancs. Margaret-z'yeux-blancs. De petits oiseaux verts aux yeux cerclés de blanc venaient parfois dans les haies s'accrocher, picorer et s'ébattre, remplissant les haies de minuscules yeux blancs en mouvement constant. Jeanie occupait le lit du coin, où la lumière entrait par les fentes des stores, la lumière des lampadaires, ainsi que la lumière rasante des voitures et des camions qui passaient. La nuit dernière, Tatie Gloria l'avait câlinée pour qu'elle s'endorme et ça avait été comme si elle avait eu sa propre mère. Elle entendait Missy et Chumchum grincer des dents dans l'obscurité.

Sept

Manny a descendu la pente sur le grand bidon, ses bras comme deux fines ailes, en plein vol. Il s'est penché, et ses pieds battaient le sol de plus en plus vite à mesure que le bidon prenait de la vitesse sur les trous et les bosses. En bas de la colline il a attendu le bon moment, puis s'est jeté sur le côté pour tomber dans l'herbe haute avant que le bidon ne heurte la clôture. Après, ç'a été le tour de quelqu'un d'autre — de Missy, de Chumchum, d'Alamein, de Jacko ou de Billyboy.

Ce matin-là, toutes les tantes et tous les oncles étaient venus la voir et elle avait dû saluer chacun d'eux, pendant qu'ils pleuraient sur elle et faisaient de drôles de bruits. Elle n'était pas habituée à ça.

Maintenant tous les cousins dévalaient la colline à tour de rôle couchés en travers d'un bidon, les pieds poussant à l'arrière pour le propulser, de plus en plus vite, les yeux exorbités, comme des toupies. Ils arrivaient parfois à rester dessus jusqu'en bas, mais parfois le bidon les laissait derrière, les pieds pédalant dans l'air et le corps décrivant un arc avant de tomber. Personne ne lui a donné un tour, mais de toute façon elle aurait été trop timide.

Personne ne donnait son tour à personne. Si on voulait monter sur le bidon on devait aller le chercher soi-même, on devait attendre et crier au moment où le bidon arrivait, son cavalier en plein vol, son cavalier sautant et donnant un coup de pied de côté, avant d'atterrir brutalement et de surgir de l'herbe haute. Il fallait deviner où le bidon allait s'arrêter, pour être le premier à mettre la main dessus et crier : « À moi, c'est à moi. » Mais elle était trop timide pour crier, ou pour attraper le bidon et le pousser en haut de la colline. Trop timide pour dévaler la pente dessus et de toute façon, elle n'y arriverait sans doute pas. Si elle y arrivait, peut-être qu'ils l'aimeraient bien.

Quand elle a regardé la maison à l'arrière, elle a vu Makareta qui les observait depuis la marche du porche et elle s'est demandé si sa cousine allait avoir son tour. Ce matin-là, la vieille grand-mère avait aidé Makareta à faire son lit, et y avait étalé ses vêtements, inspecté et tripoté chaque élément, les défroissant sur le lit de ses doigts pointilleux. Une fois Makareta habillée, la femme l'avait fait asseoir sur un tabouret et avait commencé à lui brosser les cheveux. Voir ça à travers la porte de la cuisine où ils prenaient leur petit déjeuner, c'était comme regarder par une ouverture qui donnait sur une pièce remplie de cheveux. Après le brossage, la grand-mère avait tressé des nattes épaisses, qui devenaient de plus en plus fines en descendant plus bas que le tabouret, touchaient presque le plancher, et se terminaient par des rubans noués aussi élégants que des papillons.

Maintenant Manny et Jacko descendaient la colline ensemble, avec leurs pieds qui tapaient, tapaient. Ils se sont penchés puis redressés, penchés puis redressés, leur visage terrifié projeté au bout de leur long cou distendu. Les autres gamins dansaient dans l'herbe et criaient, « Allez, allez, allez ! ». Alors que le bidon se rapprochait du bas de la colline, Alamein a couru le récupérer, en appelant Billyboy pour qu'il soit son partenaire. « À moi, c'est à moi ! » criait-elle, alors que Manny a sauté d'un côté et Jacko de l'autre. Le bidon a bondi en avant pour faire « Boum ! » contre la clôture.

Ah oui, c'était drôle. C'était amusant. Elle voulait elle aussi danser dans l'herbe, courir et crier, récupérer le bidon et monter dessus pour descendre la colline, mais elle était trop timide, elle avait trop peur. Elle s'est assise et s'est mise à gratter le sol avec un bâton pendant qu'Alamein et Billy-boy poussaient le bidon en haut de la colline.

C'est à ce moment-là qu'elle a trouvé la bille.

Elle l'avait prise d'abord pour une pierre parfaitement ronde, mais après l'avoir frottée, elle a vu que c'était une bille. Elle l'a frottée dans l'herbe jusqu'à ce qu'elle soit propre. Et là, elle a vu comme elle était belle. C'était une grande bille de verre, avec des volutes de bleu, de jaune, de rouge et de vert à l'intérieur. Il y avait aussi des taches de mauve fumé et de brun doré. C'était comme si là, à l'intérieur de la bille, il y avait un nouveau monde tout petit, et comme si elle tenait dans sa main ce nouveau monde bigarré. Elle l'a approchée de son œil et de l'œil du soleil pour que la lumière la traverse, et il lui semblait qu'elle se trouvait dans ce nouveau monde tout petit, entourée de lumière et de couleurs tourbillonnantes. N'importe qui aurait pu la trouver, mais c'était elle, Mata Pairama, c'était elle qui l'avait trouvée. Mata Pairama, avec son propre nom à elle, c'était elle qui avait trouvé la bille.

Elle avait pensé la montrer à quelqu'un, consciente que Jeanie l'aurait aimée, aurait voulu l'avoir. Tous les gamins de l'Orphelinat l'auraient voulue et se seraient rassemblés autour d'elle pour essayer de l'échanger contre une moitié de tranche de pain grillé. Les gamins de l'École l'auraient voulue aussi. Ils lui auraient donné un crayon ou un *penny*, ou bien ils auraient voulu jouer pour la gagner ou se battre contre elle pour l'obtenir, même s'ils avaient déjà leurs propres billes à eux. Mais aucune de leurs billes ne recelait à l'intérieur un monde tourbillonnant à quatre couleurs et à ciel de fumée avec des empreintes de pas dorées. Ils l'auraient traitée de tous les noms.

Si Tatie Gloria avait été là, elle aurait pu lui montrer la bille, mais Tatie Gloria, Tonton Bobby et Bubba étaient rentrés chez eux. «Au revoir, Mata», avait dit Tatie Gloria. Puis à voix basse elle avait ajouté : «Keita te montrera des photos peut-être, si tu demandes.» Et elle était partie, mais elle avait regardé derrière elle en disant «Fais au revoir, Bubba» et en agitant la main de Bubba. Tatie Gloria et elle auraient pu parler du petit monde.

Là-bas sur le chemin elle a vu Makareta qui s'approchait et elle a décidé de lui montrer la bille, même si elle se sentait timide et n'arrivait pas à trouver des mots à dire. Elle a attendu que Makareta soit tout près, et a dit : «J'ai trouvé cette bille.» C'était la première fois qu'elle parlait à quelqu'un depuis son arrivée chez ses grands-parents. «Là, juste à côté du chemin.»

– Il y a des choses qui sortent de la terre, a dit Makareta. La vieille maison était là avant.

C'était la première fois que Makareta lui parlait, et elle n'arrivait pas à savoir, au son de la voix de sa cousine, si Makareta l'aimait bien ou non, si elle aimait la bille et la voulait, ou non.

– Montre-la aux autres, a suggéré Makareta.

Les gamins se reposaient, deux d'entre eux assis sur le bidon, les autres couchés dans l'herbe. Ils parlaient de pain et de qui devrait aller leur en chercher à la maison.

– Missy.

– Non.

– Jacko.

– Pas moi, Keita va se fâcher.

– Chumchum, toi et… Makareta, Makareta…

– Elle a trouvé une bille, a dit Makareta.

– Pain, Makareta, pain pour six.

– Huit, pain pour huit.

– Montre-leur.

Alors elle a tendu la main pour leur faire voir la bille et ils se sont tus, s'approchant pour mieux la regarder. Un cercle d'yeux regardait à l'intérieur du petit monde tourbillonnant dans sa main. Rien que ça. Aucun souffle, aucun bruit — jusqu'à ce que les yeux se détournent. Alors les gamins se sont reculés, tous leurs regards fixés sur son visage, et elle s'est sentie timide devant eux.

– Ça vient de la vieille maison, a expliqué Makareta.

Personne d'autre n'a parlé et elle a su qu'ils voulaient la bille. Ils la voulaient ou voulaient la tenir, mais personne n'a parlé et pendant un long moment ils n'ont pas détourné leurs yeux de son visage. Finalement ils sont retournés vers le bidon. Mais elle avait le sentiment de leur avoir volé quelque chose, ou que quelque chose était de sa faute, mais elle ne savait pas quoi.

Makareta est rentrée à la maison et Mata s'est retrouvée seule à nouveau, sans parler à personne, sans que personne ne lui parle. Elle ne savait pas si elle pourrait entrer dans la maison ou si Keita la gronderait, ne savait pas si elle devait aller voir Tatie Gloria et lui montrer la bille, lui parler du petit monde. Ne savait pas si elle dormirait à nouveau dans le lit de Tatie Gloria, si Tatie lui ferait des câlins comme si elle était sa propre fille, en lui racontant des choses comme si elle était une grande fille.

Peu de temps après, Makareta est revenue avec une pile de tranches de pain dans la main et les gamins se sont remis à crier. Makareta lui a donné la dernière tranche.

– Tu dois venir dire au revoir, a-t-elle dit.

Affamée, et le pain était bon. Elle l'a mangé lentement et a vu que les autres mangeaient lentement aussi, histoire de faire durer leur pain. Ils étaient tous assis, sauf Manny, qui sautillait d'un pied sur l'autre en mangeant. Il avait les pieds rapides et c'était lui le meilleur pour monter sur le bidon. Toute la matinée il avait glissé sur les fissures et les bosses sans être une seule fois désarçonné. C'était lui le premier à hisser le bidon tout en haut et celui qui avait fait la descente la plus longue, car il ne sautait jamais avant que le bidon soit sur le point de percuter la clôture. C'était lui qui méritait le prix et elle n'était pas trop timide pour le lui donner. Elle lui a tendu la bille.

Tous les gamins se sont tus à nouveau et l'ont regardée fixement. Puis Manny a enlevé sa chemise pour envelopper la bille avant de la poser par terre, se tourner et se mettre à faire rouler le bidon. Missy est montée sur les fils de la clôture et a appelé Makareta, qui rentrait à la maison.

– Makareta, Makareta, Mata elle la donne à Manny, a-t-elle crié, en faisant grincer les fils de la clôture.

Makareta s'est retournée.

– Elle la donne à Manny. Elle la donne à Manny, la bille.

Huit

Pour son premier emploi à l'usine, elle devait emballer des liasses de cahiers dans du papier kraft, qu'elle fermait ensuite avec des bandes de papier collant. Elle empilait les liasses emballées sur une palette, y posait des étiquettes, et quand la palette était remplie, Jerry venait avec le chariot.

Jerry était un petit homme vêtu d'une grande salopette : il avait les cheveux gominés en arrière comme deux ailes huileuses au-dessus de son visage blanc et de ses yeux brillants de singe.

– Tu prendras le pli dans un jour ou deux, avait-il dit, en jetant un coup d'œil sur sa pile le premier jour. Puis il avait crié à l'autre emballeuse, en élevant la voix au-dessus du grondement du chariot qu'il poussait lentement vers le magasin.

– T'as parié sur le gagnant samedi, hein ?

– Non, perdu mon oseille, deux livres cinq *shillings*.

– Et moi pareil, cinq livres de perdu.

Jerry lui faisait parfois un petit clin d'œil en partant à reculons et elle se disait qu'il l'aimait peut-être bien.

La plupart des femmes ne l'aimaient pas. Elles scrutaient ses vêtements, ses chaussures, ses vilains cheveux, son visage noir, échangeaient des regards, et pendant les pauses-café et le déjeuner ne changeaient pas de place pour la laisser s'asseoir à leur table. Elles avaient des blouses qui recouvraient leurs robes et des chaussures basses pour remplacer les talons hauts, et dans leurs sacs à main se trouvaient des bâtons de rouge à lèvres, des poudriers et des pots de crème pour le visage. Peu avant le sifflet de 16 heures 30, elles s'éclipsaient l'une après l'autre pour aller aux toilettes se mettre de la crème et de la poudre sur le visage, se mettre du rouge avant de sortir dans la rue, de monter dans les trams et les bus et de rentrer chez elles.

Elle aimait les écouter parler d'argent, de vêtements, de bals, de boums, de disputes, de boucles d'oreilles, de bas et de maquillage, et de beaucoup d'autres choses. Elle aimait l'odeur tourte-chaude-et-fumée-de-cigarette de la salle de pause. Les femmes avaient toutes un mari, un petit ami, des enfants, des amis à aimer bien ou pour de vrai, et qui les aimaient bien ou pour de vrai — sauf peut-être Ada, qui avait le visage sévère et qui ne parlait pas beaucoup. Elle ne savait pas si Ada avait quelqu'un.

Pendant un certain temps elle n'avait pas su comment Ada s'appelait, mais un jour Jerry était entré et avait crié : « C'est bien ça, Ada. C'est bien ça, ma belle Ada », pendant qu'il précipitait le chariot sous les piles de papier qu'elle avait comptées, et Ada avait ri, brièvement, son visage reprenant vite sa sévérité. C'était un visage vieux et dur, aux yeux vifs. Elle avait de grandes mains brunes qui glissaient de haut en bas sur le papier empilé, les doigts presque immobiles — pour séparer et compter, séparer et compter. Mata ne savait pas si Ada l'aimait bien ou non, mais Ada aussi était māori, ce qui voulait dire peut-être qu'elle était obligée de l'aimer bien. Quand elles allaient dans la salle de pause, Ada changeait de place pour lui permettre de s'asseoir.

Il y avait bien longtemps, elle était allée faire un séjour chez ses grands-parents. Il y avait eu des cousins et beaucoup de membres de sa famille qui avaient été obligés de l'aimer bien, qui avaient dû l'embrasser et lui donner des choses. Là-bas il y avait eu une tatie qui lui avait fait des câlins pour l'endormir comme si elle était sa propre fille à elle, qui lui avait raconté des choses comme si elle était une grande personne, comme si elle l'aimait bien.

Il y avait une grand-mère appelée Keita, qui était exigeante et grincheuse et qui avait aussi un visage sévère. Tous les gamins avaient peur d'elle, mais Keita lui avait acheté un manteau, et lui avait donné une photo de sa propre mère.

– Tu prends soin, avait dit Keita. Tu mets dans ton sac. Il y en aura d'autres quand tu seras plus grande… si tu es bien sage.

La photo montrait une jeune femme brune au visage large et sérieux et qui avait deux nattes épaisses autour de la tête. Un petit chapeau fleuri était perché à l'arrière de sa tête, de sorte qu'on ne le voyait pas bien sur la photo, et elle portait une robe de demoiselle d'honneur et un bouquet. Elle avait cru que sa mère était au Paradis, mais elle avait découvert qu'en fait elle était sous terre.

– C'était au mariage de ma mère et de mon père, avait expliqué Makareta, pour la photo. Ta mère a été demoiselle d'honneur au mariage de mes parents.

– Alors où sont-ils ?

– Qui ça ?

– Ta mère et ton père ?

– Mon père Rere[1] est mort à la guerre. Ma mère Polly vit à Wellington, avait expliqué Makareta, avec sa précision habituelle.

Il y avait des questions qu'elle aurait voulu poser à Makareta, mais sa cousine passait la plupart de son temps avec Kui Hinemate et les autres adultes à parler dans une autre langue et à se faire coiffer ; les autres s'occupaient de ses vêtements et lui préparaient des plats. Puis Makareta

1. Prononcer *réré*.

avait dit, «Mon père a sa pierre tombale près de l'endroit où ta mère est enterrée, mais il n'est pas enterré là, il est enterré en Égypte.»

Makareta était alors partie, emmenée dans le jardin par Kui Hinemate, qui avait étalé une couverture où elle devait s'asseoir et un chapeau qu'elle devait mettre pour se protéger du soleil.

Elle n'avait pas compris ce dont parlait Makareta, n'avait pas compris pourquoi Makareta parlait de sa mère, qui était soit morte et revenue à la vie comme ange au Paradis, soit partie ailleurs mais qui reviendrait un jour vers elle. Elle s'était dit que Makareta était bête, avec sa vieille grand-mère sournoise qui la traitait comme si elle était encore bébé et lui parlait dans une drôle de langue.

Mrs Parkinson était venue la voir à l'Orphelinat lorsque sa mère était morte, et elle avait dû enfiler son gilet d'uniforme, se laisser laver les mains et le visage, et laisser brosser vigoureusement ses vilains cheveux. Ensuite on l'avait fait entrer dans la salle des visiteurs, où l'attendait Mrs Parkinson. «C'est au sujet de ta mère, May», lui avait dit Mrs Parkinson, et elle avait cru qu'elle serait raccompagnée à la porte marron pour rejoindre sa mère.

« Il y a quinze jours, ta mère est morte et elle est partie maintenant au paradis pour être avec Dieu. Je t'ai apporté ça, pour t'aider. » Mrs Parkinson avait pris un livre dans son panier.

– C'est la parole du Seigneur, May. Lis dans ce livre tous les jours et le Seigneur te viendra en aide. Prie tous les jours et Notre Père t'entendra. Tu comprends ?

– Oui.

– Alors qu'est-ce que tu dis, May ?

– Merci.

– Et May, est-ce que tu sais qui je suis ?

– Mrs Parkinson.

– Oui, mais je suis aussi ta tutrice légale, comme l'a voulu ton père après le départ de ta mère. Je suis comme une mère. Je viendrai te voir quand je pourrai.

Mrs Parkinson s'était levée à l'arrivée de la Directrice, et les deux femmes avaient parlé à voix basse un moment avant que Mrs Parkinson ne parte.

– Ma mère est morte, avait-elle dit plus tard à Jeanie. Elle est partie vivre au paradis.

– La mienne aussi, quand j'étais bébé.

– Elles ressemblent à quoi ? À quoi elles ressemblent, nos mères ?

– À des anges habillés de chemises de nuit, avec deux grosses ailes dans le dos pour pouvoir voler, avait répondu Jeanie. Alors elle avait inventé un visage d'ange pour sa mère, comme ceux dans les images du catéchisme — teint pâle et joues roses, yeux bleus et longs cheveux dorés. Malgré tout, elle avait continué d'attendre sa mère.

Elle était restée là un moment à regarder la stupide Makareta suivre sa Mamie dans le jardin et puis elle s'était mise à courir vers la maison de Tatie Gloria, en appelant le long du chemin. «Qu'est-ce que tu as, Mata ?» lui avait demandé sa tatie, qui était sortie de la petite maison et l'avait prise dans ses bras. «Qu'est-ce qui ne va pas ? Dis à Tatie.»

– Tatie Gloria, ma mère est au Paradis.

– Oui…

– Makareta a dit qu'elle est enterrée, elle est sous terre.

– À l'*urupā*.

– Makareta a dit… à propos de ma mère à moi.

– Nous irons là demain.

– Nous irons ?

– À l'*urupā*, au cimetière, là où ta mère est enterrée.

Puis Tatie Gloria l'avait serrée fort contre elle, disant «Ne t'en fais pas, ne t'en fais pas… Nous avons essayé de te retrouver… Rappelle-toi que tu es notre fille à nous, notre propre fille avec ton propre nom comme Keita l'a dit». Puis Tatie l'avait fait entrer dans la maison et lui avait tout raconté sur sa mère.

«Nous ne savons pas comment elle a rencontré ton père, avait-elle expliqué. Il était dans les environs, loin des villes, parce que c'était un marin d'Angleterre qui s'était enfui de son bateau. Ta Maman, c'était la grande sœur, l'aînée, celle pour qui les anciens avaient un plan spécial. Ils la surveillaient à tout moment, s'occupaient d'elle, alors nous ne savons pas comment elle a rencontré Albert.

«Un jour elle est rentrée avec lui en disant qu'ils s'étaient fiancés, qu'ils allaient se marier. Keita était fâchée, ne voulait pas le permettre. Elle a dit à Albert de s'en aller et de ne pas revenir.

«Il ne t'épousera pas, lui a dit Keita. Tu penses qu'il veut épouser une fille māori ? Bien sûr que non. Et bien sûr qu'il ne fait pas l'affaire. Nous avons mieux en tête pour toi.

«Mais deux jours plus tard ta mère est partie et Keita n'a rien pu faire. Elle n'était plus leur fille, disait Keita. Ce n'était plus son chez elle.

«Eh bien, Albert n'était pas gentil avec elle et elle a dû le quitter. A dû te laisser aussi parce qu'elle n'avait pas d'argent, nulle part où aller. Elle est partie chercher du travail pour gagner de l'argent et trouver un logement. Quand elle aurait de l'argent elle te reprendrait, voilà ce qu'elle croyait. Mais elle était déjà malade.

«Elle avait bien trouvé du travail, ce premier jour, dans une usine où on confectionnait des vêtements. Elle y a travaillé pendant deux jours, et le troisième elle s'est écroulée sur sa machine à coudre et a fini à l'hôpital. Nous ne savions pas qu'elle était malade. Nous ne l'avons appris que longtemps après, quand elle nous a écrit. Nous l'avons ramenée à la maison et elle parlait tout le temps de toi, ne savait pas où tu étais. Nous avons essayé de te retrouver mais ton Papa était parti, il avait déjà nommé une tutrice pour toi et nous ne savions pas qui.»

Au cimetière il y avait un livre fait de pierre blanche avec des mots au sujet de sa mère inscrits sur les pages ouvertes. Elle était arrivée à lire certains de ces mots : «Morte le 4 novembre 1946, âgée de 25 ans. Dans nos cœurs à jamais.» Mais il y avait d'autres mots qu'elle n'arrivait vraiment pas à comprendre.

Alors tout était différent de ce qu'elle avait cru. Sa mère n'était pas un ange qui volait dans le ciel-paradis avec des ailes bordées d'or, elle dormait plutôt sous terre, ses ailes d'ange repliées, son visage d'ange paisible et ses mains pâles croisées sur sa poitrine d'ange. Elle avait aidé Tatie Gloria à désherber la tombe de sa mère et elles avaient mis des fleurs dans un bocal près du livre qu'on appelait une pierre tombale.

À côté de la pierre tombale de sa mère il y en avait une autre, qui n'avait pas la forme d'un livre mais ressemblait à une tranche de pain. C'était celle du père de Makareta et elle n'avait pu lire aucun mot là-dessus. Tatie Gloria en avait nettoyé les bords et y avait placé des fleurs aussi. «Ces autres, là, ce sont tous des membres de ta famille», avait expliqué sa tatie. «Pas le temps de tout faire aujourd'hui.» Puis Tatie lui avait montré les autres tombes, en lui disant qui étaient ces gens.

Et c'est alors que Mata s'était rendu compte d'autre chose. Les mots en haut des pierres tombales étaient des noms, les noms des gens qui s'y trouvaient enterrés, parce qu'elle avait pu en lire quelques-uns: Sarah, Arthur, Mason, Henrietta, Bradford, mêlés à d'autres mots qui devaient aussi être des noms.

Sa mère avait un nom.

Tout était différent de ce qu'elle avait cru. D'autres savaient que sa mère avait un nom et que c'était là sur la pierre, Anihera Keita Pairama, même si elle n'arrivait pas à le lire.

– C'est le nom de ma mère, avait-elle dit, en indiquant la pierre.

– Oui.

Mais Tatie Gloria n'avait pas compris, s'était éloignée pour rentrer à la maison.

– Tatie Gloria, Tatie Gloria, ma mère a un nom.

Puis Tatie Gloria avait pleuré et lui avait fait des câlins et avait lu le nom à haute voix et l'avait aidée à le dire. Elles étaient rentrées après, Tatie Gloria avait pleuré tout le long du chemin. Elles s'étaient lavé les mains dans le bidon d'eau au pied de la colline, et Tatie avait lavé son visage mouillé et ses yeux rougis aussi.

Au retour, dans le train, elle avait sorti la photo de son sac et l'avait pressée contre sa poitrine. Elle avait pensé aux prochaines vacances scolaires, quand Keita la ferait revenir, voudrait bien d'elle, lui dirait des choses sur sa propre mère à elle et lui donnerait quelques objets qui lui avaient appartenu. Elle s'était demandé ce que pouvaient être ces objets, des tasses avec des sous-tasses, peut-être, des figurines en porcelaine, une montre, un anneau en or, un médaillon en forme de cœur sur une chaîne en or, serti d'un minuscule rubis et avec des photos à l'intérieur. Penser au médaillon et au rubis lui avait rappelé l'énorme rubis, aussi gros qu'une orange, dérobé par un vilain voleur entre les yeux d'un éléphant qui appartenait à un beau roi. C'était une histoire dans la BD qu'elle avait lue à Missy et Chumchum pendant qu'ils attendaient le train à la gare.

Missy l'avait bien aimée quand elle avait lu les BD et quand elle avait lu à haute voix les histoires qui figuraient sur les murs tapissés de papier journal chez Tatie Gloria.

Ils l'avaient tous bien aimée quand elle avait donné la bille à Manny. Keita lui avait acheté un manteau et donné une photo, et quant à Tatie Gloria ! Eh bien, Tatie Gloria lui avait fait des câlins et lui avait parlé et l'avait aimée pour de vrai, et elle lui avait dit qu'elle était leur fille à eux avec son propre nom, qu'elle leur appartenait.

Mais elle savait maintenant que rien de tout ça n'était vrai. En fin de compte, elle n'était pas leur fille à eux. Elle avait attendu tous les jours mais ils ne l'avaient pas fait venir. Elle n'avait jamais eu de leurs nouvelles, n'y était jamais retournée.

Alors elle a pensé que ça ne pouvait pas non plus être vrai qu'Ada l'aimait bien, même si Ada était souvent gentille.

Elle ne savait pas qui pouvait l'aimer bien ou l'aimer pour de vrai, ni s'il y aurait un jour quelqu'un à elle, à aimer bien ou à aimer pour de vrai.

Elle a pensé au garçon du tram.

Neuf

Ada lui a appris à compter le papier, lui a montré comment saisir le coin inférieur d'une liasse de la main droite, puis la tourner de manière à ce que les feuilles se séparent au bord supérieur, avant de les faire glisser deux par deux avec le pouce de l'autre main jusqu'à en compter vingt-quatre. Elle a appris à ouvrir chaque lot en éventail, en faisant de son mieux pour garder bien droit le bord de la pile.

– Ah ah, tu prends le pli, avait dit Ada, qui regardait par-dessus son épaule son travail de la matinée. Tu sauras bientôt compter par quatre, puis par cinq et six comme moi.

Ada avait rectifié la pile pour elle.

– Tu aimes ton travail, toi ?

– Hum.

Il était difficile de parler et de compter en même temps, mais elle aimait parler à Ada. Elle avait hésité, cherchant quelque chose à dire pour continuer la conversation.

– Mrs Parkinson l'a trouvée pour moi, avait-elle dit.

– Hum ?

– Elle m'a trouvé une pension de famille.

– Tu l'aimes… ta pension ?

– Oui.

Elle avait repris son travail en pensant à des choses qu'elle pourrait dire à Ada une autre fois quand elle aurait suffisamment d'expérience pour parler et compter en même temps. Elle lui parlerait peut-être de Jeanie, qui était mariée à Rick; Jeanie, qui avait mis de côté torchons, draps et taies d'oreiller dans une valise et qui s'était fiancée avec Rick, qui lui avait acheté une bague en diamant; Jeanie aux vilains cheveux roux. Le soir, je range ma chambre et j'écris à Jeanie. Je ne sais pas si quelqu'un va m'aimer bien ou m'aimer pour de vrai.

Mais elle ne pensait pas dire cette dernière chose à Ada, ni à personne d'autre. C'était Jeanie qui parlait autrefois d'être bien aimée et aimée pour de vrai. Ses doigts se sont arrêtés de compter et elle a dit : «J'ai une photo de ma mère dans ma chambre, de quand elle était demoiselle d'honneur à un mariage.»

– Elle est où, ta mère ?

– Morte.

– Il est où, ton père ?

– Mort. Tué à la guerre en Égypte.

Elle ne savait pas pourquoi elle avait dit ça.

– Mon frère aussi, a répondu Ada.

– Tué ?

– Porté disparu, qu'ils ont dit. Ça veut dire qu'ils ne l'ont pas trouvé. Ça veut dire qu'il est mort. Et mon mari qui est rentré avec sa main explosée et le ventre plein de trucs... Tu as des sœurs, des frères ?

– Non.

– Des grands-parents, de la famille ?

– Non.

Elle ne savait pas pourquoi elle avait dit ça, mais d'une certaine façon c'était vrai. Ada s'est tournée vers la porte pour appeler Jerry, qui est arrivé en sifflant, en poussant le chariot.

– Tu devrais te trouver un petit ami, a dit Ada.

Il y avait quelqu'un de laid qui attendait à l'arrêt du tram tous les après-midi après le travail. Il avait la tête étroite, le cou écrasé, les lèvres et les yeux noirs, et le visage brun foncé. Il avait les épaules larges, les jambes plutôt courtes et quand il marchait il se penchait d'un côté puis de l'autre, comme pour patiner. Il était māori, comme elle, mais elle ne savait pas si ça voulait dire qu'il pourrait l'aimer bien.

L'après-midi, si elle sortait de l'usine aussitôt que la sirène sonnait, et se précipitait vers l'arrêt du tram, il était là et ils prenaient tous les deux le même tram. Il se dirigeait vers le compartiment du milieu et elle s'asseyait vers le devant. Elle choisissait une place d'où elle pouvait le voir, toujours déçue de devoir descendre avant lui. Elle ne savait pas si c'était un garçon ou un homme, mais pensait qu'il était peut-être assez laid pour l'aimer bien ou l'aimer pour de vrai.

Une après-midi elle a décidé de rester dans le tram pour voir où l'homme-garçon descendait, peut-être pour savoir où il habitait. Elle a regardé par la vitre qui donnait sur le compartiment ouvert où il était assis ; il fumait, penché en avant, les coudes appuyés sur les genoux. Comme le tram s'approchait du deuxième arrêt après le sien, il s'est levé pour sortir sur le marchepied, et s'est agrippé à la rambarde extérieure. Il avait un pied sur la marche et l'autre prêt à sauter ; il s'est élancé dans la rue, et a couru à côté du tram qui ralentissait. Puis il a changé de direction, pour courir vers le trottoir tandis qu'une foule de gens quittaient l'arrêt, s'agrippaient à la rampe, montaient les marches et se précipitaient pour trouver une place assise, une poignée à tenir, un coin fenêtre où s'asseoir, une cloison où s'appuyer. Elle le voyait courir, se faufiler parmi la foule pour atteindre une porte.

Elle ne pensait pas parler à Ada de l'homme-garçon, et de toute façon, c'était trop difficile de parler, de compter comme il fallait et de garder sa pile droite.

– Ça y est ? Tu t'es trouvé un petit ami ? a demandé Ada.

Elle faisait des progrès pour compter, était plus rapide et capable de garder sa pile droite. Elle arrivait à compter par quatre.

– Tu dis ni oui ni non.

Les mains d'Ada glissaient sur la pile, pour compter et ouvrir en éventail.

– Il y a un garçon… dans le même tram que moi pour rentrer.

– Comment s'appelle-t-il ?

– Je sais pas.

– Il te fait de l'œil, alors ?

– Non.

– Beau gosse, hein ?

– Non.

– Eh bien… Alors il te plaît, c'est ça ?

– Il se fait presque écraser toutes les après-midi en sautant du tram.

– Il court vers le bar le plus proche ?

– Le Central.

– Le Central humm… Jerry… Hé Jerry…

Le chariot entrait avec fracas et Jerry l'a poussé sous la pile.

– T'en dis quoi, Jerry ? Celle-là, elle zyeute un type qui prend le même tram.

Jerry a mis son pied sur le levier qui soulevait la palette.

– Eh, il prend le même tram, tu dis ?

La pile a tremblé puis s'est stabilisée quand il a lâché le levier.

– Eh bien, Mata, il faut faire gaffe.

Il a fait rouler le chariot entre les piles sans les frôler, de l'autre côté des grandes agrafeuses.

– Hé, vous autres, qu'est-ce que vous en dites ? Mata, elle a un petit ami qui prend le même tram, a-t-il crié aux femmes qui travaillaient aux agrafeuses.

Les femmes ont souri, la tête baissée vers les tranches pliées des cahiers tout en glissant les couvertures de carton dessus, avant de les pousser dans la machine et d'actionner les pédales. Les agrafes martelaient les cahiers. Certaines femmes ont arrêté de travailler pour échanger des regards en riant. Il y avait quelque chose qu'elle ne savait pas qui les faisait toutes rire, quelque chose qu'elle ne pouvait pas demander. Elle n'aurait pas dû parler à Ada de l'homme-garçon.

– Ta pile, elle est tout de travers, a dit Ada.

Dix

– Vous allez au cinéma ?

Il s'était approché d'elle à l'arrêt du tramway. Il avait les mains dans les poches et regardait de l'autre côté de la rue, comme s'il parlait à une voiture ou à un tram. Elle ne savait pas bien s'il lui parlait ou non.

– Vous allez au cinéma ? a-t-il redemandé. Alors elle a répondu : « J'y vais avec Jeanie. Parfois… Mais elle est partie. »

– Le vendredi nous allons bouffer après le pub et nous allons au cinéma, ou bien nous montons à la maison jouer aux cartes.

Elle n'a rien trouvé à répondre. Il s'est retourné tout à coup et est descendu dans la rue. Elle n'avait pas vu venir le tram.

Elle a rejoint la foule pour monter dans le numéro sept ; elle aurait voulu le suivre dans le compartiment du milieu, mais ne pouvait pas aller là où se trouvaient les hommes. C'était pour les ivrognes, ceux qui chantaient et criaient, un vilain endroit. Elle n'avait pas le droit de s'asseoir dans le compartiment du milieu.

De là où elle se tenait, elle le voyait ; assis, penché vers l'avant, de la fumée lui sortant du nez.

Il lui avait donc parlé. Elle n'avait pas été sûre d'abord s'il lui parlait ou non, puis elle avait su que oui. Il lui avait demandé quelque chose au sujet de cinéma, mais elle ne savait pas bien si elle lui avait répondu, ne savait pas ce qu'elle aurait dû dire et se demandait ce que la question voulait vraiment dire.

Elle aurait pu dire : vous êtes assez laid pour m'aimer bien ou m'aimer pour de vrai. Elle aurait pu dire : chaque jour je vous vois vous élancer devant des voitures, courir, courir, à travers la foule en direction du tram, avant qu'il s'arrête. Je reste là encore deux arrêts, je vous regarde vous suspendre au tram, vous laisser tomber, courir, disparaître dans la foule, passer par une porte de pub, Bar Le Central. Pourquoi m'avez-vous parlé ? Est-ce que c'est parce que vous devez m'aimer bien puisque vous êtes comme moi ? Je m'appelle Mata Pairama. J'ai un nom, Mata Pairama, Mata Pairama, un nom bien à moi.

Le tram s'approchait de l'arrêt où il descendait. Depuis la porte, il a levé la tête, haussé les sourcils, souri, se suspendant à la rambarde avant de sauter et de courir. Est-ce que je vous aime bien parce qu'il faut que je vous aime bien ? Est-ce que je vous aimerai pour de vrai, m'aimerez-vous pour de vrai, et qu'est-ce que vous avez dit quand vous étiez à côté de moi à l'arrêt du tram, que vous aviez les mains dans les poches et que vous parliez aux trams et aux voitures ? Cinéma. Vous allez au cinéma, avez-vous demandé. Chez Joe, sur Bridge Street, une bonne bouffe, puis aller au cinéma après. Si ça vous chante ?

Mais elle n'avait pas le droit d'aller au cinéma, pas le droit de parler aux garçons ni aux hommes.

Elle devait rentrer à la maison après le travail et aider à préparer le repas. Après le dîner, elle faisait la vaisselle et nettoyait les plans de travail, balayait le plancher et mettait le couvert pour le lendemain matin. Après, elle pouvait aller dans sa chambre, où il y avait un lit et un tabouret, trois crochets à manteau, trois cintres en fil de fer, une fenêtre, une photo de sa mère appuyée contre une tasse placée sur le tabouret. Un jour elle demanderait à Mrs

Parkinson de lui laisser prendre de l'argent sur ses gages pour acheter un cadre pour la photo. Elle voulait de nouvelles chaussures et un deuxième gilet, et changer ses cheveux.

Et puis elle aimerait sortir le soir ou le samedi, et avoir du temps pour regarder les vitrines des magasins en rentrant après le travail. Des dents marron quand il souriait.

Elle est descendue dans la rue et s'est dépêchée de rentrer en espérant ne pas arriver en retard, en espérant que Mrs Baird ne saurait pas qu'elle était descendue deux arrêts plus loin.

– Où étais-tu ? a demandé Mrs Baird. Je revenais du magasin et je t'ai vue passer dans le tram. Tu n'es pas descendue au bon arrêt.

– J'ai voulu revenir à pied… pour regarder les vitrines des magasins.

– Il y a du travail à faire ici. Tu sais ce que Mrs Parkinson a dit.

– Oui. Puis elle a ajouté : j'aimerais aller au cinéma.

– Ha. Il y a mieux à faire pour une jeune fille chrétienne, a répondu Mrs Baird.

Ou elle pourrait tout simplement y aller, c'était ce que Jeanie aurait fait. Mais Jeanie n'avait pas une tutrice qui lui disait où loger et quel emploi avoir ou combien d'argent elle pouvait prendre sur ses gages. Jeanie avait quitté l'Orphelinat, était partie vivre chez une tante et un samedi Jeanie et sa tatie étaient venues l'inviter à sortir. La tante de Jeanie avait dit à la Directrice qu'elles allaient prendre le thé mais elles étaient allées au cinéma à la place. Jeanie portait un nouveau manteau de tweed vert, ses cheveux cuivrés reposaient joliment sur ses épaules. Elles lui avaient prêté un imperméable bleu qui couvrait ses vêtements de l'Orphelinat et dans lequel elle se sentait bien.

Dans le foyer tapissé du cinéma, elles avaient regardé toutes les photos des vedettes avant de monter l'escalier tapissé qui donnait sur une large porte où un monsieur avait déchiré leurs billets et leur avait fait signe d'entrer. À l'intérieur il y avait une moquette rouge dans les couloirs et des sièges rembourrés marron pour s'asseoir. Il y avait des piliers à motifs de vignes et de fleurs dorées, et des alcôves pâles éclairées de lumières vertes et roses. Le plafond avait la forme d'un dôme et était décoré de bébés habillés de nuages et de fleurs, qui se tenaient la main pour former un cercle. Ce qu'elle avait aimé par-dessus tout, c'était le rideau d'or scintillant qui, lorsque les lumières de la salle changeaient de couleur, changeait lui aussi de couleur. Quand on le tirait vers le haut, il faisait des boucles et des plis fins et chatoyants. Il y avait eu de la musique. Un jour, un soir, elle y retournerait.

Pas ce soir. Ce soir elle épaissirait le ragoût et baisserait le feu sous le riz au lait, elle mettrait le couvert avec soin et découperait des tranches de pain. Dans sa chambre, elle avait une photo de sa mère, qui s'appelait Anihera Keita Pairama. Elle avait son propre nom, Mata Pairama. Son nom à elle, bien à elle, dont personne ne pouvait la priver, qui ne pouvait pas ne pas être à elle.

Si vous pouviez m'aimer bien ou m'aimer pour de vrai, voilà ce que j'aimerais savoir.

Onze

– Alors ça se passe comment, avec ce type du tram ?

Elle ne voulait pas répondre, parce qu'Ada parlerait à Jerry et que Jerry en ferait une plaisanterie, qu'il le dirait aux femmes des agrafeuses, qui souriraient la tête baissée vers les couvertures des cahiers ou bien elles la regarderaient avec amusement. Et puis si elle répondait elle oublierait son total. Ses doigts savaient maintenant descendre par cinq : quatre fois cinq et ensuite quatre pour faire vingt-quatre. Elle savait étaler les liasses de vingt-quatre pour faire des éventails de douze, et les placer, bien alignées, sur la pile sur la palette.

– Tu lui fais toujours de l'œil ?

– Le vendredi soir, il va au cinéma.

– Il t'a demandé de l'accompagner, hein ?

– Non, si.

– T'y es allée alors ?

– Non.

Elle faisait des progrès. Elle avait parlé à Ada sans oublier son total. Ada a lancé six liasses de douze sur la pile.

– Pourquoi pas ?

– Je dois aider à la pension.

– Tu n'as pas ta soirée de temps en temps ?

– Non.

Ada a allumé une cigarette parce que le patron était sorti. Elle la tenait dans un coin de sa bouche, et soufflait la fumée de l'autre. Ça sentait bon.

– Et puis elles ne me le permettraient pas, pas le soir, pas avec un garçon.

Elle espérait qu'Ada ne dirait rien à Jerry.

– Je peux pas leur en vouloir, c'est peut-être une ordure. C'est pas ça qui manque, tu sais, les ordures.

– Et je n'aurais pas l'argent.

– Pourquoi pas, il est où, ton argent ?

– Mrs Parkinson le garde pour moi, elle paye mon loyer et me donne juste de quoi payer le tram et le thé.

– C'est peut-être une ordure aussi, celle-là. Tu dois te méfier des ordures… Pas vrai, Jerry ?

– Qu'est-ce que tu dis, Ada chérie ?

– Il faut se méfier des ordures.

– Pour sûr… Hé, regarde-moi ça Ada, droit comme tiré au cordeau. Elle a bien pris le pli, tu vois.

– Faut plier maintenant, a dit Ada. Y a trop de piles déjà. Alors elles ne te donnent jamais ta soirée, ou ta journée ?

Ada a crié par-dessus le bruit de la machine à plier qui se mettait en marche. La lame s'est levée, Ada y a introduit le papier et la lame est redescendue, poussant les pages dans la fente.

– Le samedi. Le samedi j'ai du temps libre.

Trop de temps. Après avoir servi le petit déjeuner et nettoyé la cuisine, elle avait du temps jusqu'à quatre heures. Du temps pour ranger sa chambre mais elle était déjà rangée, du temps pour astiquer le plancher et le rebord de la fenêtre mais ils brillaient déjà, du temps pour laver la petite fenêtre mais elle était suffisamment propre. Si son bas avait une échelle, elle le raccommodait, s'il y avait un trou dans son gilet, elle le reprisait. Le gilet était usé, serait bientôt jeté, mais elle savait bien repriser — très lentement, pour faire passer le temps. Les jours de froid, elle frissonnait dans sa chambre glaciale.

Le samedi après-midi elle faisait une promenade, en serrant son gilet autour d'elle et en marchant vite comme si elle allait quelque part. Elle ne regardait ni les vitrines ni les trams qui passaient bruyamment, mais pressait le pas comme si elle avait quelqu'un à retrouver, quelque part où aller. Elle pensait à la lettre qu'elle allait écrire à Jeanie et à l'homme dont elle ne savait pas le nom, qui lui parlait tous les jours à l'arrêt du tramway. Elle pensait à l'usine avec le bruit, les odeurs, les choses que les gens disaient, à compter par cinq et à faire une pile bien alignée, au besoin d'aller aussi vite qu'Ada derrière la machine à plier et à Jerry qui criait «C'est un as, celle-là. Dis-lui d'y aller doucement en attendant que tu prennes le pli». Elle pensait à Ada et aux choses qu'elle disait parfois.

– Et après, tu fais quoi ?

– Je fais le ménage dans ma chambre, je lave mon linge, je le raccommode, je vais faire un tour en ville.

Elle arrivait maintenant à suivre le rythme d'Ada, même avec la machine à pleine vitesse. Elle pouvait prendre une liasse de six dans chaque main, tourner les deux liasses l'une vers l'autre, les regrouper pour n'en faire qu'une pile. Bien alignée.

– Tu devrais lui demander ton argent... pour acheter des vêtements, des bas neufs, un manteau.

C'était bien un manteau qu'elle voulait, mais elle ne voulait pas qu'Ada le sache. Elle avait demandé à Mrs Baird si elle pouvait mettre un peu de côté sur ses gages chaque semaine pour un manteau. Elle avait mis longtemps à demander. Mrs Baird lui avait rappelé que l'argent était destiné à payer sa pension, et que ce qui restait allait à Mrs Parkinson, mais elle avait dit qu'elle lui en parlerait.

Les gens dans les trams avaient des manteaux — beiges avec des cols en fourrure, en tweed, en astrakan, en gabardine, aux carreaux vert et marron, noir et blanc, bleus, aux tons mélangés de marron. Les employées de l'usine avaient des manteaux, usés mais chauds, qu'elles enlevaient dans le vestiaire et pendaient à des crochets fixés aux murs, avec des ceintures à détacher, des boutons à défaire. Certaines avaient des foulards noués sur la tête, qu'elles enlevaient et mettaient dans les poches de leurs manteaux avant de se recoiffer et de presser fort leurs lèvres maquillées devant le miroir étroit, l'une gigotant derrière l'autre pour se voir, s'entraînant à sourire. Elle voulait un manteau jeep de couleur crème, une jupe grise, des bas neufs et un foulard en mousseline de soie rose.

Elle avait demandé à Mrs Baird pour le manteau, et, deux jours après, celle-ci avait dit : « Mrs Parkinson m'a dit qu'elle connaît un endroit où elle pourra te trouver un manteau. » Mais ça faisait longtemps maintenant et elle avait arrêté de se demander quelle sorte de manteau ce serait, avait complètement arrêté de penser aux manteaux jusqu'à ce qu'Ada lui en parle. « Et puis tu as de la chance », avait dit Mrs Baird. « Tu as un arrêt de tram juste devant la porte et des vérandas de magasins pour t'abriter pendant que tu attends. »

– Mrs Parkinson va me trouver un manteau, a-t-elle mentionné à Ada.

– Ce sera bientôt trop tard, l'hiver est bientôt fini. À mon avis tu devrais... Mais les paroles d'Ada se sont perdues dans le bruit du sifflet pour le déjeuner. Elle a fait une pile des quelques cahiers qui restaient en attendant que la machine ralentisse et s'arrête. Elle s'est redressée puis a suivi les autres qui se pressaient pour entrer dans la salle de pause.

Des gens s'asseyaient déjà quand elle a pris place à une des tables. D'autres se penchaient sur le carton avec les commandes, cherchant leur nom sur les sacs en papier. Ada est arrivée avec sa tourte, le sachet graisseux et fumant tenu par le haut. Le bras levé bien haut devant elle, elle tenait deux tasses de thé de son autre main, en se faufilant parmi les employés qui continuaient d'entrer.

– Et voilà, ma grande, du lait, pas de sucre.

– Merci.

Dans sa chambre le samedi, quand il ne restait plus rien à repriser, elle retirait le papier humide de ses chaussures, les mettait sur un nouveau papier et découpait une forme avec ses petits ciseaux à ongles. Ensuite elle découpait la forme en six épaisseurs et les ajustait à l'intérieur des chaussures. Après, il y avait un temps de rien, plus rien à faire, trop tôt pour sortir se promener. Elle s'imaginait alors la salle de pause malodorante, les jurons des femmes, et ce que dirait Ada, comme «Voilà, ma grande, du lait, pas de sucre.»

– Eh bien, qu'est-ce que je disais ? Tu vas avoir une augmentation la semaine prochaine, alors tu vas prendre cet argent en sup et le planquer quelque part, a dit Ada.

– Qu'est-ce qu'il y a ?

– Pourquoi ?

– Qu'est-ce qui se passe ?

Les autres glissaient sur leurs chaises, les yeux écarquillés, cherchant à savoir. Elle ne voulait regarder personne.

– C'est les ordures qui sont censées s'occuper d'elle. Elles lui volent son argent et la font travailler comme une bonne.

– Pourquoi ?

– Comment ?

– Qu'est-ce qu'elles… ?

Alors Ada leur a raconté et elles en ont toutes parlé. Elle était bloquée dans un coin et ne pouvait pas partir, elle mordillait donc ses sandwichs en se disant que la pause-déjeuner serait bientôt finie, attendant le sifflet, le vrombissement et le ronflement des machines qu'on remettait en marche.

Fenêtre, armoire et papier peint. Il y avait un trou minuscule dans la partie haute de la fenêtre, et quand elle était entrée pour la première fois dans la chambre, il n'y avait qu'une seule fissure, qui passait du petit trou jusqu'en haut de la vitre. Quand elle avait essayé de nettoyer la fenêtre, d'autres fissures avaient poussé dans tous les sens, de sorte qu'elle ne voulait plus la nettoyer au cas où la vitre tomberait. Le petit trou avait six pattes et il s'étendait sur toute la fenêtre comme une araignée géante. Son araignée-fenêtre. Elle gardait l'araignée-fenêtre pour elle, un secret.

La partie inférieure de la fenêtre glissait vers le haut quand elle voulait l'ouvrir. Elle ne restait pas en place toute seule, mais Mata avait trouvé le moyen de la maintenir levée en se servant d'un cintre. Elle se servait de papier et d'eau avec un bout de son savon pour laver la fenêtre.

Au début, quand on lui avait donné la chambre, elle avait balayé tous les monticules de poussière de bois tombés de trous d'insectes dans l'armoire. Elle avait lavé l'intérieur, ciré l'extérieur et fabriqué une boulette de papier qu'elle coinçait dans la porte pour la garder fermée. C'était une armoire étroite mais elle avait beaucoup de place dedans pour sa robe, sa jupe, son chemisier et son gilet. Il y avait une place pour ses chaussures, et à côté elle avait mis un carton rapporté de l'usine où elle rangeait ses torchons et son cirage.

– Ouais, ouais, c'est ce qu'il faut faire, tu le piques.

– Hé Dotty, elle a une augmentation la semaine prochaine ?

– Comment je saurais ça ?

– Tu sauras quand tu feras les gages.

– Humm.

– Alors tu ne lui colles pas son enveloppe, elle va en piquer.

– Pourquoi ? Pour quoi faire ? Qu'est-ce qui se passe ? a demandé Dotty, qui arrivait avec sa tasse de thé, les lèvres pincées, les yeux dansant derrière ses vieilles lunettes. Et maintenant elles racontaient à Dotty.

Si elle prenait de l'argent et le mettait de côté, elle pourrait s'offrir un cadre. Elle en avait vu un de la bonne taille dans un magasin d'occasion à deux pâtés de maisons de là. Il était en bois avec un motif doré sur les bords. Au milieu, du verre sale et quelques couches de carton. Derrière, un bout de ficelle poussiéreuse attaché à deux pitons rouillés.

– Les vaches, on devrait porter plainte.

– Ouais c'est bien ça, tu devrais porter plainte.

– Qu'est-ce que tu vas acheter ?

– C'est pour quand, ton augmentation ?

Elles la regardaient toutes. Elle avait des miettes dans la gorge.

– Un cadre à photo.

– Un cadre à photo ?

– Pour quoi faire ?

– Mettre ma photo.

– Quelle photo ?

– T'as une photo ?

– De qui ?

– Ma mère.

Elle venait de leur dire quelque chose qu'elle n'avait pas voulu dire. Elle avait chaud, des miettes dans la gorge, et puis là elles allaient toutes poser des questions, elles allaient vouloir tout savoir. Elles allaient découvrir des choses pour échanger des regards secrets, et elle ne comprendrait pas quels secrets elle leur avait révélés.

– Elle est morte, non ? Ta mère ?

– Elle me l'a donnée avant de mourir.

Elle ne savait pas pourquoi elle avait dit ça.

– Et quoi d'autre ?

Le sifflet a résonné et elles se sont toutes mises à remuer. Leurs voix se sont élevées au-dessus du bruit. «Ta mère, elle a... ?»

– Elle t'a laissé autre chose ?

Elle s'est éloignée, des miettes dans la gorge, en faisant semblant de ne pas entendre à cause du brouhaha. Les femmes se hâtaient vers le vestiaire pour retirer des brins de cheveux, refaire leur rouge à lèvres, faire pipi, ajuster leurs bas et lisser l'arrière de leur jupe.

Le papier peint d'un des murs de sa chambre était marqué de nuages d'humidité, et de gouttes de pluie qui stagnaient et qui parfois ruisselaient en dessous des nuages. Les motifs du papier s'étaient estompés, mais derrière l'armoire, des feuilles comme des plumes vertes sur un fond tacheté de brun étaient toujours visibles. Au début quand elle s'était installée dans la chambre il y avait des endroits où le papier s'était détaché, alors elle l'avait recollé à l'aide de bouts de papier collant qu'elle avait rapporté de l'usine. Des formes de nuages, du papier peint qui pleuvait, et une araignée-fenêtre. Tout ça, c'était à elle, c'étaient ses propres secrets à elle dans sa propre chambre à elle.

Ada empilait des couvertures en attendant que la machine produise le bruit le plus fort, signal du redémarrage. Le levier est descendu et elle s'est mise à pousser les cahiers dedans.

– Eh bien voilà, ma grande. T'auras bientôt ton augmentation, dans une semaine ou deux et tu vas pouvoir piquer une demi-couronne sans qu'elles soient au courant. T'en dis quoi ?

— Peut-être bien...

– Peut-être ? Y a pas de peut-être. Ces ordures te volent sans y regarder à deux fois.

Le cadre ne coûtait qu'un *shilling* six *pence*. Elle nettoierait bien le bois et le verre, y mettrait la photo, avec du carton derrière qu'elle fixerait avec du papier collant. Elle pensait que sa mère aimerait.

– Et alors, comment il va, le type du tram ?

Elle s'est penchée sur les cahiers pour qu'Ada ne voie pas son visage et parce qu'elle ne voulait pas parler de ça dans le bruit de la machine. Et puis, elle ne savait pas si elle devrait lui dire quoi que ce soit désormais. Ce n'était que lorsqu'elle était seule dans sa chambre qu'elle pensait aux choses qu'elle pourrait dire à Ada et à ce qu'Ada lui dirait peut-être, ou à ce qu'elle allait écrire à Jeanie. En espérant avoir une lettre de Jeanie.

Ada n'a pas attendu sa réponse à la question, mais s'est mise à chanter la chanson du dollar d'argent, au rythme des mouvements du levier.

Elle connaissait maintenant son nom, mais c'était pas un vrai nom. Sonny. Il avait parlé à nouveau de cinéma — de faire une bonne bouffe avec les autres chez Joe le vendredi. Les autres ? Elle ne savait pas qui. Puis elle a crié à Ada, plus fort que le bruit de la machine et de la chanson : « Il veut que je sorte avec lui vendredi pour aller quelque part où on mange, mais je n'ai pas d'argent pour ça et elles ne me permettraient pas. »

Ada ne s'est pas interrompue et n'a pas levé la tête, mais elle a arrêté de chanter et a fait la moue. Au bout d'un moment, elle a dit :

– Ah. Je viendrai et je serai ta tante. Je passerai te prendre et je t'inviterai pour la soirée. Nous irons là où ce type va pour faire une bonne bouffe. Je veux l'examiner au cas où il serait une ordure. Dis à Mrs Machin que ta tatie va venir pour te sortir. Dis à ce type que tu viens vendredi avec ta copine dans cet endroit pour une bonne bouffe.

Alors là, elle a eu peur. Ce serait mieux de rester dans sa chambre à regarder des choses, à écrire à Jeanie, à attendre que Jeanie lui écrive. Juste le cadre à photo, ce serait suffisant. Elle ouvrirait l'enveloppe et prendrait une demi-couronne, achèterait le cadre, demanderait du carton et du papier collant à Jerry.

– Je peux pas…

– Ah mais si, tu peux, merde. Dis à cette voleuse de Machin à ta pension que je passe te prendre vendredi et que nous allons sortir pour dîner.

– Elle le dira à Mrs Parkinson.

– Mais dis-lui de dire à Mrs Parkinson que ta tatie va venir et que tu vas sortir.

– Mrs Parkinson n'aime pas mes taties.

– Quoi ? Quelles taties ?

– C'est pas permis d'y aller.

– Où ça ?

– Là où habitent mes taties.

– Je croyais que tu n'avais pas de taties, je croyais que tu… Oh ! la garce ! Dis-lui simplement que je viens, je te sors, un point c'est tout. Si tu veux dire tatie, dis-le. Sinon, ne le dis pas.

– Je dois préparer le dîner et faire la vaisselle.

– À quelle heure tu finis tout ça ?

– À sept heures…

– Parfait, j'ai des courses à faire. Je fais mes courses puis je viens, on sera peut-être deux. Daisy et moi peut-être — c'est ma demi-sœur. Daisy et moi, on va parfois faire une bonne bouffe ensemble le vendredi, on reste parfois à la maison à siroter du whisky.

Mais ça faisait peur. Mrs Baird était trop grincheuse pour qu'elle lui demande ça. Elle allait ronchonner et marmotter avant d'appeler Mrs Parkinson. Mrs Parkinson poserait question sur question puis… lui permettrait peut-être d'y aller. Elle ne voulait pas y aller parce qu'elle ne saurait pas quoi faire ni quoi dire. N'avait pas de manteau.

Ada a mis deux doigts dans sa bouche pour siffler Jerry. Le levier de la machine à plier montait et descendait au ralenti et Jerry arrivait de la salle d'emballage en poussant le chariot. Elle s'est redressée. Le papier dans ses chaussures s'était déplacé vers l'avant.

Douze

– T'as fait tes courses ? a demandé Ada.

– J'ai acheté des bas et mon cadre.

Elle les a sortis de son sac pour les montrer à Ada.

– Ça méritera un bon coup de chiffon, a crié Ada par-dessus le bourdonnement de la machine qui démarrait.

Quand Jerry est entré, elle lui a demandé quelques bouts de carton, du papier collant et de la ficelle. Elle lui a montré pourquoi elle les voulait. Il a sorti le vieux carton du cadre, a découpé avec le massicot un morceau de la bonne taille. Il lui a apporté du papier collant et de la ficelle prise sur le rouleau dans la salle d'emballage.

– Elle en fait quoi, d'ailleurs ? a demandé Ada en s'arrêtant pour laisser Mata la rattraper avec les piles.

– Qui ça ?

– Celle qui te vole ton argent.

– C'est pour rembourser ce que je dois.

– Ce que tu dois pour quoi, par exemple ?

– Mes bas et mes sous-vêtements, mes pyjamas et des choses dont j'avais besoin en quittant l'Orphelinat. Et…

– Et ?

– Et mon père lui devait de l'argent pour toutes les années.

Ada s'est remise à pousser du papier dans la machine, les sourcils froncés. Puis plus fort que les machines bruyantes, elle a crié : «Quelles années ? Tu n'étais pas à sa charge. Tu n'habitais pas chez elle», puis elle s'est éloignée de sa machine pour se tenir près de la pile, ses mains d'homme sur ses hanches et une expression féroce sur son visage ridé.

– Quelles années ? Tu étais à l'Orphelinat. Elle ne s'est jamais occupée de toi.

– Elle a dit qu'il avait promis mais qu'il n'a rien envoyé.

– Alors maintenant c'est toi qu'elle fait payer ?

– C'est écrit dans un cahier… combien je dois.

– C'est une sale voleuse.

Ada est revenue à la machine et poussait brusquement le papier.

– Tu devrais la dénoncer à la police… sauf que tu ne sais trop rien de la police non plus. Des fois je me dis que le monde est plein de belles ordures, merde.

Mata s'est penchée pour empiler les cahiers, espérant qu'Ada ne poserait plus de questions. Elle ne voulait plus rien dire parce qu'elle voyait bien qu'Ada était fâchée — elle pensait qu'Ada était peut-être fâchée contre elle. Et puis, Ada dirait aux autres, qui feraient te-te-te-te et fronceraient les sourcils, mais en même temps elles auraient l'air contentes.

– Alors pourquoi qu'elle t'a prise ?

– Qui ça ?

– Cette tutrice, cette ordure. Pourquoi devenir ta tutrice si elle s'en fout, si elle veut seulement l'argent et que ton père n'en envoie pas ?

Elle savait la réponse parce que Mrs Parkinson lui avait dit plusieurs fois. Elle savait qu'elle ne devrait pas le dire à Ada mais elle n'a pas pu se retenir.

– Pour empêcher mes grands-parents de me prendre, et pour m'éloigner du mal et du péché.

Ada s'est remise à travailler sans rien dire et n'avait plus l'air fâchée. Elle n'a fait que fixer d'un regard sévère le levier de la machine, a vérifié le rythme et a commencé à mettre les cahiers.

Ce soir-là, elle a pris une soucoupe d'eau dans sa chambre et avec un bout de torchon et un peu de son savon, elle a nettoyé le cadre, en frottant lentement pour que ça prenne longtemps. Après, elle a disposé la photo sur un des nouveaux morceaux de carton. La photo était plus petite que le carton, ce qui faisait une jolie bordure blanche. Elle l'a glissée dans le cadre, a placé les autres morceaux de carton derrière et a fixé le dos avec le papier collant, le coupant avec ses ciseaux à ongles. Elle a passé une nouvelle ficelle dans les œillets et c'était fini.

Elle avait gardé un clou précieusement, qu'elle a poussé dans un des trous d'insecte sur le côté de son armoire. Elle y a suspendu la photo de sa mère et a senti au plus profond d'elle-même quelque chose de douloureux et de joyeux.

Treize

Elle s'est arrêtée devant la porte pour laisser passer Ada et Daisy devant elle, mais les deux femmes plus âgées se sont arrêtées aussi. Puis elles sont entrées et Daisy a dit, en se tournant vers elle : « Allez, viens. » Mais elle ne voulait pas entrer, ne voulait pas que Sonny soit là, ne voulait pas qu'Ada et Daisy voient ça. Elle était laide, avait de vilains cheveux et un gilet reprisé et des vêtements laids.

– Je ne veux pas…

Ada est venue lui prendre le bras et elle savait que si elle essayait de se dégager, les gens la dévisageraient. Alors elle est entrée mais elle n'a pas pu lever les yeux. Ada et Daisy chuchotaient.

– Par ici ?

– Oui, ça ira.

Elles se sont assises à une table et elle a fixé du regard ce qui se trouvait dessus : sel et poivre, sucre, sauce tomate, sauce Worcestershire et autre chose, qui pouvait être du vinaigre. Ada avait une carte et Daisy et elle parlaient de ce qu'elles allaient commander.

– Qu'est-ce que tu vas prendre, Mata ? Ada s'est penchée vers elle, et lisait la carte à haute voix. Steak aux oignons, saucisses et œufs, poisson-frites, tourte-patates-petits pois, spaghettis-pain grillé…

Du poisson-frites, voilà ce qu'elle voulait. Les petits à l'École mangeaient du poisson avec des frites au déjeuner, enveloppés dans du papier journal. Ils faisaient un trou en haut du paquet et sortaient les frites une à une. Au milieu du paquet ils arrivaient à un morceau de poisson enrobé de sa pâte gonflée, graisseuse et fumante, et elle avait aimé s'asseoir là où elle pouvait sentir l'arôme chaud et appétissant, et écouter ce que disaient les petits au sujet du repas commandé — du poisson-frites pour six *pence*, des beignets avec des frites, des frites seules, avec ou sans sel, avec ou sans vinaigre.

Certains en avaient pris pour un *shilling*, à partager avec leurs frères et sœurs, et les familles se disputaient. Elle ne savait pas si elle devait dire qu'elle voulait du poisson-frites ou s'il y avait un truc dans le poisson-frites qui ferait que Daisy et Ada échangeraient des sourires secrets.

– Je vais prendre le steak aux oignons, a dit Daisy.

– Et moi le poisson-frites, a dit Ada.

– Ah oui, pour moi aussi.

– Du poisson-frites et deux œufs frits. Prends deux œufs frits dessus, Mata, a proposé Ada.

– Ah oui, je veux bien.

Ada a donné les commandes à une serveuse, qui les a criées par un passe-plat avant de revenir avec des couteaux et des fourchettes et une assiette de tranches de pain beurrées. Il y avait une odeur de graisse chaude, un bourdonnement de conversations, quelqu'un riait de l'autre côté de la salle, mais elle ne voulait pas regarder, voulait que personne ne la voie.

– Il est là alors Machin, celui du tram ? a demandé Ada.

– Sonny.

– Il est là ? Ou il se fout de toi ?

– Je sais pas.

– Mais regarde un peu. Il y en a quatre ou cinq là de l'autre côté, un peu ivres. Un couple de mon âge, deux gars et une fille qui bavardent et rient. Il a une tête de dur à cuire sur des épaules larges ?

– Je sais pas.

– Mais si, tu sais, regarde un peu.

Mais elle ne voulait pas regarder. La serveuse est arrivée avec les plats et elle ne savait pas si elle pourrait manger le sien.

– De la sauce, du vinaigre ? a demandé Ada.

Devant elle il y avait deux grands morceaux de poisson et une pile de frites surmontée de deux œufs frits.

– Oui, du vinaigre s'il vous plaît.

Ada lui a passé la bouteille qu'elle a prise pour asperger le plat, et comme elle la rendait elle a levé la tête et a vu, à travers des filets de fumée et de vapeur, l'homme Sonny, qui, assis de l'autre côté de la salle et appuyé sur un coude, parlait. Elle a baissé la tête et a commencé à manger.

Leurs repas à moitié finis, il est venu près de la table et elle a dû lever la tête. Elle était consciente de la chaleur de la salle et sentait les odeurs lourdes quand il les a rejointes et a serré la main de chacune d'entre elles.

– Asseyez-vous, a dit Ada, indiquant d'un signe de la tête une chaise vide. Alors il s'est assis, les épaules voûtées et les doigts entrelacés sur le bord de la table.

– Alors, c'est de vous qu'elle n'arrête pas de parler, celui du tram ?

– C'est bien moi.

– Eh bien, on a pensé qu'on devait aller vous lorgner. Vous pourriez être une belle ordure.

– Pas tout le temps.

Cela les a fait tous rire mais elle ne savait pas pourquoi.

– Le vendredi j'amène ma tante et mon oncle, parfois leurs gamins. Quelques copains viennent parfois.

– Tu serais pas un peu décrépit, toi ?

– Vingt-neuf ans au dernier décompte.

– T'as pas une petite amie ou une femme ?

– Nan.

– Aucune petite amie, aucune femme ?

– Nan.

– Pourquoi tu l'invites tout le temps ?

– Je l'ai vue dans le tram qui me faisait de l'œil.

Et tout le monde de rire à nouveau. De rire d'elle. Elle avait chaud et se sentait mal à l'aise, elle voulait être chez elle dans sa chambre où sa mère la surveillait depuis sa photo dans un cadre, là où il y avait du papier qui pleuvait, une araignée-fenêtre qui étendait ses longues pattes. Elle essayait de penser à ça, au fait qu'elle avait son propre nom à elle, et qu'elle avait piqué de l'argent dans son enveloppe et acheté un cadre pour sa photo, ainsi que des bas et des sous-vêtements.

Ada et Daisy se sont levées pour saluer le vieux couple et les deux jeunes qui s'étaient approchés, échangeant des poignées de main, les embrassant — comme si elles les connaissaient. Ada l'a fait se lever pour les saluer et ils l'ont embrassée aussi, mais elle n'avait pas l'habitude de ça. Puis Sonny a dit « Et moi, alors ? », avant de l'embrasser sur la joue et de rire. Ils ont tous ri et elle a senti son visage devenir chaud ; elle ne pouvait regarder aucun d'entre eux.

La tante et l'oncle de Sonny se sont assis à leur table et ont commencé à parler à voix basse à Ada et Daisy dans la langue qu'elle ne comprenait pas. Et elle a remarqué que lorsque Ada parlait, elle bougeait la tête, les yeux et les mains d'une façon qu'elle ne lui connaissait pas. Son visage sévère avait changé, comme s'il avait fondu et que toutes les rides avaient été lissées.

La tante s'est tournée alors pour leur parler à tous.

– Nous, on va tous monter chez ma sœur et jouer aux cartes, venez donc.

– Un jour, a répondu Ada. Mais nous devons ramener Mata dans quelques minutes.

– Restez là, alors, buvez votre thé.

– Et vous tous, allez-y. Un autre jour nous viendrons faire connaissance avec ta sœur.

Dehors l'air était froid après la chaleur du restaurant et elle a serré son gilet contre elle. Les magasins fermaient et des gens se rassemblaient aux arrêts de tram avec leurs paquets, et s'avançaient dans la rue quand les trams arrivaient lourdement. Les visages étaient pâles à la lumière bleu-blanc des réverbères et les paquets et les sacs des gens leur donnaient de drôles de formes dans la rue noire. Elle a marché avec Ada et Daisy, son baiser encore chaud sur sa joue.

– Alors c'est lui, a dit Ada. Eh bien…

Elle écrirait pour le raconter à Jeanie parce que Jeanie s'y connaissait en baisers et en sorties avec les garçons. Quand elle était partie vivre chez sa tante, Jeanie avait eu le droit de se maquiller, de se mettre du vernis à ongles, et d'acheter tout ce qu'elle voulait avec son argent. Elle avait l'habitude de se mettre sur son trente-et-un et d'aller dans des *milk-bars* avec d'autres filles et garçons. Beaucoup de garçons l'avaient aimée et l'avaient emmenée comme passagère faire des tours sur leur moto. Le dimanche à l'église, Jeanie lui racontait ce qu'ils avaient fait.

Puis Jeanie avait commencé à sortir avec un seul garçon qui s'appelait Rick. Elle était amoureuse de lui et il était amoureux d'elle, et maintenant elle avait quelqu'un à elle, un bébé à elle aussi. Mais elle n'écrivait plus.

– Bon, je suis pas sûre pour celui-là, a dit Ada. Je pense que tu devrais faire gaffe.

Comme si Ada le connaissait. Les gens semblaient toujours savoir des choses qu'elle ne savait pas, elle ; ils semblaient se connaître même quand ils venaient tout juste de faire connaissance.

– C'est peut-être pas le bon pour une fille comme toi, a ajouté Daisy.

Mais alors il y aura qui ? Il y aura qui d'assez laid pour m'aimer bien ou m'aimer pour de vrai, pour que j'aie quelqu'un à moi ?

Elle a ouvert la porte et est montée dans sa chambre. Il faisait froid. C'était vendredi soir et le week-end se profilait brutalement devant elle. Demain elle ferait ses tâches ménagères, puis elle resterait assise dans sa chambre à attendre. Après, elle irait se promener, ferait semblant d'aller quelque part, rentrerait à temps pour aider à préparer le repas, à laver la vaisselle, à astiquer et à nettoyer. Ensuite elle reviendrait dans sa chambre et penserait à avoir quelqu'un à elle, avec une maison juste pour eux deux — une maison couleur crème avec des bords de fenêtres rouges et une porte d'entrée vitrée. Ils ouvriraient leur portail, marcheraient dans l'allée, déverrouilleraient leur porte et entreraient dans la cuisine aux rideaux fleuris, aux placards et tiroirs verts. Cuisinière Neeco, casseroles, vaisselle, couverts, nappes et torchons.

Le soir, ils s'assiéraient dans des fauteuils, la TSF allumée. Il y aurait des stores à glands à baisser aux fenêtres, du Feltex au sol, et du papier peint pâle aux rayures argentées. Sur un mur seraient accrochées des photographies, dont une de sa mère. Elle ne voyait pas de qui seraient les autres. Il y aurait de toute façon des rideaux de dentelle aux fenêtres, tirés sur les côtés et retenus par des attaches à volants. Il y aurait des cygnes en verre et des éléphants en bois sur les rebords vernis des fenêtres, une pendule et un vase de fleurs sur la cheminée.

Jeanie et Rick avaient une maison avec du gazon devant et un espace derrière où il y avait un jardin et un étendoir à linge qui tournoyait. Ils avaient des meubles, en partie neufs, et ils mettaient de l'argent de côté pour une machine à laver. Ils auraient déjà la machine à laver, s'est-elle dit. Parfois dans ses lettres Jeanie lui racontait ce qu'ils faisaient, elle et Rick, ce que font ensemble les hommes et les femmes, mais voilà longtemps que Jeanie n'avait plus écrit.

Elle savait qu'elle ne voulait pas faire ce que font les hommes et les femmes.

Ce dimanche elle irait à l'église et puis chez Mrs Parkinson pour y passer l'après-midi, et Mrs Parkinson lui donnerait ses journaux de l'église à lire. Peut-être qu'il y aurait un manteau pour elle. L'après-midi elle rentrerait à temps pour aider, puis, une fois le nettoyage fini, elle se coucherait et attendrait lundi.

Mais il y avait désormais d'autres choses auxquelles elle pouvait réfléchir en attendant que lundi arrive. Il y avait un restaurant chaud plein de vapeur, du poisson-frites surmonté d'œufs mollets, et un baiser sur la joue que personne ne pouvait lui enlever.

Quatorze

Sonny s'est penché sur la table et a dit : « C'est ma tante, toujours la même rengaine, toujours sur mon dos. » Puis il a continué de manger ses saucisses aux œufs, en regardant autour de lui, le plafond, les murs, comme s'il y avait perdu quelque chose qu'il cherchait. Ses paupières s'abaissaient et il sentait fort la bière.

Il était arrivé tard au restaurant, au moment où les autres avaient fini de manger. Ada et Daisy étaient parties avec sa tante et son oncle pour jouer aux cartes, en lui disant de raccompagner Mata à la maison et ce, avant neuf heures et quart. Elle était mal à l'aise parce qu'elle savait que si Mrs Baird les voyait ensemble, elle le dirait à Mrs Parkinson.

Alors elle a pensé au fait que, depuis bientôt deux mois, elle avait mis de côté ses demi-couronnes et acheté un cadre à photo, des bas, des sous-vêtements et une paire de chaussures, sans compter les tourtes et beignets à l'usine et des repas chez Joe. Personne ne l'avait découvert. Elle avait également un gilet marron, qu'elle avait caché d'abord, avant de le porter, même devant Mrs Baird, qui ne s'en était pas aperçue.

Le lundi après leur première rencontre au restaurant, Sonny était arrivé à l'arrêt de tram avec un paquet. Il l'avait prise par le coude pour la guider à travers la foule vers le milieu du tram, l'endroit où allaient les hommes et les vilaines femmes. Mais elle s'était assise à côté de lui, plus près que jamais auparavant, savourant l'odeur de fumée et de gomina, contente d'avoir quelqu'un près de qui s'asseoir.

– Comment tu t'appelles, encore ? avait-il demandé.

– Mata.

– Mata, j'ai acheté ça pour toi, avait-il dit, en lui montrant le paquet.

– Quoi… pour quoi faire ? Alors il lui avait mis le paquet sur les genoux.

– Parce que j'ai entendu ce que ta tante a dit à la mienne.

– Elle n'est pas ma tante. C'est Ada. Elle travaille avec moi.

– À jacasser dans leur langue… Ouvre-le.

– Je peux pas.

– Pourquoi pas ?

– Je sais pas.

Alors d'un doigt il avait percé un trou dans le paquet et retiré un bout de papier, et elle avait vu qu'il y avait un vêtement en tricot marron à l'intérieur.

– Elles ne veulent pas que tu aies un gilet, je te donne un gilet, avait-il dit. Vas-y.

Elle s'était donc mise à défaire les nœuds de la ficelle pendant qu'il s'appuyait contre le dossier de son siège, en soufflant de la fumée, un bras étendu derrière elle comme s'il l'enlaçait.

Dans le paquet il y avait un grand cardigan, un cardigan d'homme, avec quatre gros boutons.

– Je ne peux pas le prendre, elles verront, avait-elle dit.

– Cache-le dans ton sac. Dis-leur que c'est ta copine qui te le donne.

Il avait pris son sac pour y fourrer le cardigan.

– Et n'oublie pas. Elles ne veulent pas que tu aies des vêtements, je te donne des vêtements. Elles ne veulent pas que tu aies de l'argent, je te donne de l'argent… nous avons raté nos arrêts, tu sais.

Ce soir-là dans sa chambre elle avait essayé le cardigan. Il était trop large aux épaules mais ça allait si elle ne le boutonnait pas. Les manches étaient trop longues, mais elle avait replié et cousu les poignets. Il tenait bien chaud.

– Oui, ma tatie… elle t'aime bien, a-t-il dit en découpant énergiquement la saucisse. Elle dit que tu es plutôt silencieuse, mais elle aime bien les filles silencieuses.

Et si elle lui racontait des choses, lui parlait, essayait de lui dire quelque chose ?

– Quand je parle les gens rient, a-t-elle dit, et je ne sais pas ce qui est drôle… je ne sais pas pourquoi ils rient.

Il l'a regardée, la tête inclinée d'un côté, a posé ses couverts, et s'est penché en avant, les mains sur les genoux et les coudes décrivant des angles. Il a haussé les sourcils et les globes roses de ses yeux se sont exorbités comme si se pencher les avait fait rouler vers l'avant, puis il s'est redressé, a rejeté la tête en arrière, et a ri. Elle regardait ses dents brunes à l'arrière de sa bouche et elle voyait la bosse de son cou court monter et descendre. Ça lui rappelait le mouvement du levier de la machine à plier. Les gens les dévisageaient. Elle ne savait pas ce qui était drôle.

Il a repris son couteau et sa fourchette, la tête baissée et il a souri en regardant la nourriture ; puis a levé les yeux vers la serveuse pour demander du thé et du pain. Il a à nouveau rejeté la tête en arrière, en riant. La salle se remplissait au fur et à mesure que l'heure de fermeture des magasins approchait.

– Je dois partir. Dans une minute je dois…, a-t-elle dit.

Il a arrêté de rire et s'est remis à manger.

– Il est temps que je me marie, selon elle. À son avis je dois me marier, j'ai trop la bride sur le cou.

Il y avait du thé et du pain devant eux ; il a versé du thé et fait glisser vers elle l'assiette de pain.

– Voilà ce que la vieille a dit. Humm. Alors t'en dis quoi ?

Mais elle ne trouvait rien à dire ; elle croyait qu'il lui posait une question mais n'était pas sûre laquelle, alors elle s'est contentée de manger un peu de pain et de boire vite son thé, parce qu'il se faisait tard. Pour éponger la sauce tomate et le jus de viande, il faisait tourner du pain dans son assiette. Elle s'est levée pour partir.

– Attends un instant, a-t-il dit, je t'accompagne au tram et tu seras rentrée à temps, fastoche.

Pendant qu'ils marchaient sur le trottoir il a répété : « Alors t'en dis quoi ? »

– Parfois des gens me disent des choses et je ne comprends pas.

– Si toi et moi on se passait la corde au cou ?

Elle savait que ça voulait dire se marier. Il est descendu dans la rue en cherchant à déchiffrer le numéro du tram qui s'approchait, puis il est revenu sur le trottoir.

– Alors t'en dis quoi ?

Ce n'était pas le bon tram et elle allait être en retard, mais quelle importance puisqu'elle allait se marier et avoir quelqu'un à elle — si elle pouvait, si Mrs Parkinson le permettait.

– Oui, mais ça ne sera pas permis, a-t-elle répondu.

Quand le prochain tram s'est arrêté, elle est descendue dans la rue. Il l'a accompagnée jusqu'à la marche.

– Selon qui ? a-t-il dit en se retirant, puis il a crié, je t'achèterai une bague. Tatie m'a dit que je dois t'acheter une bague.

Il riait mais elle ne savait pas ce qui était drôle. Les gens les dévisageaient.

Quinze

Ada l'a accompagnée pour dire à Mrs Parkinson qu'elle voulait se marier.

– Elle va devoir attendre, qu'elle soit libre d'en faire à sa guise, a répondu Mrs Parkinson.

– Au début de l'année prochaine, a dit Ada, ça tomberait bien.

– Ça ne sera pas possible à moins qu'elle n'épouse quelqu'un qui a les moyens, a expliqué Mrs Parkinson. Elle a des dettes, vous savez.

– Combien ? a demandé Ada.

– Depuis tant d'années où j'essaie de tirer le bien du mal, et c'est ainsi qu'on veut me remercier. Sa mère était une vilaine femme, et son père était un menteur, mais j'ai fait de mon mieux même si le sang était vilain.

– Combien ?

– Cent cinq livres.

– Elle vient habiter chez moi…

– C'est moi sa tutrice légale, permettez-moi de vous le rappeler, et ce n'est pas quelqu'un dans votre genre qui pourra…

– Elle vient habiter chez moi. Dans trois mois l'argent sera payé.

Mrs Parkinson a hésité, a détourné le regard.

– J'en doute. C'est plus facile à dire qu'à faire.

– Nous vous donnons trente-cinq livres tout de suite et vingt-cinq chaque mois.

Ada a ouvert son sac pour en tirer son portefeuille.

– Humm. Bon, on verra bien… D'accord, je vous donne trois mois et puis on verra. Si tout est payé je m'en laverai les mains complètement. Après ça, ne vous attendez plus à rien de ma part après tout ce que j'ai fait. Après ça ne venez pas me demander quoi que ce soit pour le mariage.

Elles ont marché solennellement toutes les deux le long de l'allée, ont refermé le portail derrière elles dans un déclic, et puis Ada s'est appuyée contre un poteau de réverbère et s'est mise à rire. Elle a tellement ri qu'elle en avait les larmes aux yeux ; elle a sorti son mouchoir de sa manche, s'est essuyé les yeux et s'est mouchée en disant : « Elle ne veut qu'être payée. Ça a été si facile, elle ne veut qu'être payée. » Comme si c'était la chose la plus drôle au monde.

Après, elles sont retournées à la pension pour prendre ses affaires.

– J'ai invité ma nièce à venir habiter chez moi désormais, a expliqué Ada à Mrs Baird. Nous sommes venues chercher ses affaires.

– Désolée, mais vous ne pouvez pas entrer ici et m'enlever ma pensionnaire, a protesté Mrs Baird. Elle a une tutrice, je vous signale. Rien à voir avec vous. C'est sa tutrice qui a organisé son séjour ici.

– Nous sommes allées voir Mrs Parkinson, a dit Ada.

– Comment voulez-vous que je croie ça ? Mrs Parkinson ne m'a rien dit. Il y a du travail à faire et vous ne pouvez pas tout simplement venir ici m'enlever mon assistante. Vous pouvez laisser ses affaires ici jusqu'à ce que je donne mon accord, jusqu'à ce que Mrs Parkinson me contacte et le confirme elle-même.

– Vous pourriez lui téléphoner.

Quelque chose en Ada rendait Mrs Baird nerveuse. Elle a laissé tomber une fourchette dans l'évier et est partie téléphoner.

Une fois de retour, elle a dit : « Mrs Parkinson m'a dit qu'elle a quelqu'un d'autre pour moi si vous pouvez laisser May ici jusqu'à vendredi. »

– Nous partons maintenant, a dit Ada.

Elles pouvaient faire à pied le trajet entre chez Ada et l'usine. Les premiers jours, elles sont allées ensemble à l'arrêt de tram après le travail pour voir Sonny, pour lui dire qu'elle ne prendrait plus le tram, mais il n'y était pas. Le vendredi elles sont allées chez Joe et il n'était pas là, et sa famille non plus.

– Quelqu'un a dû mourir, a supposé Ada.

Pendant un instant Mata a pensé qu'elle voulait dire que Sonny était mort. Elle n'a pas demandé de précisions à Ada, mais elle s'est dit qu'elle ne reverrait peut-être plus jamais Sonny.

Ça lui a fait bizarre au début d'avoir de l'argent à elle. Ada lui a dit de tout mettre de côté et qu'à la fin de chaque mois elle en aurait assez pour payer Mrs Parkinson.

– Tu n'as pas besoin de payer une pension, a suggéré Ada, et tu n'as plus à payer des billets de tram. Quand tu auras tout réglé, alors là on verra.

Pendant un mois elle n'a pas revu Sonny. Il était parti pour un *tangihanga* et avait décidé de rester pendant un certain temps. À son retour, il avait appris qu'il avait perdu son travail à l'abattoir, mais il était allé sur les quais et avait retrouvé du boulot là sans problème.

L'histoire qu'Ada a racontée sur leur visite, ensemble, à Mrs Parkinson les a fait tous rire, et leurs rires l'ont fait rire aussi. Elle n'avait pas l'habitude de rire, s'est sentie mal à l'aise quand d'autres dans le restaurant se sont retournés pour les regarder.

– J'ai ça pour toi, a dit Sonny ; il a mis sa main dans sa manche pour en tirer une montre comme un magicien.

C'était une montre d'homme avec un bracelet extensible.

– On dirait du refourgué, a dit Daisy. Tu l'as piquée ?

– Je l'ai eue d'un copain, pour lui donner un coup de main.

– Tu nous fais marcher.

– Nan, c'est bien vrai. Mon copain a eu un accident grave. Il est tombé dans la cale ce matin, s'est cassé les bras et les jambes et bousillé la tête. Étendu là à moitié mort, il a dit : « Débarrassez-moi de ces montres avant que les *zambucks* arrivent.» On a regardé ses bras et il en avait cinq d'un côté et cinq de l'autre, toutes pareilles, comme celle-là. Alors on les a enlevées... juste pour l'aider.

À la fin de chaque mois, elle apportait l'argent à Mrs Parkinson, et le jour du dernier paiement, même si Ada n'était pas là pour l'aider à être courageuse, elle avait demandé les papiers à Mrs Parkinson.

– Quels papiers ?

– Qui pourraient concerner ma mère et moi.

– Mais ça n'existe pas, avait-elle dit. Puis elle était allée prendre dans un tiroir une enveloppe qu'elle lui avait passée. Allez, prends ça. C'est le papier et le certificat de naissance, et après je pourrai m'en laver complètement les mains.

Dans l'enveloppe il y avait un document pour la tutelle et un certificat de naissance. Ainsi qu'une vieille lettre de sa grand-mère : « Je réponds à votre question sur les terres. Ce sont les terres de notre famille et les enfants en hériteront quand ce sera leur tour. Il y a des terres ici pour notre fille décédée, celle qui est la mère de Mata. Notre petite-fille peut venir ici quand vous le permettrez. Mais la terre ne peut être à elle que quand elle sera pleinement notre fille et non la fille de son père ni de quelqu'un d'autre. La raison en est que les terres ne doivent pas nous être enlevées. Cordialement, Keita Pairama, grand-mère de Mata Pairama.»

Elle a défait le dos de la photo, y a inséré le certificat de naissance et la lettre, en les glissant entre deux morceaux de carton avant de tout remettre dans le cadre. Elle a jeté le document de tutelle à la poubelle.

Seize

Au début de son mariage avec Sonny, elle pensait que ça voulait dire qu'elle avait quelqu'un à elle. Pendant une courte période, ça avait semblé être le cas. Pendant qu'ils avaient habité dans sa famille à lui, ça avait semblé être ça. C'était comme si elle avait quelqu'un à elle et sa propre famille en plus.

Même parfois pendant cette période, Sonny ne rentrait pas le soir, mais les anciens y étaient et ils étaient gentils avec elle. Leur petite-fille, avec son mari et son bébé y habitaient aussi, ce qui les faisait ressembler à une véritable famille.

– Faudra qu'il change de comportement, maintenant qu'il est marié, disait sa tante quand Sonny ne rentrait pas. C'est bien lui, ça, toujours à courir. Je veux qu'il se range avant que nous retournions dans le nord.

Quand il rentrait enfin, c'était normalement aux petites heures du matin. Elle l'entendait entrer avec bruit et tourner dans la cuisine à réchauffer de la nourriture. Plus tard elle entendait Tatie se lever pour voir s'il avait bien éteint la cuisinière. Sonny s'était endormi à la table et elle entendait Tatie essayer de le réveiller. S'il ne se réveillait pas, Tatie l'allongeait doucement sur le sol et lui mettait une couverture.

Le matin il se levait tôt, quelle que soit l'heure où il était rentré. Elle l'entendait bouger dans leur chambre et s'habiller : elle faisait semblant de dormir encore parce qu'elle ne savait pas quoi lui dire. Quelqu'un à elle, mais elle ne savait pas comment le posséder ; elle était souvent contente qu'il ne rentre pas parce qu'elle n'aimait pas faire ce que font les hommes et les femmes ensemble.

Le temps qu'ils se lèvent tous, il avait déjà commencé à préparer le petit déjeuner et Tatie se mettait à le gronder. Il écoutait pendant un moment puis il disait parfois : « Elle s'en plaint pas, *elle*. Je l'entends pas s'en plaindre. »

– Ça veut pas dire qu'elle aime ça, lui répondait sa tante.

Elle sentait qu'elle devrait dire quelque chose aussi, mais ne savait pas quoi. Après, le petit déjeuner se poursuivait en silence, et quand il était temps pour Sonny de partir, il s'en allait comme s'il les avait tous oubliés, et il descendait l'allée en sifflant.

– La seule chose positive que je peux dire sur lui, annonçait Tatie une fois qu'il était parti, c'est qu'il va travailler tous les jours. Mais à quoi ça sert s'il ne rapporte pas l'argent, ne fait que boire, acheter des trucs inutiles, faire des paris sur les chevaux, le donner à n'importe qui ? Tu devrais lui passer un savon.

Mais elle ne savait pas comment lui passer un savon. Et en plus, elle était plutôt contente de l'entendre dire « Elle s'en plaint pas, *elle*. Je l'entends pas s'en plaindre ». Ils s'étaient inscrits sur la liste pour avoir un logement social et une fois qu'ils seraient seuls, Sonny serait bien obligé de changer, se disait-elle. Il se reprendrait parce qu'il n'y aurait plus qu'eux deux. Quand ils auraient leur propre maison elle saurait quoi lui dire, ils sauraient comment se parler vraiment et elle ferait de son mieux pour aimer ce que font les hommes et les femmes. Ils auraient des enfants et ils seraient une famille, tous appartenant les uns aux autres.

Ils étaient mariés depuis un an lorsqu'une maison leur a été attribuée. Elle était peinte de couleur turquoise avec un toit de tuiles. Elle avait un gazon marron et dur devant et une boîte aux lettres à côté d'un portail en bois. Même si ça faisait longtemps qu'elle n'avait pas eu de nouvelles de Jeanie, elle a décidé qu'elle lui décrirait la maison dans une lettre. Peut-être que cette fois-ci il y aurait une réponse, que le facteur glisserait dans la boîte aux lettres et qui attendrait qu'elle revienne du travail.

À l'intérieur de la maison il y avait un plancher de bois verni et elle allait faire des économies pour acheter du linoléum et un tapis de feutre *bisonia*. La tante et l'oncle de Sonny leur avaient donné tous les meubles dont ils avaient besoin pour le moment, literie et serviettes comprises. Ada leur avait offert des rideaux verts et une table.

Presque tous les soirs Sonny rentrait tard et elle se réveillait au bruit de ses mouvements dans la cuisine. Elle se levait parfois pour lui réchauffer de la nourriture, ou l'aider à se coucher.

De temps en temps il rentrait tôt de son travail et alors elle était contente d'avoir quelqu'un avec qui manger, quelqu'un à qui parler, même s'il était difficile de savoir quoi dire. Il s'asseyait et mangeait, regardait fixement devant lui, alors elle se mettait en face de lui en se demandant s'il avait oublié qu'elle était là.

Et les nuits où il était absent, elle restait assise à regarder le papier peint, les fenêtres et les vieux rideaux, les trous de clous et les fissures du plancher, les trous d'insectes, les poignées de porte, les taches d'humidité au plafond, à la recherche de quelque chose à garder secret, quelque chose qui serait à elle. De temps en temps, elle écrivait à Jeanie, mais d'habitude elle restait là et pensait au travail du lendemain, quand il y aurait le bruit des gens qui criaient par-dessus les machines, la foule et l'urgence quand retentissait la sonnerie, l'odeur tourte-et-fumée de la cantine, les commérages, les jurons, les taquineries de Jerry. Elle réfléchissait à ce qu'elle allait raconter à Ada.

Puis un jour Ada s'est assise sur un carton près de la machine à plier et quand elle a entendu la sonnerie, elle s'est levée pour rentrer à la maison. Pendant la nuit, elle est morte.

Quand Ada n'est pas venue au travail le lendemain matin, Mata a dû travailler seule avec la machine à plier, faisant passer les cahiers puis se mettant derrière pour les empiler. C'était presque l'heure de la sortie quand ils ont appris qu'Ada était morte.

Elle n'a rien senti en elle quand elle a appris la nouvelle, ni tristesse, ni colère, ni rien du tout. Certaines femmes ont pleuré mais il n'y avait rien en elle pour la faire pleurer. Elle s'est assise sur le carton d'Ada à côté de la machine et il n'y avait rien dans ses bras et ses jambes pour les faire bouger.

– Allez viens, ma petite, a dit Jerry, il est temps de rentrer à la maison. Rentre et pleure tout ton saoul. C'est une bonne façon de partir pour notre copine, tu sais. Elle n'a pas souffert.

Arrivée chez elle, elle a pris la photo de sa mère sur le mur, s'est assise sur le bord du lit et l'a serrée contre elle. Il n'y avait rien en elle pour la faire pleurer mais elle a pensé à ce moment où elle avait couru sur le chemin en appelant Tatie Gloria, presque en larmes, et au jour suivant où elles s'étaient assises sur la colline où sa mère était enterrée, et qu'elles avaient arraché les mauvaises herbes et mis des fleurs dans un bocal.

Les gens partaient, ou mouraient.

Elle est restée assise là pendant des heures, dans l'espoir que Sonny rentrerait et qu'il y aurait quelqu'un à qui raconter, quelqu'un à qui parler. Il ne venait plus que rarement, mais passait de temps en temps pour lui apporter quelque chose. Rien pour la faire bouger, et elle a fini par s'étendre sur le lit et s'endormir.

Le lendemain elle s'est réveillée tard, se sentant enflée, comme si quelque chose de furieux s'était glissé en elle. Elle est restée au lit toute la matinée puis s'est levée et habillée : assise à la table dans la cuisine, elle a attendu. Elle ne savait pas vraiment ce qu'elle attendait, à moins que ce soient ses enfants. Ils étaient où, ses enfants à elle ? Il n'y avait rien en elle pour la faire bouger.

Cette nuit-là Sonny est rentré avec un gigot de mouton emballé dans du papier kraft poisseux.

– J'ai cru que t'étais pas là, a-t-il dit. Pourquoi t'es assise là dans le noir ?

Il a déposé la viande sur la table.

– J'suis passé pour te laisser ça… Pourquoi t'es assise là dans le noir ?

– Ada, a-t-elle dit.

C'était de ne pas savoir quoi dire qui lui a fait venir les larmes aux yeux.

– Qu'est-ce qu'il y a ?

– Elle est morte.

Elle l'a entendu grogner en s'asseyant à côté d'elle et puis il s'est tapé la poitrine de son poing et a pleuré. Pas comme les femmes au travail qui tapotaient leurs yeux mouillés d'un mouchoir, pas comme elle un instant auparavant lorsque deux larmes subites avaient surgi dans ses yeux mais sans couler. Il pleurait pour de bon, bruyamment et avec des larmes qui le mouillaient. Il a tendu les bras vers elle et elle l'a étreint jusqu'à ce qu'il arrête de pleurer. Pendant un instant c'était comme s'il était bien à elle.

– Quand ? a-t-il demandé.

– Avant-hier soir.

Après, il l'a regardée d'un air confus et s'est mis à lui poser des questions qu'elle ne comprenait pas.

– Elle est où alors ? Tu y es allée ?

– Où ça ?

– Là où on l'a mise.

– Qui ça ?

– Ada ?

Elle ne savait pas ce qu'il lui demandait, donc elle lui a expliqué qu'Ada s'était sentie mal au travail et était rentrée chez elle à midi lorsque la sonnerie avait retenti. Le lendemain au travail Ada n'était pas venue et l'après-midi ils avaient appris qu'elle était morte.

– Alors tu y es allée ?

– Où ça ?

– Chez Ada.

– Je suis restée ici à la maison.

– Ils sont partis ?

– Qui ça ?

– Ada et les autres.

– Où ça ?

– J'sais pas. Là-bas. Là d'où vient Ada.

Mais elle ne savait pas quoi répondre, ne savait pas ce qu'il lui demandait.

Il a mis sa main sans sa poche et en a tiré un billet d'une livre et quelques pièces.

– On va prendre un taxi, a-t-il dit.

– Pour aller où ?

– Chez Ada, pour voir…

Il y avait des choses qu'elle ne savait pas et que tous les autres savaient. Elle a mis son manteau et l'a suivi. Il portait le paquet de viande et faisait cliqueter de la monnaie dans sa main.

Sonny a dit au chauffeur d'aller chez sa tante et son oncle, et lui a demandé de faire venir un deuxième taxi. Quand ils sont arrivés, il est entré dans la maison et après une attente qui a semblé très longue, il est ressorti avec Tatie, Tonton et toute la famille.

Une femme a ouvert la porte et quand elle les a vus

tous dans l'allée, elle s'est mise à crier. Elle les a appelés, les a invités à entrer, les a étreints les uns après les autres. Ils sont entrés dans le salon d'Ada et se sont assis, et la femme est allée dans une autre pièce où ils l'ont entendue réveiller d'autres gens. Puis elle est revenue et s'est assise, la tête penchée, son mouchoir près de ses yeux. L'oncle de Sonny s'est mis debout et a commencé à parler dans une langue qu'elle ne connaissait pas. Pendant qu'il parlait, la femme faisait des signes de la tête, souriait en regardant ses mains, pliait et retournait son mouchoir.

Son discours fini, il y a eu un long silence, puis la femme a dit :

« Je suis contente de vous voir tous, je vous remercie d'être venus, vous êtes tous les bienvenus. Je suis la belle-sœur du mari de la sœur d'Ada. Ils sont partis hier matin, tôt, mais il fallait que quelqu'un soit ici pour que la maison reste chaude. Il n'y a que moi et mes deux enfants qui sommes restés. Vous êtes tous les bienvenus ici. »

Ils entendaient les deux enfants dans la cuisine en train de préparer de la nourriture et un peu plus tard celles-ci sont entrées.

« Voici Jacky et Ann », a dit la femme. « Elles nous ont fait une tasse de thé ».

Dans la cuisine, la table était couverte de plats de viande et de légumes et d'assiettes pleines de pain, comme si leur visite avait été attendue. Les anciens se sont mis à plaisanter et à raconter des blagues, comme s'ils ne venaient pas de pleurer, comme si Ada leur avait joué un tour et comme s'ils allaient tous lui en jouer un meilleur.

– Maman et moi, on va rentrer chez nous dans deux-trois mois, a dit Tonton.

– Humm, ça fait moins cher d'y aller à deux jambes plutôt que de se faire transporter dans une boîte, a remarqué Tatie.

– Elle croit que je ne vais pas payer son retour, c'est pour ça qu'elle veut partir maintenant.

– Tu seras où, toi ? Déjà sous terre, hein ?

– Elle croit que je vais l'enterrer là où elle claquera.

– Toi et ta toux… tu risques de claquer demain… Et maintenant, ma belle, Tatie a dit à la femme, tu viens du même endroit qu'Ada ?

– Plus au nord, tout à fait en haut. Ça fait vingt ans que je suis ici, j'y suis retournée que deux fois.

– Il y a une vieille femme, Paritainoema…

– Une demi-sœur de mon arrière-grand-père. Le même père mais elle est de la deuxième famille.

– Ah oui, c'est cette première famille. Une des filles est descendue ici pour épouser un oncle du côté de notre mère.

– J'en ai entendu parler, et il y a quelques membres de cette famille ici aussi. C'est…

Elle écoutait les conversations qui devenaient de plus en plus difficiles à suivre, se ramifiant dans tous les sens, des phrases entamées par une personne et complétées par une autre. Il semblait qu'ils connaissaient tous des gens, les mêmes, même des gens morts depuis longtemps, il semblait qu'ils se connaissaient tous depuis longtemps et dans une autre vie, même s'ils venaient tout juste de se rencontrer. La femme s'appelait Johnny mais son vrai nom était autre chose. Les autres gens savaient des choses qu'elle ne savait pas, elle, il y avait quelque chose de secret à tout ça. La discussion a continué jusqu'à l'aube.

– Nous rentrons chez nous chercher nos affaires, fillette, a dit le vieux à Johnny, comme ils se levaient pour partir. Ce soir nous revenons et nous restons ici avec toi.

– *Āe*, nous restons ici avec toi jusqu'à ce que la famille rentre. Pas bon pour toi et tes deux petites, a dit Tatie.

– Merci, Mère et Père. Mes petites et moi, on va préparer des lits pour vous.

Ils sont sortis sur le trottoir dans la lumière blafarde du matin naissant, dans la pâle lumière des réverbères, alors que le premier tram passait dans un claquement de pantographe, portant à l'avant son nom, son numéro et ses trois phares bleus. Il se traînait, tout éclairé, étirant son vacarme le long de la rue dans l'aube grise.

Ada était partie. Morte et partie… rentrée, elle ne savait pas où. Tout le monde connaissait tout le monde, savait comment compléter les phrases des autres, savait quoi faire et quoi dire, appartenait à tout le monde. Il y avait un secret qu'elle ignorait.

Dix-sept

Ils étaient où, ses enfants à elle ? Ça faisait des années qu'elle attendait ses enfants. Longtemps après que Sonny avait arrêté de rentrer à la maison, elle avait attendu les enfants qui seraient à elle, et à qui elle serait, pour toujours.

Au travail, on lui posait souvent des questions sur sa famille, sur ses enfants. L'une après l'autre, les jeunes femmes quittaient l'atelier pour avoir des bébés. Elles venaient souvent avec leurs nouveau-nés, tout endimanchés, pour que les autres les admirent ; toutes les femmes les entouraient, parlaient, souriaient, faisaient claquer leur langue. Parfois elles lui mettaient leur bébé dans les bras et lui disaient des choses qui l'attristaient.

Une fois, il y avait bien longtemps, Jeanie était venue, était descendue d'un taxi avec deux grandes filles et un petit garçon. Au début, elle n'avait pas reconnu la femme qui sortait du taxi, mais les deux filles, qui devaient avoir dix-sept ou dix-huit ans, ressemblaient tellement à Jeanie qu'elle n'avait pas vue depuis presque vingt ans, qu'elle avait compris que c'étaient Jeanie et ses filles, Kirsty et Jennifer. Jeanie avançait dans l'allée, le petit garçon dans les bras, pendant que les deux filles attendaient à côté du taxi.

– Jeanie, avait-elle appelé depuis la fenêtre. C'est bien ici. Renvoie le taxi.

Elle était sortie pour les aider avec les deux grosses valises.

– Je m'étais dit que tu ne serais peut-être plus là. J'ai jamais trouvé le temps de répondre à tes lettres, a dit Jeanie.

– Pas grave…

– J'ai gardé l'adresse mais ensuite j'étais pas sûre… Je me suis dit que je resterais quelque temps, s'il y avait de la place.

– Il y a beaucoup de place, vous pouvez rester aussi longtemps que vous voulez, a-t-elle répondu, prenant les valises pour les mettre dans une des chambres. Il n'y a que moi ici.

– Et ton mari ? T'as des enfants ?

– Pas d'enfants. Et Sonny n'est plus là.

– Comme Rick. Rick a filé il y a des années, a dit Jeanie. Et bon débarras. Je me suis remariée depuis. Ça a duré deux ans. C'est moi qui ai filé cette fois-ci, et depuis je fais la fête par-ci, par-là…

– J'ai deux chambres d'amis et j'ai des lits et des couvertures que la tante et l'oncle de Sonny ont laissés quand ils sont partis.

– Il est parti avec eux ? Sonny ?

– Non.

– Il a une autre femme ?

– Une autre et puis une autre après ça.

– C'est un beau mec, alors ? C'est un beau mec, hein ?

Elle ne savait pas comment répondre à Jeanie. Elle oubliait parfois à quoi il ressemblait, Sonny. Il avait le corps large, elle s'en souvenait, et la tête posée entre les épaules, comme s'il n'avait pas de cou. Il avait un visage ovale, et ses yeux étaient petits et marron foncé. Il avait les jambes courtes et marchait en se balançant.

– Il est laid.

Elle ne savait pas pourquoi elle avait dit ça, mais c'était la vérité. Il était suffisamment laid pour l'aimer bien ou l'aimer pour de vrai, pour être à elle, mais il y avait des secrets à tout ça qu'elle avait du mal à comprendre.

– Sans blague. Il ne peut pas être si laid que ça, a protesté Jeanie, sinon pourquoi toutes les femmes lui courent après ?

Le petit garçon, Terry, s'était endormi sur les genoux de sa mère. Il avait un visage rond en forme de lune et des boucles blanches, et sa tête semblait trop grosse pour son corps. Elle oscillait sur la tige de son cou et ses bras et ses jambes maigres pendillaient comme des rubans roses.

Trois semaines plus tard, quand elle est rentrée du travail, les valises de Jeanie étaient faites. Mata était triste de les voir près de la porte et de réaliser que Jeanie partait, parce qu'elle aimait bien rentrer à la maison en sachant que quelqu'un serait là.

Terry dormait dans la chambre et les filles étaient parties.

– Je les ai envoyées chez leur père, a expliqué Jeanie. Il va leur trouver des emplois. Il a sa propre maison d'ailleurs, et il a de quoi les héberger.

Et puis elle a ajouté :

– J'ai décidé de renouer avec le père de Terry, et j'espérais que tu t'occuperais du petit pendant un certain temps. Doug n'est pas très gentil avec Terry parce qu'il prétend qu'il n'est pas son fils… Qu'est-ce que tu en penses, May ?

– J'aimerais bien le garder, a-t-elle dit.

– Juste le temps qu'il faut pour convaincre Doug. Il a une belle maison tout équipée, tous les gadgets que tu peux imaginer, vraiment moderne, mais ce n'est pas un endroit pour les enfants. Terry n'aimerait pas. J'ai téléphoné à Doug ce matin et je sens qu'il veut que je revienne, alors je lui ai dit que je pourrais sans doute trouver quelqu'un pour s'occuper de Terry quelque temps.

– Je m'occuperai de lui.

– Juste le temps de tout arranger. Je sais que Terry t'aime bien.

– C'est bon, je m'occuperai de lui.

– Et je t'appellerai. Je te téléphonerai dans une semaine ou deux pour te dire comment ça va… Je pensais partir là, pendant qu'il dort. Ça lui sera égal, il a l'habitude que d'autres s'occupent de lui.

Après le départ de Jeanie, Mata a examiné les vêtements laissés pour Terry et s'est rendu compte qu'il n'y en avait pas beaucoup. Ça ne la dérangeait pas parce que l'idée de sortir acheter ce qu'il fallait lui plaisait. Elle allait acheter des vêtements, de belles chaussures et de petites bottes en caoutchouc pour se promener quand les trottoirs seraient mouillés. Il avait quelques couches et elle en prendrait encore quelques-unes, pas trop parce que Terry savait maintenant demander pour aller aux toilettes, il n'avait besoin de couches que pour la nuit. Il savait dire quelques mots. Il appelait Jeanie Mumum, et il l'appelait Mumum elle aussi, parfois. S'il voulait l'appeler Mumum, elle lui permettrait. En plus des vêtements, elle prendrait une poussette, un petit lit et une chaise haute. Elle pourrait les acheter dans un magasin d'occasion et les repeindre. Cette idée la remplissait de joie.

Puis elle s'est demandé comment elle allait payer toutes ces choses pour Terry si elle ne pouvait pas travailler. Toute à son projet, elle avait oublié le travail. Mais elle avait quelques économies dont elle pourrait se servir. Et puis Jeanie serait de retour et elle reprendrait son travail.

Elle avait gardé Terry pendant six mois avant que ses économies soient épuisées. Elle a donc écrit à Jeanie pour lui dire qu'elle avait besoin d'argent. Jeanie a répondu en disant qu'elle en enverrait tous les quinze jours. C'était un soulagement parce qu'elle avait cru que Jeanie viendrait lui prendre Terry.

Terry avait six ans lorsque sa mère est venue le chercher. Jeanie avait quitté Doug et rencontré quelqu'un d'autre, un homme qui voulait fonder une famille.

– Pas question que je fasse encore d'autres chiards, à mon âge, a expliqué Jeanie. Et de toute façon, si j'avais encore un bébé, qu'est-ce qui me garantit que ce type-là ne me dise pas lui aussi un jour que le gamin n'est pas de lui ?

Elle avait ajouté qu'heureusement il y avait Terry, et que de toute façon c'était embêtant d'envoyer de l'argent tous les quinze jours. Elle avait promis de laisser Terry revenir de temps en temps pour des vacances, s'ils ne partaient pas s'installer en Australie.

Terry s'est retourné pour lui faire signe de la main alors qu'il montait dans le taxi devant sa mère et elle ne l'a plus jamais revu. C'était comme s'il était mort.

Elle pensait à lui tous les jours, et chaque fois qu'elle sortait, elle le cherchait du regard. Quand elle voyait des enfants qui jouaient, qui allaient à l'école ou en revenaient, elle cherchait celui qui ressemblait le plus à Terry, ou celui qui avait l'âge le plus proche. Au début, elle avait envoyé des cartes et des cadeaux d'anniversaire, à l'adresse que Jeanie lui avait donnée, mais ils lui revenaient toujours marqués d'un tampon « Inconnu à cette adresse ».

Elle a repris son travail et quand on l'interrogeait sur sa famille, elle disait parfois : « J'ai eu un garçon autrefois, mais il est mort. » Ça semblait être la bonne réponse.

Après, elle a attendu, mais il était difficile de savoir qui ou quoi elle attendait. À nouveau, elle regardait le papier peint, les fenêtres, les fissures aux murs, les marques d'humidité au plafond, les fissures au plancher, les trous de clous et d'insectes, les poignées des portes, à la recherche de quelque chose dans une pièce ou une maison à serrer contre elle, quelque chose qui serait à elle. Mais toujours, à la fin, elle n'avait qu'elle-même. Toutes les autres choses qu'elle avait jamais eues avaient disparu.

Pendant une courte période, une période dont elle ne se souvenait qu'à peine, elle avait eu une mère qui l'avait abandonnée et qui ensuite était morte. Au début elle ne s'était rappelé que les vêtements et les mains de sa mère, mais pas son visage.

On l'avait emmenée vivre dans un Orphelinat où des enfants pleuraient la nuit et faisaient pipi dans leur lit, où elle était toujours vilaine et étrange, où elle avait une peau sale et où les enfants lui disaient qu'elle était sale. Ses vilains cheveux étaient coupés avec de grands ciseaux par la Directrice toutes les fois que les boucles repoussaient et elle avait deux barrettes pour plaquer ses cheveux contre sa tête, mais ses vilains cheveux s'échappaient toujours des barrettes et faisaient de vilaines spirales, des ondulations et des boucles. Comment pouvait-on éliminer poux et puces de l'Orphelinat quand il y avait des cheveux comme ça ?

Elle n'avait jamais voulu être vilaine, alors elle avait frotté sa peau et aplati ses cheveux avec de l'eau, avait prié pour être sage et obéissante et pour travailler dur, pourtant il y avait constamment des preuves qu'elle était vilaine — les autres enfants refusaient de marcher à côté d'elle pour aller à l'école et ils ne lui permettaient pas de jouer avec eux. À l'école on la traitait de noms qui la rendaient honteuse. Une fois, une mère s'était mise en colère par sa faute.

Parfois sur le chemin de l'école, des gamins se cachaient pour l'attendre, ils sautaient sur elle en l'attaquant avec leurs règles. Elle essayait de les frapper avec son cartable et de s'enfuir, mais ils étaient toujours trop nombreux et ils la tenaient et la frappaient. Aussitôt qu'ils voyaient du sang ils s'enfuyaient à toute allure, en se retournant de temps en temps pour crier.

Si elle savait qu'ils l'attendaient, elle prenait un chemin plus long, ce qui la faisait passer par les pinèdes où il y avait des hommes vilains qui savaient qu'elle était vilaine aussi. Ils ouvraient leur manteau et leur pantalon pour tendre vers elle leur vilaine chose, et elle s'enfuyait écœurée, consciente qu'elle était une pécheresse.

Elle avait eu une amie autrefois, qui n'avait pas été une amie pour toujours. Jeanie mentait et jurait, rigolait dans le noir et lui racontait des secrets grossiers et horribles. Parfois Jeanie se mettait toute nue et sautillait et faisait le tour de leur chambre en dansant, juste pour être vilaine. Elle avait la peau aussi blanche que des tasses et des soucoupes et des cheveux roux et horribles.

Une fois, elle était partie en vacances à un endroit où il y avait des gens comme elle, mais elle n'était pas comme eux. Ils ne l'avaient pas fait revenir, mais on lui avait donné une photo qui montrait le visage de sa mère.

Elle avait eu autrefois une bague en diamant que Sonny lui avait donnée. C'était un cercle fin en or serti d'un seul gros diamant retenu par des griffes de platine. Les femmes au travail étaient venues vers elle, les visages rouges et cupides, pour regarder la bague et lui poser question sur question. Ses réponses leur avaient fait échanger des regards et des clins d'œil. Et après, ça avait été le tour de l'alliance. Elle avait cru que ça voulait dire qu'elle avait quelqu'un à elle.

Alors elle avait attendu. Elle avait inspecté les motifs fanés, les fissures, les taches. Elle avait écouté le robinet qui fuyait et regardé bouger l'aiguille de la pendule, toute au désir d'avoir quelque chose qui soit bien à elle. Elle le sentait se répandre douloureusement en elle par ondes larges.

Parfois la nuit, elle serrait contre elle la photo de sa mère, comme si elle allait chasser la douleur intérieure.

Elle s'imaginait que cette chose dure qui attendait en elle serait adoucie, desserrée et tirée hors d'elle par les yeux de sa mère.

Et puis un jour elle avait mis son manteau et ses chaussures, glissé la photo dans sa poche, ouvert toutes les portes et fenêtres de la maison et était sortie en suivant ses pieds, sans rien vouloir, pour aller nulle part.

MAKARETA

Dix-huit

J'ai attendu d'être seule avec Keita pour lui dire que je voulais partir. Je n'ai rien dit, au début, de mon intention d'emmener Makareta avec moi.

– J'ai eu des nouvelles de ma sœur, ai-je dit. Elle est malade et elle veut que je vienne chez elle.

Keita a tapoté le cirage avec sa brosse, puis s'est mise à en couvrir le haut du fourneau.

– Pour combien de temps, Polly ? a-t-elle demandé.

– Pour y rester, Keita, pour y vivre.

Elle n'a pas relevé la tête, n'a pas arrêté son travail. Je craignais son regard.

– Qu'est-ce qui ne va pas ici ?

– Rien. Tout va bien.

J'ai pris les bouilloires et la théière sur le fourneau, cherchant à m'occuper, et me suis mise à les essuyer sur le plan de travail.

– Alors c'est ici que tu vas rester.

– Ma sœur…

– Tu veux dire Cissie, a-t-elle dit, en noircissant le devant du fourneau, en passant la brosse sur les tiroirs à cendres et tout autour, qui vit dans deux pièces au-dessus d'un magasin avec un mari bon à rien et trois enfants.

– Elle est malade.

J'ai parlé plus fort que je ne voulais.

– Alors tu dois partir t'occuper un moment de ta sœur. Il n'y a pas de mal à ça.

– Samedi. Je veux aller chez ma sœur ce samedi, pour y vivre.

Cette fois, elle s'est arrêtée et m'a fixée d'un regard dur. «Je ne donnerai pas mon accord», a-t-elle dit, en reprenant son travail comme s'il n'y avait plus rien à dire.

J'ai dû chercher les mots au plus profond de moi. «J'ai promis à ma sœur.» Ce n'était pas facile quand elle m'avait toujours considérée comme sa fille.

– Promis à ta sœur ? Non, Polly, ce n'est pas que ta sœur te supplie de venir. C'est que toi, tu veux t'en aller. C'est pour ça que je te demande, qu'est-ce qui ne va pas ici ?

– Rien.

– C'est trop calme ici pour toi ? Y a pas d'hommes ici. C'est ça la vérité, voilà la raison. Ta sœur habite une grande ville, alors il doit y avoir beaucoup d'hommes là-bas pour vouloir de toi. Beaucoup de soldats qui rentrent d'Italie, donc tu veux aller à Wellington.

– Non, Keita…

– Voilà la vérité.

– Je n'ai pas oublié Rere, ai-je protesté.

– Nous avions envisagé autre chose pour notre fils mais il te voulait et nous l'avons laissé faire. Nous ne t'avons pas chassée. Maintenant notre fils est mort, mort depuis deux ans…

– Et ça fait quatre, bientôt cinq ans qu'il était parti à la guerre.

– Et nous y voilà, Keita a fait cliqueter les grilles et les vannes. C'est bien ce que tu dis. Quatre ans ou cinq, et puis là, tu veux un nouveau mari.

– Non, non… Seulement je crois qu'il pourrait y avoir plus, il pourrait y avoir du travail. Les femmes travaillent maintenant. Et Makareta…

– Makareta ? Ne parle pas de Makareta. L'enfant de notre fils reste ici.

– C'est mon enfant aussi. Elle aura bientôt cinq ans.

– On a ici notre petite école et c'est ici qu'elle va rester, ici au sein de sa famille.

– Moi aussi, je suis sa famille.

Mais Keita n'a pas voulu m'entendre.

– Notre petite-fille est née ici même, elle a vécu ici jusqu'à aujourd'hui et c'est ici qu'elle va rester, avec son père.

– Mais il n'est pas là, ai-je protesté. Rere n'est pas…

– Le père, c'est la famille, la famille, c'est le père.

– Moi aussi, je suis sa famille.

Keita m'a tourné le dos, a posé les brosses sur la grille et a essoré le torchon.

– Tu veux partir, tu veux oublier, bon, alors va-t'en, a-t-elle dit. Si tu restes, alors tu es notre fille et nous prendrons toujours soin de toi. Quant à Makareta, tu peux pleurer toutes les larmes de ton corps, mais tu ne l'emmèneras pas. Tu ne peux pas l'éloigner de sa Kui Hinemate, celle qui lui donne son bain, qui lave ses vêtements, lui prépare des petits plats. Celle qui, lorsque notre petite-fille était bébé, la massait, soignait ses rhumes, se levait la nuit pour attiser le feu pour que la cuisine reste chaude.

– Je me suis occupée de mon bébé. J'ai pris soin d'elle.

– Personne ne dit le contraire, mais Makareta, elle est toute la vie de Kui. Tu ne peux pas lui enlever toute une vie.

– Je la ramènerai…

– Tu te souviens, Polly, que le *whenua* de Makareta est enterré là-haut avec son père ?

– Il n'est pas là, Keita, pas enterré là-haut, il n'y a que l'emplacement… tout prêt pour la pierre tombale.

J'ai trouvé le courage de prononcer les mots, même si ce n'était pas des mots que Keita voulait entendre.

– Ici c'est chez elle pour toujours.

– Chez elle, ce sera toujours ici. Je la ramènerai.

– C’est ce que tu crois maintenant, mais la ville a sa propre façon de manger les gens. Si tu veux que la ville t’avale, vas-y, on s’occupera ici de Makareta. Pleure toutes les larmes de ton corps, tu ne peux pas nous enlever notre petite-fille.

Keita est sortie en emportant les cendres, et parce que c’était ce que je faisais toujours, j’ai mis du papier dans l’âtre et disposé du petit bois. Je me demandais ce que j’allais faire maintenant, sachant que Keita ne serait jamais d’accord pour que je m’en aille et que je prenne ma fille avec moi.

J’ai été surprise de la voir revenir, et qu’après avoir enlevé son foulard et son tablier, elle vienne s’asseoir près du fourneau pour me parler.

– Je voulais attendre pour te dire cela, a-t-elle dit doucement. Je voulais encore attendre jusqu’à l’an prochain ou l’année d’après. Mais là, maintenant que tu parles comme ça — de partir vivre avec ta sœur — je veux que tu saches que nous avons pensé à toi. Je veux que tu saches que nous avons un plan pour toi.

«Quand notre fils Rere t’a amenée à la maison, nous ne t’avons pas rejetée. Nous connaissions ta famille et nous étions contents que quelqu’un de cette bonne famille nous rejoigne. Tu es une femme avenante, tu connais les coutumes de notre peuple, tu es travailleuse et tu as de l’instruction. Qu’est-ce que nous aurions pu demander de plus pour notre fils ? Et puis Rere est parti à la guerre et nous l’avons perdu. Nous avons perdu notre fils, tu as perdu ton mari, mais tu restes notre fille. Nous n’attendons pas de notre fille qu’elle vive une vie de solitude, bien sûr que non. Nous ne voulons pas que notre petite-fille n’ait pas de frères et sœurs. Alors voilà. Nous avons prévu que tu épouses notre fils Aperehama. Je voulais attendre encore un an ou deux avant de te le dire parce qu’Aperehama est jeune encore et ça ne fait que deux ans que Rere est mort. Mais là maintenant, à cause de ce que tu viens de me dire, c'est le moment de parler.

«Toi et Aperehama, vous allez vous marier, voilà notre plan, et ici ce sera toujours chez toi. Tu auras d'autres enfants avec Aperehama, pour donner à la petite Makareta des frères et sœurs. Comme ça le *whakapapa* n'est pas dérangé, les ancêtres des enfants sont les mêmes.

Elle a baissé la voix pour chuchoter.

– Et Polly, toi et tes enfants, vous aurez des terres, beaucoup de terres. Vous aurez des terres par notre fils aîné et des terres par notre cadet. Nous connaissons ta famille. C'est une très bonne famille, d'une lignée forte, une famille forte pour les coutumes, mais Polly, elle n'a pas de terres. Ce n'est pas de leur faute, mais ils n'ont pas de terres. Mais passons, leur fille, c'est notre fille.

Keita s'est levée.

– C'est tout, c'est ça notre plan. Nous voulons que tu saches que tu es notre fille et qu'ici, c'est chez toi. Nous voulons que tu saches que même si notre fils est mort, nous ne t'oublions pas.

C'était difficile au début de comprendre ce que Keita me disait. Me marier avec Aperehama ? Je pouvais comprendre que cela avait un sens pour elle, dans la mesure où les lignées généalogiques et les héritages seraient conservés. Et puis, si j'épousais Aperehama, ça voudrait dire que Makareta ne pourrait pas leur être enlevée. C'était vrai que Makareta était toute la vie de Hinemate, en fait, toute la vie de la maisonnée entière. Enlever Makareta à sa Kui, c'était la partie la plus difficile de la décision que j'avais prise. Mais ma propre vie était une vie de solitude, vide à bien des égards, maintenant que Rere ne reviendrait jamais. Pour moi, il était temps de faire quelque chose de nouveau.

Aperehama était comme un frère pour moi. Je ne pouvais plus rester maintenant que Keita avait révélé ses intentions.

Je savais aussi que si je voulais emmener Makareta avec moi, nous allions devoir partir en cachette.

Dix-neuf

Pendant ma grossesse, les femmes de la maison avaient pris le contrôle de toute ma vie. Chaque matin, elles envoyaient Gloria à la buanderie pour chauffer de l'eau dans la chaudière et me préparer un bain. Kui Hinemate venait me laver et me masser le ventre et les seins. Elle parlait sans cesse des sentiments et des pensées qu'un bébé a dans le ventre de sa mère — de son écoute et de son savoir, de son amour du bien, de son rejet du mal. «Un bébé se recroqueville pour se cacher des mauvaises choses, me disait-elle. Il cache son visage avec ses mains. Un bébé est vieux. Un bébé sait.»

J'ai dû accepter les bains et permettre qu'on me sèche avec une serviette, qu'on me masse, mais j'avais mes propres idées sur le bébé qui poussait en moi. La voix de Kui n'était qu'un bourdonnement, une interruption dans mes propres pensées. Je me souviens des regards résignés échangés parfois entre Gloria et moi.

Aux repas, on me donnait les morceaux de viande les plus tendres, la première tranche de pain, et de temps en temps on préparait des plats spéciaux juste pour moi.

Une fois, au début de ma grossesse, Rere et Wi sont allés dans le bush pour attraper deux *kererū*, que Keita a fait rôtir sur un feu dehors, en arrosant fréquemment de jus les poitrines grasses des oiseaux pour qu'elles ne sèchent pas.

Pendant le repas du soir, on me les a apportées dans une grande assiette et j'ai mangé sous les yeux de la famille.

Alors que je détachais la chair et séparais les os de devant, ils ont fait des commentaires sur la taille et le gras des oiseaux et se sont exclamés sur les baies dont ils étaient farcis. Wi et Rere ont parlé de l'endroit où ils étaient allés les attraper et des arbres dans lesquels ils avaient cherché. Ils ont parlé de la taille et de la maturité des *miro* que consommaient les *kererū* ; ils ont décrit le vol bruyant des pigeons de branche en branche, et raconté leur chute lourde. J'ai mangé autant que j'ai pu, mangé pour faire plaisir, avant de passer le plat pour partager ce qui restait.

J'ai considéré ces jours-là comme les meilleurs de Keita. Keita, alerte et vigilante comme toujours, mais douce parfois, émue dans l'attente du premier des petits-enfants. Cependant, en dépit de toute l'attention portée sur moi, ma propre famille me manquait souvent. Mes parents étaient déjà morts à ce moment-là, et mes frères et sœurs habitaient loin.

Vers la fin de ma grossesse, Rere me manquait aussi. Malgré la désapprobation de Keita, il s'était porté volontaire pour servir dans l'armée et avait été envoyé dans un camp d'entraînement. Peu après la naissance de Makareta, il était parti à la guerre.

Un jour où mon bébé était presque prêt à naître, je suis allée au ruisseau avec Kui Hinemate, Keita et Gloria. Elles n'ont pas voulu que je les aide à laver le linge, alors j'ai descendu le cours d'eau, me suis déshabillée et me suis assise dans l'eau que j'ai prise dans mes mains et laissée couler sur mes épaules et le long de mon ventre volumineux et distendu.

Rere et moi étions venus souvent à cet endroit, simplement pour être seuls. Je me suis souvenue que notre bébé, qui allait bientôt naître, avait peut-être été fait là-bas, sous le grand *mānuka*, qui laissait tomber maintenant ses fleurs blanches dans l'eau autour de moi. Dans ses branches, un oisillon *pīpīwharauroa* criait pour avoir de la nourriture pendant que son petit parent adoptif se hâtait pour lui en fournir. L'herbe y était encore longue et verte, en dépit de la sécheresse estivale.

Mais je savais que ces jours-là, c'était fini pour Rere et moi. Il y avait une guerre et Rere allait partir. Parfois, c'était comme s'il était déjà parti, parce que quand il rentrait désormais à la maison en permission il était différent dans ses manières — silencieux, comme s'il attendait — comme si parler ou rire allait révéler l'émotion qu'il ressentait au fond de lui. C'était comme si le Rere que je connaissais nous avait déjà quittés.

Je me suis rhabillée, puis dirigée vers les autres, et me suis baissée pour étendre par terre une serviette à l'ombre. C'est en me redressant que j'ai senti mon souffle s'engouffrer en moi et me remplir, puis se libérer, dans un gémissement venu du plus profond de moi. Je me suis laissé tomber en écartant les genoux, et ma fille a surgi en glissant entre eux sur une vague d'eau, comme si elle était venue à moi à la nage, de quelque part en amont. J'ai mis mes mains sous elle, pour la retourner. Ses paupières ont remué, sa bouche s'est ouverte, elle a éternué, et lorsque je l'ai soulevée, elle s'est cambrée, comme une nageuse, agitant ses petits bras. C'est ainsi que notre petite Makareta est née, pour moi et pour sa famille, sans douleur, en temps de guerre.

Kui Hinemate est venue vers moi, en criant à Gloria d'apporter des serviettes et en demandant à Keita de couper du *flax* pour nouer le *muka*. Pendant qu'elle s'occupait de moi, je suis restée là, le dos contre un arbre, en pensant à Rere, en priant qu'il rentre pour voir sa fille avant que le bataillon quitte le pays.

– Je suis devenue une tatie, juste comme ça ? ai-je entendu dire Gloria. Tatie d'un bébé fille au visage de femme, au visage de *kuia*.

Je savais qu'elle était émue et j'ai essayé de me tirer de la tristesse que j'avais soudain ressentie.

– Ça t'a fait mal, Polly ?

– Je n'ai rien senti, ai-je dit, avant de me mettre à pleurer.

– Trop rapide, a dit Kui Hinemate. Et sans douleur, voilà pourquoi tu pleures là maintenant... Et puis il y a une guerre.

Elle a enveloppé notre bébé d'une taie d'oreiller et a attaché des serviettes autour de mon ventre.

– Étends-toi et dors, puis nous te ramènerons à la maison, a-t-elle dit. Dors et endors ton triste cœur.

J'ai bien dormi, mon bébé à côté de moi, et quand je me suis réveillée, Gloria m'avait fait du thé. Le linge sali avait été ramassé, les bidons à eau étaient remplis et Keita déposait le placenta dans un panier qu'elle avait tressé. *Pīpīwharauroa* criaillait sans arrêt dans le *mānuka*.

Kui a pris notre bébé et le panier et m'a précédée sur le chemin qui montait dans les broussailles, en parlant, parlant.

– Peut-être que tu seras ma dernière, peut-être que non, l'ai-je entendue dire. Mais je suis contente que tu sois là. Je ne cherche plus de bois, je ne cherche plus d'eau, je ne trais plus de vache et ne pêche plus de *kai* dans le ruisseau. Le jardin est petit maintenant parce que les hommes sont partis. Il y a de la terre à travailler, mais on me dit que c'est aux plus jeunes de faire ça. Mais là, il y a un bébé dont il faut s'occuper, un bébé et une mère. J'en suis contente.

« Il y a bien longtemps, ta grand-mère m'a été confiée quand sa propre mère est morte parce que j'avais un petit bébé à moi et assez de lait pour deux. C'était un bébé au visage rond, comme toi, et c'était le travail de ma jeune vie. C'était comme des jumeaux pour moi. Keita et Anaru, une sœur et un frère l'un pour l'autre. L'une est devenue une petite fille noire et bavarde, l'autre un garçon silencieux aux longues jambes, grand et blanc comme moi. Il est parti à la guerre et n'est pas revenu.

« Mais la guerre nous a rendu notre Wi et j'étais là pour être la mère pendant que Wi et Keita s'occupaient des terres. Maintenant que tu es là, je suis contente de reprendre mon travail. »

Nous nous sommes frayé un chemin à travers les herbes drues, et en haut de la colline nous avons pris la piste qui descendait dans la forêt où les *pīwakawaka* s'ébattaient, jouaient de leur éventail, faisaient claquer leurs petits becs rapides, se tournaient et dansaient parmi les *ponga*, les *karaka*, les *nīkau* et les *mānuka*.

Nous nous sommes reposées un peu, à l'abri du soleil de l'après-midi, et Kui a rajusté les linges qui enveloppaient Bébé pour que le soleil n'atteigne pas sa nouvelle peau.

– Tu vas mieux, Polly ? m'a demandé Gloria, en mettant son bras autour de moi.

– Il y a une guerre, ai-je dit. Je ne voulais pas que Rere parte mais il y va. Nous ne savons pas s'il y aura une dernière permission ou si nous aurons le droit de savoir quand ils partiront. Je veux seulement qu'il voie notre bébé avant de s'en aller.

– Ils vont venir. Ils vont venir pour une dernière permission, c'est ce qu'on dit, c'est ce que nous croyons, a répondu Keita. Et quand c'est l'heure de partir ? Eh bien, les chevaux sont dans l'enclos à côté de la maison, prêts à nous emmener jusqu'au train.

– Wellington, a ajouté Gloria. Nous regarderons partir les soldats et nous irons voir Anihera.

– Il n'y a pas d'Anihera.

– Ma sœur…

– Il n'y a pas de sœur appelée Anihera, a dit Keita.

Vingt

Gloria s'est assise sur le côté de la banquette, pour me protéger du regard des autres passagers qui avaient commencé à se déplacer dans le train. J'ai ouvert mon manteau et mon chemisier, pour tenir Makareta contre moi. Elle a pris le lait en tirant longuement et fortement. C'était un soulagement pour mes seins gonflés et douloureux. J'aurais voulu que ces autres douleurs plus profondes me soient retirées aussi facilement. Encore une demi-heure et nous serions à Wellington.

Les jours passés depuis la naissance de Makareta avaient été des jours d'anxiété pour moi, qui ignorais si Rere allait rentrer à la maison avant de partir à l'étranger, ou si le bataillon allait tout simplement lever l'ancre un jour, en secret.

– Il existe une permission spéciale, avait dit Keita, pour les pères de nouveau-nés ou quand il y a un décès dans la famille.

Mais elle aussi, elle était anxieuse.

Après que nous avons envoyé le télégramme annonçant à Rere la naissance de notre fille, Aperehama s'est rendu chaque jour à la gare avec les chevaux, à la rencontre du train. Et chaque jour il est revenu seul, mais avec des bribes de nouvelles racontées par les contrôleurs et les conducteurs. C'étaient des nouvelles que les gens ne devaient pas partager, alors on les glanait à partir d'un sentiment, d'un mot, d'un petit indice de changement observé par ceux qui habitaient près de la ville où se trouvait le camp. C'étaient des nouvelles qu'on n'avait pas le droit de raconter, alors on se les passait sous le manteau, en chuchotant, et toujours en partie seulement : il y avait eu une visite spéciale, une parade, un mot, mais il y avait toujours quelque chose.

Un jour Aperehama est rentré en disant : «à tout moment», et nous avons compris que quand Rere reviendrait, ce ne serait pas en congé «pour raisons familiales» mais en «permission finale» avant de partir à la guerre. Le lendemain il était là, avec ses cousins Hori, Nonny, et un autre que nous ne connaissions pas.

Par la fenêtre, Kui et moi avons vu les hommes et les chevaux qui montaient la colline et prenaient le dernier virage. À la clôture près de la maison, Rere, Hori et Nonny ont abandonné les chevaux, leur paquetage et leur compagnon pour se mettre à courir.

«Ils arrivent», ai-je crié en sortant dans la cour. Keita et Gloria étaient en train de racler la braise dans le four extérieur, et Wi aiguisait ses couteaux. Ils ont tourné la tête vers le chemin où ils avaient entendu courir les hommes.

Ceux-ci sont entrés dans la cour dans un nuage de poussière soulevée par leurs bottes de soldats, puis mon Rere et moi nous sommes serrés l'un contre l'autre, comme si entre nous tout était comme ça avait toujours été. Le tissu de son uniforme était rêche contre mes seins sensibles, qui durcissaient douloureusement. Du lait a commencé à couler, et a mouillé mes vêtements, nous a mouillés tous les deux.

– Où ? a-t-il demandé.

Kui est sortie avec Makareta, qui clignait des paupières dans la lumière et détournait la tête. Rere l'a prise, ouvrant la couverture et la soulevant de ses deux mains. Hori et Nonny se sont penchés pour voir.

– On l'appelle comment ?

– Makareta pour ma mère, ai-je dit. Et Hinemate pour Kui.

– La seule à porter mon nom, a ajouté Kui.

– Belle, alors, comme toi, notre Kui.

Quelqu'un d'autre est arrivé à ce moment-là — un petit soldat, l'air surpris, son sac sur l'épaule et un ukulélé à la main.

– Notre copain Bobby, a expliqué Nonny. La rivière chez eux a débordé et il ne pourra pas rentrer avant deux-trois jours.

Le soldat nommé Bobby a déposé ses affaires pour venir tous nous saluer. Peu de temps après, nous avons entendu d'autres membres de la famille qui franchissaient les collines à cheval. Nous les entendions appeler : « Hori Hori, Nonny Nonny, Re Re ! »

Ce n'était pas seulement de l'anxiété que je ressentais pendant ces journées où j'attendais l'arrivée de Rere. À l'anxiété se mêlaient les craintes et les chagrins habituels liés à la guerre et à la séparation. Je ressentais ces choses-là, même si la guerre était quelque chose de lointain, que je ne comprenais pas vraiment, et que la séparation n'était pas encore une réalité. Ce qui était réel pour moi, ce que je gardais au fond de moi, c'était de savoir que Rere partait à la guerre parce qu'il y avait une guerre où aller. Dans l'excitation qu'il ressentait, dans le bonheur que je pouvais voir en lui mais que je ne pouvais pas partager, je sentais qu'il devenait un étranger pour moi. Nous avions partagé tant de choses, nous nous étions tant aimés. Nous avions des rêves et des projets, mais même si je l'avais supplié, il n'avait pas attendu six mois, ni six semaines, ni six jours seulement avant de se porter volontaire. Il partait pour la plus grande aventure de sa vie, voilà ce que je sentais et ce que je savais, et il avait à peine une pensée pour moi.

Cette nuit-là, pendant que nous nous étreignions, j'ai essayé de le faire revenir vers moi, j'ai essayé de lui rappeler le ruisseau, l'arbre, les enclos sombres et riants où nous avions grandi l'un avec l'autre, où nous avions deviné notre avenir, planifié nos vies.

– Le *mānuka* était couvert de fleurs le jour où Bébé est né, ai-je dit. Les herbes étaient longues et vertes.

Mais je ne suis pas sûre qu'il m'ait entendue. Il s'est renversé puis s'est allongé sur moi, immobile, comme endormi, et c'est la semence de la solitude que j'ai gardée. Une tristesse proche de la colère, voilà ce que je ressentais. «Un jour», a-t-il dit, à moitié endormi, mais les souvenirs lui échappaient. Ils étaient d'une autre époque.

C'est Kui qui a essayé de m'aider à traverser ces jours-là. Elle me prenait Makareta en disant : «Ne pleure pas, ma fille, ou ton lait sera inondé de larmes. Notre bébé boira des larmes.» Ou bien : «On ne laisse pas tomber des larmes sur la tête d'un bébé. Un bébé est vieux, un bébé sait. Rappelle-toi que c'est nous, les mères, qui attendons. C'est ça que cette vieille femme a appris à faire — attendre et attendre, encore et encore. Sinon, comment le monde peut-il tourner ?»

Ses paroles ne m'ont apporté aucun réconfort. Elle était vieille. Je ne voulais pas que sa vie d'attente devienne ma vie. Je ne voulais pas qu'une vie d'attente et d'espoir soit la vie de ma fille.

Rere et moi n'avons eu que peu de temps ensemble pendant cette permission finale de quinze jours. Ces jours étaient réclamés par sa famille — des journées passées à rendre visite aux anciens, à assister à des fêtes de départ, à écouter des discours, à boire, à chanter, et à ne pas pouvoir dormir. À la fin, nous les avons accompagnés jusqu'au train, lui et ses cousins, avec leur paquetage et leurs colis. Ils étaient au bout de leurs forces. Comme nous leur faisions au revoir de la main, leurs yeux se fermaient. Je savais qu'ils étaient contents d'être sur le départ.

Un mois plus tard, la nouvelle nous est parvenue que « les gars faisaient leurs bagages » et nous nous sommes habillés, avons pris les cartons, les sacs et les couvertures que nous avions préparés, et nous nous sommes dirigés vers la gare. C'était une route très fréquentée ce jour-là, car les gens se rendaient à pied ou à cheval au train de minuit. Tout le monde était désireux de connaître les détails — mais personne ne savait rien. Nous n'étions pas certains que le train qui partait de notre gare à minuit nous amènerait à Wellington à temps. J'avais besoin d'embrasser Rere pour lui dire au revoir, pour dire quelques mots qui feraient que les choses redeviennent comme elles avaient été entre nous, ou presque, ou qui nous permettraient de faire semblant. Les gens font semblant en temps de guerre.

Et puis Kui avait dit autre chose qui m'avait piquée au vif. « *Kaua e harawene mōna* », m'avait-elle dit un jour. Je n'en voulais pas de ces mots, mais ils étaient là, qui résonnaient. Ils m'ont mordue, puis ont commencé à me ronger. Ne sois pas jalouse de lui ? Je savais qu'elle regardait au fond de moi, quelque part où je n'avais pas voulu regarder moi-même, qu'elle voyait là quelque chose qui était plus que de la tristesse et plus dur que de la colère. Rere partait à la guerre. Mon frère s'était enrôlé dans la Marine et mes deux sœurs aînées travaillaient pour la Croix-Rouge, où elles apprenaient à conduire des camions. Ils partiraient tôt ou tard à la guerre, eux aussi — tous ceux que j'aimais — alors que je resterais à la maison à écrire des lettres et à attendre, à écouter la TSF, à donner à manger au bébé, à aller chercher du bois et de l'eau, dans l'attente d'un télégramme que j'espérais ne pas recevoir.

Mais si j'avais pu, je serais partie pour voir la guerre, et le monde aussi. Voilà ce que savait Kui. Avant qu'elle ne parle, je n'avais pas osé scruter ma tristesse, ma colère, ni me demander de quoi il s'agissait vraiment. Si ç'avait été moi, je serais partie. Voilà ce qu'il fallait que je dise à Rere.

Et puis je voulais qu'il voie Makareta. Elle nous reconnaissait tous maintenant, souriait, nous parlait, et ça, c'était un souvenir que je voulais qu'il emporte avec lui.

Le train est entré dans un tunnel et la fumée noire de suie de la locomotive s'est répandue derrière, s'infiltrant dans les wagons, les empestant. Nous sommes ressortis entre de hautes collines qui s'élevaient de chaque côté et que nous avons franchies pour entrer dans un deuxième tunnel. En sortant, nous avons vu les bâtiments, les maisons, les collines et le port de Wellington. Dans d'autres circonstances, ça aurait pu être formidable. Dans le port se trouvaient les bateaux qui allaient emporter les hommes au-delà des mers pour aller on ne sait où. J'ai passé Makareta à Gloria et ai reboutonné mes vêtements.

– J'ai une photo de moi, pour Bobby, a dit Gloria.

Nous nous sommes levés pour prendre nos sacs et nos paquets, puis nous avons attendu dans le couloir. Les gens qui se pressaient sur les quais se sont avancés lorsque nous sommes arrivés, puis, découvrant que ce n'était pas le train qu'ils attendaient, ont reculé à nouveau. Ils demandaient si nous avions vu le train des soldats ou si quelqu'un savait à quelle heure les gars allaient arriver. Ils parlaient à voix basse. Dehors sur les murs et les piliers se trouvaient des avis et des affiches nous avertissant qu'il fallait garder le silence. Nos paroles imprudentes pourraient faire couler des bateaux et faire tomber des bombes, disaient les notices.

Le bâtiment principal de la gare était bondé ; certains étaient assis sur des bancs ou des valises, ou même sur des couvertures ou des manteaux étendus sur le sol. D'autres se tenaient debout, ou faisaient les cent pas. Tous attendaient — un train qu'ils savaient être en route, ou la fin de la guerre ou du monde, ou bien autre chose. Nous nous sommes dirigés vers un espace contre un mur au loin, avons posé nos affaires et nous nous sommes installés.

Ça arrive. Ça arrive. Ce n'était ni un cri ni un chuchotement, plutôt un mouvement qui a agité la foule. C'était comme un savoir qui provenait de l'air — un air devenu assez froid pour révéler notre haleine quand nous avons commencé à bouger, à nous mettre debout, nous tournant d'un côté puis de l'autre, ne sachant pas dans quelle direction aller. Il y avait un train qui arrivait, un bruit lointain, mais personne ne savait sur quel quai il allait arriver.

Puis la gare a commencé à se vider. Le train arrivait, mais pas dans la gare.

Nous avons suivi les gens qui sortaient dans la rue et là nous l'avons vu qui progressait lentement sur les rails du port. Aucun signe visible n'indiquait que ce train transportait des soldats au départ pour la guerre. On aurait dit plutôt une file de wagons vides, volets baissés, qu'on conduisait vers un hangar ou une voie de garage, le travail de la journée fini.

Puis le portail du port s'est ouvert, le train est passé, le portail s'est refermé.

« C'était bien eux, a dit quelqu'un. Volets obturants baissés et gardes aux portes. »

Et nous nous sommes tous pressés pour traverser la rue jusqu'au portail, demandant aux officiels de nous laisser passer. Nous avions des cadeaux à donner, des lettres, des messages, des photos, des souvenirs et de la nourriture. Nous avions des maris, des fils, des pères à qui faire nos adieux avant leur départ pour la guerre. Mais nos supplications n'ont pas été entendues.

Après un long moment d'attente, nous avons compris que le portail ne s'ouvrirait pas pour nous. J'avais besoin de mettre Makareta à l'abri du froid.

Kui, Gloria et moi sommes retournées à la gare tandis que les autres sont restés devant le portail. Nous nous sommes occupées de Makareta avant de nous rasseoir dans nos couvertures pour attendre encore.

– Demain matin, a dit Kui, ils vont rouvrir demain matin.

Mais je savais que d'ici là tous les hommes seraient à bord. Il se pouvait que les bateaux soient déjà partis aussi.

Il était tôt le matin et il faisait encore noir lorsque nous avons pris notre bébé et nos paquets pour nous diriger à nouveau vers le quai, où la foule attendait encore. Nous étions sur le point de traverser la rue quand un bus est arrivé. Nous avons vu le portail commencer à s'ouvrir et nous avons commencé à marcher plus vite. Mais les gardes, qui empêchaient les gens d'avancer, ont laissé passer le bus avant de refermer le portail.

Les gens se sont mis alors à taper sur les barrières, furieux que certains aient pu passer, exigeant de savoir qui. Un peu plus tard, j'ai compris qui c'était parce que, dans le noir, j'ai entendu des chants. La troupe de *kapa haka Ngāti Pōneke* avait été conduite sur le quai pour dire adieu aux soldats. Alors que nous aussi, nous avions nos chants, nos cadeaux et nos baisers à offrir.

Il faisait jour quand le portail s'est enfin ouvert. Nous nous sommes précipités sur le quai pour constater que l'*Aquitania* était déjà dans le chenal et que les soldats n'étaient que des lignes floues de couleur kaki sur les côtés du bateau. Nous avons d'abord pleuré de tristesse et de colère. Et puis, comme le bateau attendait dans le port que deux autres le rejoignent, nous avons compris que le seul moyen de parvenir jusqu'aux hommes sur le point de partir à la guerre, c'était de faire entendre nos voix. Nous nous sommes frayé un chemin pour nous mettre à côté du groupe *Ngāti Pōneke* et nous mêler à leurs chants — *He putiputi, Hei aha kei taku uma, Me he manu rere, Ta hinei taru kino*.

Plus tard, par-dessus l'eau, nous avons entendu les voix des hommes qui chantaient *Pō atarau*, et nous nous sommes joints à eux pour chanter. Il ne pouvait plus y avoir de chants après ça. Ç'a été notre dernier contact. Nous avons poussé des hourrah ! et des cris lorsque les sirènes ont retenti et que les navires se sont éloignés.

« Je vais l'envoyer », a dit Gloria pendant que nous retournions vers le portail. « La photo pour Bobby. »

Elle avait quinze ans et elle était amoureuse. Elle avait le visage barbouillé, les yeux rougis et les paupières enflées, comme moi aussi, je le savais.

Nous avions presque atteint le portail quand nous avons entendu un cri, et en nous retournant nous avons vu Anihera sortir de derrière un des hangars, portant son nouveau-né enveloppé d'un manteau. Elle ne portait qu'une fine blouse et des sandales.

– J'ai entendu parler des bateaux, a-t-elle expliqué. Je voulais voir Rere, vous voir tous.

– Rentre avec nous, Anihera, a dit Gloria. Amène Bébé à la maison.

– Je ne peux pas.

– Viens voir Keita, viens voir Wi, ils sont là-bas à la gare… Ani ?

– J'ai vu Keita, vu Wi, je les ai tous vus… Juste pour vous montrer ma Mata, et vous voir tous.

Et elle nous a quittées, en marchant vite le long du quai parmi la foule. Gloria a couru après elle, lui donnant les colis qu'elle portait — un paquet d'anguilles fumées et un pain dans une boîte.

«Ne leur dis pas, Glory!» avons-nous entendu Anihera crier.

Nous avons ramené notre Makareta à la maison. Elle avait deux mois, une peau foncée qui recouvrait une graisse ferme et qui s'enfonçait dans les bosses et les plis. Elle avait des cheveux noirs qui lui couvraient les oreilles, et des yeux sombres qui, à cet âge-là, semblaient petits, parce que ses paupières étaient tellement charnues qu'elles ne s'ouvraient pas tout à fait. Elle nous reconnaissait à travers ces fentes, nous observait, toujours prête à jouer. Nous ne l'entendions presque jamais pleurer, mais elle n'avait pas de raison de pleurer dans une maison avec tant d'adultes qui répondaient à tous ses besoins.

Deux ans et demi plus tard, dans un télégramme envoyé à Keita et Wi, nous avons appris la mort de Rere à El-Alamein. Je me suis sentie très seule après ça, et incapable de voir la fin de cette solitude. Makareta allait avoir trois ans, c'était une petite fille-grand-mère qui accompagnait partout les anciens. Elle parlait māori comme au bon vieux temps, à l'instar des grands-mères, et elle avait elle-même les manières nonchalantes qu'ont les anciens. Elle parlait anglais aussi, mais seulement avec moi. Je pensais que c'était bien de lui parler en anglais.

Elle avait presque cinq ans quand j'ai décidé que je devais partir. Je pensais qu'il pourrait y avoir plus pour elle qu'une vie avec des anciens, et je pensais qu'il pourrait y avoir plus à faire en ville pour moi. Au début, c'est la lettre de Cissie qui m'avait donné l'excuse dont j'avais besoin, mais après avoir appris le plan de Keita, et plus tard, quand j'ai parlé à Aperehama, j'ai su que je devais partir. Je n'avais plus le choix.

Vingt et un

Aperehama s'est penché pour appuyer son front contre le flanc de la vache. Deux jets de lait se sont entrecroisés dans le seau. Il avait dix-huit ans, comme Rere lorsque nous nous étions connus ; il ressemblait à Rere, les traits épais et la peau foncée, les cheveux noirs et ondulés. Mais il était plus grand que Rere, et moins bavard. Triste, ai-je pensé.

Il a déplacé le seau, dénoué l'attache et s'est mis debout. La vache s'est éloignée et il a versé le lait du seau dans le bidon. En le regardant, je me suis demandé s'il avait une idée des plans qu'avait Keita pour lui et moi. S'il avait deviné. Je me suis demandé ce qu'il en pensait. C'est la solitude qui m'a donné soudain envie de savoir.

– C'était à Rere de traire les vaches, quand je suis venue vivre ici, ai-je dit. Tu avais treize ans.

Je l'ai vu hésiter en se demandant où je voulais en venir. Il portait un vieux pantalon militaire rentré dans des bottes en caoutchouc, et un pull-over gris trop petit pour lui. En le regardant, j'ai perçu une solitude égale à la mienne, et à ce moment-là j'ai eu envie de le prendre dans mes bras, de l'aimer et d'être pour toujours avec lui. Un pas en avant et cela aurait pu arriver, que ce soit Aperehama qui ait fait ce premier pas ou bien moi.

Ce sont les poignets maigres et les longues mains d'enfant sortant des manches trop courtes qui m'ont bouleversée, qui m'ont empêchée de faire ce pas et qui ont fait que mes pieds sont restés à leur place. Il n'avait pas encore fini de grandir, et en l'observant, j'ai vu un garçon de treize ans qui me regardait du fond de ses yeux perplexes et solitaires.

Nous avons détourné nos regards et nous sommes mis à traverser l'enclos pour rentrer. «Il me manque», ai-je dit, comme s'il fallait expliquer quelque chose. «Il me manque, mais c'est fini, cette époque.»

– Et maintenant tu es prisonnière de guerre, comme moi, a fait Aperehama. Il comprenait plus que je ne pensais.

Lorsque nous sommes arrivés au chemin qui menait à la maison de Gloria, je lui ai annoncé que je partais. J'ai vu alors qu'il était soulagé et je me suis rendu compte qu'il était au courant du plan de Keita.

– Un jour bientôt, ai-je dit, Makareta et moi.

– Makareta ? a-t-il demandé. Il pensait à Kui Hinemate.

– J'irai livrer le lait de Gloria tous les jours. J'amènerai parfois Makareta avec moi. Un jour Makareta et moi, nous partirons de chez Gloria pour aller à la gare et prendre le train en direction de Wellington. Je vais devoir le faire comme ça. Keita ne me permettra pas de partir et d'emmener Makareta avec moi.

– C'est pour ma mère… pourquoi je reste, a dit Aperehama. Mais si la guerre continue, je m'en irai.

– Tu ne me le reprocheras pas ?

– Tu es ma sœur aînée, comme Anihera.

C'était une réponse à autre chose qu'à la question que j'avais posée, qui expliquait peut-être pourquoi un pas qui aurait pu être fait ne l'avait pas été. Sœur aînée ? Même si j'avais voulu rester je n'aurais pas pu, maintenant que cela avait été dit.

Vingt-deux

Makareta a écrit son nom sur la vitre, puis a marqué en dessous ses mots d'école — *mère, oiseau, lit, sauter, petit*. Aujourd'hui à l'école ils avaient lu l'histoire d'un microbe qui vivait dans une poubelle. Il fallait combattre les microbes. Elle pensait que ça avait peut-être quelque chose à voir avec la guerre. Il y avait d'autres mots qu'elle aurait pu écrire, mais la vitre était remplie.

Dans la chambre il y avait une autre fenêtre, mais il faisait déjà noir là-dedans et elle pensait qu'il pouvait être quatre heures passées. Sa mère était censée rentrer à quatre heures. De là où elle était assise, elle voyait la porte noire et l'espace noir derrière, mais elle ne pouvait pas entrer et allumer la lumière parce que les rideaux occultants n'étaient pas tirés ; il pouvait y avoir des perroquets aussi, pensait-elle, — rouges, verts, bleus, blancs, orange, roses —, qui l'espionnaient depuis le plafond sombre de leurs yeux vitreux et brillants, des perroquets prêts à s'abattre sur elle. Ceux de ses rêves remplissaient des pièces entières, déambulaient sur les trottoirs et les routes, à picoter et à picorer.

Elle s'est détournée de la fenêtre et s'est assise dans un fauteuil, les jambes repliées sous elle. Maintenant qu'elle s'était souvenue des perroquets, elle se disait qu'il pouvait y en avoir un sous le fauteuil, sa longue patte et sa lourde griffe prêtes à se tendre pour l'attraper.

Sur la table se trouvait la tranche de pain qu'elle avait prise dans le placard en rentrant de l'école. Elle en avait mangé deux bouchées avant de remarquer la vitre embuée, alors elle avait laissé le pain pour aller écrire son nom. Maintenant elle voulait le pain, mais craignait de poser les pieds sur le plancher, à cause du perroquet sous le fauteuil qui faisait le mort. Le moindre mouvement le réveillerait et il surgirait pour griffer, se dandiner, claquer du bec, la poursuivre de son regard perçant. Elle s'est faite la plus petite possible dans le noir et est restée là sans bouger.

Après un long moment elle a entendu bouger sur la marche et la poignée de la porte a tourné.

– Maman, a-t-elle crié.

– C'est pas Maman.

– Maman.

– C'est Keita, Petite-fille, et ton oncle aussi.

– Keita, Keita.

Elle a sauté du fauteuil et a couru vers sa grand-mère, pour lui raconter quelque chose dans un tel flot de paroles que celle-ci n'a rien compris à ce qu'elle disait.

– Allez, allez, je suis là, a dit Keita. Montre à Keita les rideaux et la lumière. Dis à Keita où elle est, ta maman. Montre-moi où se trouvent tes vêtements pour qu'on fasse ta valise.

Vingt-trois

Je me faisais du souci pour Makareta, qui devait être à la maison à m'attendre. Cissie avait été admise à l'hôpital la nuit précédente et j'étais venue m'occuper des enfants jusqu'au retour de Ben. Il m'avait dit qu'il rentrerait avant quatre heures, mais il était déjà cinq heures passées et j'ai compris que je ne le verrais pas avant la fermeture des pubs à six heures.

Makareta et moi étions restées chez Cissie et Ben pendant deux mois après notre arrivée à Wellington. Ce n'était pas des jours heureux pour Makareta, qui n'arrêtait pas de parler de Kui Hinemate et de demander à rentrer à la maison. Elle était malheureuse à l'école aussi, n'aimait pas les enfants, disait-elle, et ne voulait pas qu'on l'appelle Marguerita. Moi non plus, je ne voulais pas qu'on l'appelle Marguerita, me rappelant que j'avais perdu mon propre nom quand j'avais commencé l'école, mais j'avais essayé de la réconforter.

«C'est juste un nom d'école parce que Makareta est trop difficile à dire pour les maîtresses, ai-je dit, mais tu restes Makareta.»

J'avais voulu qu'elle aille dans une plus grande école, où je pensais qu'il y aurait plus pour elle — plus d'enfants intelligents, plus d'enfants parlant bien l'anglais. Ici, elle était tellement malheureuse que je me demandais si venir vivre en ville n'avait pas été une terrible erreur.

Mais il y avait Cissie et ses enfants. Ils avaient besoin de moi. L'état de ma sœur était pire que ce que j'avais imaginé et les enfants étaient pâles et pleuraient tout le temps. Je faisais du mieux que je pouvais, en utilisant ma pension de veuve pour payer le loyer et la nourriture pour lesquels Cissie ne semblait jamais avoir assez d'argent. J'utilisais au mieux nos cartes de rationnement pour acheter le nécessaire pour nous et nos enfants.

Au bout de deux mois, Cissie semblait en meilleure santé et j'ai décidé de trouver un logement tout près, me disant qu'une fois installées chez nous, Makareta s'adapterait.

Mais ce n'était pas facile de trouver quelque chose. Quand Makareta et moi allions ensemble en réponse à des annonces « À louer », c'était pour nous faire refouler. Parfois nous voyions les portes claquer devant nous avant de pouvoir parler. D'autres fois on nous montrait des hangars, des sous-sols froids, ou des chambres avec des fuites, sans chauffage ni eau. Et puis nous avons fait la connaissance de la dame aux perroquets.

Un samedi matin, nous sommes allées à trois pâtés de maisons de là, pour répondre à une annonce que nous avions vue dans le journal. J'étais sur le point de frapper à la porte quand j'ai entendu une voix de femme qui criait « Hou, hou », comme si elle m'appelait, mais j'ai baissé la tête et continué de marcher. Alors j'ai entendu à nouveau : « Hou, hou, la dame māori avec la petite fille. » J'ai donc relevé la tête et j'ai vu un petit visage qui regardait pardessus une clôture, et une main pâle qui me faisait signe. « Hou, hou. Traversez. Allez, traversez la rue. »

Alors j'ai traversé la rue et découvert un petit visage gris et vieux, et deux yeux aussi bleus que des drapeaux.

– Allez, entrez, entrez par la porte. J'ai un logement pour vous, a dit la vieille femme. Eux, ils n'aiment pas louer leur maison à une femme māori, mais j'ai un logement pour vous et votre fillette… et pour votre mari. Il est où, votre mari, ma belle ?

– Mort à la guerre, ai-je répondu.

– Ils n'aiment pas les femmes sans mari, mais pas de souci. Entrez, mes belles. Suivez-moi.

Elle nous a précédées dans l'allée qui menait à sa maison, tournant la tête d'un côté puis de l'autre, nous parlant par-dessus une épaule puis l'autre.

– Vous allez vous asseoir un moment et vous reposer, puis vous prendrez une tasse de thé et un petit sablé. Après je vous montrerai la maison que j'ai pour vous. Ne vous faites pas de souci.

Nous l'avons suivie à travers un jardin broussailleux pour monter quelques marches et nous retrouver sur une véranda où pendait à des crochets de fil de fer une rangée de cages vides.

– J'étais en train de les nettoyer quand je vous ai vues à la maison en face et j'ai entendu ce qui se passait, a-t-elle expliqué. Allez, entrez là et pas de souci. Tu vas voir, ma petite, il y a une surprise.

Nous avons suivi un couloir noir et la femme s'est arrêtée près d'une porte. Elle a tourné lentement la poignée, et a entrebâillé la porte. « Entrez », a-t-elle dit, et elle est passée par l'étroite ouverture, nous invitant à la suivre.

Quand nous sommes entrées, un bruit strident a éclaté. Des ombres larges sont descendues du plafond dans un battement d'ailes et Makareta s'est précipitée dans mes bras alors que la femme refermait la porte derrière nous.

– Vilaines filles, vilains garçons, a-t-elle appelé, en agitant les bras.

– Hello, hello, hou, hou, ont répondu les perroquets qui sont retournés se percher à différents endroits dans la pièce.

– C’est mieux, c’est mieux comme ça, a dit la femme. Voilà, ma petite, tu vois. C’est juste mes vilains amis.

Makareta a relevé la tête de mon épaule et a regardé les perroquets qui se balançaient sur leurs perches en nous dévisageant, puis elle a enfoui sa tête à nouveau.

– Bon alors, venez, la maman ; viens, la petite, on va monter prendre cette tasse de thé et ce sablé. Puis je vous montrerai le logement.

Elle a ouvert la porte, agitant les bras encore pour bloquer l’ouverture alors que les perroquets se ruaient vers elle. Nous l’avons suivie dans une cuisine lumineuse, aux couleurs de perroquet, où elle nous a fait asseoir sur des chaises rouges autour d’une table ovale peinte en jaune.

– Pour la visite, a-t-elle expliqué, alors qu’elle nous faisait du thé dans une théière d’argent. C’est ma théière pour les visiteurs — mais je n’ai jamais de visiteurs parce que les gens croient que je suis agitée du bocal.

Elle a étendu une nappe brodée sur laquelle des jeunes filles en crinoline et coiffées de bonnets se promenaient dans des allées bordées de grandes fleurs qu’elles arrosaient.

– C’est la nappe de ma sœur, nous a-t-elle dit. La fille aux broderies, c’était elle. Moi, je suis celle des patchworks.

Puis elle est sortie et revenue avec des tasses, des soucoupes et des assiettes de porcelaine fine, qui, a-t-elle expliqué, étaient aussi pour les visiteurs. Elle est montée sur une chaise pour atteindre une boîte rouge sur une haute étagère bleue.

– Depuis la mort de ma sœur, je fais toujours des sablés, a-t-elle déclaré. Je dois économiser du beurre et du sucre sur ma carte de rationnement jusqu’à ce qu’il y en ait assez pour faire quelques biscuits. Je m’appelle Alma. Dites-moi si vous prenez du lait. Dites-moi comment vous vous appelez.

– Moi c'est Polly. Et voilà Makareta. Oui, je veux bien du lait.

– Répétez-moi le nom de la petite fille.

– Makareta.

– Voilà pour vous, Polly. Et pour toi, Makareta. Prends du sucre, et un sablé. Ces vilains oiseaux qui ont fait peur à une petite fille, mais ils ne te feront pas de mal, ah non.

« Mes belles, ma sœur et moi sommes venues habiter dans cette maison après la Première Guerre. Nous avons vécu ensemble ici pendant dix ans, mais nous nous disputions beaucoup. Vous savez pourquoi ? Parce qu'elle aimait les chats et que moi, j'aimais les oiseaux. Mais nous avons trouvé la solution. Nous avons acheté une deuxième maison tout près, pour ma sœur et ses chats, et moi je suis restée ici avec mes oiseaux.

« Tous les mercredis à tour de rôle nous nous rendions visite comme de vraies invitées, avec des théières d'argent et de jolies tasses, et des sablés sur une belle assiette. Moi, je suis celle des sablés. Elle, sa spécialité était le gâteau aux graines de carvi. Le dimanche nous mangions ensemble un rôti avec des légumes, et nous ne nous sommes plus jamais disputées. Mais ma sœur est morte il y a un an, et maintenant, Polly, j'ai deux maisons. Je ne permets à personne d'autre d'avoir la maison de ma sœur. Pourquoi je ferais ça, quand ils ne veulent même pas me dire bonjour, et qu'ils disent à leurs enfants de s'enfuir en me voyant ? Pourquoi je ferais ça quand ils ont tué les chats de ma sœur ? Ils n'aiment pas les femmes sans mari. Ils n'aiment pas les vieilles sœurs qui ont des chats et des oiseaux.

« Mais vous pouvez prendre la maison, vous et votre fillette. Tous les chats sont partis. Je suis allée un matin pour leur donner à manger et ils n'y étaient pas. J'ai appelé mais ils ne sont pas venus. Au bout d'un moment je les ai retrouvés, tous morts, dans la fosse à compostage de l'arrière-cour. Je ne sais pas qui a fait ça, mais ça n'a plus d'importance. Reprends un sablé, Makareta, je vois bien que tu es une gentille petite fille.»

Après le thé, Alma nous a accompagnées jusqu'à une petite maison et nous y a fait entrer.

«C'est un peu délabré, a-t-elle dit, mais il y a une cheminée pour vous chauffer, et des meubles, rien d'extraordinaire. J'ai vidé les placards des couverts, des assiettes et du linge de ma sœur, mais je vous rapporterai ça. Je ne vous demanderai pas beaucoup, ma belle, parce que j'ai tant d'argent. J'en ai plein. De l'argent et des perroquets impertinents, voilà ce que j'ai. J'ai eu par le passé des canaris et des perruches, mais là maintenant, c'est juste les perroquets, de vilains perroquets.»

J'ai senti que la maison nous irait à merveille, à moi et à Makareta.

Je savais que j'aurais dû dire à Makareta d'aller chez Alma après l'école au lieu de croire que Ben rentrerait à l'heure, mais Makareta n'aimait pas y aller. Les perroquets étaient entrés dans ses rêves. Elle rêvait qu'ils la guettaient sous les lits ou les fauteuils ou qu'ils la suivaient dans la maison en se dandinant. Dehors, ils déambulaient dans les rues et sur les trottoirs aux côtés des enfants qui, en se rendant à l'école, faisaient des pirouettes, faisaient tournoyer leurs cartables, ou se couraient après en faisant des bruits de train. Je me sentais triste lorsque Makareta me racontait ses rêves. Je ne savais pas quoi faire, sauf espérer que les choses s'amélioreraient bientôt.

Elle devait être là-bas à m'attendre, effrayée, et je me suis rendu compte que je ne pourrais plus attendre Ben. J'ai mis des pulls aux enfants, fait un paquet de vêtements et de couvertures et je suis descendue appeler un taxi.

C'est quand le taxi a tourné dans notre rue que j'ai vu le camion de Wi garé devant notre maison et j'ai compris qu'ils étaient venus chercher Makareta. J'ai couru dans la maison en criant à Keita de ne pas l'emmener. « Maman, Maman, ils sont là », m'a dit Makareta en me voyant. Ses vêtements étaient déjà dans une valise.

– Nous sommes venus et l'avons trouvée seule, m'a dit Keita.

– Cissie est à l'hôpital, ai-je expliqué. J'ai dû m'occuper des enfants. Mais tout va bien maintenant, tout ira bien. J'ai amené les enfants avec moi.

– Eh, Polly, tu as bien raison, m'a répondu Keita. Ta sœur est malade et tu dois l'aider.

– Ne l'emmène pas, Keita.

– Mais bien sûr que nous n'emmènerons pas notre petite-fille si elle ne veut pas venir.

– Aperehama est venu dans le camion, m'a expliqué Makareta. Keita me ramène à la maison là-haut.

Vingt-quatre

Alors j'ai dû dire au revoir à ma Makareta, et quand nous avons appris que Cissie allait rester longtemps à l'hôpital, j'ai dû organiser ma vie pour pouvoir m'occuper de ses enfants. C'étaient trois bébés pleurnicheurs, tout en os et avec de grands yeux. Heni avait trois ans, Benny, deux ans et Bonnie, neuf mois. Je voulais faire de mon mieux pour eux, en me rappelant la façon dont nous avions chéri Makareta, le fait qu'elle avait grandi dans le bonheur et qu'elle me manquait tellement que je ne cessais de chercher son visage partout où j'allais.

Peu de temps après le départ de Makareta, Gloria m'a écrit pour me dire qu'Anihera était à la maison où elle mourait de la tuberculose, et qu'elle ne savait pas où se trouvait sa fille. Keita était allée la chercher à Wellington mais ne l'avait pas trouvée, ni à l'école ni à l'orphelinat où Anihera avait pensé qu'elle serait. Dans sa lettre, Gloria me demandait si je pouvais essayer de la retrouver, parce qu'Anihera mourrait contente, disait-elle, si seulement on retrouvait Mata. Par rapport à ce qui était arrivé à Anihera, j'ai compris que ma vie à moi était bonne. Je pouvais m'occuper de ma sœur et de ses enfants, j'étais assez forte pour le faire, et ma fille était saine et en sécurité chez nous.

La plupart des après-midi, je sortais pour chercher, en emmenant les enfants avec moi. J'allais tout d'abord dans les écoles qui étaient accessibles à pied, plus tard nous prenions le tramway ou le train pour visiter différentes écoles que j'avais découvertes. Mais mon visage n'était pas le bienvenu dans les couloirs ou les cours de ces écoles. Les petits enfants n'étaient pas non plus les bienvenus. On me disait que je n'avais pas le droit d'entrer dans l'enceinte de l'école, que je n'étais pas censée venir dans les écoles pour me renseigner. J'attendais parfois au portail pour observer les enfants à la sortie, mais un instituteur venait souvent me dire que je devais partir.

J'avais rencontré une femme traminot qui s'appelait Awhina, et je lui ai demandé de me signaler si jamais elle voyait Mata. « S'il y a un visage māori dans cette ville, je le remarque », m'a dit Awhina. « On peut nous compter sur les doigts d'une main et d'un pied. » J'adorais regarder Awhina avancer dans le tramway en faisant cliquer son poinçon, puis aux arrêts se balancer sur le marchepied et rentrer, ou bien descendre sur la chaussée avec la manivelle pour changer de rails, ou s'accrocher aux cordes lorsque le tram glissait hors des caténaires. Ça m'étonnait qu'une femme māori puisse avoir ce genre de travail.

Si j'avais pu, j'aurais passé toutes les heures de la journée à chercher Mata. C'est le visage de Makareta que j'avais à l'esprit pendant mes recherches, mais toutes mes pensées étaient pour Anihera. Ma vie était belle, comparée à la sienne.

Trois mois plus tard, la guerre a pris fin. Lorsque les sirènes et les cloches se sont mises à sonner, je me suis installée près du portail pour regarder les gens sortir de leurs maisons. « La guerre est finie » s'écriaient-ils. « Nous avons gagné la guerre. » Ils se dirigeaient vers la ville avec des drapeaux et des banderoles, pour faire la fête. Plus tard dans la matinée, Alma s'est présentée à ma porte. « Nous irons en ville et nous danserons dans les rues », a-t-elle proposé.

Alors nous avons mis Bonnie dans sa poussette, et avec Heni et Benny perchés à l'avant, nous avons rejoint ceux qui se trouvaient déjà sur les trottoirs. Des trams passaient, bondés de gens qui criaient depuis les fenêtres et les marchepieds qu'on avait gagné la guerre, que les gars allaient rentrer, qu'il n'y aurait plus de rationnement, que les lumières allaient à nouveau briller.

C'est vrai qu'on dansait dans les rues. Dans la ville, les gens débordaient sur la chaussée, certains abandonnaient leur voiture pour se joindre à eux. Ils dansaient et chantaient et s'embrassaient tout au long de notre chemin. Depuis les toits des vérandas les confettis pleuvaient, et des gens sortaient des magasins avec des gâteaux et des bonbons pour les enfants. «Tout est gratuit», a crié un homme, qui a pris Heni sur ses épaules et a marché avec nous un certain temps.

Tous les pubs étaient remplis jusqu'aux fenêtres de gens qui chantaient bruyamment. On avait roulé des tonneaux jusqu'au bord des trottoirs et la bière coulait à flots. Sur le chemin du retour, il a fallu éviter les bouteilles cassées et les flaques de vomi, mais rien ne nous dérangeait. Sur les pas de portes, des gens s'embrassaient et riaient ou pleuraient.

La fin de la guerre et Rere ne revenait pas. Des enfants dont m'occuper mais pas de Makareta, pourtant c'était une journée de bonheur. C'était bien de ne pas être seule par une journée pareille, de sortir dans les rues avec la foule et d'être accompagnée d'une amie.

Vers le début de l'année suivante, le *Dominion Monarch* est arrivé, rapportant chez nous le 28ᵉ bataillon. Nous sommes descendus au quai Aotea, où allaient avoir lieu les cérémonies. C'était l'été mais le ciel était sombre et le vent martelait le port dans toute sa largeur, et fouettait les vagues bordées de blanc. Lorsque le bateau a contourné la pointe de la péninsule, nous avons entendu les voix des hommes par-delà les eaux, et comme il s'approchait, nous avons vu les hommes sur le pont supérieur et tout en haut, accrochés aux mâts et groupés autour des cheminées. Ils chantaient leur chanson du bataillon māori.

Alma a décidé de ramener les enfants à la maison après l'accostage. Il faudrait attendre longtemps avant que les hommes débarquent et se rassemblent pour marcher le long de la rue. J'ai compris à la foule très nombreuse que les cérémonies dureraient longtemps.

– Tu dois rester, a-t-elle dit. Voir le bateau entrer dans le port, et entendre les hommes chanter, ça a été extraordinaire. Ça m'a suffi, à moi. Mais toi ? Tu devrais rester.

Alors je suis restée, et me suis sentie très seule après son départ. À la mort de Rere, la douleur et la tristesse que j'avais ressenties avaient appartenu à nous tous. J'avais eu une place, j'avais été impliquée dans cette douleur, j'avais fait partie de quelque chose. La perte que j'avais ressentie lorsque Keita avait emmené Makareta, c'était à cause d'une décision que j'avais dû prendre pour moi-même mais qui n'était pas bonne pour ma fille. J'avais reconnu mon rôle là-dedans, et j'avais su qui j'étais. J'étais, et serais toujours, sa mère.

Mais à ce moment-là, sur le quai bondé, je ne faisais partie de rien, je n'avais aucun rôle dans une quelconque cérémonie, aucune place dans les coutumes liées au retour et à l'accueil des morts. Je n'étais ni épouse, ni veuve, ni belle-fille endeuillée, seulement une spectatrice, et je me suis rendu compte alors que j'aurais dû rentrer et être avec Keita et les familles pour recevoir la nouvelle des morts de Rere et Hori selon la coutume.

Comme les soldats s'avançaient vers le portail, les lamentations et les appels ont commencé, le *kaiwero* s'est élancé pour déposer le bâton, et les groupes de *haka* se sont avancés à petits pas en tapant des pieds, pendant que les soldats prenaient place sur le lieu de rassemblement. *Ramenez la pirogue chez elle*, disaient les paroles du *haka*, *Ramenez la pirogue sur la grève, et qu'elle y reste.* Une si grande pirogue. Les centaines de soldats ont franchi le portail et se sont installés pour attendre les rituels qui les libéreraient de l'esprit de la guerre — et qui seraient suivis des cérémonies qui marqueraient leur retour. Je suis montée sur le toit d'un petit hangar où se trouvaient déjà plusieurs autres personnes et d'où je pouvais voir tout ce qui se passait.

Des *iwi* de tout le pays y étaient venus, avec leurs orateurs, leurs chants, leurs danses et leurs chansons. De grands camions allaient et venaient et des travailleurs entraient dans les grands hangars du quai où se préparaient les festins d'accueil. Des trains, qui allaient plus tard emporter les soldats vers leurs multiples destinations, s'alignaient déjà sur les rails qui longeaient les quais.

Je voyais la famille de Nonny qui l'attendait. Le lendemain matin ils le ramèneraient à la maison, emportant avec eux la mort de Rere et de Hori, mais moi, je n'y serai pas.

J'ai repensé à Cissie à l'hôpital et aux enfants qui m'attendaient, et je me suis dirigée vers la sortie en traversant la foule. Je pensais, comme toujours, à Makareta. Elle devait être dans le *wharenui* là-bas, avec les grands-mères pendant les préparatifs pour fêter le retour chez nous, en train de bavarder avec les anciennes avec sa gravité habituelle, ou de regarder jouer les autres enfants. Elle aurait des vêtements tout neufs pour les cérémonies.

Vingt-cinq

Makareta regardait les hommes allumer un feu dans l'enclos à cochons. Ils avaient abattu deux des cochons et Bobby et Aperehama leur avaient enfoncé un couteau entre les pattes, faisant gicler le sang dans les seaux.

Après les avoir saignés, on les a mis sur le feu, tournés et roulés d'un côté puis de l'autre pour faire brûler les poils. De temps en temps, les hommes les retiraient des flammes et les grattaient avec leurs couteaux jusqu'à ce qu'ils aient l'air blanchâtres, fumés et propres. Les enfants les plus grands attendaient les vessies-ballons.

Elle a regardé les hommes hisser les cochons sur les plaques de tôle ondulée où ils les ont découpés et nettoyés : ils en ont retiré les intestins et enlevé les morceaux de choix et les ont jetés dans un seau. Wi et Bobby ont extrait l'urine des vessies en les comprimant, avant de les lancer aux enfants qui les ont gonflées à l'aide de pailles attachées avec des fils de *flax* et ont couru jouer, les chiens sur les talons. Après, on a emporté les cochons pour les suspendre dans le hangar. Il commençait à faire nuit.

Le lendemain matin, lorsqu'elle est allée sur le *marae* avec Kui et Keita, la marquise était déjà montée, on était en train d'allumer le feu pour chauffer les pierres du *hāngī*, on découpait la viande et préparait les légumes. Il avait plu. Les gens regardaient constamment le ciel mais sans rien dire.

Dans la grande tente les tables avaient été placées en rangées, puis couvertes de nappes en attendant que le couvert soit mis, et quelques-unes des femmes recouvraient des planches de papier blanc pour créer de la place en plus. Les plus grandes des filles avaient décoré de fougères les murs de la tente et y inséraient des fleurs. D'autres attachaient de petits drapeaux aux mâts de tente. Makareta les a aidées jusqu'au moment où il a fallu rentrer à la maison pour se changer.

Elle avait des vêtements neufs pour le retour au pays. Keita lui avait fait une jupe bleu marine et un chemisier blanc et elle avait de nouvelles chaussures noires envoyées par sa mère. Elle allait mettre le *tīpare* de Kui, qu'on avait ajusté pour que le vent ne dérange pas ses cheveux.

Quand elle est revenue, les grands-mères et les taties étaient toutes assises dans la véranda, habillées de noir ; elles bavardaient et fumaient, en tissant des couronnes de feuilles. Plus loin, près des arbres, ses oncles étaient regroupés autour d'un jeu de pile ou face. Elle regardait le cercle de leurs têtes se lever quand les *pennies* volaient dans l'air, puis se baisser lorsqu'ils retombaient. Elle les entendait rire et se taquiner.

Le camion de Wi est arrivé à côté du *wharenui*. Il y avait une petite canopée derrière la cabine, et sous la canopée était Tatie Anihera, assise dans un fauteuil et enveloppée de couvertures, venue pour accueillir les soldats. Des gens se sont approchés du camion pour lui parler.

Bientôt tout le monde a commencé à se rassembler près de la maison. Kui et quelques autres anciens ont endossé leurs *korowai* et tout le monde s'est mis debout, leur feuillage à la main. Tout était calme, des gens se tenaient près du portail et il avait commencé à pleuvoir.

Alors les grands-mères ont lancé leur chant d'invitation ; elles demandaient aux visiteurs de ramener leurs fils, elles en appelaient aux ancêtres. Les gens avançaient, leur chant de réponse disant qu'ils ramenaient les fils, les morts ainsi que les vivants. Ils marchaient lentement sur le sol humide. Avec eux se trouvait un soldat comme ceux qu'elle avait vus sur des photos et dans les journaux, ou dans les rues quand elle était à Wellington. Il avait la tête baissée et les épaules voûtées, son visage n'était donc pas visible.

À mi-chemin sur le *marae*, le groupe s'est arrêté, alors que les cris et les lamentations des grands-mères et des tantes devenaient plus forts et plus aigus, incessants. Les femmes se frappaient la poitrine et se penchaient en avant, se balançaient d'un côté puis de l'autre, tombaient presque. Les feuilles sur leur tête et dans leurs mains s'agitaient et tremblaient. Il a fallu attendre longtemps avant que sa famille soit autorisée à amener Nonny vers les sièges sous la bâche pour le début des discours.

Les discours finis, les gens se sont approchés pour les *hongi*, et Nonny a soulevé Makareta. Il souriait. Il avait les yeux rougis et exorbités et il sentait la pluie. Le soleil était sorti et faisait fumer les vêtements mouillés des gens.

Plus tard elle est allée avec la foule à l'*urupā* pour le dévoilement. De là où elle se tenait, elle voyait les pierres tombales pour son père et Hori, recouvertes de *kahu huruhuru*. Le pasteur a commencé les *karakia*, et quand Nonny a soulevé les *kākahu* pour révéler les inscriptions, les anciens ont repris leurs lamentations. Le vent les fouettait et mélangeait les sons jusqu'à ce qu'ils ne fassent plus qu'un avec lui.

En descendant la colline, elle a vu des hommes derrière la tente qui se penchaient sur le ruisseau, et elle a senti l'odeur de terre chaude du *hāngī* qu'on vidait. Les rabats de la tente étaient ouverts et des gens allaient et venaient.

Vingt-six

Makareta et Mata se sont rencontrées. «Nous sommes rentrés de l'enterrement de James Mahana», a écrit Makareta dans sa lettre. «C'était un soldat revenu de guerre, le petit-fils du frère de la mère de Keita. Tatie Gloria, Tonton Bobby et les petits nous attendaient à la maison quand nous sommes arrivés et Mata était là aussi. J'avais oublié qu'elle serait là et je suis passée par la cuisine sans la remarquer. (Tous les autres étaient sortis pour nous accueillir.) Puis j'ai entendu Keita entrer dans la cuisine en gémissant, suivie de Kui, et quand j'ai regardé depuis la chambre, j'ai vu Mata qui se tenait là, l'air craintive. J'étais surprise de la voir, Maman, parce que tu n'avais pas dit dans ta lettre que nous nous ressemblons, elle et moi. Peut-être que tu ne trouves pas.»

Mais c'est grâce à la ressemblance entre Mata et Makareta que je l'ai retrouvée. Quand Anihera est morte peu de temps après la fin de la guerre, j'ai arrêté de chercher Mata, me disant que si elle était encore à Wellington, je finirais par la retrouver — ce que j'ai fait, mais presque cinq ans plus tard.

Tant de morts. Je crois que j'ai de la chance d'être vivante. Des hommes sont morts à la guerre ou de ses suites. Des femmes sont restées à la maison et sont mortes de tuberculose dans des sanatoriums, si elles n'étaient pas ramenées chez elles pour y mourir.

Cissie est sortie de l'hôpital pour aller dans un sanatorium, où sa condition semblait s'améliorer, mais un soir, on l'a transférée à l'hôpital avec une pneumonie. Ben et moi étions avec elle une heure seulement avant sa mort. J'avais gardé les enfants pendant presque deux ans à ce moment-là et comme ils n'avaient jamais pu voir leur mère, ils s'étaient habitués à moi. J'étais contente de les avoir après la mort de Cissie, et contente d'avoir une maison chaude où ils pouvaient vivre et une cour où ils pouvaient jouer. Ben s'était installé dans un logement du ministère des Travaux publics à l'endroit où il travaillait près de la ville et il venait voir les enfants quand il le pouvait.

«Koro Day et Kui Dinah et leurs familles sont venus voir Mata le lendemain de notre retour et je voyais bien qu'elle avait peur d'eux aussi. Ils pleuraient sur elle, en lui posant question sur question en anglais. Je ne pense pas qu'elle comprenait leur façon de parler anglais — "Toi grande alors, humm, alors." "Exactement ta maman. Toi tu as nom de grand-mère, humm." "Humm, quels vêtements ça ? Alors, toi timide." Mais ils se parlaient entre eux et à moi en māori en même temps. Je ne crois pas que Mata avait la moindre chance de savoir de quoi ils parlaient. Elle ne parle qu'anglais.

«Je n'arrivais pas à m'habituer à ce qu'elle soit là, à ce qu'elle reste debout sans bouger, sans regarder nulle part et sans dire un mot — comme si elle était un nouveau meuble qu'on avait apporté, ou un poteau qu'on avait déplacé. Mes taties me disaient que je devrais lui donner quelques-uns de mes vêtements et je l'ai fait, Maman. J'ai découvert qu'elle a bon cœur.»

Ma fille vient chez moi pendant les vacances et j'aime lui montrer la ville ; je veux qu'elle voie ce que font les autres enfants, et qu'elle aille là où aiment aller les enfants de la ville — à un cirque, ou aux comices agricoles d'hiver, au cinéma, au zoo, aux concours de danse et de chant, ou bien faire un tour de voitures tamponneuses. Elle aime aller au cinéma et semble aimer les autres sorties, mais je ne pense pas qu'elle se voie comme une enfant qui pourrait participer à la manière d'une enfant. Elle est plutôt comme une autre mère, qui sort Heni, Benny et Bonnie pendant les vacances, qui s'amuse de l'amusement des enfants et qui a mal aux pieds en fin de journée.

Je crois qu'elle préfère rester à la maison et faire des choses qu'elle ne fait pas normalement. Chez elle, elle n'a jamais le droit de faire la vaisselle, de balayer le plancher ou de faire les lits, à part le sien. Elle ne prépare pas de feu, n'apporte pas de petit bois, n'aide pas à laver le linge et n'apporte pas d'eau du ruisseau. On ne la laisse jamais s'occuper des enfants, même si elle s'entend bien avec les petits.

À l'extérieur de la maison près de la cheminée pousse un vieil arbuste *kōtukutuku* planté par la Dame aux chats. Les petites clochettes roses sont éparses parmi les feuilles et les branches ont été rendues friables par des insectes qui ont mangé le bois à l'intérieur, ne laissant souvent que le tissu externe, l'écorce trouée. Elle s'effrite au toucher. J'imagine que la plante a une odeur de chat. À part cet arbuste, la cour n'est faite que d'un carré de gazon avec des bosses, une allée en briques, une corde à linge et un grand trou rempli de mauvaises herbes où se trouvait autrefois l'abri antiaérien. Makareta s'assied sous le petit arbre parfois, le dos contre le tronc, et je sais que Kui Hinemate et les anciens lui manquent, même si elle ne le dit jamais.

«Il y avait eu des remous à l'enterrement. La famille de la femme d'Oncle Jimmy voulait l'enterrer dans leur partie de l'*urupā*, près de Tatie Tui, mais ses frères et sœurs voulaient qu'il soit en bas dans la leur. Tôt le dimanche matin, les cuisinières, qui s'étaient levées de très bonne heure, nous ont tous réveillés pour dire que deux troupes de fossoyeurs étaient montées à l'*urupā* : les frères et oncles de Jimmy de son côté, et la famille de sa femme en plus. Grand-père Wi et quelques-uns des autres hommes sont partis à leur poursuite et leur ont barré à tous l'entrée du cimetière. La dernière chose qu'on voulait, c'était deux trous — c'était provoquer une deuxième mort, expliquaient-ils. Et ils les ont tous fait descendre au *wharenui*, en leur disant que s'ils allaient se disputer, ils devaient le faire devant Jimmy avant la fermeture du cercueil.

« Alors ils ont discuté du pour et du contre pendant la moitié de la matinée, jusqu'à ce que Keita se lève et leur passe un savon. Elle leur a dit qu'ils avaient eu la possibilité de demander à Jimmy ce qu'il voulait pendant qu'il était encore en vie. Elle a passé un savon à Jimmy aussi. "Tu as mis assez de temps à mourir", lui a-t-elle dit, dans son cercueil. "Tu aurais pu donner ton avis et leur épargner tous ces remous." Ensuite elle leur a dit qu'ils devaient demander aux enfants de Jimmy ce qu'ils voulaient, et que ce que diraient les gamins, c'était ça qu'ils feraient. Ils ont mis un certain temps à se mettre d'accord, mais c'est bien ça qu'ils ont fini par faire. Je suppose que tout le monde savait ce que les enfants allaient dire. Junior s'est levé et nous a informés qu'ils voulaient leur père à côté de leur mère, et c'était fini, c'est là qu'ils l'ont mis. Nous avons passé un moment intéressant là-bas. »

Même si Alma est une bonne amie, Makareta ne s'est jamais habituée aux perroquets, et j'ai remarqué que chaque fois que nous rendons visite à Alma, elle les enferme toujours dans leurs cages. « Des oiseaux dans la maison », me dit Makareta. « Qui parlent la langue des gens. » Et puis elle ajoute : « C'est Kui qui connaît la langue des oiseaux. » Et je les imagine, elle et la vieille femme, se promener le long des chemins qui bordent le ruisseau avec tous les *pīwaiwaka* qui font leurs voltiges autour d'elles, en parlant tous en même temps.

J'ai aussi en tête des images de Kui et Makareta le soir près de la lampe, Hinemate qui lui raconte tout ce qu'elle a à raconter, et Makareta qui lit à Kui ses livres d'école, ou peut-être des lettres que je lui ai envoyées ou celles qu'elle est en train de m'écrire. Ou je pense à elles en train de déballer les colis que j'envoie et de créer des formes avec la ficelle, les vieilles mains et les jeunes volant et voltigeant comme les *pīwaiwaka* pour réaliser des diamants simples et doubles, une femme qui se transforme en homme, un cerf-volant, une tasse avec soucoupe, un papillon, quatre frères, Vénus, un voleur, un lieu pour les esprits, une maison pour fantômes.

D'autres fois, je sais qu'elle assistera à différentes réunions, que ce soit pour une mort, pour une discussion sur les terres ou une audience à propos des droits fonciers — elle sera là avec les anciens, assise le plus calmement possible, à regarder et écouter. Je m'étais fait du souci par le passé pour le nombre de jours d'école qu'elle ratait à cause des voyages entrepris avec les anciens, qui ne veulent aller nulle part sans elle, mais je sais maintenant qu'elle est bien en avance pour son âge en ce qui concerne l'école. Je m'inquiétais autrefois que son anglais ne soit pas bon pour avoir grandi dans une maison où l'anglais ne se parle pas, mais elle parle anglais aussi bien que les professeures qui le lui enseignent. Je n'ai pas besoin de me faire du souci pour elle, sauf que les anciens finissent toujours par mourir. Je ne suis pas sûre que ma Makareta y soit préparée.

«Cette après-midi je suis allée chercher Mata parce que les taties voulaient qu'elle vienne leur dire au revoir. Mes autres cousins descendaient une colline sur un bidon chacun leur tour, et Mata avait passé le plus clair de la matinée à les regarder. En m'approchant d'elle, je l'ai vue frotter quelque chose dans l'herbe puis le regarder à la lumière du soleil. Je me suis demandé ce que ça pouvait être, je me suis demandé aussi laquelle de nous deux allait parler la première. Jusque-là nous ne nous étions pas adressé la parole. "J'ai trouvé cette bille", a-t-elle dit en tendant la main à mon approche, "là, juste à côté du chemin." C'était la première fois que je l'entendais prononcer un mot.

«C'était là où s'était trouvée la vieille maison, celle dont j'ai entendu parler mais que je n'ai jamais vue, celle que le frère de Kui avait construite de *mānuka* et de joncs. On m'a dit qu'elle avait un plancher de terre battue qu'on nettoyait avec un balai de *mānuka*, et qu'elle était chaude et confortable. Keita y est née et c'est là que l'arrière-grand-mère est morte et que Kui est devenue la mère de Keita. Des choses remontent de la terre là-bas : du verre bleu ou vert, des bouteilles à médicaments, des éclats de vaisselle, des peignes cassés. J'y trouve parfois des billes, mais surtout des billes à bouteille Codd ou des billes de porcelaine, que je donne à mes cousins. Je n'avais jamais trouvé de bille comme celle que Mata m'a montrée. Ni personne d'autre d'entre nous. Aucun d'entre nous n'avait vu une telle bille, qui avait à l'intérieur des volutes de fumée et des rubans et des arcs-en-ciel qui vous éblouissent les yeux, qui semblent être en mouvement. Quand mes cousins l'ont vue, ils ont arrêté de me demander d'aller leur chercher du pain, ils l'ont tout simplement fixée du regard. Ils n'ont pas fait de commentaire, ils n'ont fait que regarder, regarder.

«Mata a bon cœur. Je suis partie chercher du pain, je les ai laissés tous là en train de manger et j'allais rentrer quand Missy m'a appelée. Elle dansait sur les fils de fer de la clôture. "La cousine, elle la donne à Manny", a-t-elle crié. "Elle la donne à Manny, la bille".»

Je suis allée chez Alma un matin et les oiseaux battaient des ailes et poussaient des cris perçants. Alma était par terre dans le couloir, et d'abord j'ai cru qu'elle était morte. Je l'ai fait transporter à l'hôpital le plus rapidement possible, et dans l'ambulance elle a dit « Ma sœur a eu une attaque », mais sa voix était faible et ses paroles confuses. « J'ai pris soin d'elle. Je ne veux être un fardeau pour personne. »

Mais Alma n'est pas un fardeau pour moi. C'est une amie très proche, une formidable grand-mère pour les enfants de Ben, qui m'aide à m'occuper d'eux. Elle tricote des vestes, des pulls, des chaussettes pour eux en jacquard ou aux rayures bigarrées, ou bien elle leur fabrique des poupées et des jouets de ses doigts adroits, en utilisant des petits bouts de laine qui lui restent. Avant sa maladie, nous nous voyions tous les jours, et préparions des dîners spéciaux le dimanche lorsque Ben était là.

Le matin, maintenant, après le départ à l'école des enfants, je vais aider Alma à se laver et s'habiller et nous prenons notre petit déjeuner ensemble. Puis je fais un peu de rangement pour elle et donne à manger aux perroquets. Ils ne sont plus que quatre à présent : Poppy, Winston, Tattersalls et Halfmoon. C'est Halfmoon, une femelle, qui me connaît. C'est un petit oiseau vert à tête grise, le cou cerclé de rose et les yeux entourés de rose vif. Elle a de chaque côté de son bec des demi-lunes blanches qui sont visibles dans le noir. La tête penchée d'un côté et le bec mi-ouvert, on dirait qu'elle sourit. Parfois je me demande si nous pourrions être sœurs, puisque Polly est un nom de perroquet. L'après-midi, je rapporte chez moi le linge sale d'Alma pour le laver avec le mien, et le soir Heni lui apporte un repas. J'ai fait mettre des téléphones dans nos deux maisons, ainsi elle peut m'appeler si elle a besoin de moi, mais elle n'appelle que rarement. « Y a une moitié de moi qui va bien», dit-elle. «Je peux me débrouiller avec la bonne moitié, ne t'en fais pas pour moi.»

Un jour que j'allais rendre visite à Alma à l'hôpital, j'ai vu par la fenêtre d'un tram Mata qui était assise dans une cour d'école. Ça aurait pu être Makareta que je voyais. Elle avait la large carrure de celle-ci et le même visage foncé et potelé. Son immobilité était celle de Makareta, car la fillette restait assise à regarder jouer les autres enfants, mais Makareta n'a pas cet air maladroit et elle n'est pas sans ressources. Makareta a une rivière de cheveux qui lui descendent jusqu'aux genoux. Chaque mèche a été caressée et traitée avec soin.

L'école était celle que Keita avait visitée quand elle était partie à la recherche de Mata, la première fois qu'on avait ramené Anihera à la maison. Et j'ai su que ce serait à l'orphelinat tout près, et que Keita avait aussi visité, que devait habiter Mata.

Je suis allée à l'école le lendemain, mais on m'a dit que je ne devais pas venir dans l'enceinte de l'école poser des questions sur les enfants. En partant, j'ai vu sortir dans la cour une fille d'à peu près le même âge que Makareta et Mata. Je l'ai arrêtée et lui ai demandé pour Mata, mais elle ne connaissait personne de ce nom. C'est alors que j'ai compris qu'on avait dû lui donner un autre nom. J'ai décidé de ne plus rien faire par moi-même. J'ai écrit à Keita.

Keita a reçu une réponse à sa première lettre à la Directrice de l'orphelinat qui l'informait qu'il y avait bien une jeune fille qui correspondait à la description dans sa lettre. C'était la fille de l'homme dont elle avait donné le nom et qui habitait maintenant en Angleterre, et qui avait choisi une tutrice légale pour la fille. La tutrice légale, comme c'était son droit, avait demandé que toute correspondance cesse et qu'il n'y ait plus de tentative de contact avec la fille. Keita a continué d'écrire mais n'a plus reçu de réponse, jusqu'à ce qu'elle écrive au sujet des terres de Mata. Elle a reçu alors une lettre de la tutrice qui disait que Mata serait autorisée à y aller pour de courtes vacances.

Je suis allée rendre visite à la tutrice, Mrs Parkinson, peu de temps après avoir reçu l'adresse dans une lettre de Gloria. Je me disais que je pourrais peut-être aller voir Mata de temps en temps, la sortir ou l'inviter chez moi pour passer le week-end. Mrs Parkinson était une femme particulièrement sèche, qui avait l'air d'avoir passé tout l'été sur une tige, sans eau.

«Keita a donné à Mata une photo de Tatie Anihera, de quand elle était demoiselle d'honneur à ton mariage. Il est difficile de savoir si Mata a été contente ou non, parce que son visage est toujours si figé, si inexpressif. Mais je crois qu'elle a dû être contente, parce qu'elle n'arrêtait pas d'aller la prendre dans son sac pour la regarder.

«Je crois que tu as raison, Maman, de vouloir m'envoyer dans un pensionnat où je fréquenterais des gens de mon âge pendant quelques années. J'apprendrais peut-être quelque chose ; parce que j'ai trouvé très difficile de parler à quelqu'un comme Mata, même si je sais que mon anglais est bon. Je n'étais juste pas habituée à quelqu'un comme elle. Je sais que Keita veut que je parte pour aller à son ancienne école. Pour elle, l'éducation est très importante (et pour moi aussi, Maman). Keita n'a pas une très bonne opinion de notre lycée. Partir me serait égal s'il n'y avait pas Kui, dont je n'aime pas me séparer, même pour une seule journée.

«J'ai commencé à apprendre à lire à Kui et elle fait d'excellents progrès. Elle aime tous les livres — des livres d'histoires, de mathématiques, des magazines scolaires, des journaux. Je les lis tous pour elle, en traduisant au fur et à mesure. Elle aime surtout les histoires qui traitent des différents peuples du monde et des constellations. Elle connaît les constellations par son savoir ancien. Je crois que ce serait cruel de la quitter maintenant qu'elle est si vieille, mais je crois aussi que Keita est déterminée. Je crois que Kui mourra probablement sans moi.

«J'ai dit quelque chose à Mata sur notre *urupā* et sur le lieu où est enterrée Tatie Anihera. Je voyais bien que ce que j'avais dit l'avait choquée et j'ai regretté d'avoir parlé. Elle a couru à travers champs en appelant Tatie Gloria.»

Vingt-sept

La soirée était chaude et Makareta n'était pas à l'aise dans son uniforme de serge : robe-tablier, chemisier à manches longues, blazer, cravate, bas noirs opaques et chaussures à lacets. Le chapeau panama neuf lui serrait la tête et l'élastique sous le menton la démangeait.

Pendant une heure, ils étaient restés assis dans le noir sur le quai avant d'entendre le chef de gare arriver. «Oh», a-t-il dit en passant devant eux pour entrer par la porte. Ils entendaient sa respiration lourde. Les lumières de la gare se sont allumées.

Peu de temps après, ils ont entendu arriver le train. Ils ont vu son grand phare illuminer les rails alors qu'il approchait, dans un crissement de freins et un nuage de vapeur.

Aperehama et Wi l'ont précédée dans le train en portant les sacs et les oreillers, et quand Makareta est montée dans le compartiment avec Keita, Kui s'est remise à pleurer, ses sanglots devenant une lamentation.

– Nos filles ne reviennent pas ! criait-elle. Nos enfants partent, ils ne reviennent jamais.

– Tout ira bien pour elle, a dit Wi, pendant qu'Aperehama et lui rangeaient les sacs et posaient les oreillers. Les deux hommes l'ont serrée rapidement dans leurs bras, puis ont quitté le train quand le sifflet a retenti.

La locomotive s'est mise à avancer péniblement, laissant derrière elle la tache de lumière où, en regardant en arrière, elle voyait Wi et Aperehama soutenir la vieille femme et l'envelopper d'une couverture. Elle a regardé par la fenêtre jusqu'à ce qu'ils ne soient plus visibles et qu'il n'y ait plus que le paysage sombre qui défilait, les champs et les collines noirs, les formes noires des maisons et par-ci par-là le mince éclat des fils des clôtures.

«Ça m'a fait de la peine de la quitter. Depuis la fenêtre du train elle avait l'air si vieille et si *petite* que je n'ai pas pu arrêter de pleurer. Je n'ai pas pu m'empêcher de sentir que je faisais quelque chose de mal.

«Elle a fait tant d'efforts pour me laisser partir, elle s'est donné du mal pour préparer mon départ ce dernier mois — pour coudre toutes les étiquettes sur mes vêtements quand nous avons reçu les colis que tu nous avais envoyés, raccourcir la jupe de netball pour qu'elle soit conforme au règlement, "à trois pouces du sol en position agenouillée". Ça m'a fait de la peine de la voir, avec sa mauvaise vue, coudre des tissus aussi sombres, mais il fallait bien la laisser faire. La robe-tablier, celle du dimanche, le blazer et les chemisiers étaient de la bonne taille, Maman, aucune retouche nécessaire.

«Et elle a décidé que j'aurais besoin de six oreillers dans le train pour dormir à mon aise sans froisser mon nouvel uniforme. (Elle est très fière de l'uniforme, et moi aussi, même s'il est si chaud pour cette période de l'année.) Elle a fait six taies d'oreiller bordées de petits volants. Alors nous avons dû prendre six oreillers avec nous. Nous étions très bien dans le train. (Et puis j'étais très contente d'avoir les oreillers pour y cacher mes yeux-tomates. Keita me disait de ne pas pleurer, parce que mes yeux allaient devenir aussi globuleux que des tomates mûres. Ce qu'ils n'ont pas manqué de faire.) Mais à la fin du trajet nous avons galéré avec nos bagages. Je ne sais pas comment Keita a pu porter tous ces oreillers sur le chemin du retour.

«La nourriture que Kui nous avait préparée pour le voyage aurait suffi à toute une bande de tondeurs de moutons. Ça m'a remonté le moral. À Taumarunui, nous avons bu du café chemin-de-fer dégueu, qui était très noir, fort et sucré. (Dégueu est un nouveau mot que j'ai appris, je ne sais pas si Miss Jamieson l'approuverait.) Je pense à Miss Jamieson et à Mr Davis, Maman. Ils ont été très bons avec moi. Je pense à toi aussi.»

– Voilà, Fillette, a dit Keita, en inclinant la tête en direction de la fenêtre lorsqu'elle est entrée dans le compartiment avec le café. Dehors, Makareta a vu une jeune fille, grande, plus âgée qu'elle, qui portait l'uniforme. Elle avait de courts cheveux bouclés qui frisaient sous le rebord d'un vieux panama jaunâtre. Elle se faufilait parmi la foule, en portant des sandwichs et des boissons, en riant de quelqu'un qui appelait depuis la fenêtre du compartiment suivant.

– Tu seras de retour pour Pâques, en mai et en août et puis à Noël, a rappelé Keita pendant qu'elles reprenaient leurs places. Et toi et Kui, vous vous pencherez sur tous tes nouveaux livres, en parlant de toutes les nouvelles choses que tu auras faites. Elle aura des lettres de toi pendant ton absence et elle en sera tout émue.

– Elle est vieille maintenant. Elle a besoin de moi.

– Le temps passe vite quand on est vieux, a répondu Keita. Elle s'est arrêtée pour regarder dehors dans le noir pendant un instant. On a une belle vie quand on a une bonne éducation. Tu épouseras un homme éduqué et ta vie sera belle.

Makareta s'est redressée parmi les oreillers où elle s'était reposée, à moitié endormie.

– Keita, je ne veux épouser personne.

– Mais bien sûr que non, Fillette. Bien sûr que non, tu n'es qu'une petite fille.

L'express passait comme une fusée dans la nuit, grinçant et chuintant. Les gens dormaient ou se déplaçaient. La porte à l'autre bout du compartiment s'est ouverte bruyamment et le contrôleur est venu récupérer la vaisselle et les couverts.

« Deux filles de mon école nous ont parlé quand nous sommes descendues du train. (Nous avions vu l'une d'entre elles sur le quai à Taumarunui.) L'aînée s'appelle Raiha, l'autre, qui est en deuxième année, s'appelle Puna. (Elles avaient toutes les deux mis l'élastique de leur panama à l'arrière de leur tête, sous leurs cheveux, alors je les ai imitées. C'était beaucoup plus confortable que de l'avoir sous le menton.) Elles nous ont demandé si nous voulions partager un taxi avec elles, mais nous avions trop de bagages, Maman. Le chauffeur n'a pas pu nous prendre toutes, alors il nous a fallu deux taxis.

« La plupart des filles se connaissent (bien sûr) et il y avait beaucoup d'émotion quand tout le monde a commencé à arriver. Je me sentais nerveuse et j'avais vraiment le mal du pays, mais j'essayais de le cacher. Des filles se penchaient depuis le balcon en appelant des amies, beaucoup s'embrassaient, se serraient dans les bras et parlaient de vacances, de résultats d'examens, de familles — et faisaient des commentaires à voix basse sur les professeures, leurs vêtements neufs, leur coiffure, et ainsi de suite. C'est Miss Green, la Directrice, qui a les plus belles jambes ! Ah Maman, elles parlent de choses si drôles !

« Il y avait des filles pour nous (les nouvelles) faire faire le tour de l'école, et nous expliquer ce qu'il fallait faire, et puis les préfètes ont passé les vêtements en revue pour s'assurer que tout portait bien le nom de la propriétaire. Nous sommes autorisées à mettre des bas de fil d'Écosse en été, Maman, au lieu de ces bas de laine qui grattent.

Est-ce que tu penses que tu pourrais m'en envoyer, s'il te plaît ? Les filles de troisième année ont maintenant le droit de mettre des bas de nylon. On m'a dit qu'à la fin de l'année dernière une ou deux filles s'étaient dessiné des lignes (comme des coutures de bas) sur leurs jambes nues, et que personne n'avait remarqué qu'elles ne portaient pas de bas. Aucune des professeures ne s'en était aperçue. Ce premier jour, il y avait une odeur de valises et de sueur, de cirage de chaussures, de cire pour plancher et de savon — et d'autres choses. De jeunes filles !

«Cette école est si immense que j'ai du mal à trouver mon chemin. Il y a un long couloir avec une salle à manger à un bout et des chambres à l'autre, des dortoirs. Il y a vingt filles dans chaque dortoir.

«Dans la salle de bains, il y a trois baignoires (avec des pieds d'animal), trois douches et quatorze lavabos. Il y a beaucoup d'eau ici, mais nous n'avons tout de même droit qu'à quinze centimètres d'eau pour prendre un bain (deux fois par semaine.) Il y a des toilettes à chasse, bien entendu, plus bruyantes que la tienne, Maman. Je commence à m'habituer à leur bruit.

«Comme je n'avais pas pu dormir dans le train, et que j'ai passé la moitié de la première nuit dans le dortoir à penser à vous tous, j'étais crevée (nouveau mot) le premier matin. (J'ai fait un effort pour ne pas pleurer, mais tout autour de moi les autres reniflaient et soupiraient, et je repartais de plus belle.) Et puis il y a tant de lumière ici la nuit !»

Dans le miroir il y avait une fille qui avait des yeux-tomates et des cheveux horribles. Elle a remis le miroir dans son sac de dortoir, s'est tapoté le visage de son gant de toilette et a commencé à se brosser les cheveux. Mais il n'y avait pas assez de temps. Le petit déjeuner était servi dans dix minutes, huit minutes, six minutes, les filles plus âgées n'arrêtaient pas de leur rappeler. On leur avait montré comment faire leur lit — le matelas à plat et lissé, les couvertures bien repliées aux coins, les oreillers tournés pour que l'ouverture des taies ne soit pas visible depuis la porte.

Deux minutes. Ses cheveux n'étaient pas coiffés. Il fallait une demi-heure pour les coiffer — assise sur son tabouret spécial. Kui faisait descendre la brosse en de longs mouvements lents, tout en parlant sans cesse d'oiseaux, de baies, de bébés, de liens de parenté, d'anciens, d'ancêtres, de *kēhua*, de travail, de marches, de danses et de chants, de maladies, de rêves, de guerres, d'étoiles, d'attente.

– Tu vas juste devoir te les attacher derrière, a conseillé Raiha. Tiens, passe-moi ton ruban. Attache-les derrière, juste pour le petit déjeuner. Tu te coifferas comme il faut après.

Il y a eu une sonnerie et tout le monde s'est dirigé vers la porte.

Avec Raiha, elle s'est précipitée dans le couloir jusqu'à la salle à manger, où elles sont restées debout près de leurs chaises en attendant que le bénédicité soit prononcé.

– Mange tout, a dit Raiha, sinon tu vas crever de faim.

– Le premier matin, c'est là qu'on voit tous les yeux rougis au petit déjeuner, lui a dit la fille à côté d'elle alors qu'elles s'asseyaient. T'es pas la seule.

– Un problème pour ses cheveux, a expliqué Raiha. Pas assez de temps.

– Donne-moi une part de beurre et je te brosserai les cheveux, a dit la fille, et les autres à leur table ont ri. Mange du pain grillé, Makareta, si tu ne veux pas crever de faim.

De retour au dortoir, Raiha lui a pris le peigne et s'est servie de son extrémité pour faire une raie à l'arrière de la tête, séparer les cheveux, et en mettre la moitié sur une épaule.

– Moi aussi, j'ai eu les cheveux longs, a-t-elle dit, en se mettant à faire une natte, mais pas aussi longs que les tiens. J'en avais marre mais je n'avais pas le droit de me les faire couper. Alors, tu sais ce que j'ai fait ? Je me les suis coupés avec des ciseaux. D'un côté seulement. Flûte, Maman m'a donné une belle fessée. Elle m'a laissée deux jours comme ça. Elle m'a montrée à toutes mes tantes, qui en ont pleuré, et à tous mes oncles, qui en ont ri. Puis elle m'a emmenée en ville chez le coiffeur pour les faire couper court, comme ça. Fastoche. Mais Maman n'a pas aimé qu'on garde mes cheveux !

Les doigts de Raiha sont vite descendus d'un côté puis de l'autre, avant de mettre les élastiques et de nouer les rubans.

– Faut aller vite maintenant, a-t-elle dit. On a pas mal de choses à faire. Regarde un peu ta liste, regarde ce que tu dois apporter et je reviendrai pour t'accompagner. Mets de l'eau sur tes yeux. Ça va bientôt sonner, Makareta.

Makareta a mis le miroir d'un côté puis de l'autre. Les nattes de Raiha étaient bien faites. Autour d'elle, tout le monde était occupé à brosser des vêtements, à cirer des chaussures, à aller et venir dans la salle de bains, à lire attentivement des listes. À la maison, Manny, Missy et les autres devaient courir parmi les arbres, le long du chemin menant à l'école, là où les fougères étaient chatouilleuses et fraîches sur les jambes nues. Et à l'école, quelqu'un devait faire l'appel pour la maîtresse, mettre de nouveaux bâtons de craie sur le rebord, passer en revue les tâches et les cocher dans le petit cahier au fur et à mesure qu'elles étaient faites. Elle s'est tapoté les yeux de son gant.

– Allez, on y va, a dit Raiha. Tu as tout ?

«C'était si gênant ce matin-là, Maman, debout à côté de mon lit avec ma brosse dans la main en train de réaliser que je n'avais *pas une seule fois de ma vie brossé mes propres cheveux*. Je me suis sentie vraiment mal à l'aise et j'ai eu de la chance que Raiha m'ait si gentiment aidée. Ce soir-là, assise dans mon lit, je me suis entraînée à brosser et à tresser. Quand on a éteint la lumière (huit heures pour les premières années), j'étais encore en train de m'entraîner. Tu aurais dû me laisser brosser moi-même mes cheveux, Maman, quand je suis venue pour les vacances, au lieu de me gâter comme Kui. Mais c'est bon, je sais le faire maintenant. De jour en jour ça va plus vite. Nous nous levons à six heures et demie et n'avons qu'une demi-heure pour faire notre lit, ranger et nous préparer pour le petit déjeuner. (On mange du porridge et du pain grillé pour le petit déjeuner, et nos propres portions de beurre. Les filles font des échanges pour du beurre.)

«On te donne des points pour la façon dont tu as fait ton lit et pour d'autres tâches aussi. En fin d'année, il y a un trophée pour les tâches ménagères. Je suis dans la "maison" *kahikatea* et je porte un badge vert sur ma robe. Les autres maisons sont *pūriri*, *mataī*, *kauri* et *rātā*. Dans deux semaines auront lieu des compétitions sportives entre les maisons et ça, je ne m'en réjouis pas. Tu sais comme je suis pour le sport — peu motivée et très paresseuse.

«Raiha est "capitaine" de notre maison. Elle est aussi ma "grande sœur" (toutes les filles de première année ou nouvelles ont une fille plus âgée qui la prend en charge), alors j'ai de la chance.

«On mange toutes sortes de ragoûts le soir, sauf le lundi et le vendredi, où on sert du poisson. Jeudi dernier à midi on a eu quelque chose de vert. Des petits pois au cari, je crois ! As-tu déjà entendu parler d'œufs de grenouille et d'oreilles de mort comme dessert ?

«J'ai écrit deux fois à Kui, et j'ai eu une lettre de Tatie Gloria qui m'a dit que Kui va bien. Kui est allée de l'autre côté de la colline rendre visite aux autres anciens pour leur montrer mes lettres. Je la vois bien monter et descendre les chemins de la colline en parlant aux oiseaux. Et j'entends aussi les anciens faire des commérages, en jacassant comme de vieux oiseaux. J'espère que Tatie Gloria ne me dit pas que Kui va bien juste pour me rassurer. J'ai dit à Kui de ne pas soulever les bidons d'eau et que si elle a besoin d'eau, elle doit se servir de la petite casserole pour en prendre dedans.»

Il y avait des choses à ne pas raconter à Kui.

Comme l'eau se mettait à bouillir, Makareta a alimenté de bois le feu sous les chaudières. Jenny et Puna sont arrivées avec les baquets de vêtements qu'elles avaient savonnés et frottés contre les planches avant de les rincer et de les essorer. Les filles se mettaient à séparer les vêtements avant de les faire tomber dans l'eau chaude. Après avoir fait bouillir et rincé une dernière fois ce lot final, il ne resterait plus que les linges hygiéniques à faire. Sa Kui intérieure faisait tss-tss en signe de désapprobation.

Elle est allée au grand baquet de bois pour aider Trish, qui avait déjà commencé à y verser l'eau des seaux où trempaient les linges déjà rincés sous le robinet par celles qui les avaient utilisés. Les filles ouvraient les robinets à fond, puis essoraient les torchons avant de les mettre dans les chaudières. Le temps de finir, Jenny et Puna avaient commencé à sortir les vêtements bouillis à l'aide des bâtons de chaudière, et Tahi et Raiha revenaient de l'étendage. Laver le linge, c'était la tâche la moins populaire, mais Makareta préférait ça à la vaisselle ou au jardinage.

Le samedi, elles nettoyaient l'école de haut en bas — une autre chose qu'elle ne mentionnait pas dans ses lettres à Kui. Elle avait découvert qu'elle aimait bien mettre une salopette et faire partie de l'équipe qui astiquait les tables et les étagères, qui lavait et cirait les planchers, essuyait les rebords des fenêtres, lavait les vitres avec des journaux mouillés. Elle faisait des progrès, et avait découvert que si elle se parlait à elle-même en travaillant, les tss-tss et les hon-hon finissaient par cesser. C'était assez facile de taquiner Kui et de la faire sourire.

«Quand nous voulons des vêtements propres, nous faisons la queue au vestiaire et donnons notre numéro à la responsable en lui disant ce qu'il nous faut. Toutes les après-midi nous rendons notre cravate et notre ceinture du jour et on nous donne celles de cérémonie. J'ai une ceinture ordinaire en ce moment mais j'ai commencé à faire ma ceinture *tāniko*. Ce sera sans doute terminé dans une semaine ou deux. Je fais un motif fougère, une partie de feuille. J'en suis bien contente. Nous nous entraînons pour les *waiata* une fois par semaine et j'ai appris quelques chansons nouvelles et un *poi*.

«Je vais bien, Maman. Je me plais ici. Je suis dans la classe la plus avancée et je n'ai aucune difficulté à faire le travail. Beaucoup de filles ont des bourses d'excellence, comme moi. Je suis contente d'apprendre à écrire en māori parce que je crois que si j'écris à Kui en māori, elle pourra lire mes lettres toute seule. Je lui ai appris à lire un peu en anglais mais je suis sûre qu'elle trouvera le māori plus facile. Je suis sûre que Keita ou Girlie l'aideront. Tous les dimanches à quatorze heures, c'est l'heure de la correspondance (obligatoire), mais pour moi on n'a pas assez de temps. J'ai tant de lettres à écrire et tu sais comme j'aime écrire et écrire encore.

«Est-ce que je t'ai dit que notre prof d'anglais a les cheveux bleus ? Ça vient de quelque chose qu'elle met dans l'eau de rinçage quand elle les lave. Les filles sont tellement drôles, Maman, dans ce qu'elles disent parfois. Mais personnellement j'aime assez les cheveux bleus. Ils vont bien avec les yeux bleus de Miss McAloon et avec les vêtements qu'elle porte.»

Vingt-huit

La Directrice m'a appelée dans la nuit parce qu'elle avait reçu un appel de Keita, qui disait qu'il fallait envoyer Makareta tout de suite chez elle parce que son arrière-grand-mère était en train de mourir. Miss Green voulait que je persuade Keita de laisser Makareta encore deux jours au lycée pour lui permettre de passer son dernier examen. Selon Miss Green, le comité des bourses n'approuverait pas que Makareta parte avant les derniers examens. Mais la mort de Hinemate n'est pas quelque chose à cacher à Makareta, même pour un jour ou une heure. Je suis convaincue d'ailleurs que les examens qu'elle a déjà passés suffiront pour qu'elle soit reçue.

Ma fille m'a beaucoup manqué au cours des quatre dernières années, depuis qu'elle est partie en pensionnat sans pouvoir venir me voir pendant les vacances, mais il est juste qu'elle profite de ces moments-là pour passer du temps avec ses anciens. Il reste encore du temps pour moi. Ses lettres m'ont rendue heureuse.

Je me suis installée dans la maison d'Alma pendant les derniers mois de la vie de mon amie afin de pouvoir bien prendre soin d'elle. Nous vivons ici depuis, Halfmoon et moi, ses seules héritières. Ben et sa nouvelle femme habitent l'autre maison, et les enfants partagent leur temps entre les deux.

Maintenant c'est Hinemate qui part avant nous. Makareta l'a déjà deviné. Ses lettres pendant le dernier trimestre scolaire ne ressemblaient pas aux autres : elle attend, en comptant à rebours les derniers jours.

« Du temps et du silence, du temps lent et du silence lourd, odeur de cire et de vernis des planchers et des murs, et des fenêtres ouvertes pour laisser entrer l'air pesant. Mr Meihana en chemise, la cravate dénouée, la voix lointaine, basse et lourde.

« Je relis le travail encore et encore, mais rien ne change. Il n'y a plus rien à faire pour que demain ou après-demain arrive plus vite, plus rien qui pourrait se mêler au temps pour l'alléger, pour l'accélérer, pour le faire flotter et tournoyer (sauf t'écrire à toi, ma mère, comme je le fais en ce moment). Je pense au pain *rēwena*, et aux prunes mûres, au cresson, aux fougères, au ruisseau, au chemin ombragé, et aux oiseaux. Je pense à Kui.

« Un stylo-plume couleur crème, tacheté de brun : ce sont les couleurs d'un œuf de ces *pīwaiwaka* qui la suivent partout, en parlant. La pointe dorée, usée d'un côté pour faire place au langage. Combien de mots ai-je écrits, travaux de classe, devoirs, contrôles et examens, lettres ? (À l'encre bleue Stephens Radiant, qui me fait toujours penser aux yeux d'Alma.)

« Un cahier, ce dernier devant moi, rempli d'exercices et de traductions, une ligne rouge pour marquer la fin de chacun. Du crayon rouge, il ne reste plus qu'un petit bout. D'autres livres et mes affaires sont emballés et prêts au départ.

« Ma chambre à la maison sent aussi la cire. Tapis de chiffons. Couvre-lit à patchworks. Papier peint fané, une déchirure rafistolée derrière la porte, qui laisse voir la toile de jute derrière. Sur le rebord de la fenêtre fissuré, une odeur de brûlé, qui vient de la peinture écaillée. Kui aura ciré le plancher et lavé les rideaux (avec soin parce qu'ils sont vieux et fragiles).

«J'ai reçu une lettre de Tatie Gloria qui m'a raconté les visites de Keita et de Wi dans le nord. Selon Tatie, pas un mot n'a été dit à personne sur l'objet de ces visites. Je sais que Keita a des terres là-haut, comme ailleurs en fait, des terres à elle ou partagées. Elle a des terres de tous les côtés — du côté de sa mère, de son père, et quand Kui sera morte, elle aura ces terres-là aussi. Elle explique la raison pour laquelle elle a tant de terres ; c'est parce qu'elle, c'est la petite chétive, la petite plante sauvage qui a survécu aux guerres, aux temps durs et à l'épidémie de grippe. C'est elle qui est restée pour hériter. Je l'ai accompagnée bien des fois, comme tu le sais, à des rassemblements et à des audiences, tous en rapport avec la terre. Elle s'est toujours battue pour que la répartition de la terre soit nette et claire, et je doute qu'une seule pincée lui ait glissé entre les doigts. Je sais que ces visites dans le nord ont toujours à voir avec la terre.

«Mais Tatie Gloria semble s'inquiéter que ça ne s'arrête pas là. Je sens qu'elle essaie de m'avertir. Elle semble se préoccuper de choses que j'avais crues oubliées depuis longtemps : à voir avec une promesse entre notre famille et la famille Te Waru, une histoire de mariage arrangé.

«Bien entendu, notre famille au nord possède des terres qui jouxtent celles de Keita. Je comprends comment des terres pourraient être assemblées, pourraient être ouvertes et exploitées suite à un mariage. Sinon personne, ni d'une famille ni de l'autre, n'y mettra les pieds. Tatie Gloria m'a dit (plus d'une fois dans sa lettre) que je dois comprendre deux choses par rapport à Keita. D'abord, qu'elle a des plans pour nous tous, ensuite, que si nous ne les suivons pas, elle ne nous le pardonnera pas. Elle m'a suppliée de promettre que si jamais je partais de chez nous, je reviendrais. Elle m'a dit que ce qu'Anihera et elle n'avaient pas bien compris au début, c'était qu'elles avaient toutes les deux un droit. Tatie Anihera avait sa place là, exactement comme nous tous, exactement comme Keita, et Tatie Gloria elle-même y a sa place, exactement comme nous tous, exactement comme Keita. Ce n'est pas Keita qui a le droit de renvoyer quelqu'un. Qu'est-ce que tu en penses, ma mère ? Je ne crois pas que Keita ferait quoi que ce soit dans mon dos, parce que j'ai toujours participé à tout ce qu'ont fait mes grands-parents et les anciens. Me marier ? Je ne pense pas à me marier, mais alors pas du tout.

«Enfin, j'ai écrit à Keita pour lui poser des questions sur les visites dans le nord et j'ai eu sa réponse qui me disait qu'on mettait en place des arrangements pour fêter mes vingt ans. Ça va être une grande affaire, avec des membres de la famille venus de tout le pays. Ce n'est pas ce que je veux, mais je suppose qu'il va falloir y passer maintenant que l'organisation a commencé et que des promesses sont faites (du porc, du mouton, des *kūmara* et du maïs, etc., en cadeau). J'aimerais mieux attendre un an et fêter mon vingt et unième anniversaire, s'il faut fêter quelque chose.

«Tout ce que je veux faire en ce moment, c'est en finir avec mes études pour rentrer et être avec Kui jusqu'à sa mort. Elle doit voir que je suis revenue comme je l'avais promis (je suppose que l'idée de faire une grande fête pour mon anniversaire cette année, c'est à cause de Kui, dans l'espoir qu'elle sera encore avec nous à ce moment-là). Plus tard je viendrai vivre avec toi, Maman. Je veux continuer mon éducation ou suivre une formation. Il n'y a pas de travail pour moi à la maison et je ne veux pas être juste une femme qui se promène çà et là, inutile, parmi les arbres.

«Keita a dit dans sa lettre que le jour de mon anniversaire les terres seront prêtes pour moi. Je ne sais pas ce qu'il faut comprendre à cela, mais quand je rentrerai à la maison, je vais persuader Keita que Tatie Gloria doit avoir ses terres aussi. Je trouve injuste la façon dont Keita traite

Tatie Gloria. Tout le monde là-bas a une nouvelle maison, sauf elle.

«Après l'extinction des feux la nuit, certaines des filles qui doivent passer des examens enfilent leur robe de chambre et prennent leurs papiers et leurs livres pour aller à la bibliothèque. Une fois installées, elles couvrent les fenêtres afin que la lumière ne se voie pas, et elles se mettent à étudier jusqu'au petit matin (du moins si personne ne les surprend). Je les accompagne parfois, moins pour étudier que pour finir mes lettres.

«Je pense à la longue route blanche où, le dernier virage passé, il y a de la lumière projetée par une lampe à la fenêtre. C'est une image très forte, mais qui appartient au passé, maintenant que l'électricité a été installée. S'ils ont besoin de moi à la maison, ils téléphoneront. La cloche quand elle sonne fait un bruit lourd et lent.»

Elle est donc préparée, Makareta, pour la mort de Hinemate. Je me rends compte maintenant que toute sa vie elle a été prête pour ce moment, pendant qu'elle accompagnait les anciens dans leurs déplacements, partout où ils se rendaient pour les *tangihanga*. Elle a une profonde compréhension de la mort comme faisant partie de nos vies, ce qui ne veut pas dire qu'elle en sera moins triste.

La semaine passée je suis sortie acheter une nouvelle robe rose, un manteau léger gris, un chapeau rose aussi et de chouettes chaussures, et je me préparais à assister à la cérémonie de remise des prix, où ma fille allait recevoir le trophée de la meilleure élève. Maintenant je me prépare plutôt à faire mes adieux à la vieille mère. Makareta sera déjà en route. «Réveillez-la tout de suite», avais-je dit au téléphone à Miss Green. «Qu'elle prenne le premier train ce matin.»

Vingt-neuf

Les anciens attendaient Makareta dans la maison de réunion : celle-ci était allée s'habiller pour la fête d'anniversaire. Bientôt les visiteurs allaient arriver.

Tout le monde avait travaillé pendant des semaines pour préparer le *marae* et la maison de réunion pour cette journée spéciale, et maintenant tout était prêt. On avait remplacé certaines planches de la véranda et enlevé la paille des vieux nids dans les combles. De nouvelles planches de tôle couvraient les trous dans le toit et on avait repeint les *maihi* et les *amo*.

Même s'il faisait beau ce jour-là, il y avait eu trois jours de pluie plus tôt dans la semaine et les hommes avaient étalé une épaisse couche de paille sur le *marae* pour que le sol ne soit pas trop mouillé sous les pieds des invités.

À l'intérieur de la maison, on avait lavé le plancher et étendu par-dessus les *whāriki*. Les murs et les rebords des fenêtres avaient été lavés et décorés de frondes de *ponga* ; des guirlandes de fleurs décoraient le *pou tokomanawa*. Le visage peint de couleur ocre de cette ancêtre, avec ses cheveux noirs bouclés, ses lèvres rouges et ses yeux blancs qui regardaient du haut du mur du fond, avait été dépoussiéré et ciré. On avait repeint la plume à côté de son oreille et, dans sa blancheur, c'était comme une flamme qui dansait dans la lumière tamisée. Les photographies de chaque côté avaient été descendues, dépoussiérées, puis remises en place.

Un soleil pâle entrait par la fenêtre rouge et bleu. Il baignait de ses couleurs douces et affaiblies le bord gondolé des *whāriki*. Il y avait une odeur d'humidité, de moisi, de peinture et de cire. Les anciens bavardaient ou dormaient en attendant. La Fillette prenait vraiment tout son temps.

Les enfants qui jouaient dans le champ couraient de temps en temps vers l'autre bout, d'où ils pouvaient voir la route, mais jusqu'ici aucun signe de visiteurs. Qui ? Ils ne savaient pas qui, et les chuchotements et l'air cachottier des anciens leur signalaient qu'il ne fallait pas demander. Ils couraient çà et là, armés de branches de *mānuka* en guise de bâtons de hockey, à la poursuite d'une vieille balle de tennis. Ils avaient des bleus et du sang sur les jambes, mais les tantes et les oncles, les mères et les pères avaient été trop occupés pour s'en soucier.

Plus tôt ils avaient aidé à laver les pommes de terre, les *kūmara* et les courges et à éplucher le maïs. Ils avaient vu les légumes empilés dans des paniers à *hāngī* avec le mouton et le porc et de grandes bassines de pudding, puis ils avaient regardé les paniers descendre sur les pierres fumantes. Une fois la nourriture recouverte de torchons, leurs oncles, avec leurs pelles, avaient fait voler de la terre par-dessus, pour qu'elle forme une couche épaisse qui ne laisserait pas s'échapper la vapeur.

Près des feux de cuisson des morceaux de bois avaient été empilés, et certains des grands garçons en coupaient toujours. De grandes casseroles étaient placées sur des rails de fer au-dessus des feux, et ça sentait le cresson et le mouton, et des anguilles pendaient, blanches et dégoulinantes, dans la fumée contre la tôle dressée à l'arrière.

Même si on les avait chassés de la tente, les enfants avaient vu les gelées et les *trifles*, les bonbons et les fruits, les caisses de bouteilles de boissons gazeuses, aux parfums framboise, orange, vanille et citron, de limonade, de soda au gingembre. On remplissait de petits bols de cornichons et de sauces, on coupait du pain en tranches et les tartinait de beurre, on découpait et couvrait des gâteaux et empilait des saladiers pour les plats chauds. Ils avaient faim mais savaient qu'il faudrait attendre encore longtemps avant de pouvoir manger.

Il y avait de la bière aussi pour la fête, et quelques-uns des oncles, ayant rempli des cruches à un tonnelet, s'étaient mis à en boire, assis là dans la chaleur à surveiller les feux. Peu de temps après, quelques anciens sont sortis de la maison pour les rejoindre, puis les femmes de la tente sont arrivées.

Tout était prêt et ils attendaient tous. Même si Makareta prenait son temps, c'était sans importance parce que tout allait enfin se réaliser. De vieilles promesses seraient honorées, mais on ne devait pas encore en parler, on le ferait une fois que tout aurait été décidé. Des choses avaient peut-être mal tourné dans le passé parce que les gens parlent toujours trop, alors maintenant on ne disait rien, même pas la main devant la bouche.

Mais ils étaient impatients de voir cette fille, leur fille. Qu'est-ce qui la retenait ? Ils voulaient voir les vêtements neufs et regarder Keita lui mettre le *korowai* et le jade. Ils voulaient voir l'effet du pendentif vert contre le chemisier de dentelle. Certains disaient que c'était de la dentelle blanche, d'autres que ce serait de couleur crème ou bien de ton pastel. On lui aurait brossé les cheveux, mais oui, et ils tomberaient par-dessus le *korowai* comme une deuxième cape. Makareta allait changer de robe pour la fête parce qu'elle en avait plein, des robes. Elle avait tout. Keita allait lui construire une maison sur ses terres. Si seulement Hinemate avait vécu assez longtemps pour voir ça.

Attendre. Ça avait représenté un gros travail, mais maintenant la bière était bonne. Les visiteurs avaient intérêt à arriver à l'heure, sinon leurs hôtes allaient peut-être entamer un autre des tonnelets qui reposaient au frais dans le ruisseau. Dans une petite minute ils enverraient sans doute un neveu demander à Wi s'ils pouvaient se faire apporter un nouveau tonnelet, et Wi ne pourrait pas leur refuser.

Ils avaient tous deviné ce qui retenait la fille. C'était parce que Polly n'était pas encore là et que Makareta devait espérer encore.

Mais pourquoi est-ce que Polly n'était pas venue ? C'était sans doute parce qu'il y avait quelque chose qu'elle désapprouvait. C'était sûrement ça, parce que ça ne lui ressemblait pas, à Polly, de ne pas être là. Elle aurait dû arriver il y a plusieurs jours.

Avec quoi pouvait-elle ne pas être d'accord ?

Voici le neveu et le nouveau tonnelet. Wi ne le leur avait pas refusé. Et après un petit moment ils ont trouvé acceptable de chuchoter — au sujet du jeune homme qu'on avait fait venir du nord pour Makareta. Un *mokopuna* de Te Waru, ah bon, vraiment ?

Là-bas dans le champ, les enfants se sont mis à crier : «*Kei te haere mai ngā pahi, kei te haere mai ngā pahi.*» Alors ils avaient vu venir les bus sur la colline, mais où Makareta pouvait-elle bien être ? Les anciens attendaient dans la maison de réunion où les ancêtres observaient d'en haut. Le *korowai* soigneusement plié reposait sur les genoux de Keita.

Ah, tout allait bien maintenant. Ils voyaient tous la voiture de Wi qui tournait pour se diriger vers l'arrière de la maison de réunion. Makareta était arrivée juste à temps.

Trente

Missy a mis un doigt sur le fer pour s'assurer qu'il n'était pas trop chaud, puis s'est mise à repasser le chemisier de Makareta, tout en plis, en volants, en fronces. Pas de problème avec un fer électrique, ça ne laissait pas de taches. Ensuite, elle repasserait la robe de fête.

Bub enduisait de vaseline les nouvelles chaussures de cuir verni, frottait le haut et autour des talons, de petits talons, ni trop hauts, ni trop bas. Les chaussures brillaient déjà, mais elle les voulait resplendissantes. Elle allait dire à Makareta de mettre ses vieilles chaussures pour aller jusqu'au *wharenui* pour éviter de salir les nouvelles. Ce serait elle qui apporterait les nouvelles chaussures pour sa cousine.

Gloria a brossé le tailleur de laine gris anthracite, avant de le suspendre à la porte de l'armoire et de disposer les bas et les sous-vêtements sur le lit. Makareta allait mettre ses sous-vêtements puis elles lui brosseraient les cheveux. Ce soir, quand elle aurait enfilé sa robe de fête, elles lui referaient des nattes. Tout était prêt.

Mais Makareta prenait son temps. Gloria est sortie dans la buanderie pour l'appeler.

– J'arrive, a dit Makareta. Est-ce que Bub peut nous faire une tasse de thé ?

– Je m'en occupe, a répondu Gloria. Une tasse de thé, vite fait. Et puis nous devrons te brosser les cheveux. On ne peut plus trop tarder, Makareta.

– Quelqu'un viendra nous chercher si nous tardons trop. S'ils voient arriver les bus, ils nous enverront quelqu'un.

Elle est sortie de la baignoire, s'est enveloppée d'une serviette, a glissé les pieds dans une paire de sandales puis a traversé la cour pour entrer dans la maison. En passant vers la chambre, elle a crié : « Missy, elle est pour toi, cette robe. »

– J'ai déjà une robe pour ta fête, Makareta, a dit Missy, en suivant sa cousine dans la chambre. Ce soir, une fois qu'on aura tout rangé, je la mettrai.

– Ce n'est pas la bonne couleur pour moi. Elle t'ira bien, à une jeune fille avec des yeux tachetés de jaune et des cheveux *kehu*. Je veux qu'elle soit à toi.

– Je suis trop maigre et trop grande.

– J'ai fait des retouches hier, agrandi les pinces, rallongé la jupe. Tu vois ?

– Mama…

– Si ta cousine veut t'offrir une robe, Missy, alors tu ne peux pas refuser, mais nous devrons en repasser une autre, Makareta, pour la fête…

– J'aime bien mon nouveau tailleur, alors je pense que je le garderai. Quand la fête commencera, j'enlèverai la veste et comme ça tout le monde verra le beau chemisier que tu as repassé pour moi. Je n'ai pas besoin de me changer deux fois en une journée, pas vrai ? Mets la robe, Missy, pour nous montrer.

Gloria a fait du thé pendant que Bub commençait à défaire et à brosser les cheveux de Makareta.

– Elle me va bien, la robe, s'est exclamée Missy, en se tournant pour leur montrer.

– Je savais qu'elle t'irait, a dit Makareta.

– Comme une vedette de cinéma, Miss, a souri Bub.

À ce moment-là, Manny a passé la tête par la porte. « Une voiture arrive. On dirait un taxi. »

– Ça doit être Polly, Makareta. Tu aurais dû savoir que ta mère n'allait pas te décevoir le jour de ton anniversaire. Habille-toi vite, que ta mère soit la première à te voir.

Makareta a mis son chemisier et sa jupe, a pris sa veste sur le cintre ; Missy et Bub lui ont tenu les cheveux le temps qu'elle la mette.

– Ma mère ne vient pas, a-t-elle dit.

– Mais bien sûr que…

– J'ai eu une lettre…

– De Polly ? Pour dire qu'elle ne vient pas ?

– Hier.

– Tu ne nous as pas dit. Tu n'as rien dit.

Makareta a pris la lettre dans son tiroir et l'a passée à sa tante pour qu'elle la lise :

« Je suis très fâchée sur une chose que je viens de découvrir. C'est toi qui aurais dû me le dire, Makareta. Tu es ma fille et pourtant tu ne m'as rien dit sur cette affaire et je l'ai apprise d'une inconnue.

« J'étais en visite à l'hôpital cet après-midi et j'ai remarqué une *kuia* dans un des services, alors je suis allée lui tenir compagnie un moment. J'ai découvert qu'elle était de la famille Te Waru, c'était la *kuia* Tarati. Elle m'a dit que les siens allaient emmener un de leurs jeunes hommes pour des fiançailles avec toi. Elle n'a pas dit ton nom, et ne savait pas que je suis ta mère, mais en l'écoutant j'ai réalisé ce qu'elle voulait dire.

« Tu as eu tort de ne pas me le dire. J'en suis vraiment blessée. J'attendais avec impatience la fête pour ton anniversaire, m'imaginant qu'après, tu viendrais enfin chez moi, ma fille, même si ce n'était que pour quelques années.

« Kui Tarati m'a dit que tout avait été arrangé. Le petit-fils allait descendre pour les fiançailles, et quand lui et les siens seraient retournés chez eux, ils prépareraient le mariage. Elle a parlé de terres.

« Makareta, je ne dis pas que c'est une erreur, si c'est ça que tu veux. Que quelqu'un soit choisi pour toi n'est pas une mauvaise chose. Keita, Wi, les anciens, ils auront beaucoup réfléchi, bien préparé tout ça. Tu connais leur façon de faire. Mais tu ne me l'as pas dit. Tu as dit que tu viendrais chez moi un jour et qu'il y avait des choses que tu voulais faire. Tu as dit que tu ne pensais pas du tout à te marier. Je suis plus déçue que je ne saurais te dire.

« Je suis trop malheureuse pour venir à ton anniversaire, Makareta. Ça m'a fait un choc de découvrir tout ça par une inconnue, mais je dois te pardonner parce que tu es ma fille. L'argent est pour ton anniversaire. J'ai aussi des cadeaux pour toi, mais mon cœur est trop triste pour que je vienne te les donner ou te les envoyer. Je te les donnerai un jour… »

– Tatie Gloria, a dit Makareta, lorsque sa tante a eu fini de lire. Je m'en vais, le taxi c'est pour moi.

Gloria s'est mise à pleurer, se balançant d'un côté puis de l'autre, serrant la lettre contre sa poitrine.

– Non, non Makareta, tu ne peux pas faire ça. Tu ne peux pas t'en aller, ce sera une honte pour nous tous, tu ne peux pas.

Makareta s'est assise à côté de sa tante.

– Je ne peux pas me marier avec quelqu'un, avec qui que ce soit, alors que je n'y pense absolument pas.

– Makareta, ce sera une honte pour nous tous si tu t'en vas. Et si tu t'en vas, tu ne reviendras pas. C'est pour ça que Kui Hinemate pleurait toujours.

– J'ai pensé tout le temps à Kui. Elle m'a parlé à sa manière à elle, et elle m'a aidée à me rendre compte que j'ai raison de faire ce que je fais.

– Makareta, a protesté Missy, ça dit dans la lettre que tu seras fiancée.

Les yeux de Missy brillaient et sous l'émotion, elle respirait par à-coups.

– Puis il y aura un mariage. Ça va être tellement beau…

– Je dois m'en aller.

– Non, Makareta, a insisté Gloria. Tu dois faire ce qu'ils veulent. Les deux familles ensemble veulent t'honorer. C'est pas si grave ! Le garçon a été éduqué par ses anciens et sa famille ne te décevra pas.

– Hé Makareta, Bub et moi serons tes demoiselles d'honneur, pour ton mariage.

– Je ne peux pas me marier si mon cœur ne ressent rien, si c'est seulement pour ma famille. Je dois m'en aller.

– Juste pour les fiançailles, Makareta, il n'y a pas de mal à ça. Et puis, si ce n'est pas bien, si ça ne marche pas…

– Si ça ne marche pas, ce sera une honte pour nous aussi.

– Si tu t'en vas maintenant, Keita en mourra.

– Si je l'avais su plus tôt… Tatie Gloria, si tu le savais, tu aurais dû me le dire.

– Je ne savais pas, Makareta. Je pensais qu'il y aurait une discussion à l'occasion de ton anniversaire, mais je n'étais pas au courant d'éventuelles fiançailles… Makareta, les invités vont bientôt arriver…

– Si je l'avais su plus tôt, j'aurais pu partir plus tôt, mais la lettre n'est arrivée qu'hier. Au début je n'y ai rien compris, parce que j'ai vraiment cru Keita quand elle me disait que c'était pour fêter mon anniversaire. Je savais que Keita avait quelque chose en tête, et je pensais que je reviendrais peut-être un jour, quand j'aurais quelques années de plus, quand je serais prête à faire ce qu'ils voulaient… Mais là, tout de suite, je ne peux pas. Quand j'ai eu fini de lire la lettre, j'ai eu l'idée d'aller voir Keita et de la supplier de tout arrêter, mais c'était trop tard. Je savais que des gens étaient déjà en route. J'ai attendu jusqu'ici de partir pour qu'il soit trop tard, personne ne pourra venir me chercher. Les bus seront bientôt là.

– Juste pour les fiançailles, Makareta.

– Si je pouvais…

Makareta a mis ses chaussures.

– Je reviendrai un jour, comme tu l'as dit, Tatie Gloria. Elle a pris une petite valise qu'elle avait faite à l'avance. Sa tante s'est mise à pleurer et à se lamenter : « Non, Makareta, ce sera ma faute, ils vont m'en vouloir. »

– Embrassez-moi, les cousins, a-t-elle dit à Manny, Missy et Bub.

Elle les a serrés dans ses bras l'un après l'autre pendant qu'ils la suppliaient. Puis, quand elle s'est retournée pour dire au revoir à Gloria, sa tante l'a poussée et est sortie en courant pour crier au chauffeur du taxi de s'en aller. Makareta a ouvert la portière, elle est montée et il a démarré.

MISSY

Trente et un

La femme à l'œil
d'obsidienne
nous a rendus mortels

La nuit où nous sommes nés, notre mère s'est réveillée avec une douleur violente dans le dos. Elle avait eu mal presque toute la journée, mais comme tu t'étais laissée tomber, elle se sentait légère et pleine d'énergie. Nous l'avons entendue chanter, n'est-ce pas, pendant qu'elle faisait chauffer le lait, préparait le pain, frottait le plancher et les toilettes extérieures, lavait le linge et nettoyait la base du réservoir. Avant la nuit, elle a rentré les vêtements qui étaient sur la corde à linge, a empilé des couches et des petites robes, et mis une couverture et des serviettes sur le séchoir au-dessus du feu.

Quand notre père est rentré de son travail, il a voulu tout de suite aller chercher Kui Hinemate, mais Maman lui a dit d'attendre, que Kui puisse se coucher et se reposer un peu. Ils ont couché notre frère et se sont endormis eux-mêmes. Il me semble qu'il y avait un scintillement de braises dans l'âtre et que la bouilloire était encore chaude.

La douleur qui l'avait réveillée tournait en elle comme une grande roue. Ça tournait, ça tournait, alors qu'elle regardait fixement dans le noir, puis ça s'est affaibli peu à peu pour finalement disparaître. À ce moment-là, elle a réveillé Dadda en lui demandant d'aller chercher notre arrière-grand-mère.

Notre père a mis son manteau et ses bottes et est parti à la hâte avec la lampe, en faisant craquer les pierres de la cour.

Mama a alimenté le feu en remuant les braises et en glissant des tiges dans le chenet, avant de faire du thé et de mettre la théière sur le côté du fourneau. Mais de temps à autre elle se penchait pour empoigner le bord de la table, et se parlait à elle-même pendant que tournait la lourde roue. Elle pensait à notre frère, Egypt, dit Manny, qui était né pendant la nuit aussi, à l'envers et pas retourné, les pieds d'abord et tout bleu. As-tu entendu ce qu'elle disait en se penchant, le visage si proche de la surface de la table que son haleine, encore chaude, refluait sur elle ?

– Mourrai pas, pleurerai pas, a-t-elle dit. Devant personne.

Elle pensait à Keita. Notre mère ne détestait pas Keita, mais elle la connaissait bien, comprenait ce qui la motivait, croyait que notre grand-mère serait satisfaite si l'on savait que notre mère avait pleuré, comme si ça venait du choix qu'elle avait fait. Elle se retenait — pour elle, pour Dadda, pour nous, comme si ça pouvait l'aider à comprendre quelque chose. Comme si ça l'aidait à être.

Mama avait eu des secrets quand elle avait quinze ans ; amoureuse, elle écrivait en secret des lettres d'amour à notre père qui était à l'étranger. Puis quand Dadda était revenu de la guerre à bord d'un navire-hôpital, elle s'était enfuie à Wellington pour être avec lui. Elle n'avait pas d'argent et nulle part où loger. Des parents de Dadda l'avaient invitée chez eux jusqu'à ce qu'il soit presque prêt à sortir de l'hôpital ; ils lui avaient alors donné de l'argent et l'avaient renvoyée chez elle.

Mais elle était amoureuse et n'était pas retournée chez elle ; à la place, elle était descendue du train quelque part sur la ligne, pour revenir. Sa famille avait essayé d'obliger Dadda à la chasser parce qu'elle n'était qu'une enfant, disaient-ils. Tu l'imagines ? Notre mère, dans sa robe et son manteau trop courts, ses vieilles chaussures, un bout de ruban effiloché pour retenir ses cheveux bouclés. Il ne la chasserait pas. Elle ne partirait pas sans lui, la vilaine.

Alors on les avait mis tous les deux dans un train, mais pas pour retourner ici. Ils étaient allés chez les parents de notre père, où ils étaient restés jusqu'à l'approche de la naissance de Manny. Mama voulait rentrer à la maison à ce moment-là, parce qu'il n'y avait vraiment pas assez de place pour eux chez nos autres grands-parents. Il n'y avait aucune possibilité pour Dadda de trouver du travail.

Elle espérait que Keita les accepterait à leur arrivée, mais Keita leur avait fermé la porte au nez et ils avaient dû aller chez Tatie Kahu et Tonton Pop.

Keita avait pourtant organisé un mariage, puisque, selon elle, notre mère n'était bonne qu'à ça. Après la cérémonie, elle avait dit : «Tu as épousé cet homme et il va maintenant prendre soin de toi, j'en suis sûre.» Puis, elle était rentrée chez elle. Cette nuit-là, nos parents avaient dormi sur le *marae*, et le lendemain ils étaient allés à pied de l'autre côté de la colline jusqu'à la maison de Tonton Pop, deux amoureux sans nulle part où aller, mais pas malheureux. Au sommet de la colline, ils avaient regardé autour d'eux et Dadda avait pointé du doigt, en disant : «Il y a là une maison pour nous», et ils s'étaient mis à courir et à crier, Mama trop vite avec son ventre bien rond et Dadda qui la suivait en riant et en trébuchant. Pour arriver ici.

Ils étaient entrés sur un pas de danse pour trouver toiles d'araignées et frondes de fougères sèches. Il n'y avait alors qu'une seule pièce et pas de plancher. Des scarabées leur étaient tombés sur la tête, des morceaux de mur s'étaient effrités et ils n'avaient pas pu s'arrêter de rire. Ils avaient commencé à nettoyer à l'aide d'une branche de *mānuka* : avec, ils avaient balayé le plancher en terre et délogé les toiles d'araignée. Ils s'étaient fait un lit de fougères sèches et après avoir fini, ils avaient enlevé leurs tenues de mariage, les avaient étendus et s'étaient laissés tomber dessus pour s'enlacer.

Le lendemain, ils étaient allés chez Tatie Horiana, la propriétaire de la terre sur laquelle se trouve cette maison, pour lui demander s'ils pouvaient s'installer ici. La grand-mère de Tatie Horiana, qui était alors encore en vie, avait dit : « Gardez-la, car vous y avez droit. » Imaginez-les en train de gratter par-ci par-là à la recherche de planches et de vieux clous pour faire un plancher, de pierres pour construire une cheminée, recouvrant les trous de morceaux de tôle. Avant la naissance de Manny, Dadda avait été embauché comme travailleur routier.

– C'est bien, ma belle, a dit Kui en arrivant. Notre bébé se trouve dans la bonne position cette fois.

Là, c'est de toi qu'elle parlait. Elle ne savait pas encore pour moi.

Tu es sortie la tête la première dans le cercle de lumière d'une lampe au-dessus d'un tapis de papiers et de serviettes sur lequel s'était accroupie notre mère : tu étais toute petite, translucide, comme un bébé oiseau. Le sang battait près de la surface de ta peau et tu as poussé un cri aigu et indigné. Tu t'es mise à respirer, tes membres se sont crispés, les mucosités ont coulé alors que Kui te tenait dans un petit monde à l'envers. Lorsque notre mère a poussé à nouveau, le *whenua* est tombé sur les serviettes, notre *whenua*.

Kui a aidé notre mère à se mettre sur le lit et l'a soignée ; elle l'a lavée et frottée, a étiré et épinglé la bande abdominale. Après, elle s'est penchée et a étalé le placenta, puis a approché la lampe pour voir de plus près. C'est alors qu'elle a su pour moi, qu'elle a vu les signes, mais elle n'a jamais parlé de moi, je ne sais pas pourquoi. Elle a mis notre *whenua*, notre couverture, de côté pour l'enterrer, et j'ai écouté tes cris indignés, Missy. Je me suis dit qu'ils auraient pu être pour moi, ton frère, ton jumeau. Si Kui avait parlé, il y aurait eu une larme pour moi, peut-être, un mot ou deux, au moins.

«Aux alentours de Máleme, a dit notre père, le combat aux alentours de Máleme. Certains y sont morts, d'autres blessés, d'autres capturés. Le vingt-huitième bataillon n'a pas réussi à pénétrer. Le temps qu'on arrive à Pirgos, ils étaient trop nombreux. Les ennemis. Arrivés par transports de troupes, planeurs, descendus en parachute, des centaines.

«Eh bien, c'est en me tirant de là, à l'abri des bambous et des oliviers, c'est là que j'ai été touché. Boum. Les deux jambes et un trou sur le côté. Rien. Juste un sentiment de chaleur aux jambes mais j'ai pas pu me lever, pas pu bouger.»

Notre mère était assise dans le lit et te serrait contre son épaule. Kui dormait près du feu. Il y avait une bougie.

– Pourquoi ? a-t-elle demandé. Pourquoi maintenant ?

– J'ai perdu connaissance, a-t-il continué, et quand je suis revenu à moi, on ne tirait plus. Je me suis évanoui. Il commençait à faire nuit. Des cadavres partout. Je perds connaissance, reviens à moi, perds connaissance, reviens à moi. Et entre deux évanouissements, j'entends mon nom, quelqu'un m'appelle, un chuchotement. Je sais que c'est mon frère Rere, mais je roule dans l'autre sens, je rampe dans les bambous pour qu'il ne me trouve pas, parce que je ne veux pas qu'il me porte. Je me dis que s'il me porte, il n'arrivera pas à s'en tirer. Il a monté et descendu les rangées de vignes, a cherché partout dans les bambous en regardant tous les morts, pour voir si c'était moi.

– La nuit, quand tu dors, tu parles, a dit notre mère. Mais seulement quand tu dors. Et une fois à la naissance de Manny. Pourquoi ? Pourquoi maintenant ?

– Au milieu de tout ça, j'ai pensé à un bébé, voilà pourquoi, a-t-il répondu. J'étais là, couché par terre, en me disant que c'est rien, mourir, perdre connaissance et revenir à soi. Mais au milieu de tout ça il y a un bébé, comme dans un rêve. C'est un tout petit nouveau-né, comme mes frères et mes sœurs que j'ai vus naître, comme cette nouvelle petite Missy qu'on a. Mon propre bébé, à moi. Comme pour me dire, ne meurs pas.

« Alors j'ai attendu, j'ai tendu l'oreille. La nuit presque, et personne ne m'appelle plus, pas de bruit, personne qui bouge, alors j'ai rampé, un petit peu, un petit peu, pour sortir des bambous. Et quand j'en suis sorti, il était là. Rere. Il savait que j'étais là quelque part. Pas parmi les morts, alors je devais être là quelque part. Il a attendu et quand il a entendu le bruissement des bambous, il a su. Il a jeté son équipement, m'a attaché les jambes et m'a mis sur ses épaules, en jurant. "Laisse-moi", j'ai dit.

« Mais non. Et hop, il est parti sur les rochers et le terrain accidenté, moi sur ses épaules, mais je me souviens pas de grand-chose. On s'est planqués de temps en temps et une fois, quand il m'a posé, j'ai regardé et là j'ai vu qu'il était couvert de sang, de la tête aux pieds, comme si c'était lui qui avait été touché. C'est ça qui me revient en rêve. Notre frère couvert de sang, de la tête aux pieds, de mon sang à moi. Du sang qui coule, s'écoule, comme si ça venait de lui. Mon sang, lui qui le perdait.

« On est arrivés à Platanius, mais je m'en souviens pas bien.

« Puis quand je suis rentré et qu'on m'a dit que Rere était mort, ça a été la pire journée, la pire journée de ma vie. Il m'avait porté, m'avait sauvé, et là, il était mort… »

– Mais pas de t'avoir porté. Plus tard, en Égypte, il est mort… dans un autre pays.

– Il riait, racontait que je m'étais caché, que lui s'était caché de moi. Il aurait dû me laisser pour qu'une Crétoise me trouve, qu'il a dit.

Notre père t'a prise et t'a serrée dans le creux de ses bras — toi et le petit bout, la trace de moi qui s'était frottée contre toi, mais il ne savait pas pour moi. Toi, nous, contre lui, calmes, calmes. Puis il a dit : « Et maintenant Hori. »

– Hori ?

– Tout le monde était levé et s'apprêtait à partir chez Horiana quand je suis allé chercher Kui. Ils venaient tout juste d'avoir la nouvelle pour Hori.

– Tiens ton bébé, Bobby, a dit notre mère. C'est pour ça que t'es revenu. C'est pour ça que t'es sorti des bambous. T'es sorti des bambous pour tes petits et pour moi. Tu la vois là, jolie, et endormie.

Elle aurait dit ça de moi aussi s'il y avait eu assez de sang, si je t'avais suivie en criant dans le cercle de lumière jaune. Jolie, tu vois, et endormie.

Le lendemain matin, dès l'aube, notre père a pris notre placenta, notre couverture (qui contenait la seule trace de moi), emballée dans du papier, et l'a enterrée là où on met les couvertures de bébé.

Mais il reste une trace de moi, quelque chose de spirituel, qui s'est lové en toi. Si Kui avait parlé, il y aurait eu une histoire sur moi.

Trente-deux

C'est un ongle
de flamme
qui a mis le feu
au monde

Tu marchais à côté de Makareta, habillée de tes vêtements neufs, ce premier jour d'école. Manny vous précédait de son pas dansant. Mama t'avait confectionné une jupe à partir d'une robe et un chemisier découpé dans un sac à farine, avec un bouton vert. Tu avais une vraie culotte, achetée dans un magasin, les ongles bien propres et un torchon-mouchoir. Je t'aurais accompagnée, j'aurais eu des vêtements neufs aussi.

– Tu dois dire « Puis-je quitter la salle, s'il vous plaît », si tu veux faire *mīmimi*, a expliqué Makareta. Ne dis pas *mīmimi* à l'école.

– Parce que pourquoi ? as-tu demandé.

– C'est la règle.

– Et si des gamins te parlent māori, a dit Manny, qui allait, venait, faisait des pirouettes, tu dois t'enfuir. Le directeur, il te donne des grands coups de lanière.

Et puis comme tu as hurlé, assise au milieu du chemin, la bouche ouverte aussi grand qu'une porte coupe-feu. « Mama, Mama. Ch'veux rentrer à maison. Ch'veux. » Missy-la-froussarde. Notre frère a déguerpi et a disparu parmi les arbres.

– L'écoute pas, l'écoute pas, a dit Makareta, en te tirant par le bras. Lève-toi, sinon tu vas salir tes vêtements neufs.

Et ça t'a fait te lever, te taire, parce que tu aimais bien les vêtements.

– Il y a une gentille maîtresse, a ajouté Makareta, en enlevant la poussière de tes vêtements. Miss Jamieson. De jolies robes, des perles et des boucles d'oreilles, des bas et des talons hauts.

Puis Manny a réapparu, en haletant comme un train, et en approchant son visage du tien.

– C'est une *Pākehā*, a-t-il crié, et te voilà retombée par terre, tu t'es remise à hurler, tu hurlais plus fort que le tonnerre.

– Mais regarde ce que tu as fait, Manny, a grondé Makareta, alors qu'il courait, courait, disparaissait.

Elle t'a consolée avec du pain et de la confiture, t'a essuyé les yeux et le nez et t'a parlé des livres qu'il y avait à lire, des ardoises pour écrire, des tampons pour reconnaître le bon travail.

– Il y a des tableaux noirs et des pupitres, a-t-elle dit, et un bâton avec un crochet pour ouvrir les fenêtres, un alphabet et une photo du roi.

Tu as refermé la bouche sur le pain couvert de confiture, tu as écarquillé les yeux et tu as laissé Makareta te prendre la main.

– Ce n'est pas une vraie *Pākehā*, c'est Miss Jamieson, a-t-elle dit.

– Hé Missy, t'es venue ?, des enfants t'ont appelée quand tu as passé le portail. Missy, t'as cinq ans ? Le directeur, il a une grande lanière.

Dans une grande salle où tes yeux ont vu, en partant du plancher, les talons hauts, les bas, la jolie robe, les perles et les boucles d'oreilles. Des lèvres rouges, très rouges, qui te souriaient. Écoute-le, ton cœur, qui fait baboum baboum. Des lèvres rouges qui parlaient à Makareta.

– Dis-moi le nom de ta cousine.

– Maleme Karoria Tatua, a dit Makareta. J'aurais eu un nom, Pirgos ou Platanius, si j'avais couiné, s'il y avait eu assez de sang pour moi. Manny sautillait d'un pied sur l'autre en disant : « Ma sœur, ma sœur, elle a cinq. »

Tu as traversé la cour avec Makareta pour aller dans l'autre salle où un monsieur aux cheveux jaunes marquait des lignes sur un tableau noir. Makareta lui a passé le mot de notre mère. « Bonjour Maleme », a dit Mr Davis, après avoir lu le mot, mais tu n'as pas répondu. Missy la froussarde, paupières baissées, bouche pincée, pieds bien ancrés au sol.

– C'est la sœur d'Egypt ? a-t-il demandé. Elle peut parler ? Elle comprend l'anglais ? Elle aurait dû arriver il y a quinze jours.

Il a posé le mot de notre mère sur son bureau et s'est retourné vers le tableau noir, où il a commencé à écrire en courbes et en boucles entre les lignes qu'il avait dessinées.

– Ramène-la à Miss Jamieson, a-t-il demandé. Dis-lui qu'elle doit venir à l'école tous les jours.

Dehors à côté des marches, Bessie sonnait la cloche et Makareta t'a emmenée et t'a placée dans le rang des petits. Manny, derrière toi, t'a poussée dans le dos et tu t'es mise à marcher ; tu as suivi les autres enfants jusqu'au bain de pieds, où vous avez tous pataugé en passant, pour ressortir à l'autre bout en laissant des empreintes sur le béton jusqu'à la porte. Vous vous êtes tous essuyé les pieds, vers l'avant, vers l'arrière, sur un petit tapis rugueux, puis vous avez traversé la salle en laissant des empreintes jusqu'au grand tapis où vous vous êtes assis.

« Bonjour Miss », voilà tout ce que tu devais dire avant de montrer ton mouchoir et tes ongles.

– Très bien, Maleme, a dit Miss Jamieson, à propos du mouchoir et des ongles. J'aurais eu de jolis doigts, un mouchoir à montrer, je me serais assis bien droit, les bras croisés, les mains repliées, une vers le haut, une vers le bas. «Très bien, Pirgos ou Platanius», m'aurait-elle dit — jolie robe, perles, boucles d'oreilles, rouge à lèvres. Du rouge à lèvres ! Tu as étendu la main pour saisir le bras de Manny, Miss Missy, et il t'a donné un grand coup de coude et t'a poussée.

Puis Miss Jamieson a commencé à parler de quelque chose, à demander quelque chose mais tu ne savais pas quoi. Des enfants levaient le doigt pour être choisis. Miss Jamieson a choisi Junior, qui s'est mis devant la classe, où il a fait face à vous tous. Il a dû se tenir bien droit, les pieds rapprochés, les mains le long du corps, et vous parler.

– Not' père et not' oncle, y montent la colline pour tuer un cochon, a-t-il dit, et y tuent un cochon. Y le brûlent et le coupent et le mettent dans le grand arbre vous avez des questions ?

Des doigts, des doigts.

– C'est combien grand ? a demandé Tati, et Junior a levé le bras le plus haut qu'il a pu pour montrer combien grand.

Des doigts.

– Not' sœur, elle est partie dans le train vous avez des questions ? a dit Tuahine.

– Où elle est allée ?

– Je sais pas, vous avez d'autres questions ?

– C'est combien grand le train ?

– Je sais pas, vous avez d'autres questions ?

Des doigts, des doigts. Notre frère Manny qui se redresse, le bras en l'air, tu imagines, les yeux comme des œufs.

– Egypt ?

– Not' mère, elle a un bébé mort, a-t-il dit. Not' père, il l'enterre près de l'autre bébé mort, vous avez des questions ?

– Combien de bébés morts vous avez ?

– Deux, vous avez d'autres questions ?

– C'est combien grand ?

Manny a écarté les mains pour montrer la petitesse, puis il s'est assis.

Il racontait quelque chose qui s'était passé quelques jours seulement avant que tu sois censée commencer l'école. Mama était en train de coudre la jupe, et de tirer la ficelle des sacs à farine avant de les faire bouillir pour ton chemisier.

Mais il faudrait d'abord mentionner Suda Bay, c'est le nom donné à notre frère Chumchum, Chummy, Chum, qui était le prochain à naître après toi et moi. Toi et Manny, vous étiez sous la table où vous mangiez une pomme de terre quand Chummy a pris son premier souffle chétif. Vous étiez tous les deux trop petits pour vous en souvenir. Après Chummy, il y a eu un autre bébé de nommé et d'enterré, une fille, que vous avez vue brièvement avant que le cercueil soit fermé. Au total ça fait cinq, moi compris.

Tu jouais avec Chumchum en bas du talus quand vous avez entendu notre mère appeler, mais vous avez fait semblant de ne pas entendre. Vous guettiez les enfants qui allaient rentrer de l'école. Au bout d'un moment, tu as remarqué quelque chose de différent dans la voix de notre mère, quelque chose de pas fâché, ce qui a éveillé ta curiosité. Alors tu as pris la main de Chumchum et vous avez monté le talus pour entrer dans la cour, où vous avez vu Mama à côté du tas de bois, assise sur les copeaux, le dos contre la souche. « Allez chercher Kui Hinemate », a-t-elle dit, mais vous ne vouliez pas y aller, vous êtes restés là, les pieds fixés au sol en voulant savoir pourquoi. « Mama est malade», a-t-elle expliqué. «Allez-y, allez chercher Kui.» Restés là, immobiles, à se demander combien de temps avant que Mama se fâche et d'une gifle vous envoie courir-voler, mais notre mère n'a pas bougé. «Dites-lui que Mama saigne», elle n'a pas bougé, n'a pas ramassé une branche pour vous frapper. Puis Mama s'est levée et vous avez vu que les copeaux étaient couverts de sang. Du sang partout, gaspillé, gaspillé, du sang qui aurait pu être pour moi.

– Coupée ? as-tu demandé.

– Du *puku* de Mama, a-t-elle répondu. Courez le dire à Kui.

Alors tu as couru sur le chemin, Miss Missy, en pleurant, à travers les herbes longues, l'oxalis, le *puha*, le *poroporo* et les orties. Tu as couru, couru, jusqu'au bout du chemin et fait le tour de la colline, d'où tu as pu voir la maison de nos grands-parents au loin, si loin, les jambes brûlantes à cause des orties.

Tu as descendu la colline, avec précaution au début, mais c'était tellement raide que tes jambes ont dû aller de plus en plus vite, trop vite pour elles, de sorte que tu es tombée la tête la première, avant de rouler et rouler, pour finir hurlante parmi les herbes froides. Mais personne n'était là pour t'entendre.

Tu t'es levée et a suivi la rive du ruisseau, en traversant les *wīwī* et le champ, à la recherche d'Aperehama ou de notre grand-père, tu avais les mains et les genoux qui saignaient, qui saignaient, quel gaspillage.

Personne le long des clôtures ni dans les champs, seulement les herbes hautes et les fantômes. Tu appelais Mama, tu appelais Kui.

Personne dans les hangars, ni dans les jardins, pas d'Aperehama, pas de Wi, pas de Keita, pas de Kui. «Kuuii, Kuuii», as-tu appelé, et elle est sortie sur le seuil, en se protégeant les yeux de la main.

– C'est bien toi, petite-fille Maleme ?

– Mama malade.

– Viens vers Kui.

– Mama a mal saigne.

– Tu n'es pas plus grande que les *wīwī*, ma fille Maleme. Je vais dire à Keita pour Mama, puis tu pourras m'emmener.

Près de la maison tu as entendu notre mère appeler d'une voix qui aurait convenu aux morts. Elle était toujours assise sur les copeaux de bois et elle se berçait en serrant Chumchum contre elle d'une main. De l'autre main elle tenait quelque chose emballé dans un torchon. Kui a appuyé son visage contre celui de Mama, et a pleuré d'une façon qui aurait convenu aux morts, puis elle a pris le paquet. C'était le bébé mort de Mama enveloppé dans un morceau de tissu qu'elle avait déchiré au bas de sa robe.

Tu as aidé à tout sortir de la cuisine pour le mettre dans la cour pendant que Kui et Keita préparaient la chambre. On a allumé le feu dehors et Wi et Aperehama ont découpé de la viande et préparé des légumes. Des gens arrivaient.

Une fois notre mère bien installée dans son lit, Keita est allée au tas de bois et a commencé à nettoyer l'endroit où Mama s'était assise ; elle l'a aspergé d'eau et a ramassé tous les copeaux pour les emballer dans du papier. Du sang encore. Elle t'a envoyée demander à Aperehama de couper du *flax* pour elle et tu l'as accompagné pour tenir la lampe.

Tu as regardé Keita racler les lames de *flax* et commencer à tresser un *kete*. Et quand ça a été terminé, tu l'as regardée y mettre les copeaux emballés, avec la couverture de notre frère, avant de le suspendre à un arbre. Mais où se trouvait le *kete*, vert et parfumé, pour mettre *notre* couverture dans la terre ? Pour toi et moi il n'y avait eu que du papier journal.

Et puis tout a été calme. Tu es allée t'asseoir avec Makareta près du feu. Tu avais faim. De la viande et du cresson cuisaient sur le feu, mais tout le monde attendait.

Longtemps après, tu as entendu Dadda chanter et tu as voulu courir à sa rencontre, mais on ne t'a pas permis. Tout le monde est resté près du feu pendant que Wi descendait le talus avec une lampe, et un moment plus tard, il est revenu avec Dadda. Toi, Manny et Chum avez quitté le feu pour rejoindre Dadda, s'accrochant à une jambe, un manteau, une main. Il y a eu à nouveau du bruit et des larmes.

Il a pris le bébé à Mama et s'est mis à le démailloter pendant que notre grand-mère Keita tenait la lampe très bas. Bébé portait déjà ses beaux vêtements. « Petit frère », a dit Mama d'un air fatigué. (Personne n'a dit ça de moi.) « Garde-le, Mama », a suggéré Manny.

– Il est mort.

– Nous, on peut le tiendre, nous ?

Alors chacun d'entre vous à tour de rôle, vous avez tenu le frère, qui était réel mais ne bougeait pas, réel mais ne faisait aucun bruit, son visage plus petit qu'une main. Si jamais Kui allait parler de moi, ça aurait pu être le moment, mais elle m'avait sans doute déjà oublié ?

Tu es sortie pour te laver et manger du *kai*, et plus tard, quand tu es rentrée dans la maison, Mama dormait, le bébé à côté d'elle. Kui et Keita étaient assises sur des caisses de part et d'autre du lit et leurs pensées s'étaient retirées derrière leurs yeux.

Le jour se levait à peine quand tu t'es réveillée. Dadda était dans la cour en train de clouer une boîte. Les feux brûlaient encore et les gens étaient encore là dans leurs couvertures. Une fois la boîte finie, tout le monde est entré dans la maison et Dadda y a déposé notre frère.

Pendant que notre père et quelques autres étaient à l'*urupā*, Kui a dû envelopper Mama dans des bouts de tissu et lui bander les lolos. Mate-les, mate-les, Missy. Tu aimais bien Kui, son vieux visage, la grosse verrue poilue près de son nez, ses longs bras maigres. Elle avait deux nattes blanches avec deux des rubans de Makareta noués au bout, et elle portait une robe noire qui touchait presque le plancher. Elle avait les pieds longs et larges et des ongles jaunes et bosselés. Elle devait baisser la tête pour passer la porte.

– Pourquoi que t'as une grosse verrue près du nez, Kui ?

– Mon frère me l'a mise là, a-t-elle répondu. Il l'a prise sur son menton avec son doigt, puis de là sur mon visage, tout en chantant la chanson de l'échange des verrues. Il voulait me la mettre sur le nez, mais j'ai bougé la tête.

– Tu devrais lui rendre, Kui.

– Ça m'est venu seulement des années plus tard. Mon frère était déjà parti à la guerre à ce moment-là.

Quand vous avez entendu Dadda, Wi et les autres s'approcher sur le chemin, Kui est sortie les accueillir. Keita et notre mère l'ont suivie, et Mama répétait : « Dis-leur de ranger la pelle, Kui. Ne me faites pas voir la pelle. »

Ils avaient donné un nom à notre frère et ils l'ont enterré près de notre sœur qui avait un nom, à l'endroit où on met les bébés. Mama était malade du lait et des saignements, et c'est deux semaines après notre anniversaire que tu es enfin allée à l'école.

Lorsque les enfants les plus grands se sont assis à leurs pupitres pour écrire sur leurs ardoises, Miss Jamieson a cassé en deux un bâtonnet de craie verte et en a donné un morceau à Billyboy et l'autre à toi, en vous disant d'aller dessiner sur les tableaux noirs. Tu as fait un cercle, qui avait deux yeux et deux longues jambes. Tu en étais contente, tu en as fait un autre, puis un autre encore ; tu as fini par avoir une famille, et un bébé dans une boîte. Même si tu ne le savais pas, je crois qu'une des taches que tu avais faite près d'un des cercles aurait pu être le moi frotté contre toi. Derrière toi, Miss Jamieson se promenait dans la salle en disant : « Tenez-vous bien droit, les pieds rapprochés, les "avance-bras" sur le pupitre, n'écrivez pas avec votre nez. » Tu as regardé de temps en temps, en te demandant de quoi il s'agissait. Suspendue à un clou à côté du tableau par une boucle de ruban cousue dessus, il y avait une chaussette roulée en boule qui servait de chiffon.

Après le déjeuner, vous vous êtes tous rassemblés autour des lavabos : vous avez dû mettre un doigt dans une soucoupe de sel et vous frotter, frotter les dents bien partout et de haut en bas pour les nettoyer. Vous avez dû cracher et vous rincer la bouche, en prenant soin de ne pas gaspiller l'eau. J'aurais eu des dents, qui seraient devenues branlantes comme les tiennes. Les gamins les plus grands avaient des brosses à dents et se sont fait gronder parce qu'ils s'envoyaient des gouttelettes avec.

Dans le livre de la maîtresse, il y avait un garçon qui possédait des haricots magiques. Il avait un chapeau et une veste, un pantalon long et des bottes super, et quand sa mère a jeté les haricots par la fenêtre, une plante a poussé jusqu'au ciel. Tu as imaginé posséder des bottes et des vêtements comme ça, des haricots comme ça, qui grimperaient jusqu'au ciel où se trouverait peut-être une poule aux œufs d'or. Mais il pourrait y avoir un géant là-haut aussi, tu t'es dit, avec de grosses bottes, qui ferait *fi-fa-fo, ça sent la chair fraîche*, en vous courant après.

Après que la maîtresse a eu rangé le livre, vous avez tous chanté *Swing low, sweet chariot, Comin' for to carry me home*. Il y avait un poêle dans la salle, mais pas de bois, et tu t'es demandé où Miss Jamieson faisait cuire son *kai* ; pas de lit, et tu t'es demandé où elle dormait. Tu voulais faire *mīmimi* mais tu ne te rappelais pas les mots.

– Plus grands que les arbres ? as-tu demandé à Makareta sur le chemin du retour.

– Pas de géants ici, a-t-elle répondu.

– Où qu'ils sont ?

– Au pays des géants, je suppose.

Le chemin devenait plus étroit et Makareta a lâché ta main pour marcher devant toi. Tu la suivais de près, de très près, en étendant le bras, en la touchant.

– Où c'est que c'est alors, le pays des géants ?

– Nulle part.

Elle s'est arrêtée au croisement des chemins et t'a dit d'aller chez toi par le raccourci. «Je t'attendrai demain», a-t-elle dit. Tu es partie en courant, courant, parmi les arbres géants. *Hei Ha Hei*, comme Māui qui a filé pour s'échapper du feu envoyé à sa poursuite par la *tipuna* en colère. Hi Ha, Missy !

Mama passait une aiguille dans le feu et Chummy commençait à hurler. Un fil de coton blanc pendait de l'aiguille, laissé après que Maman avait cousu ta robe.

– Y a un gamin qu'a des haricots magiques, as-tu dit.

– Il y a une gamine qui a des vêtements sales, a répondu Mama, et qui a déchiré sa manche.

C'est vrai, Missy, regarde. Couverte de craie verte, chemisier déchiré pour avoir filé trop vite parmi les arbres, taches de boue depuis ce matin quand tu t'es assise sur le chemin.

– Grimpé jusqu'au ciel, as-tu continué.

– Pas d'école pour toi si tu salis et déchires tes affaires. T'imagines pas qu'on a plein d'eau pour laver tes vêtements sales.

Mama tenait bien Chummy, notre frère caquetait plus fort qu'une poule volée. Elle lui a percé la peau du pied et a appuyé pour faire sortir le poison.

– Va me chercher du *kawakawa*, Manny. Missy, apporte un saladier.

– Et la maîtresse a pris de la craie pour moi et Billyboy, as-tu raconté, en revenant avec le saladier.

Mama a lavé le pied, et l'a couvert de feuilles de *kawakawa* qu'elle a attachées avec un bout de tissu.

– Marche sur le talon, comme ça, sur le talon, a expliqué Mama, en montrant à Chummy comment faire.

Tu aurais voulu avoir un bobo aussi, pour le faire recouvrir de feuilles chaudes et d'un chiffon, pour marcher sur le talon.

– Quel Billyboy ?

– Celui d'Henrietta, a dit Manny. Cinq ans, comme Missy.

Notre mère s'est assise sur une caisse, a étalé du tabac sur du papier de soie, a léché, roulé, pincé les brins qui dépassaient de chaque bout, puis a cherché du feu entre les grilles du fourneau.

– Et une chanson, as-tu continué.

– *J'ai regardé vers Jordan et qu'est-ce que j'ai vu ?* a chanté Manny, et tu as ri parce que Mama connaissait la chanson de la maîtresse et s'est mise à chanter aussi :

Venus pour m'emporter au paradis
Une troupe d'anges sur mes pas
Venus pour m'emporter au paradis.

Et notre père la connaissait aussi. Tu as couru à côté de lui pour porter le bidon. J'aurais fait la course avec toi pour le prendre, je te l'aurais piqué, j'aurais glissé mes doigts sous la petite poignée en fil de fer et je l'aurais porté à la maison. Dadda a tendu ses mains vers les arbres et a chanté :

Si tu arrives avant moi,
Venus pour m'emporter au paradis,
Dis à mes amis que je viens aussi,
Venus pour m'emporter au paradis.

Tu as monté la pente derrière lui jusqu'à la maison.

– Un pupitre, un tableau noir, de la craie, as-tu dit. Une chaise, un livre, une jolie robe, des talons hauts.

– Une bouche rouge aussi ? a demandé notre père, plié en deux de rire près du feu. Comme le chien de Wi après qu'il a attaqué des moutons ?

Dadda t'a mise en colère.

Et voilà pour ton premier jour. Tu aimais bien l'école, tu t'es dit, en sortant pour frotter et rincer tes vêtements ; tu les as étendus sur la corde que tu as levée avec la perche. Plus tard dans le noir, tu les as décrochés, avant de courir pour échapper aux géants du ciel, aux animaux parlants, aux ténèbres et aux fantômes. Notre mère a étendu les vêtements sur une caisse près du feu pour qu'ils soient bien secs le lendemain matin.

Trente-trois

Celle qui vit dans la lune
contrôle le flux du sang

Tu aimais bien l'école, mais il y avait toujours un empêchement quelconque : tes vêtements, tes cheveux, aller chercher de l'eau, aider Mama, l'imperméable.

À l'école tu avais découvert que tu devais avoir certaines choses. Parmi elles, un imperméable. Mais te voilà, les jours de pluie, tu cours le long des chemins menant à l'école coiffée d'un sac pour le sucre dont un coin est replié dans l'autre pour faire un capuchon. Et voilà, tu le jettes dans les buissons avant de passer le portail parce que ce n'est pas ce que tu es censée avoir.

Un lit comme celui dans le livre de lecture, un oreiller, une nappe, un crayon pour un mot de ta mère, une brosse à dents chacun, une pomme, du pain grillé, un verre de lait.

Tu es censée avoir les bonnes réponses, et aussi de bonnes raisons, comme Miss Jamieson l'a dit quand elle a demandé où tu avais été pendant deux semaines, un mois, deux jours.

Des raisons comme : malade, brûlée, orteils sectionnés. Mais c'était Jacko qui s'était sectionné un orteil et avait porté un gros bandage à l'école pour le montrer aux profs. C'était Tama qui avait eu le cou luisant, une oreille calcinée, une cicatrice au bras. Et c'était Tati, parti à l'hôpital et qui y était resté pendant presque un an.

De plus, il y avait des choses interdites, surtout par rapport au *kai*. Les enfants plus grands attendaient à côté de toi pour voir si tu allais boire tout ton lait malté ; ils voulaient te le prendre, mais c'était pas permis. Les profs se fâchaient si on demandait du lait ou du *kai*, ou si tu passais ton *kai* à quelqu'un d'autre. Mais à la maison, si on gardait son *kai* pour soi, on avait droit à une bonne fessée. Il y avait des mots pas permis, aussi : *kai*, *taringa*, pisse, *poaka*, merde.

Et les mensonges. Pourquoi as-tu été absente ? Où étais-tu ? J'aidais Mama. Est-ce que c'étaient des mensonges ?

Au sujet de la petite sœur, Keita, qu'on appelait Bubba. Il fallait tout dire sur les *tuākana* et les *tēina*, et se souvenir d'eux, autrement comment est-ce que je peux être compté parmi eux ?

« Tu restes à la maison, Missy, un point c'est tout », disait notre mère, mais tu ne savais pas pourquoi. Il y avait de l'eau dans le réservoir et Mama n'était pas malade, ça faisait un bon moment qu'elle n'avait pas été malade. Il ne pleuvait pas, tu avais des vêtements propres pour l'école et aucune bestiole ne se baladait dans tes cheveux. Une idée t'est venue à l'esprit alors que tu regardais ta mère prendre le bidon à eau, puis s'arrêter et s'appuyer contre le mur près de la porte.

– Il va y avoir un nouveau bébé mort ? as-tu demandé.

– Il va y avoir une tape sur l'oreille si tu ne débarrasses pas et ne fais pas la vaisselle, a-t-elle répondu, en sortant avec le bidon. Manny traînait des bûches dans la cour.

Quand Mama est rentrée, tu l'as regardée pour savoir de quelle humeur elle était, mais c'était difficile à deviner. Elle transpirait et marchait vite. « Après, va chercher Kui », a-t-elle dit. Alors tu avais raison, as-tu pensé. Mama allait avoir un nouveau bébé mort. « Ne joue pas, Missy », a-t-elle ajouté, avant de sortir en fronçant les sourcils.

Tu as transpercé un morceau de savon avec une fourchette, que tu as fait tourner dans l'eau pour commencer à laver les assiettes. Tu avais presque fini lorsque Mama est entrée une nouvelle fois, toute mouillée parce qu'elle venait de laver du linge. Elle transpirait. « Vas-y maintenant », a-t-elle dit. Elle avait les cheveux en bataille et elle essayait d'un bras savonneux de les lisser. Sa robe était déchirée, mais elle avait mis une épingle au niveau du ventre pour qu'elle reste en place. Elle se tenait sur le seuil, plus grande que la porte.

Kui Hinemate a coupé le pain et t'a donné la moitié à emporter ; tu l'as suivie à travers les champs, pour monter la pente jusqu'au chemin. Vous avez marché ensemble vers la maison, où tu pensais trouver Mama avec son bébé.

Non. Mama étendait des vêtements sur la corde et Kui est entrée dans la maison, où elle a mis le pain sur une étagère et a commencé à tisonner le feu. Tu t'es dit que le pain y resterait peut-être, jusqu'à ce que Dadda rentre en pleurant. Manny s'était mis à couper du bois, se tenant sur une branche pour couper, couper et lancer les morceaux coupés sur le tas.

– Tu donnes ça à ta maman, a dit Kui, en te passant une couverture et en ramassant des serviettes. Alors tu es sortie et tu as aidé Kui à étendre la couverture dans un endroit ombragé de l'autre côté de la corde à linge. Mais Mama ne s'est pas assise. À la place, elle a marché. Kui s'est allongée sur la couverture.

– Occupe-toi de notre feu, ma petite Maleme, a-t-elle dit, les yeux fermés. Fais une tasse de thé pour Mama. Prends du pain pour toi et ton frère.

Hi Ha !

– Manny, as-tu crié en rentrant dans la maison. On va avoir du pain, et il a posé la hache et a couru chercher du beurre et du sirop dans le garde-manger extérieur.

Après avoir mangé le pain, tu as fait du thé, et toi et Manny, vous êtes sortis, une tasse dans une main, du pain dans l'autre. Mama était accroupie sur la couverture et regardait en bas, et Kui lui prenait quelque chose, en lui parlant, et en soulevant la chose. Le bébé mort de Mama. Tu t'es précipitée derrière le linge qui dégoulinait ; le thé a débordé et a coulé.

Kui le tenait par les pieds et la bouche s'ouvrait et se fermait, il hurlait. Laid. Visage rouge et laid, bave, bras qui s'agitaient, mains crispées. Tu as laissé tomber le pain et le thé, tu t'es retournée et tu as couru. Devant toi, Manny qui a sauté en bas du talus, a jeté la tasse sur le tas de bois, a lancé le pain. Vous avez entendu Kui rire.

Dans la maison, vous vous êtes assis, dans les bras l'un de l'autre, contre le mur.

– Quels idiots ! a crié Mama. Venez voir. Une petite sœur, venez voir.

– Un bébé pas mort ! s'est exclamé Manny, se levant d'un bond, les yeux comme des œufs, et tu es sortie avec lui pour aller là où Kui passait le bébé à Mama.

Quand notre père est rentré, vous avez tous couru le saluer, Manny devant parce qu'il était né les pieds devant. Puis Dadda est rentré à la course, rapide sur ses jambes courtes, et vous l'avez tous entouré pour le regarder prendre le bébé qui pouvait bouger sa tête et tordre sa bouche, qui avait besoin d'une couche aux fesses, d'un bandage au *puku*, d'une robe et d'une couverture pour lui tenir chaud.

Après que Dadda a eu couché le bébé, il a pris dans le coin son fusil à lapins et est monté sur une caisse pour prendre les balles sur le rebord de la cheminée.

Toi, Manny et Chum, vous l'accompagniez parfois quand il commençait à faire nuit, et vous restiez assis sur la pente de la colline pendant que les lapins sortaient manger. Quand Dadda soulevait avec précaution le fusil et regardait fixement pour viser, vous reteniez votre souffle. La balle partait dans un sifflement et vous entendiez le coup sourd de son impact : vous voyiez le sursaut blanc et la chute du lapin, ainsi que les éclats blancs des autres qui s'éloignaient en zigzaguant.

Tu courais, pour être celle qui ramasserait le lapin aux yeux morts et avec les oreilles et les pattes tressaillantes, qui le prendrait par les pattes arrière encore chaudes, mais c'était toujours Manny qui arrivait le premier. Peu de temps après, si vous attendiez, les autres lapins revenaient avec lenteur, en mordillant l'herbe et en agitant les oreilles.

Une fois à la maison, Dadda suspendait les lapins la tête en bas dans l'arbre en attendant d'avoir aiguisé son couteau. Il sectionnait rapidement les pattes, incisait la peau et la tirait vers le bas ; ensuite il coupait le cou et détachait la tête et la peau. Sans tête, sans peau, un lapin rose avec du sang foncé et grumeleux là où le cou avait été tranché. Tu cherchais le trou rouge dans la tête, derrière le grand œil, en parlant de la balle et du sang.

Dadda s'est penché à la lumière de la lampe pour mettre la balle, puis il est sorti pour tirer en l'air pour que tout le monde sache que le nouveau bébé, pas mort, était né.

Et de sept.

Trente-quatre

Femme de terre rouge
tes enfants pleurent

Elles étaient deux au loin sur la route. L'une était notre mère, l'autre, la cousine. Lentement. Elles portaient un sac.

– Chut Bubba ! Mama elle vient, as-tu dit, en essayant d'arrêter notre sœur de pleurnicher. Chumchum, Mama vient, Manny, Manny, as-tu appelé. Chummy a accouru, mais Manny était parti. Du *mīmimi* coulait le long des jambes de Bubba et il y avait de la poussière collée dessus. Sa robe était mouillée et elle avait le visage poisseux, les cheveux collants et une plaie saignante à l'arrière de la tête. Tu as essayé de brosser ses vêtements.

Tu as regardé Mama passer entre les fils de la clôture et les écarter pour que la cousine y passe aussi avec son sac. Pendant un moment elles ont été hors de vue, puis tu les as aperçues traverser le champ, et alors qu'elles s'approchaient en montant la pente, tu as entendu leurs voix et le bruissement du *mānuka* sur leur chemin ; toi et Chumchum, vous avez saisi les bras de Bubba et couru avec elle, allant vite derrière le réservoir à eau pour vous cacher de cette nouvelle voix, de cette cousine. Notre mère a appelé depuis la cour, mais vous n'avez pas répondu, et quand Bubba s'est remise à pleurnicher, tu lui as dit de se taire, de la fermer.

Quand Mama et la cousine sont entrées dans la maison, vous avez quitté votre cachette sous le réservoir et rampé le long du mur jusqu'à ce que vous y trouviez un trou. Tu y as collé ton œil. « Lai-deuh », as-tu dit, en reculant pour laisser Chummy regarder. Il a zyeuté par le trou puis y a mis sa bouche. « Lai-deuh », a-t-il chuchoté, « lai-deuh, lai-deuh ». Au bout d'un moment, notre mère fâchée vous a appelés, pour que vous rentriez faire ci, faire ça.

– Moi toute seule, je m'occupe de Bubba, as-tu annoncé en rentrant. Bubba elle a fait *mīmimi*, elle a fait *tūtae*.

Puis tu as dû courir dehors décrocher le linge de la corde parce que Mama tapait du pied. Et après, tu as dû prendre la couche de Bubba, courir jusqu'aux WC avec, et la secouer au-dessus du trou pour faire tomber les gros morceaux, revenir pour la mettre dans le seau sous le réservoir.

– Tu vas avoir des ennuis, toi ! as-tu crié à Manny qui arrivait en longeant le mur.

– Pris un *tuna*, a-t-il dit, ce qui voulait dire qu'il n'allait pas avoir d'ennuis du tout, ce petit merdeux.

– T'es un bon garçon, as-tu entendu dire notre mère.

Alors Mama et la cousine sont sorties. Mama a indiqué les WC et la fille est partie sur le chemin ; elle marchait d'une drôle de façon.

– Mama, Mama, Manny il s'occupe pas de Bubba, moi toute seule. Missy-visage-giflé.

– Je vous ai entendus insulter ta cousine, a dit Mama.

– Parti jouer des jeux, lui.

Mais Mama n'a fait qu'attendre notre cousine près du chemin, et t'a demandé de lui montrer où se laver les mains, quelle bassine, quelle eau utiliser.

Alors tu lui as montré la bassine, l'eau, le savon, la serviette, en indiquant du doigt, là, là, là, là. Pleurnicharde. Tu as regardé le visage de notre cousine rougir, regardé ses yeux lents observer par-ci, par-là, et sa tête lente tourner de-ci de-là. Tu t'es demandé si elle avait eu une tourte et une boisson à la framboise dans le train.

Et plus tard, quand notre mère a servi l'anguille et les pommes de terre, tu en avais toujours gros sur le cœur, tu épiais autour de la table pour voir si elle en avait donné plus à Manny et à Chum qu'à toi. C'est la cousine qui avait la plus grosse part et elle ne savait pas comment manger correctement. «*Maluna, j'aime mon* tuna *au ventre d'argent*», a chanté notre père au sujet de l'anguille.

Après le dîner, tu t'es couchée en pleurant et en appelant Bubba, tu ne voulais pas de la cousine dans ton lit. Et puis tu savais que notre mère ne t'aimait pas bien. Seuls Manny et Chumchum avaient été autorisés à jouer aux fantômes dans le noir, au lieu d'aller chercher du bois. Bubba était dans le lit de Mama, Bubba la téteuse. Bubba. Bubba câlinée bien au chaud. Tu t'es poussée contre le mur quand notre cousine s'est mise au lit à côté de toi.

Mama est sortie avec l'eau de vaisselle et tu as entendu le bruissement de l'eau sur l'herbe, entendu le cliquetis de la bassine contre le mur quand Mama l'a inclinée. Dadda était là aussi et tu les as entendus chuchoter. Tu as fait un trou dans le papier qui couvrait les fissures dans les murs, l'as retiré pour y mettre ton œil, mais il faisait trop noir pour voir. Mama et Dadda étaient là dans l'herbe à chuchoter et à respirer, à chuchoter et à respirer, et l'herbe chuchotait aussi. Chuchoter et respirer, chuchoter et respirer.

Trente-cinq

Tu as longé la rive avec Manny et Chumchum jusqu'à un endroit où le ruisseau était large mais peu profond. Là, vous avez retourné des pierres pour examiner l'eau boueuse jusqu'à ce qu'elle s'éclaircisse et pour ramasser des *kōura* un par un. Il fallait les prendre derrière la tête, et serrer fort là où les pinces sortaient du corps, pour qu'elles ne vous fassent pas mal. Et quand le bidon a été plein, vous êtes sortis de l'eau et les avez jetés sur des joncs aplatis dans une clairière où Dadda avait abattu les *mānuka*.

Quand vous étiez venus avec lui pendant le week-end, cet endroit avait été ta maison. Il y avait alors un toit d'arbres et tu n'avais pas pu apercevoir le ciel. « Ma maison », avais-tu dit, en passant de pièce en pièce, mais Manny et Chummy n'avaient pas fait attention. Ils avaient plutôt regardé Dadda aiguiser la hache ; il avait commencé par cracher sur la pierre, pour ensuite la glisser sur le sourcil argenté de la hache. Une maison tranquille à l'odeur d'arbres mouillés.

Dans ta maison, tu avais regardé Dadda balancer la hache d'avant en arrière et de haut en bas, l'enfoncer dans la jambe de l'arbre, la ressortir en la secouant, la balancer à nouveau, puis frapper encore, ouvrant un sourire rouge dans la jambe de l'arbre. Tchhop, tchhop, vite à l'intérieur du sourire. L'arbre avait craqué et Dadda l'avait poussé d'une main pour le faire tomber ; il s'était affaissé dans un bruissement entre les branches des arbres voisins et avait échoué sur le sol où il avait vibré et roulé. Après, quand tu avais levé les yeux, il y avait du ciel. Ta maison et tous ses murs qui tombaient.

Vous aviez aidé Dadda à tirer les branches jusqu'à la clairière et il vous avait renvoyés tous à la maison avec. Quand vous étiez revenus pour en prendre d'autres, vous aviez croisé Dadda qui emportait les souches sur ses épaules. Son visage et ses vêtements étaient mouillés, son cou crispé ressemblait à une botte de joncs, il avait des morceaux d'arbre dans les cheveux et il avait levé les sourcils pour vous saluer.

« Manny, Missy, Chum », a appelé notre mère, et vous avez couru sur le chemin en pensant à faire peur à May avec les *kōura*. Il y avait une question que tu voulais poser à Mama au sujet de Dadda.

« Yaaah ! » a crié Manny, en poussant le bidon sous le nez de notre cousine, puis il a pris un *kōura* et l'a pourchassée avec. Notre cousine est partie en courant, laissant Bubba pleurer, a couru vers Mama dans le ruisseau en serrant fort ses vêtements autour d'elle. Mama s'est vraiment fâchée contre vous tous.

Plus tard, tu as aidé Manny à cuire les *kōura*, tu les as jetés dans l'eau, où ils sont vite devenus roses. Tu as regardé la couleur foncer et quand ils ont été suffisamment rouges, Manny a pris un bâton pour pousser le bidon sur le bord du feu avant de le renverser. Et vous voilà tous à picorer, à faire craquer la carapace, à passer la nourriture d'une main à l'autre, à gratter les tout petits morceaux, à souffler et à haleter, à épier à travers vos cils pour voir si May va manger, mais elle ne veut pas. Vite fini, et tu as encore faim.

– Mama, Mama, est-ce que c'est jour de paie ?

Mama ramassait les bidons à eau et commençait à monter la colline.

– Apporte le cresson, a-t-elle dit.

– Dadda il vient ? Quand ça… ?

– Comment je peux savoir ?

Tu as pris le cresson et tu l'as suivie.

– Quand… ?

– Tais-toi. La ferme pour Dadda, a-t-elle dit.

Cette nuit-là, vous êtes tous restés assis dans le lit à attendre, en voulant compter jusqu'à mille pour ne pas vous endormir avant que ce salaud de Dadda ne rentre. Mais vous vous perdiez dans les nombres. «On se pince», a proposé Manny. Alors vous avez commencé à vous pincer, et à vous entre-pincer, pour rester éveillés. Au bout d'un moment, vos doigts se sont relâchés, vos ongles ne se sont plus enfoncés, vos paupières sont tombées. Vous vous êtes endormis tous enchevêtrés les uns sur les autres comme un bouquet de ciseaux.

Je suis aussi libre que la brise, chantait notre père, qui dansait dans la cour, mais vous aviez tous les yeux baissés sur les BD, sans vouloir entendre, sans vouloir voir.

Je peux en faire à ma guise
Qu'est-ce qui m'en empêche
Route ouverte
Ciel ouvert.

Et pendant qu'il dansait, des chewing-gums se sont mis à voler dans tous les sens. Ça vous a fait lever les yeux, ça vous a mis debout. Vous avez laissé les BD et vous êtes mis à courir, à ramasser, à ramasser, et à crier, n'avalez pas. N'avalez pas les chewing-gums ou ils vont se coller sur vos poumons.

Ringa ringa pākia,
Waewae takahia
Ringa ringa i tōrona
Kei waho hoki mai.

Et notre père de trancher l'air de ses bras, de faire saillir sa hanche, de danser sur ses stupides jambes arquées.

Turi whatia
Hope whai ake
Hei hei
Hei ha.

Trente-six

Vieille femme
pourrissante
a donné un os
enchanté

Au sommet, tu as grimpé sur le bidon, d'où tu as regardé la longue pente, en te demandant si tu pouvais le faire. Tu as écarté les orteils pour agripper la surface arrondie du bidon, tu as plié les genoux et tu l'as fait avancer jusqu'au bord.

C'est parti.

Au début tu t'en es bien sortie, descendant avec les pieds, orteils puis talons, en poussant le bidon pour aller plus vite, un œil fixé sur le reste de la pente, guettant trous, pierres et arêtes, les chevauchant, en te mettant à pédaler plus vite sur le bidon qui tanguait. Mais tu te rapprochais vite de la pire des bosses. Serais-tu capable ?

Tu l'as frappée et tu t'es envolée — tu as volé loin, sur le côté. Pour atterrir durement, plate comme une planche contre le sol en pente.

C'était comme si tu passais du jour à la nuit, à un temps d'étoiles sans souffle ni son. Tu étais là à lutter pour respirer, comme si tu essayais de sortir d'un trou profond dans le ruisseau, comme si tu tendais les bras et tirais la surface de l'eau sur toi, tirais, tirais, jusqu'à ce que tu puisses enfin respirer, jusqu'à ce que tes oreilles captent enfin des sons.

– Ha ha, Missy. Aussi douce qu'un bonbon…

Tu l'as entendu ?

Quand enfin tu t'es assise, serrant tes genoux dans le cercle de tes bras, Jacko et Manny étaient tous les deux couchés sur le bidon, les bras écartés, en train de se disputer.

Là-bas dans la cour de Keita, les tantes et les oncles venus pour voir Mata se passaient entre eux du tabac qu'ils allumaient ; ils parlaient, riaient, blablataient en langue māori.

– Missy, lui avait demandé Makareta dans la cour de l'école, ne dis rien aux profs sur Kui et moi.

Au début de l'hiver, Mama avait réparé un gilet pour toi — elle avait reprisé les coudes, cousu des boutons et roulé les manches. Le matin du grand gel, tu avais boutonné le gilet et déroulé les manches pour qu'elles pendent et te couvrent les mains, puis tu avais couru dans l'herbe et le *poroporo*, tout raides, pour monter le talus, battant des manches. Sans mains.

Depuis le haut du talus, tu avais vu les champs blancs, les rives et les arêtes glacées, et en travers du premier champ, comme une chaîne, se trouvaient les empreintes de pas de Manny. Il courait sur le sol friable, son souffle blanc comme une plume derrière lui. Tu l'as vu s'arrêter à l'entrée du chemin qui menait à l'école, et sautiller d'un pied sur l'autre près du ruisseau, où il s'est penché pour ramasser des pierres.

Tu as couru, ton propre souffle blanc se répandant autour de toi, Chumchum derrière toi, qui battait des bras, sifflait, et t'appelait.

Au ruisseau, Manny lâchait des pierres sur la glace vitreuse qui éclatait comme des fenêtres, et tu l'as regardé prendre un gros morceau de glace, qui fondait en gouttes, et y mordre ; ses yeux froids s'écarquillaient sous le choc et ses pieds dansaient. Manger des vitres. Chaudfroid. Les pieds rougis, tu as fait un pas sur la glace chaudefroide, tu as trouvé un morceau dentelé et l'as mordu. Mais en arrière sur le chemin, les autres arrivaient. Jacko et Alamein.

Toi, Manny et Chum, vous avez couru avec vos morceaux de glace pour vous cacher parmi les fougères durcies. «On te voit, Manny ; on vous voit, Missy et Chumchum», ont dit Jacko et Alamein en s'approchant. Ils avançaient avec précaution et leurs yeux allaient d'un côté à l'autre, mais vous saviez qu'ils ne pouvaient pas vous voir.

Quand ils ont été tout proches, vous avez couru tous les trois pour renverser Jacko et Alamein et leur glisser de la glace dans le cou, douce comme un bonbon. Jacko t'a attrapée aussi, a frotté son morceau de glace contre ton oreille, l'a tenu là, pendant que Manny, Alamein et Chum roulaient ensemble en criant dans l'herbe et les fougères gelées. Puis, vous vous êtes tous relevés d'un bond et vous avez couru jusqu'à l'école, vos genoux et vos pieds se fissurant et saignant sur le sol blanc.

À l'école les gamins donnaient des coups de talon dans les flaques gelées ou bien ils se faisaient glisser sur l'herbe. Les pommiers et les pruniers tendaient leurs branches dures et blanches, les rebords des fenêtres étaient couverts d'une croûte de glace et les enfants y passaient les doigts, en criant et en les léchant.

Près du portail, tu as attendu Makareta, que tu voyais arriver avec Kui Hinemate.

– Kui, il y a du givre gelé ! as-tu dit quand elles se sont rapprochées.

– Et de vilains enfants qui ont joué avec, qui sont mouillés et qui ont froid, a répondu Kui, qui parlait māori, mais tu savais ce qu'elle disait.

– Parle anglais, Kui, a chuchoté Makareta en anglais. C'est pas permis...

– Ta robe est mouillée et déchirée, ton gilet est plein de boue et tes jambes saignent. Ta maman va te donner une belle fessée, je crois.

– Kui, Kui, la maîtresse va t'entendre, a dit Makareta.

– On n'est pas dans l'école, Fillette, nous n'avons même pas passé le portail. Je ne veux pas entrer dans l'école, j'ai juste des choses à faire à la poste par un matin de gel.

– Kui Hinemate, Kui Hinemate ! se sont exclamés Jacko et Alamein depuis la clôture. Kui Hinemate, y a du givre gelé.

– Ne vous mouillez pas, ne prenez pas froid ! leur a crié Kui Hinemate en réponse, et pas en anglais.

– On va t'entendre, Kui. C'est pas permis.

– Ça vaut peut-être pour toi, Fillette, mais cette vieille femme-ci parle sa propre langue où qu'elle soit, où qu'elle aille. Sinon, qui est-elle ? Et maintenant au revoir, Maleme ; au revoir Makareta. Ne sois pas en colère, Makareta.

Tu as dit au revoir à Kui, mais Makareta s'est dépêchée de partir, sans la regarder et sans rien dire.

La pelouse devant les salles de classe était devenue un carré de boue où les enfants avaient glissé, les branches des arbres fruitiers étaient décorées de gouttes de glace fondue et les rebords des fenêtres fumaient. La sonnerie a retenti et les enfants ont commencé à passer par les bains de pieds, froids, si froids.

– Missy, ne le dis pas aux maîtresses, t'avait avertie Makareta, parce qu'elle sait quelle rapporteuse tu es.

– Tu ne rapportes pas pour Kui et moi.

Tu t'es levée, tu as enlevé l'herbe et les brindilles de tes vêtements et tu as regardé Manny activer genoux et jambes et descendre la colline ; ses yeux cherchaient les rochers et les bosses devant lui, ses pieds guidaient le bidon et il semblait flotter au-dessus. Il a passé la grande bosse, qu'il connaissait bien, et s'est envolé pour retomber sur un pied, puis sur les deux, en martelant la dernière pente jusqu'en bas. C'est ça que tu allais faire aussi, la prochaine fois.

Tout le monde avait faim et vous vous êtes regardés pour voir qui devrait aller chercher du pain. Mais vous aviez tous des vêtements déchirés, vous saigniez tous et vous saviez que n'importe lequel d'entre vous aurait des ennuis s'il s'approchait des mères et des grands-mères. Puis vous avez vu venir Makareta et Mata, et comme elles s'approchaient, vous avez commencé à demander à Makareta d'aller vous chercher du pain.

Et alors la cousine, Mata, a tendu le bras et ouvert la main, et dans sa main se trouvait la plus belle des billes.

Il n'y avait pas de mots pour cette bille. Vous l'avez tous regardée fixement, fixement ; après vous vous êtes retournés vers le bidon, affamés, silencieux, en attendant le pain, chacun gardant une bille dans son œil.

Makareta est rentrée à la maison, puis elle est revenue avec du pain et quand vous avez eu fini de manger, vous vous êtes couchés dans l'herbe, endoloris, en en voulant encore.

Puis vous vous êtes relevés, parce qu'il se passait quelque chose. Mata tendait le bras et sa main s'ouvrait. Manny tendait le bras aussi et sa main se refermait. Aucun souffle, aucune respiration, ni faim ni douleur. Dans sa main, Manny tenait la bille.

Rapporter. Tu as grimpé sur la clôture.

– Makareta, Makareta, as-tu crié. Elle la donne à Manny. Makareta, sur le point de rentrer dans la maison, s'est arrêtée, s'est retournée. Makareta, elle la donne à Manny. Elle la donne à Manny, la bille.

Trente-sept

Sur la Piste aux Petites Billes, quelques enfants lançaient des pierres dans les trous laissés par ceux qui, devenus plus experts, étaient partis pour la Piste aux Grosses Billes. Un carré de terre était dénudé et dur, près des troncs de deux grands *mānuka* qui étaient tout lisses à force d'avoir été frottés.

La Piste aux Grosses Billes, parfois large, parfois étroite, passait parmi des arbustes. Le sol était couvert de creux, anciens et récents, traces des centaines de matchs joués avec des calots, des boulards, des porcelaines, des aciers, des dragons, des gazoles, des galaxies, des gorilles et des plombs. Écoutez les règles : bras-sans bras, lancées-sans lancées, canardages-sans canardages, mesures-sans mesures, triard-sans triard, pichenette-sans pichenette, déblayage-sans déblayage. Sol compacté, à trous, à buttes, à sillons. Le bruit des pieds qui martèlent le sol.

Écoutez aussi — menteur, voleur, tricheur — dans une langue ou une autre.

Bessie essayait de gagner la bille de Manny sur la piste la plus longue selon la règle d'Aucun Avantage. Jacko était responsable de la ligne de départ, grattée dans la terre avec une branche, un pas plus loin pour chaque jeu.

Bessie avait le pied sur la ligne, ses longues dents mordaient fort sa lèvre inférieure, pas d'avantages, aucun avantage. Une bille vert et blanc reposait sur son index, le pouce derrière prêt pour la pichenette.

Des yeux. Qui guettaient un mouvement du bras, mais le pouce seul a bougé. La bille a décrit un arc, puis est tombée en s'élançant par-dessus creux, bosses et sillons pour s'arrêter à mi-chemin du trou.

Manny. Qui ne jouait pas avec la meilleure bille-à-Mata, celle qu'ils voulaient vraiment gagner, mais avec sa deuxième meilleure porcelaine orange et blanc, lancée fort et tout droit.

Il l'a suivie jusqu'au trou, puis les voilà partis, à monter et descendre la Piste aux Grosses Billes, à aller et venir. Puis ils ont joué sur le chemin étroit, inégal et pierreux, déblayage interdit, aucun avantage. Jusqu'à ce que la bille de Manny tombe assez près pour que Bessie essaie — pas de bras, Bessie la pointeuse, mais pas tellement tireuse d'élite. Bientôt la cloche. Allait-elle réussir ? Non. Puis les voilà repartis, à monter et descendre, à aller et venir, jusqu'à ce que la bille de Manny tombe près à nouveau, mais pas tout près, la cloche qui sonnait.

Les yeux à moitié fermés, les dents longues qui mordillaient, pas de bras pas de bras, elle a lancé et raté. Manny était assez proche.

Il a frappé la bille de Bessie, a ramassé la sienne, puis Bessie l'a fait tomber d'un coup de pied dans les chevilles. Bessie a récupéré sa bille, puis s'est enfuie.

Tu es partie avec Makareta, contente que Manny (ce qui voulait dire toi, nous tous) ait gardé la bille spéciale. Les autres pressaient le pas et vous doublaient, Manny courait après Bessie, en lui criant « Garde-la alors, ta bille de merde », dans la langue qu'il était défendu de parler.

– Mets-la-toi dans le cul, a renchéri Jacko.

Tu as vu Mr Davis qui attendait sur les marches pendant que la cloche tintait.

– Parlez anglais, parlez anglais, a sifflé Makareta alors qu'ils passaient devant lui.

– Garde-la, ta bille de merde, a crié Manny en anglais.
– Mets-la-toi dans le cul, a lancé Jacko.

Trente-huit

Titama, Titama

Le soir du concert, tu es allée au réservoir pour dire à Mama qu'Aperehama viendrait vous chercher dans son camion. Mama a souri, Mama la belle, mouillée, tremblante de froid, qui s'est enveloppée d'une serviette et a glissé ses pieds dans de vieilles chaussures.

«Très bien», a-t-elle dit.

Tu as mis tes pieds dans la bassine, remonté ta robe sous les aisselles, et tu t'es mise à te laver. Tu avais des poils là, comme ceux de Mama, pelucheux, bouclés. Tu as serré le gant contre ton ventre et regardé couler l'eau, qui lissait les petites boucles avant de descendre le long de tes jambes. Des jambes tachetées de petites plaies guéries, laides. Mais tu avais un joli endroit entre les jambes, joli à toucher. Tes petits nichons aussi, que tu aimais bien. Tu t'es rhabillée, tirant sur la jupe, trop courte, même si tu avais fait descendre l'ourlet au maximum.

Mama était assise dans la cour avec les ciseaux, les cheveux brossés et séparés par une raie. «Tu me coupes ces mèches, Missy», a-t-elle dit. Tu entendais Dadda chanter de l'autre côté du champ et Wiremu et Rapata couraient à sa rencontre.

À propos de ces deux frères qui couraient.

Wiremu est né un an après notre sœur Keita, dite Bubba. On lui a donné le nom de notre grand-père Wi.

Rapata est né deux ans plus tard et porte ce nom en l'honneur de Dadda. Toi, tu étais leur petite maman, Missy, les jours où notre mère était trop faible pour soulever ou porter quelque chose. Le sang, le sang ! Nous étions neuf au total, si seulement on l'avait su.

– Je lui ai dit de ne pas se bourrer la gueule, a soupiré Mama alors que tu commençais à lui couper les cheveux, en faisant de temps en temps un pas en arrière pour voir si c'était bien droit.

– Qu'est-ce que tu fais là ? a demandé Dadda. Tu te fais belle ?

– Je t'avais bien dit de ne pas te bourrer la gueule.

– Allez, me gronde pas, ma Glory.

– T'as qu'à rester à la maison, voilà.

– Voilà quoi, ma Glory ?

– Laisse-le venir, Mama, as-tu demandé.

– Je te l'avais bien dit. Ce matin je t'ai dit que c'était le concert de fin d'année de ta fille, qu'il fallait pas te bourrer la gueule.

– Laisse-le, Mama.

Toi la fille de l'aube, la fille de l'aube, qui les liait l'un à l'autre.

– Tout aussi bête que lui, Missy, voilà.

Tu as fini de couper puis tu t'es mise à relever les cheveux sur les côtés. Tu as tiré le reste des cheveux vers l'arrière, les divisant en sections que tu as ensuite peignées et enroulées autour de ton doigt pour faire de longues boucles, comme la coiffure de Dorothy Lamour dans *En route pour Rio*, ce film qui vous avait tous fait rire, même si c'était finalement une histoire d'amour.

Tout, mais tout, était lié à l'amour.

Maintenant qu'il y avait un bus, et quand il y avait de l'argent, vous pouviez aller aux séances de cinéma qui se tenaient dans la grande salle du lycée le samedi soir. Parfois il y avait même un programme double — deux longs métrages, qui parlaient d'amour, c'était ce que tu préférais avant tout. La plupart du temps, il y avait des courts métrages à regarder d'abord — de vieux films d'actualité, des dessins animés, des feuilletons, ainsi que des chansons auxquelles on pouvait tous participer, en suivant le rythme d'une petite balle qui sautillait d'un mot sur l'autre à mesure que les paroles défilaient sur l'écran. Des chansons qui parlaient d'amour. Mais c'était le long métrage et son histoire d'amour que tu attendais — d'amour trouvé, d'amour perdu, d'amour retrouvé. Tu croyais à l'amour.

Des cowboys protégeaient les habitants des villes contre des voleurs de bétail, arrachaient femmes et enfants de sous les pattes de vaches qui ruaient, entraient dans des bars et saisissaient par le col les joueurs qui trichaient aux cartes, sautaient de leur cheval sur des trains qui filaient à toute vitesse à la poursuite de méchants, sur les toits, dans les compartiments ou entre les roues des trains. Mais tout ça était lié à l'amour.

Des marins combattaient des pirates en mer, en escaladant et en descendant le gréement dans un entrecroisement d'épées. Ou sur la terre, dans de beaux vêtements, on dégainait des épées dans des salles à rideaux de velours et on se battait en haut et en bas d'escaliers, sur des balcons, autour de piliers et de poteaux, tout ça à cause de l'amour.

Des danseurs à claquettes et des chanteurs avaient réussi à se produire dans les théâtres de Broadway, mais rien n'était plus important que l'amour. De petits voleurs et des bandits de grand chemin abandonnaient leurs vies de criminels par amour. Même Mickey Rooney finissait par trouver l'amour. Et quand le film se terminait et que

Fin apparaissait à l'écran sur une musique qui n'évoquait que l'amour, tu restais toujours assise jusqu'à ce qu'il ne reste plus rien du tout et qu'on rallume les lumières.

Gordon, le monsieur du cinéma, remballait le projecteur et les films, démontait l'écran puis, aidé par sa famille, se mettait à balayer la salle. Une fois, tu avais demandé à Gordon quand il allait montrer un nouveau film d'Alan Ladd.

– Alan Ladd, c'est lui ton idole, c'est ça ? avait-il répondu. On dit qu'il est un peu court sur pattes. Obligé de se mettre sur une marche pour embrasser les dames, ou bien de se pencher de son cheval.

Pendant que tu attendais sur la véranda avec les petits, tu as vu Miss Jamieson assise au piano, qui se balançait doucement à la lumière des deux lampes tenues par Chum et Billyboy. Tu as écouté les premières notes de la mazurka, qui serpentaient autour des vieux roseaux et des planches de la maison de réunion, avant de se rejoindre, de remplir les espaces, de s'élever à la recherche des nervures et des poutres. Puis les notes sont redescendues en s'éparpillant, jusqu'à ce qu'il n'en reste plus qu'une. Les gens l'ont attendue sans bouger, l'ont laissée se coller à eux, avant de siffler et d'applaudir. Tu as accompagné les petits jusqu'à l'entrée latérale, puis tu les as mis en rang dans l'ordre qu'il fallait pour leur numéro.

« Fais-les entrer, Maleme », a dit Mr Davis. Il avait mis son costume bleu foncé et une cravate bleue qui t'a paru neuve. Elle était de la même couleur que ses yeux.

Le jour où tu étais allée chez lui pour lui apporter un message, Mrs Davis était assise sur les marches derrière la maison en train de tricoter un pull-over, et peu de temps après, Mr Davis l'avait porté à l'école.

«J'avais dit quatre heures, Maleme», avait-il dit, en revenant dans la salle de classe ce jour du pull-over. Tu étais censée rentrer à quatre heures.

Tu avais gardé la tête baissée, tu avais continué à écrire, même si tu aurais voulu le regarder. Comme Alan Ladd, mais en plus grand, et un pantalon de cowboy, avec bottes, jambières, ceinturon, veste à franges et grand chapeau, ça lui serait bien allé. Les jours de pluie, il mettait un chapeau mou pour venir à l'école.

Tu as fini la phrase que tu écrivais, as numéroté les lignes de haut en bas, puis tracé à la règle une ligne droite pour marquer la fin, avant de déposer ton travail devant lui sur le bureau comme s'il s'agissait d'un prix. Parfois les punitions qu'il imposait te donnaient envie de rire.

«N'oublie pas, disait-il, c'est les bidons pour toi demain, deux fois les bidons.»

Mais il avait l'air un peu perdu en le disant, comme s'il n'y croyait pas. Le pull-over neuf était bleu, assorti à ses yeux.

C'est Jacko qui t'avait appelée Missy Bidon à cause du nombre de fois qu'on t'avait imposé en corvée supplémentaire la vidange des bidons des toilettes. Un jour après l'école tu étais allée aux toilettes chercher le premier bidon pour l'emporter à l'autre bout du terrain de sports où les garçons creusaient les tranchées, mais alors là, «Missy Bidon, Missy Bidon», tu as entendu Jacko. Tu inclinais le bidon quand il l'a dit. Si tu laisses passer ça, ça te définit, Missy. Tu as escaladé la clôture, tu as couru jusqu'au bout du terrain avant de repasser par la clôture, tu t'es approchée derrière lui et tu l'as poussé dans la tranchée. Bravo, ma sœur. En plein dedans, jusqu'aux tibias, avant de tomber sur le côté. Hi Ha !

En sortant de la salle de classe derrière toi les bras chargés de cahiers, Mr Davis t'a demandé «Tu veux bien prendre ces clés, Maleme, et fermer la porte », en faisant cliqueter les clés accrochées à son petit doigt sous la pile de cahiers. Tu les as décrochées, as fermé la porte. « Laisse-les tomber dans ma poche, s'il te plaît. » Puis il avait posé la question : « Qu'est-ce que tu fais… quand tu es absente, quand tu ne viens pas ? » Une question qui t'a piégée. Tu n'étais plus une petite fille, tu étais trop grande pour ne pas répondre. Maman avait dit : « C'est nos affaires, ça ne les concerne pas. » Mais Mr Davis n'avait pas attendu une réponse. « Tu devrais rentrer », a-t-il dit. « Tu étais censée partir à quatre heures. »

Tu es sortie par le portail en courant, en écoutant le bruit de tes pas sur le sol parsemé de petites pierres ponces. *Pas si intelligent que ça/ Parce que Gloria/ N'est pas amoureuse/ De vous.* Ce qui n'avait rien à voir.

Rien.

Mais tu étais contente d'avoir échappé à la question.

Quand Mama saignait. Quelqu'un devait aller chercher de l'eau et du bois les jours où elle ne pouvait ni marcher ni rien soulever, rien porter. Quelqu'un devait soulever les bébés quand elle n'avait pas la force. Quelqu'un devait apporter le seau, laver les linges et les vêtements. « Tu es la seule à pouvoir m'aider », avait dit Mama, dans un chuchotement.

Le moment était venu. Tu as mis les *poi* dans la ceinture de ton *piupiu*, tu as lancé la chanson et tu as précédé les grandes sur la scène pour les derniers numéros. Le public a reconnu la chanson qui s'élevait des ténèbres, et s'est mis à applaudir, et quand vous êtes entrées dans la lumière, les gens ont commencé à chanter aussi. Ils épiaient chaque mouvement, chaque expression, pour voir si les yeux, les visages, les mains ainsi que le cliquetis-clic des jupes faisaient écho aux paroles et aux voix, alors que les chansons s'enchaînaient. Tu as aperçu Dadda qui se penchait par la fenêtre ; tu savais que Mama lui en voudrait de chanter aussi fort.

Les gens regardaient et se sont mis à applaudir à nouveau quand la pirogue s'est formée, les balles des *poi* créant des vagues blanches des deux côtés, avec au-dessus des oiseaux blancs qui les emmenaient dans de longs, longs voyages.

Mais les spectateurs se sont calmés lorsque toi et Tati vous avez pris position dans l'espace à chaque extrémité de la pirogue et avez lancé les cercles des longs *poi* ; retenant leur souffle, ils ont attendu que vos poignets assurent le rythme et que vos pieds et vos hanches se mettent à danser ; la tête et les yeux se sont mis à suivre le mouvement des balles. « Hé, Missy, hé », tu as entendu notre père appeler, alors que les applaudissements et les sifflements ont éclaté tout autour de toi — toi et tes grandes dents, souriantes.

Dans le camion sur le chemin du retour, Manny s'est mis debout sur le plateau et a chanté *Bid Me to Love*, comme Mrs Davis, suivi de *Day-O*, comme Harry Belafonte, et tout le monde a chanté avec lui. Il remuait les pieds comme s'il était à cheval sur le bidon qui glissait.

Come Mr Tallyman,
Tally me banana.
Daylight come
And I wanna go home.

E rua nei aku ringa
E rua nei aku ringa
E rua nei Baba Lou.

Tu as sorti ton stylo neuf de sa boîte, l'as accroché à ton chemisier et l'as pressé contre ta poitrine, ton cœur. Bleu comme le ciel. Toi et Billyboy aviez reçu les stylos comme cadeaux d'adieu de la part du comité de l'école et Mr Davis avait dit des choses gentilles sur vous lorsqu'il les avait remis, des choses qui t'avaient fait te sentir seule et étrange.

Les faisceaux des phares des voitures s'entrecoupaient et illuminaient les bosses et les creux alors que le camion passait au pied des collines. «*Dark moon*» chantait notre père et tous les autres se sont arrêtés de chanter parce qu'ils voulaient écouter sa voix.

Away up high up in the sky,
O tell me why,
O tell me why,
You've lost your splendour.

La chanson n'était pas arrivée en tête du hit-parade à cause de *Love Letters in the Sand*, mais tu l'aimais mieux. Ta lumière se retire. Est-ce parce que j'ai perdu mon amour ?

Mortals have dreams,
Of love's splendid schemes,
But they don't realise,
That love can sometimes bring,
A dark moon, Baba Lou-a,
I hear you calling, calling,
Calling for me,
E rua nei aku ringa.

J'ai deux bras, Baba Lou.

Trente-neuf

Le jour de ta rentrée au collège, tu es montée dans le bus en suivant Rahera et tu t'es retrouvée tout à coup étendue dans l'allée centrale, Billyboy sur toi. Tout le monde dans le bus riait. Manny, arrivant derrière, a attrapé le garçon qui t'avait fait tomber ; il l'a mis debout en tirant sur le devant de sa chemise, puis d'un coup de poing, il l'a poussé dehors par la portière. Le chauffeur s'est tourné sur son siège, a mis son pied au milieu du dos de Manny et l'a poussé lui aussi dehors avant de se réinstaller, de claquer la portière et de démarrer.

Du bruit. Certains riaient, d'autres poussaient des cris ou des jurons, disant au chauffeur d'arrêter ce sacré bus, merde. Mais il a continué son chemin, en mâchant bruyamment son chewing-gum et en tournant vigoureusement le grand volant d'un côté puis de l'autre pour suivre la route sinueuse.

Au lycée, le chauffeur t'a emmenée au bureau du directeur, avec Billyboy et les cousins aux jurons.

– C'est inacceptable, a crié le directeur. Vous les enfants du *pā* et vous de la scierie qui vous battez dans le bus le premier jour.

Il était gigantesque, tout rouge, et il postillonnait ; ses oreilles risquaient de le faire s'envoler.

– Les chardons, a-t-il dit. Revenez à midi et vous irez déterrer les chardons. La prochaine fois ce sera des coups de bâton pour tous.

Toi et Billyboy, vous vous êtes retrouvés en classe 3C, et Alamein vous a dit que les enfants du *pā* se retrouvaient toujours en 3C.

– C'est la pire des classes, la classe des cancres, a-t-elle expliqué. Les maîtres n'aiment pas la 3C.

Tu avais anticipé avec plaisir d'aller au collège, d'avoir des chaussures, des vêtements neufs. Et tu avais aimé l'idée d'avoir de nouveaux livres et des crayons de couleur pour dessiner des cartes et des diagrammes, comme ceux que Makareta t'avait montrées dans les livres qu'elle avait rapportés du pensionnat.

Mais ils semblaient passer la plupart du temps en classe à copier des choses dans des livres ou au tableau noir, des choses que tu ne comprenais pas et qui n'étaient jamais expliquées. Si tu essayais de travailler proprement, quelqu'un se penchait pour faire des taches d'encre dans ton cahier. Il fallait toujours te venger, autrement comment pourrais-tu être toi ? Au bout d'un moment, tes cahiers et ceux des autres dans la classe ont commencé à ressembler aux cahiers à moitié utilisés que Manny avait l'habitude de rapporter à la maison : tachés, salis, les bords des pages froissés, gris et gonflés.

Notre frère Manny n'est pas retourné à l'école après son expulsion du bus. Il avait quatorze ans et demi et Dadda lui a trouvé du travail dans la construction des routes. Il a fait des économies et a acheté des pantoufles pour Mama et, parfois le soir, notre mère les enfilait puis s'asseyait en tendant les pieds devant elle. Quand elle se couchait, elle mettait les pantoufles dans une boîte sous le lit où elle gardait ses chaussures de mariée. Ah, tu étais jalouse des pantoufles, tu voulais travailler et avoir de l'argent pour pouvoir aussi acheter quelque chose à Mama. Et Manny mettait de l'argent dans une boîte à tabac, faisait des économies pour acheter une nouvelle maison, qu'il disait.

Un jour pendant la pause-déjeuner au deuxième trimestre, alors que tu regardais les filles plus âgées jouer au netball, la prof de sport t'a demandé de remplacer une absente. Après, elle t'a dit que tu pouvais être membre de l'équipe si tu avais des bas noirs et des chaussures de netball. Hi Ha ! Tu étais fan de netball. Tu n'as pensé qu'à ça pendant toute l'après-midi, comment t'y prendre pour avoir des bas et des chaussures.

C'est ce jour-là que tu as découvert que si tu t'asseyais au fond de la salle, ne disais rien et faisais semblant d'écrire, il ne t'arriverait rien, et que si tu ne rendais pas ton cahier à la fin du cours, on ne te le demanderait pas. Et à partir de ce moment-là, tu as passé le plus clair de ton temps en classe à copier dans ton cahier du hit-parade des paroles de chansons, ou à écrire des noms de chanteurs et à les décorer de boucles et de volutes avec des crayons de couleur — Elvis, Patti Page, Cry Johnny, Frankie, Louis, Debbie, Harry, Pat Boone. Dans ton monde à toi, Missy.

À la fin de l'après-midi, tu avais décidé ce que tu allais faire.

Après l'école, tu n'es pas montée dans le bus pour rentrer. À la place, tu es sortie par le portail à l'arrière et tu as couru les cinq *miles* jusqu'à la ville pour attendre Dadda en face du pub.

Il ne t'a pas vue tout de suite, mais tu t'es approchée de lui avec ton plus beau sourire et en lui prenant le bras.

– Dadda, je fais partie de l'équipe de netball, as-tu dit.

– Hé, te voilà, ma Missy.

– J'ai besoin d'argent pour des bas et des chaussures.

Il a ri, a mis la main dans sa poche.

– Regarde-moi ça, a-t-il crié à un de ses copains. Ma fille, qui vient pour prendre mon argent avant que je l'avale.

– Allez, vas-y, 'tite fille.

– L'équipe de netball. Chaussures et tout le tralala.

– Bravo, 'tite fille.

L'homme a écarquillé les yeux, puis il a traversé la rue.

– Je te retrouve à l'intérieur, Bob.

Dadda a tiré de sa poche un billet de dix *shillings* et quelques pièces. Il t'a passé le billet et tu lui as pic-pic-piqué les pièces dans sa paume et tu es partie en courant.

– Hé, et l'argent pour ma bière ? a-t-il crié. Sale petite garce, pire que ta mère.

Il riait en traversant la rue.

Mama était fâchée contre toi au départ, avant de se rendre compte que c'était une très bonne idée.

– Tous les jours de paie, a-t-elle dit dans un chuchotement émerveillé, tu pourras aller prendre l'argent et faire nos courses. Je pourrai descendre chez Keita et téléphoner au magasin pour qu'ils préparent notre commande pour toi.

Alors, une fois par semaine, tu allais en ville, et après les courses tu allais au pub, où Bessie était cuistot. Il y faisait chaud. Le soir de la paie il y avait du monde, et le patron te permettait de venir si tu voulais bien donner un coup de main. On avait le droit de se faire du thé et du pain grillé du moment qu'on travaillait. Le pub était censé fermer à six heures, mais ça n'arrivait jamais. Il était toujours huit ou neuf heures lorsque Dadda et Nonny en sortaient et que vous vous mettiez en route pour la maison.

Il y avait une fille en deuxième année qui s'appelait Ama et qui s'était fait un album sur des vedettes de cinéma. Certaines des images et des histoires avaient été découpées dans des magazines, mais elle avait aussi des photos dédicacées, qu'elle avait obtenues en écrivant à Hollywood. À l'heure du déjeuner, les jours où il n'y avait pas d'entraînement pour le netball, tu t'asseyais près d'Ama avec vos albums sur des vedettes et des chanteurs pour parler des chansons que vous aimiez, des films que vous aviez vus, des stars de cinéma dont vous étiez amoureuses. Même si Alan Ladd était toujours plutôt bien, Johnny Weissmuller, Hedy Lamarr et la vilaine Margaret Lockwood étaient tes préférés du moment.

À la maison, la collecte de fonds pour une nouvelle salle à manger sur le *marae* faisait sensation. Tous les samedis soir on jouait aux cartes ou on dansait, et une fois par mois un petit bal se donnait dans un hangar à laine voisin. Tu y allais pour aider à balayer le hangar, pour recouvrir les murs de fougères et pour décorer un des postes de tonte où allait jouer l'orchestre. Dehors, une tente était érigée pour les buveurs de bière. Et on suspendait des lumières à des perches — comme les hommes aiment le faire — avec des fils qui couraient dans tous les sens. Tout le monde a appris à bien lever les pieds pour passer par-dessus les branchements et à baisser la tête sous les festons de cordes. Si on trébuchait ou s'emmêlait là-dedans, toutes les lumières s'éteignaient. C'était très «dépassé», tout ça, selon Tuahine.

Tuahine était la sœur aînée de Billyboy et elle était partie travailler en ville. Elle revenait à la maison et racontait tous les films qu'elle avait vus, les bals auxquels elle était allée, les bons moments qu'elle passait. Tuahine la clinquante. Tu la vois ? Elle avait des vêtements, des coiffures, de l'argent dans sa poche et menait une vie de vedette de cinéma, semblait-il.

Et pourtant elle venait toujours aux bals du hangar, vêtue de robes cerise ou orange foncé, avec ses coiffures, ses rouges à lèvres et ses vernis à ongles aux couleurs criardes, ses talons de sept centimètres et ses boucles d'oreilles qui pendillaient. C'est elle qui faisait danser le rock'n'roll à tout le monde, qui en riait et qui disait aux musiciens que leur musique était vieille et «dépassée». Tu la suivais partout.

Un soir, vous étiez ensemble sous la lumière au coin du hangar à laine et vous regardiez la tente en face où se tenaient les oncles, le dos tourné. Ses talons de sept centimètres s'enfonçaient dans le sol et elle agitait les bras pour garder son équilibre, puis elle a crié : « Mais regardez, merde, des couteaux de boucher ! Sur votre trente-et-un pour le bal, avec vos grosses bottes et vos couteaux de boucher ! », avant de s'asseoir sur les crottes de mouton et de rire jusqu'aux larmes. Tu riais parce qu'elle riait, elle — et non à cause du spectacle que présentaient nos oncles en train de lever le coude, habillés de grosses chemises de laine épaisse et chaussés de bottes, leur couteau à la ceinture.

« Ils en mourraient, ils en mourraient », répétait-elle entre rires et larmes. Et tu savais que « ils », c'étaient les gens de la ville qui possédaient des voitures et des consoles radio-phono et des vêtements modernes, qui allaient voir tous les derniers films, et qui menaient une vie de star. Tu t'es mise à rêver d'avoir ta part de toutes ces choses dernier cri, de tout le plaisir et de toute l'excitation de la vie en ville.

Tuahine ramenait parfois des amis à la maison, avec des voitures et des bagues de fiançailles. Ponty ? Il ne correspondait pas à ton idée d'une star, malgré son costume bleu royal, ses bottes en daim, sa cravate-lacet et ses favoris. Il était petit et faisait vieux. Manny et Billyboy étaient mieux d'après toi.

Par contre, le rock'n'roll, il savait le danser comme personne, même sur une musique démodée. Un soir, Tuahine lui a jeté sa bague de fiançailles au visage en plein milieu d'une danse et c'est tombé dans un trou entre les planches du sol. Le lendemain matin, alors que tout le monde faisait du rangement, elle rampait sous le hangar parmi les crottes, à chercher la bague en pleurant. Son petit ami s'était endormi à l'ombre des pins et ses bottes avaient disparu.

Elle a trouvé la bague et est remontée pour aider à détacher les fougères des murs.

« Je suis amoureuse, je suis amoureuse », disait-elle, en tirant des frondes derrière elle d'un pas incertain. Surtout de la bague et de la voiture.

Toi aussi, tu pensais à l'amour et à mener une vie de star.

Quand tu as eu quinze ans, tu as pris un emploi à l'hôtel. Tu aimais bien la grande cuisine avec ses plans de travail en bois et ses grands éviers où l'eau courante ne s'arrêtait jamais. Sous les plans de travail se trouvaient des étagères où se rangeaient les casseroles et les saladiers, et au-dessus il y avait des placards pleins d'assiettes. Un plan de travail était réservé aux salières et poivrières, aux bouteilles de sauce, aux sucrières et aux coupelles à beurre. Il y avait une cuisinière électrique en plus du grand fourneau à bois qui gardait la cuisine bien chaude. C'est en hiver que tu avais quitté l'école, et c'était agréable d'arriver au travail le matin et d'entrer dans une pièce chaude.

Pas très loin de là où tu travaillais se trouvait la salle de bal Moonbeam : c'était en ville dans un vieux pavillon qu'on avait peint et décoré de banderoles, de lumières colorées et d'une boule à facettes qui tournait — à part la boule, ce n'était pas vraiment mieux que le hangar. Mais pour toi, c'était un endroit excitant, un endroit à stars, un endroit à musique, à danse et à amour. Les hommes de l'orchestre étaient déguisés en cowboys, leurs vêtements étincelaient et leurs instruments brillaient, même s'ils n'étaient pas plus agréables à écouter que le groupe local du hangar. La musique était toujours démodée, à en croire les cousins de la ville.

Au Moonbeam tu dansais avec tes frères et tes cousins et tu étais amoureuse de tous les autres hommes ; tu rêvais de te laisser entraîner dans une danse pour te faire embrasser dans des jardins au clair de lune par quelqu'un que tu aurais aperçu par-delà l'épaule de Manny ou de Billyboy, quelqu'un qui ressemblerait à Audie Murphy, Elvis ou James Dean. Tout mortel a des rêves.

Certains soirs, le chef du groupe proposait le micro à qui voulait se lever et chanter. Tu as mis longtemps à le faire, mais un soir que tu avais une robe acceptable et de nouvelles chaussures, tes pieds t'ont fait monter les marches, monter sur scène. Alors tu t'es mise à chanter et tous les autres bruits ont cessé. À la fin, tout le monde t'a applaudie longuement.

Ton travail consistait à rincer les assiettes et à les empiler avant qu'elles soient lavées, à gratter les casseroles et les plats allant au four et à les mettre à tremper ; ensuite tu sortais le seau aux déchets et tu les vidais dans la poubelle pour le monsieur aux cochons. Il fallait ranger les assiettes et remplir le coffre à bois. Et une fois toutes les casseroles et poêles lavées, tu aidais à astiquer les plans de travail et à laver le plancher avant que Mrs O'Keefe rentre avec les provisions.

C'était un bon travail qui te permettait de faire des économies. Tu pensais le garder jusqu'à l'anniversaire de Makareta, et après, tu irais loger chez Tuahine en ville ; tu serais chanteuse, tu serais une star.

Quarante

Dans les brumes matinales
s'élèvent des soupirs

Habillée de la robe que Makareta t'avait donnée, tu as couru en l'appelant alors que le taxi descendait la piste tracée par des roues. Bub courait derrière toi et notre mère se tenait en haut de l'allée, les mains pressées contre la poitrine.

Makareta regardait par la vitre arrière de la voiture, la main levée à côté de son visage pour nous faire un petit signe. Ses cheveux que tu venais de brosser remplissaient le cadre formé par la vitre.

Quand la voiture est arrivée à la route, tu t'es arrêtée de courir et tu l'as regardée tourner et ne laisser qu'un tourbillon de poussière.

– Ce sera ma faute, on va m'en vouloir, disait notre mère.

Puis, au loin, il y a eu un autre soulèvement de poussière.

– Des bus, des bus, Mama, s'est écrié Manny. C'étaient les visiteurs qui arrivaient, et vous étiez tous là dans la honte. Il n'y avait rien d'autre à faire que d'aller dire à Keita, et à tous, ce qui s'était passé.

– Qu'est-ce qu'il y a, ma fille ? a demandé Wi à Mama, quand vous êtes arrivés à la maison. Je vois qu'elle n'est pas avec vous.

– Partie, a répondu notre mère, en pleurant et en geignant pendant qu'elle racontait à Wi ce qui s'était passé. Des hommes près des feux de cuisine regardaient dans notre direction et se demandaient ce qui avait mal tourné.

Tu t'es faufilée dans la maison avec Mama et Wi, une maison tout à coup silencieuse ; ton regard allait de Mama à Wi puis revenait à Mama. Tu as écouté notre grand-père saluer les morts qui appartenaient à la maison, puis ceux qui venaient d'ailleurs, avant de saluer les vivants et de raconter ce qu'il avait à raconter. Tu as écouté le silence qui a suivi et les cris et les pleurs des femmes qui ont brisé ce silence. Notre grand-mère qui gémissait et se frappait la poitrine a laissé glisser par terre le *korowai* qui était étalé sur ses genoux. Tu as vu Oncle Nonny, qui revenait des feux de cuisine, rester sur le seuil, l'air choqué par ce qu'il voyait.

– *Kua tae mai ngā pahi*, a-t-il signalé.

Les bus. Les visiteurs allaient en descendre pour attendre qu'on les appelle sur le *marae*. À côté de toi, Mama attendait, tremblante.

– C'est toi qui as fait ça. Keita s'était levée pour accuser Mama. Toi avant, encore toi maintenant. C'est toi. Tu as renvoyé notre petite-fille, toi et sa mère, vous deux. Vous l'avez planifié ensemble, sans penser à notre honte. Tu aurais pu être la femme honorée, notre trésor, notre *puhi*, autrefois, mais tu ne l'as pas voulu. Tu voulais plutôt ton bon à rien de mari. Et maintenant, par dépit, tu as renvoyé notre enfant, et tu nous as laissés dans la honte.

Keita gémissait en serrant ses bras contre sa poitrine, tandis que Wi et Tatie Henrietta la prenaient par les coudes pour la faire asseoir.

Qui pouvait aider Mama ?

Koro Paora s'est mis debout et a parlé de ce qui s'était passé, des visiteurs, de qui ils étaient, de pourquoi ils étaient venus ; il a tout raconté, pour donner du temps aux gens.

– Nous ne voulons pas les faire attendre trop longtemps, a-t-il dit. Mais avant de les appeler, il faut décider ce que nous allons faire et nous devons d'abord trouver notre propre paix.

Il a chanté sa chanson de paix.

Après, la maison est redevenue silencieuse, dans l'attente. Mama, à côté de toi, tremblait encore. Qui pouvait l'aider ? Keita, en face, serrait le *korowai* contre elle, les narines frémissantes, le visage crispé et pâle.

Tout le monde attendait, seuls les yeux bougeaient.

Tu t'es levée. Les yeux se sont tournés vers toi, et des mots qui, au moment de te lever, n'avaient été qu'une pensée, sont sortis de toi, choquants et forts.

– Je veux que ce soit moi, as-tu dit.

Tu as attendu, mais il n'y a eu aucun mouvement, aucun bruit, alors tu as dit : «Je veux être la *puhi*» et tu es restée debout sans plus de mots à prononcer, sachant qu'il ne fallait pas te rasseoir, même si la main de notre mère s'était rapprochée pour que tu le fasses.

Tu es restée debout, là au milieu du cercle des regards, sans savoir si les gens allaient te faire rasseoir ou chanter pour toi. Sans bouger du tout, même si ton cœur battait bien fort. Et sans faire attention à la faible voix qui venait de moi, qui te rappelait tes rêves. Et la chanteuse, ma sœur, la chanteuse alors ?

Attendre qu'ils voient, qu'ils comprennent.

Attendre de savoir s'ils allaient chanter pour toi dans ta robe jaune, debout là où le soleil entrait en diagonale par la fenêtre. Derrière toi, le visage pâle et le regard vacillant de l'aïeule, autour de toi le silence de la maison.

Tu observais.

Grand-mère Keita, un petit signe de la tête.

Puis Keita s'est levée, a déplié le *korowai* et s'est avancée vers toi. Tu t'es penchée pour lui permettre de placer la cape sur tes épaules et de presser son nez contre le tien. Tu es restée là, tous les regards centrés sur toi, pendant que Keita retournait s'asseoir. Les gens ont chanté pour toi et c'était désormais toi.

On t'a emmenée sur la véranda avec les anciens où les femmes ont commencé à appeler ; les visiteurs se sont avancés sur le *marae* où on avait étalé de la paille.

Pour t'amener quelqu'un.

D'abord, tu n'as vu de lui que les pieds, tes yeux baissés ne voyaient que cela, des pieds dans des chaussures noires bien cirées, qui avançaient avec tous les autres sur la paille collante. Les voix qui appelaient faisaient approcher les visiteurs, et quand tous les pieds se sont arrêtés, tu as écouté ces cris de femmes qui se produisent lorsque les familles se réunissent. Les pieds ont changé de direction et le groupe s'est dirigé vers les sièges qui avaient été disposés pour eux.

C'est pendant les discours d'accueil que tu as entendu son nom pour la première fois et tu n'avais toujours vu que ses pieds. Et pourtant, tu savais que tu pourrais aimer.

Les discours se sont poursuivis tout au long de l'après-midi, et tu as été contente d'avoir le *korowai* sur tes épaules quand un crépuscule froid s'est installé. Notre mère, à côté de toi, a chuchoté : « Je t'aiderai, Missy, si tu ne peux pas aimer. » Mais tu savais que tu allais pouvoir aimer. « Keita y est allée », a-t-elle dit. « Ça ne peut pas être n'importe qui. Ils doivent t'honorer. »

– Où est Dadda ?

– Ivre. Endormi. Manny et Nonny l'ont poussé dans la voiture d'Aperehama.

Les discours ont pris fin et les anciens se sont rassemblés pour pleurer ensemble et avec toi. Puis son nez s'est pressé contre le tien. Tu as vu qu'il avait la peau sombre et l'air solennel, avec un visage large et un corps massif. Il avait les yeux marron-noir et les cils comme des brosses, les sourcils comme des balayettes. Il avait les cheveux épais et ondulés, noirs et gominés.

Plus tard, assise à table avec lui, tu t'es demandé ce que tu devrais lui dire. Ce matin-là tu avais été quelqu'un d'autre, une jeune fille tout émue qui se préparait pour une fête. Maintenant tu avais choisi d'être une femme, d'être la femme. Tu te demandais si Hamuera savait que ça aurait dû être quelqu'un d'autre assis à côté de lui. Il s'était passé tant de choses qu'il était difficile de croire que quelques heures seulement s'étaient écoulées.

– Tu avais les cheveux longs avant ? a-t-il demandé en se penchant vers toi.

Alors il savait. Tous les regards vous fixaient.

– Tatie Billy, celle qui a les cheveux blancs, m'avait parlé de quelqu'un...

– Ma cousine, Makareta, as-tu dit. Elle s'est enfuie ce matin.

Et il a ri. Tu voulais le regarder mais il y avait trop d'yeux. Des gens passaient des plats, mettaient dans ton assiette de la nourriture que tu ne pouvais pas manger. Il y avait des chansons, des cadeaux qui passaient de famille en famille.

– Ça aurait pu être Zac, a-t-il répondu. Celui qui est là-bas, plus âgé que moi, mais c'est moi qui m'intéresse à la ferme.

– Alors ils t'ont obligé à être le promis ?

– Ils m'ont demandé, a-t-il expliqué. J'ai accepté.

Vers la fin du repas, tu as vu Mama qui parlait sérieusement à Dadda, qui venait tout juste d'entrer. Elle l'a emmené saluer les anciens, puis elle est venue avec lui vers toi et Hamuera.

– T'en dis quoi, fiston, a-t-il demandé à Hamuera, après avoir échangé des salutations avec lui. D'avoir un beau-père ivrogne comme moi ?

– Tais-toi, Bobby, lui a chuchoté notre mère.

– Tu sais, ça lui fait peut-être plaisir. On sait jamais, il aime peut-être bien boire deux-trois bières.

– Tais-toi.

– Oui ma belle, ma Glory, ne me gronde pas… Tu vois, fiston, ça te fait bla-bla-bla dans les oreilles de jour comme de nuit, et patati-patata. Tu vois, Glory, à quoi t'as renoncé ? T'aurais pu avoir l'un d'entre eux, à la place d'un pauvre pochard blessé comme moi.

– J'aurais dû.

– T'en dis quoi ? T'en dis quoi alors, fiston ? T'en dis quoi de ma belle p'tite fille là ?

– J'en dis que j'ai de la chance, a-t-il répondu. Il y avait un sourire sur le visage solennel.

Alors tu as été contente d'être ta nouvelle toi-même, tu as su que tu pourrais aimer.

Quand tout a été nettoyé et rangé, on a sorti les guitares et on a chanté et dansé toute la nuit — toutes les taties ont invité Hamuera à danser. Elles pouffaient de rire, le taquinaient, bavardaient et posaient des questions indiscrètes, pendant que sa famille dansait avec toi. Tard dans la soirée, notre cousine Tuahine s'est approchée de toi en dansant.

– Tu te prends pour qui, toi ? a-t-elle dit. Tu étais censée venir à Wellington. Qui va être ma coloc' maintenant ? Eh ben, va falloir que je m'trouve un homme.

Tu savais que tu disais adieu à des rêves, mais il y avait de l'amour quand même.

MAKARETA

Quarante et un

Ma cousine Mata a débarqué brusquement dans ma vie. Ça faisait plus de trente ans que nous vivions dans la même ville et pourtant nous ne nous étions jamais rencontrées auparavant : moi, j'étais enfermée dans ma tour dans un quartier de la ville, alors qu'elle était sous tutelle de l'État dans un autre. Ce soir-là, à la lumière des lampadaires, nos regards se sont croisés et se sont reconnus.

Je n'avais pas pris de bus en ville depuis bien des années. J'avais vendu ma voiture la veille, et après une fête en l'honneur de mon départ, j'attendais un taxi tard dans la soirée quand j'ai vu venir le bus. J'aimais l'idée d'un trajet en bus de nuit pendant ces dernières semaines de vie en ville. J'étais la seule passagère.

Si j'avais été dans ma voiture ou un taxi, il n'y aurait peut-être pas eu de rencontre. Je suis descendue du bus et me suis hâtée en direction de la maison ; je savais que de là-haut je pourrais voir la rue dans toute sa longueur et savoir quelle direction Mata prenait.

Elle avait marché depuis tôt le matin, traversé les quartiers, arpenté les rues, suivi des pistes et des chemins comme si elle cherchait quelque chose — mais elle ne cherchait rien, littéralement. Elle ne possédait que le contenu de ses poches et ne voulait rien de plus.

À la recherche de rien, mais nos regards se sont trouvés, ce qui est ironique. Je peux lui donner une partie de ce qu'elle a désiré et attendu pendant si longtemps, mais qu'elle cherche désormais à ne pas avoir.

J'ai besoin d'elle. C'est la première fois que quelqu'un a besoin d'elle.

Elle a toujours la même carrure solide que nous avions toutes deux quand nous étions jeunes. Elle a les mêmes cheveux courts et bouclés, qui grisonnent maintenant, le même air triste et innocent, les mains nerveuses qui plient ou pincent les bords de ses vêtements, les yeux qui ne savent pas trop où se diriger. Ce sont des yeux de famille, et nos regards se sont reconnus.

J'adore cette ville, les collines, le port, le vent qui passe en rafale. J'adore la vivacité, le palpitement, l'activité et la chaude décrépitude. Et j'aime bien le travail que je fais et qui m'amène dans de nombreux forums. Ici il y a toujours une limite qu'il faut deviner et qui est impitoyable et hasardeuse, et qui exige de la vigilance. Mais j'ai décidé que vivre seule ici, c'est un luxe inutile. Missy me rappelle à la maison. La maison me rappelle à la maison.

J'avais vingt ans quand je suis arrivée chez Polly, les yeux rouges. C'était mon anniversaire. Elle était au lit, endormie et j'ai frappé avec un *shilling* contre la fenêtre de sa chambre, pour la réveiller. Le taxi que j'avais pris depuis la gare faisait demi-tour et s'éloignait dans la rue derrière moi ; la nuit était froide et silencieuse. Polly avait pleuré aussi. Je me suis glissée dans le lit à côté d'elle et lui ai raconté tout ce qui s'était passé ce week-end et ce jour-là.

Je n'ai jamais cessé d'aimer ma première maison de famille, mais même si elle me manquait, je n'ai jamais craint la ville. Je me sentais souvent excitée par les magasins, le bruit, les lumières, les gens étranges qui attendaient ou se hâtaient — mais j'ai mis longtemps à sentir que j'en faisais partie. Les angles durs des bâtiments et la brillance de l'éclairage me faisaient parfois mal, comme une palpitation sous mes pieds qui brûlait toute la force que je portais en moi. Mes cousins de la maison aux chats se coulaient comme de la crème à travers la ville, se glissaient parmi les voitures, s'adossaient détendus aux poteaux, aux piliers, aux murs et pouvaient disparaître et réapparaître entre une enjambée et la suivante.

Au début, je pensais aller à l'université, mais il y avait un doute, un sentiment que je ressentais et que je n'arrivais pas à comprendre.

– Laisse ça pour le moment, a dit Polly. Laisse ça un mois ou deux. Il est trop tard pour t'inscrire, de toute façon. Amusons-nous tout simplement, ma fille. Donne-toi du temps.

C'était un bon conseil, parce qu'après avoir eu le temps de réfléchir aux circonstances de mon départ de chez nous, je me suis rendu compte que j'avais pensé à l'université parce que Keita et la famille trouveraient ça acceptable, ce qui atténuerait peut-être le mal que je leur avais fait. Cela pouvait être vu comme une raison, à la place de la vraie raison, de mon départ. Mais ce n'était pas quelque chose que je voulais vraiment pour moi. C'était trop propre, trop facile. Je voulais me mettre à l'épreuve.

Quand j'ai demandé à Polly comment, d'après elle, Keita et la famille réagiraient si je devenais infirmière, elle a dit qu'ils n'aimeraient pas ça.

– Ils n'aimeraient pas que leur *puhi* lave des inconnus, a-t-elle répondu, qu'elle leur touche la tête, ou porte des bassins de lit, ou touche des morts. Ils vont croire que c'est moi qui t'ai mis cette idée dans la tête parce que c'est quelque chose que j'aurais aimé faire moi-même, que j'aurais pu faire si j'en avais eu la possibilité. Je ne veux pas que tu le fasses à cause de moi.

Mais plus je pensais au métier d'infirmière, plus j'avais envie de le faire. Une des raisons pour lesquelles j'étais partie, c'était précisément parce que je n'avais jamais le droit de m'occuper de rien. Dans un endroit où tout le monde travaillait dur, on ne m'avait jamais permis de travailler, de me salir les mains. On m'avait aimée, on m'avait tout donné, et puis là ma mère avait sorti le mot «*puhi*», la fille vierge, honorée. En réfléchissant à mon enfance, j'ai compris que ce mot convenait bien : je me suis rendu compte que j'avais été élevée en fille spéciale, destinée à un arrangement avec un fils spécial. Je l'aurais bien fait pour eux si j'avais pu, et j'avais ressenti un énorme chagrin en les laissant tous sous le fardeau de la honte. Quand j'ai reçu une lettre de Tatie Gloria qui m'a raconté ce qui s'était passé après mon départ, mon cœur s'est rempli d'amour pour Missy, d'amour et de gratitude.

Lorsque j'ai décidé de choisir le métier d'infirmière, ma mère a écrit à deux de ses sœurs à Auckland, qui l'avaient toutes les deux été. Elles sont descendues me voir, pour me préparer, ont-elles dit. Tatie Nui m'a donné sa montre d'infirmière, qui avait fait la guerre et tout, et Tatie Lex est partie acheter du tissu pour me faire un sac en lin. Elles avaient des insignes et des photos à me montrer et des conseils à foison.

«Me mettre à l'épreuve» n'était pas une raison acceptable pour devenir infirmière. Je l'ai vite compris, mais avant mon entretien, je m'étais fait une idée de ce qu'était la vocation d'infirmière et j'ai pu répondre de façon adéquate lorsque l'infirmière en chef m'a demandé les raisons de mon choix de carrière. Je voulais soigner les malades, lui ai-je expliqué, je voulais servir l'humanité. Une fois avoir prononcé les mots «prendre soin et servir», je n'ai eu aucune difficulté à adopter ces principes.

À vingt ans, j'étais la plus âgée des recrues à l'essai.

Le premier jour, nous nous sommes rassemblées dans le salon pour recevoir notre numéro de chambre et notre literie, notre provision de bons pour les chaussures, les bas et les boutons. Nous nous épiions les unes les autres, mais je crois que j'étais la plus surveillée. J'avais seulement quelques années de plus, mais je me sentais beaucoup plus âgée. Et j'étais la plus différente : j'étais māori et j'avais des nattes qui faisaient trois fois le tour de ma tête. Nous étions toutes des étrangères qui s'observaient les unes les autres, mais ce que j'ai remarqué le plus, c'était que tout le monde semblait me regarder. Le lendemain nous sommes allées à notre premier cours.

J'aimais le travail et les leçons, les routines strictes, les uniformes et les insignes, et le mode de vie. Le pensionnat m'y avait assez bien préparée. J'aimais les gens avec qui je travaillais, y compris celles qui nous dirigeaient, mais je n'avais pas d'amies particulières. Le pensionnat ne m'avait pas préparée à cela. Il me semblait que j'étais toujours un peu tenue à l'écart, que les gens gardaient leurs distances. La rumeur courait que j'étais une princesse māori.

– C'est parce que tu as l'air majestueuse, m'a dit Polly. Et parce que tu es māori et que tu es la première de la classe. Elles ont du mal à comprendre ça, une Māori à la tête de la classe, c'est pour ça qu'elles ont dû faire de toi une princesse.

Ainsi, être infirmière était ma vocation. J'aimais par-dessus tout travailler dans les salles, et répondre aux besoins des patients, même si c'était parfois difficile. J'avais la chance d'avoir Kui Hinemate à mes côtés, ou à l'intérieur de moi, ou à l'endroit d'où elle me parlait.

Il a fallu tout d'abord parer à sa désapprobation, mais dans ma famille j'avais toujours fait comme bon me semblait. J'ai dû lui faire comprendre que c'était quelque chose que je voulais vraiment faire. Après, elle m'a aidée.

Quand il y avait des choses qui ne me convenaient pas — comme toucher des morts qui n'étaient pas les miens, ou installer le lit d'un mort dans une salle de vivants, ramasser les draps des morts et les déposer avec tous les autres draps sales sans qu'il y ait eu de purification, ou préparer pour un nouveau malade une chambre où était mort quelqu'un d'autre — elle m'aidait à trouver le bon *karakia* à réciter et à faire ainsi ma propre purification. C'étaient les coutumes que j'avais si bien observées en accompagnant les anciens pendant mon enfance, tout ce que m'avaient appris Kui Hinemate et les grands-mères et qui était destiné à me protéger toute ma vie durant. Mais je faisais subrepticement tous ces rituels. Que l'on me prenne pour une princesse, c'était déjà suffisant. Je ne voulais pas que d'autres rumeurs circulent à mon sujet.

C'était donc une vie double ; il en a toujours été ainsi de la vie que je menais dans la ville, mais cela devenait plus facile au fur et à mesure que je la comprenais mieux. C'est une vie intéressante et passionnante tant que l'on est sûr de soi, et tant que l'on reste fidèle à ce que l'on sait être.

Il y avait d'autres éléments difficiles pour moi. Les malades māori qui me voyaient, même si je ne faisais que passer, m'appelaient ou m'envoyaient chercher pour que je m'occupe d'eux. Ils ne voulaient pas que d'autres leur touchent la tête ni s'occupent de leurs besoins intimes. J'avais très envie de faire ce qu'ils voulaient, et je le faisais parfois, mais l'hôpital était un lieu de territoires strictement et jalousement gardés.

J'avais vingt-neuf ans lorsque j'ai épousé Mick. Il en avait trente-six et avait déjà été marié. Il est arrivé dans mon service après une opération suivie de complications qui avaient failli lui coûter la vie. Il est facile pour les malades de tomber amoureux de ceux ou celles qui les soignent. Parfois, c'est fugace, et cela se termine une fois que le patient a repris des forces. Moi-même, je n'étais pas du genre à tomber amoureuse, même si j'ai souvent cherché dans mon cœur pour décider entre ce qui était de la compassion et ce qui pouvait être de l'amour.

Quinze jours après son départ de l'hôpital, Mick a téléphoné et nous avons pris rendez-vous. J'examinais mon cœur. Nous sommes allés dans un cabaret et je me suis sentie détendue et heureuse avec lui en dansant ou en restant assise à parler, et à un moment donné, il a tendu la main pour toucher mes cheveux ; j'ai laissé sa main s'y poser et jouer avec une mèche qui s'échappait. C'est alors que j'ai su que j'allais l'épouser. Ce sont mes cheveux qui m'ont reliée à tous ceux qui m'ont aimée, et seuls ceux qui m'aimaient, et que j'aimais, avaient le droit de toucher mes cheveux.

Nous nous sommes mariés à la fin de cette année-là. Cela a mis fin à ma carrière d'infirmière car, à l'époque, il n'y avait pas de véritable place dans la profession pour une femme mariée. Nous avons acheté cette belle maison ici dans un quartier central de la ville rempli de belles maisons — une maison à trois étages, avec de nombreuses pièces. Elle est grande et spacieuse et j'ai une vue sur le merveilleux port. C'est aussi discret et à l'abri des regards, et je l'ai entourée d'arbres et de fougères de chez moi, dans le nord, mais maintenant que je suis seule, c'est un luxe inutile.

Nos jumeaux, Michael et Kate, sont nés l'année suivante, et pendant qu'ils étaient en bas âge, Polly venait tous les jours pour m'aider à m'occuper d'eux. Elle était importante dans notre vie. Les enfants étaient toute sa vie.

J'ai apprécié ces moments passés ensemble à la maison quand les jumeaux étaient petits, mais des événements passionnants se passaient aussi. « C'est notre peuple, en mouvement », a crié Polly un matin en sortant de sa petite voiture et en agitant le journal du matin. Michael et Kate avaient alors cinq ans et venaient de commencer l'école.

Elle parlait des Māori qui se rassemblaient à Te Hāpua pour commencer le *Hīkoi* qui les mènerait du grand nord jusqu'au Parlement, avec leur Rappel des droits. « Pas un *acre* de plus », m'a-t-elle crié quand je suis sortie sur le balcon.

C'était une Polly différente, plus flamboyante, plus excentrique que celle que j'avais connue dans mon enfance. Elle avait pris du poids et s'habillait toujours de vêtements aux couleurs vives. C'était comme si la Maison aux perroquets s'était infiltrée en elle pour lui révéler son propre éclat. D'un autre côté, je crois qu'elle avait toujours eu conscience de l'éclat qu'elle portait en elle.

Je commençais à entendre parler à la radio et à la télévision, et à lire dans les journaux, certaines choses dont il avait été question pendant mon enfance. *Raupatu*, *Te Tiriti o Waitangi* ; et encore le *Native Lands Act*, le *Public Works Act*, le *Town and Country Planning Act*, le *Rating Act*, le *Counties Amendment Act* et toutes les lois qu'on avait adoptées qui accordaient aux autorités *pākehā* le pouvoir de saisir ou d'obtenir des terres māori. « Pas un *acre* de plus » était devenu le slogan des manifestants.

Nous avons suivi les informations tous les jours pendant que les marcheurs avançaient vers le sud, et quand ils sont arrivés dans les banlieues nord de Wellington, pour la dernière partie de leur trajet de quelque sept cents *miles*, nous avons décidé que nous devions les rejoindre. Nous avons mis nos imperméables et des boissons dans notre voiture et nous sommes allées à leur rencontre ; nous avons laissé la voiture et les avons rejoints au moment où ils descendaient la rue depuis le *marae* où ils avaient passé la nuit. Tous azimuts, des gens arrivaient pour participer. C'était exaltant. Il y avait des gens que je n'avais pas vus depuis des années, certains de chez nous, d'autres avec qui j'étais allée à l'école ; d'autres encore avec qui j'avais suivi ma formation d'infirmière, et quelques-uns dont je me souvenais pour m'avoir accompagnée avec Kui et mes grands-parents pendant mon enfance.

Nous avancions sur l'autoroute plus vite que je ne l'aurais cru possible. La foule donnait une impression de détermination et de force, un sentiment d'exaltation et d'euphorie. Nous marchions sous un ciel délavé ; d'un côté s'étalaient les collines vertes et ondulantes, recouvertes de la nouvelle herbe du printemps. De l'autre côté, des voitures passaient, les gens à l'intérieur nous faisaient parfois signe de la main ou klaxonnaient, alors que d'autres, le visage détourné, révélaient leur mépris ou leur hostilité.

Polly et moi étions près de la fin du cortège, d'où nous pouvions voir les marcheurs en tête à un *mile* devant nous. Notre large dos ondulait et se balançait en suivant les creux et les courbes de la route. Par moments en silence, par moments en chantant, nous avancions ; les chansons étaient reprises rangée par rangée. Dans la descente de la gorge de Ngauranga, nos voix ont résonné sur les flancs des collines. Le ciel s'était couvert, et à notre arrivée en ville il s'est mis à pleuvoir. À côté de nous sur la route, les voitures et camions passaient dans un bruissement d'eau. Ceux en tête du cortège ont tourné dans la rue qui menait au Parlement, et c'est là que nous nous sommes tous rassemblés et que le Rappel a été présenté.

Ce soir-là, notre maison était remplie de gens qui avaient besoin de se laver et de dormir. Nous avons préparé un grand repas et fait apporter de chez Polly des matelas et des couvertures supplémentaires pour permettre aux gens de dormir. C'était une nuit de chansons, de discussions et d'histoires racontées, une nuit parmi beaucoup d'autres, parce que c'est à partir de ce moment-là que j'ai commencé à m'impliquer dans les nombreuses activités et divers mouvements, dans notre détermination à faire reconnaître notre existence, notre culture et nos valeurs, à assurer notre survie en tant que peuple et à avoir une autorité sur nos propres vies. C'était peut-être aussi le début de ce qui a finalement conduit à l'échec de mon mariage.

Tout ce que j'ai fait pendant toutes ces années, Mick semblait le soutenir, et je sais que nous nous aimions pour de vrai. Je sais qu'il aimait bien Polly et appréciait le temps qu'elle consacrait aux enfants. Il avait une entreprise à gérer et j'ai fait mon possible, il me semble, pour l'aider. Je l'accompagnais dans les soirées importantes, je savais ce qu'il fallait faire et dire. J'organisais des dîners et je me sentais à l'aise avec tout le monde. Je m'intéressais à tous les invités.

En même temps, j'étais consciente d'être une curiosité dans les différents cercles. Exotique, en quelque sorte. Mais cela ne me troublait pas, je trouvais plutôt que c'était un défi intéressant de m'adapter à n'importe quelle occasion. Les gens étaient prudents ou insouciants quand ils me parlaient, mais les prudents comme les insouciants me remarquaient, avaient une certaine méfiance, parce qu'il y avait en moi toute une altérité qui les dépassait. Je ne m'en exaltais pas, ne m'en préoccupais pas non plus. Polly trouvait cela drôle.

«Si tu es une princesse, disait-elle, je dois être la reine.»

Les signes extérieurs de la détresse de notre peuple étaient présents dans les rues. Pendant des années on nous avait raconté au moyen de statistiques et dans les médias notre statut inférieur, notre contre-performance, notre mauvaise santé, notre inaptitude à l'emploi, et notre criminalité. Nous n'avions pas besoin de nous faire expliquer cela, parce que nous le vivions, ou le côtoyions tous les jours. C'étaient des choses que j'avais vues, dont j'avais entendu parler pendant mon enfance. Et voilà que notre souffrance, notre impuissance et notre dénuement s'étalaient là dans les rues, aux yeux de tous.

Là dans les rues, des groupes d'hommes se terrorisaient les uns les autres, brutalisaient leurs compagnes et semaient la peur partout où ils allaient. C'étaient les battus, les évidés, les *rawakore*, les déshérités sombrés dans la misère, en qui rien de substantiel n'était ancré, pour qui rien n'était valorisé ni merveilleux — chez qui il n'y avait pas de mémoire, chez qui le vide avait été souillé par un flot de colère et de pleurs. Personne n'avait aimé leurs cheveux. Ou bien, si parfois ils n'étaient pas reniés ou déshérités, ils avaient appris à se regarder et à se définir au moyen de miroirs déformants, ils avaient vu des images faussées d'eux-mêmes et en avaient été traumatisés. Et leurs histoires de haine de soi se racontaient dans toute leur infamie et leur autodestruction, leurs mutilations et leurs saccages. Ils protégeaient ce qui leur restait d'eux-mêmes avec des armes, des hautes murailles, et des chiens.

Il y avait aussi des enfants, meurtris et malmenés, qui se suicidaient à petit feu avec de l'essence, des pilules et de la colle. De jolis enfants dans de grands manteaux qui habitaient les passages souterrains, les pas de portes, les ruelles de la ville. Aucun d'entre nous ne passait indifférent, aucun d'entre nous n'était irréprochable.

Mais nous étions debout et nous marchions, debout, et nous parlions parce que nous avions besoin de nos propres solutions. C'était nous qui connaissions les pièces manquantes qu'il fallait reprendre et réclamer avant qu'elles ne deviennent irrécupérables. Je crois que Mick comprenait cela aussi, parce que nous en parlions souvent, mais peut-être qu'il ne partageait pas mes sentiments.

Ma vie est devenue très occupée, car ma connaissance de notre langue et de notre culture était nécessaire dans tous les domaines alors que nous cherchions nos propres solutions. Il y avait des questions de terres, de langue, de santé et de bien-être, d'argent, d'éducation, de coutumes et de culture à discuter, à promouvoir et à développer. Et j'ai commencé à entendre notre langue dans des endroits où je ne l'avais jamais entendue, dans des endroits où j'avais cru ne jamais l'entendre. J'ai commencé à voir nos rituels et nos cérémonies pratiqués de façon inhabituelle, pas toujours d'une manière que les anciens approuveraient, d'après moi, et pris en charge parfois par des gens qui ne les comprenaient pas et qui avaient leurs propres objectifs — ce qui constitue un nouveau vol, une nouvelle trahison. Parfois, après tout le travail que nous avions fait, tous les espoirs que nous avions entretenus, il n'en a résulté que des pansements qui recouvraient des abcès de plus en plus profonds.

Il y en avait certains également parmi nous qui bâtissaient leur propre empire, qui se donnaient des airs, se pavanaient et exploitaient la mystique associée à être Māori ; il fallait donc contester, démystifier, confronter — ainsi que le font souvent les femmes, non que les femmes aient toujours été innocentes. Nous devions, en tant que peuple, démêler nos propres esprits tordus, calmer notre propre colère, établir nos propres priorités, soigner notre propre *hakihaki* et nos propres plaies mortifères.

Tout en double.

Il y a eu des moments de frustration et des moments de plaisir. Il y a eu des périodes où j'étais absente de la maison pendant plusieurs jours de suite, des périodes où Mick et moi nous nous voyions à l'aéroport en passant, l'un à l'arrivée et l'autre au départ, mais j'étais consciente de l'importance de mon travail. On m'avait transmis pendant mon enfance des connaissances, des savoirs que je savais devoir partager. En même temps, cependant, il y avait des obstacles — parce que la culture est profonde. Elle est profonde. Même les restes ou les souvenirs de la culture sont profonds. Ce n'est pas quelque chose que l'on peut expliquer de façon adéquate à une personne d'une autre culture, mais il n'est pas besoin de l'expliquer, me semble-t-il. Elle a besoin seulement, au minimum, qu'on la permette, qu'on la laisse exister, qu'on lui fasse confiance. Mais il y avait, il y a, des gens qui en ont peur, une peur qu'il est difficile de calmer, et qu'il est difficile de comprendre. Polly disait : «Ils croient que si nos enfants apprennent leur propre langue, nous allons tous devoir nous remettre à cuisiner dehors dans des bidons à kérosène et que nous ne saurons plus compter nos propres orteils.» Ma merveilleuse mère.

Une après-midi, elle est venue me chercher à l'aéroport avec les enfants.

«J'ai commandé des balançoires et d'autres choses pour le jardin et je fais refaire la clôture, a-t-elle annoncé, puis on va établir un *kōhanga* chez moi.»

C'était à Wellington un jour de grand froid, le vent du sud soufflait fort. Elle portait un poncho rouge à franges noires et un chapeau tricoté aux couleurs rasta. Elle ressemblait au soleil. Michael et Kate échangeaient des coups de coude et roulaient des yeux en me regardant pendant que nous nous dirigions vers le carrousel à bagages.

«Une dizaine d'enfants, a-t-elle ajouté. Bonny et moi.»

Toute la fatigue du travail et du voyage m'a quittée lorsqu'elle a décrit son projet. Il y avait dix ans ou plus, j'avais entendu la demande assez surprenante d'un petit groupe que l'on qualifiait de radical : que la langue māori soit enseignée dans les écoles. J'avais trouvé encore plus surprenantes la colère et la controverse suscitées dans certains cercles par cette demande, parce que je ne voyais pas comment cela pourrait nuire à qui que ce soit si nos enfants apprenaient à parler la langue de leurs parents et grands-parents. Je n'en voyais que les bénéfices. Je ne pouvais penser qu'aux évidés parmi notre peuple, aux déshérités, et à ce que nous devions faire pour restaurer leur intégrité, ce qu'il fallait nous laisser faire, non seulement pour nous mais pour tout le monde. Je n'arrivais pas à croire que beaucoup de gens, y compris certains des nôtres, voient cela comme préjudiciable, rétrograde, voire malintentionné.

J'ai assisté à la réunion nationale des anciens qui a eu lieu au Parlement ; on y a discuté des divers problèmes qui touchaient notre peuple. J'avais été invitée, même si je n'étais pas une ancienne. On a parlé avec enthousiasme de la promotion de notre langue, et nous avons discuté aussi d'engagement, de leadership, de programmes de formation, de la mise en place de conseils linguistiques, de la nécessité d'accorder au māori un statut d'égalité avec l'anglais et les mêmes droits constitutionnels et légaux. Il m'était pénible de penser que nous demandions la reconnaissance officielle, et un statut d'égalité pour une langue *dans son propre pays d'origine*. Comment cela pouvait-il être ? Et cette situation, par rapport à la langue, semblait illustrer à la perfection tout ce qui nous était arrivé, à nos terres, à nos vies, et à notre culture — être obligés de demander, obligés de nous battre pour garder ce qui était à nous et ce qui n'appartenait à aucun autre endroit du monde.

Cette pensée n'a nullement refroidi l'optimisme du groupe, cependant, et l'année suivante lors d'une réunion similaire, des gens ont proposé l'établissement de jardins d'enfants en langue māori. C'était une période émouvante, des *kōhanga* surgissaient dans tout le pays et des gens espéraient à nouveau que notre langue, suite à nos propres initiatives et par l'intermédiaire des petits enfants, ressusciterait et survivrait après avoir été si longtemps réprimée.

Alors, prise d'enthousiasme pour l'idée de Polly de fonder un *kōhanga* chez elle, je l'ai aidée à l'établir, me souvenant de toutes les histoires que m'avait racontées Kui

Hinemate, de toutes les chansons qu'elle m'avait apprises et de tous les jeux auxquels nous avions joué ensemble. Un peu tristement, je me suis rendu compte que je n'avais pas enseigné ces choses-là à mes propres enfants. Je n'avais pas non plus enseigné notre propre langue à Michael et Kate, et à quatorze ans ils voulaient savoir pourquoi.

Pourquoi, en effet ? Enfant, j'avais, ou du moins j'avais cru le faire, gardé séparées ma vie à la maison et ma vie à l'école. À l'école, je considérais ma première langue comme quelque chose de honteux, quelque chose à garder secret, quelque chose de mal, de punissable, même si une autre voix en moi me disait que c'était la langue, et tout ce qui l'accompagnait, qui me faisaient exister, qui me faisaient savoir qui j'étais. Et plus tard, je me suis rendu compte que le fait d'avoir ces connaissances, cette sécurité, cette base bien solide, me permettait de m'épanouir et de savoir que j'étais capable de faire dans le monde tout ce que je voulais.

Mais ma vie a pris une nouvelle direction quand j'ai commencé à travailler, et au moment où j'ai épousé Mick, je n'avais pas parlé ma première langue depuis plus de dix ans. Je me rappelle qu'il avait été très surpris quand il a découvert, après dix ans de mariage, que je portais en moi cette autre langue, que j'avais aussi un autre moi-même, une empreinte tout autre. Il était surpris et intéressé et il croyait en moi. Voilà ce que je pensais. Il avait fini par comprendre que j'étais quelqu'un qui possédait les connaissances et l'éducation qui me permettraient de prendre des initiatives dans ce nouveau militantisme. Du moins, c'était mon impression.

Le *kōhanga* de Polly était ouvert depuis deux ans lorsqu'elle est tombée malade et que nous l'avons persuadée de faire transférer les enfants dans un autre établissement, où elle pourrait travailler comme aide deux ou trois fois par semaine en attendant de guérir.

Seulement elle n'a pas guéri. Peu de temps après la fermeture de son *kōhanga*, on lui a diagnostiqué un cancer. Elle voulait tellement vivre, elle a lutté contre la mort comme je n'ai jamais vu lutter quiconque ; elle a suivi chaque nouveau traitement avec un réel espoir. En dépit de ce que j'avais vu pendant ma carrière d'infirmière, malgré ce que je savais vraiment, j'avais moi aussi de l'espoir.

Elle est restée dans le cottage, la petite maison aux perroquets, aussi longtemps qu'elle a pu. C'était une maison confortable qu'elle avait fait rénover et moderniser après que j'étais venue y vivre. Elle est restée active le plus longtemps possible, et aimait surtout accompagner Michael et Kate en ville le vendredi soir. C'était quelque chose qu'ils faisaient ensemble depuis que les enfants étaient tout petits. Elle leur achetait des vêtements dont ils n'avaient pas besoin, et qui étaient de couleurs vives jamais vues dans un quartier comme celui-ci. Ils achetaient un paquet de poisson-frites chacun et mangeaient par un trou déchiré dans le papier, avant d'aller au cinéma, au cirque ou à une fête foraine qui passait par là. Les enfants étaient toute sa vie. Elle les gâtait.

Quand elle n'a plus pu se débrouiller toute seule, nous l'avons ramenée à la maison et l'avons soignée de notre mieux. C'est pendant cette période-là que Mick est parti. Je suppose qu'il n'en pouvait plus d'avoir Polly chez nous, mais il n'a jamais rien dit. Il avait accepté que nous ramenions ma mère chez nous, et il avait toujours fait preuve d'amour et de respect pour elle. Ç'a été le moment le plus triste de ma vie quand il est parti. J'aimais beaucoup Mick, et j'avais vraiment besoin de lui. Je n'ai jamais pensé que l'amour n'est pas éternel.

J'ai montré aux enfants comment s'occuper de leur grand-mère et je les ai laissés la soigner autant qu'ils le voulaient, car je ne voulais pas les priver de sa mort.

Avant de mourir elle m'a dit : « Ramène-moi chez Maman, Papa et Cissie quand je ne serai plus. »

J'ai eu vraiment du mal à l'entendre parler ainsi, et elle a vu que j'en étais blessée.

– Rappelle-toi que chez toi, ce n'est pas chez moi. Ton *tūrangawaewae* n'est pas mon *tūrangawaewae*, même si le mien est le tien. Tu dois te rappeler que je n'y ai vécu qu'un peu plus de cinq ans, et n'oublie pas que je n'ai été mariée à ton père que pendant deux ou trois ans.

– Mais c'est chez moi, ai-je protesté. C'est forcément chez toi aussi.

– Ça aurait pu être mon deuxième chez moi si j'avais décidé de rester, mais tu sais ce qui s'est passé. Je me suis enfuie de là-bas.

– Ils voudront…

– Non, ma fille, ils ne me demanderont pas. Ou s'ils le font, ce sera par respect pour toi, et seulement parce que tes grands-parents ne sont plus vivants. Si Keita était encore en vie, elle ne leur permettrait pas de me demander.

– Et moi, alors ?

Elle n'a pas répondu.

– Je n'ai qu'un seul chez-moi, ai-je dit. Elle n'a pas voulu me regarder. Et quand j'y retournerai pour y vivre, tu ne seras pas là, avec Kui, Keita, Wi et les autres qui ne sont plus.

Elle n'a pas voulu me regarder, n'a pas voulu répondre, parce qu'il n'y avait rien qu'elle puisse dire.

Et cela s'est passé comme Polly l'avait dit. Son frère cadet et sa sœur aînée sont venus vivre à la maison avec nous pendant ses derniers jours, et aussitôt qu'elle est morte mon Oncle Mat a lancé les préparatifs pour la ramener sur leur *tūrangawaewae*. J'ai téléphoné à Missy, pour la supplier de faire venir les anciens afin qu'ils demandent Polly. Ils sont venus, mais comme Polly l'avait dit, c'était par amour pour moi. Un de nos anciens a fait un long discours bien formulé à ce sujet, en ajoutant à son art oratoire le prestige des mouvements, des gestes, le *haka tawhito* et le *waiata tawhito*, en récitant le *whakapapa*, en expliquant tout ce que l'on savait déjà sur mon père — qui il était, lui, et qui j'étais, moi. Il a fait tout cela dans le salon de cette grande maison dans ce quartier de grandes maisons, où on n'avait jamais vu une chose pareille. Aucun déshonneur pour moi, aucune insulte à la famille de ma mère, mais en gros il a expliqué qu'il y avait une place pour ma mère à l'endroit où on aurait enterré mon père, si celui-ci avait été ramené chez lui. Il y avait une place pour ma mère parmi la famille de son mari, si sa propre famille voulait bien le permettre. Si sa propre famille le permettait, la famille de son mari la ramènerait et elle serait honorée comme une des leurs. Il leur a dit que je souhaitais vivement enterrer ma mère dans notre *urupā* familial, où iraient un jour ses descendants.

Il a demandé, mais j'aurais voulu qu'il exige, même si exiger n'aurait fait aucune différence.

La réponse de mon Oncle Mat a été brève, mais ce n'était pas parce qu'il voulait être brusque. C'était parce que les discours ne faisaient pas partie de son rôle habituel, et il a été pris au dépourvu. Il a remercié Nonny pour l'honneur fait à sa sœur de vouloir l'emmener au *tūrangawaewae* de la famille de son mari. Il a dit que leur propre *marae* avait déjà commencé à préparer son retour chez elle et que tous comptaient sur lui pour l'amener là-bas. Il ne pourrait pas partir sans elle. Il a parlé de leur amour pour moi, et m'a rappelé que là où ma mère était chez elle, j'étais aussi chez moi.

Oncle Mat s'est rassis et nous sommes restés silencieux un certain temps. Je savais qu'il n'y aurait plus d'autre requête. C'était comme Polly me l'avait dit.

Après un long moment, Nonny s'est levé à nouveau et a expliqué qu'on faisait aussi des préparatifs sur notre *marae* d'origine, et qu'il fallait que Polly y repose pendant un jour et une nuit, afin de permettre à ceux qui la connaissaient de faire leurs adieux selon la coutume.

Alors c'est ce que nous avons fait. Cela a pu paraître incongru que ce beau quartier voie arriver des modèles anciens de voitures et de camionnettes et qu'un grand groupe de personnes en deuil pleurent sur le trottoir, les plus âgés se faisant aider par les plus jeunes pour passer par le portail et remonter l'allée. Les gens avaient peut-être l'air dépenaillés dans leurs vêtements noirs bien repassés, leur foulard sur la tête, leurs châles, leurs vestes de sport, leurs perfectos. Cela a pu choquer le voisinage d'entendre le *karanga* avec lequel on a appelé dans la maison la famille de ma mère, celle de mon père, et les groupes d'amis, ainsi que les appels de douleur et de reconnaissance alors que les groupes entraient les uns après les autres. Cela a pu déranger voisins et passants, ou peut-être les intriguer. Cela m'a réconfortée de voir les gens venir parmi les arbres.

Nous avons ramené ma mère chez nous pour un jour et une nuit, avant d'aller plus loin, là où toute sa famille l'attendait, chez elle. J'ai dû m'en contenter mais j'ai trouvé cela difficile.

Je m'étais dit que Mick reviendrait peut-être quand elle serait morte, au moins pour rendre ses derniers hommages, mais il ne l'a pas fait.

C'est après la mort de Polly que j'ai décidé de vendre la maison. Michael et Kate avaient alors dix-huit ans, faisaient leur deuxième année à l'université mais ne voulaient pas continuer. Ils se ressemblent beaucoup, grands tous deux et avec les cheveux et les yeux noirs, mais la peau un peu pâle qui me rappelle toujours Kui Hinemate. Ils ont des attentes différentes de la vie. Kate a toujours voulu voyager ; Michael désirait aller chez nous et maîtriser notre langue. Alors, chacun a suivi son propre chemin. Je reçois des lettres de Kate de pays différents, et des lettres de chez nous que Michael m'envoie. Il habite chez Missy en attendant que j'arrive, et il passe un maximum de temps avec les anciens. Il travaille aussi sur un projet hydroponique que lui et Manny ont installé là-bas. C'est un effort pour créer de l'emploi, pour nous aider à être responsables de nous-mêmes et de ce que nous faisons, parce que nous vivons une époque de sous-emploi, et à cet égard, c'est nous, comme toujours, qui sommes les plus touchés.

Au début, je n'avais pas pensé quitter la ville, malgré des messages de Missy me disant qu'on avait besoin de moi là-bas. Je voulais seulement vendre la maison et en acheter une plus petite. La situation politique évolue très vite de nos jours et il est plus facile de se tenir au courant en habitant ici. Il y a des réunions partout, car le peuple māori cherche à prendre en main sa propre vie, à gérer son propre destin. Des gens courageux demandent aux ministères et aux médias que notre culture et notre langue soient reconnues dans les diverses institutions, même si c'est une injustice, une absurdité, qu'une langue et une culture soient obligées d'avoir à prouver leur valeur dans leur lieu d'origine.

Il y a du travail important à faire en ville — de l'information qu'il faut disséminer pour aider les gens à comprendre leur histoire et à savoir que l'état d'impuissance dans lequel ils se trouvent n'est pas leur faute. En fait, comme leurs prédécesseurs, ils ont mené une lutte courageuse pendant de nombreuses années. Ils ont besoin de savoir cela. Ils ont besoin de savoir que notre vérité n'apparaît pas dans les pages des livres, à moins de la trouver entre les lignes. Nos vérités ont besoin d'être dévoilées. Mais sur les visages est écrite la vérité, dans les cicatrices des visages meurtris, sur les corps malades et mutilés, dans les yeux apeurés et sans rêves.

Les gens ont besoin de savoir qu'il y a eu un pillage massif. Il y a eu trahison, et eux, les victimes, ils en sont punis tous les jours. C'est le perdant qui paie. S'ils n'ont pas mené une lutte courageuse, s'ils ne se sont pas battus du tout, c'est parce que le vol a été total et a raflé la volonté de se battre, la volonté de survivre.

Survivre, pour ceux qui pouvaient encore le vouloir, a consisté à tâtonner dans le noir. Il s'en est suivi une dégradation de la mémoire, des sens, de la pensée, de l'émotion, la perte de l'identité, quand les gens se penchaient sur des tapis roulants pour coller des étiquettes, sur des machines pour coudre des doublures dans des poches, quand ils pelletaient du charbon, conduisaient des rouleaux compresseurs, nettoyaient des égouts, lavaient des planchers, passaient des serpillières dans des centres commerciaux, ciraient des couloirs, portaient du bois et de l'eau, jour après jour, année après année, jusqu'à ce qu'il ne reste que peu d'eux-mêmes, que peu à donner aux enfants. Pourtant, c'était pour leurs enfants qu'ils avaient fait tout cela.

Ou bien il ne restait plus que colère et chagrin, qui devenaient ivresse ou folie. Les berceuses ont été perdues parce que chanter des berceuses prend beaucoup de temps et qu'il n'y a pas eu de temps.

Il y a du travail à faire parce que les gens ont besoin de savoir quelles stratégies ont été employées pour détruire la base économique de notre peuple, le poids de la législation au moyen de laquelle terres et ressources ont échappé à notre contrôle. Ils ont besoin de savoir selon quels critères ils ont été testés dans les écoles et sur les lieux de travail, et par rapport auxquels ils n'ont jamais été à la hauteur. Ils ont besoin de savoir qu'il y a un système de santé qui les met en danger, parfois au risque de leur vie, un système éducatif qui leur cache des connaissances, brouille la compréhension, mine l'estime de soi et la confiance. Ils ont besoin de savoir que les gens se sont battus courageusement dans le passé et qu'eux aussi, ils sont capables de lutter avec courage.

Il est temps aussi de faire revivre la chanson, écrite par un de nos compositeurs les plus aimés, qui nous dit de nous méfier de l'aide sociale du gouvernement, parce qu'elle nous dominera, nous transformera en esclaves et fera taire nos voix.

Cela est difficile, cependant. De quoi vivront beaucoup d'entre nous, maintenant, sinon de cette aide ? Comment les gens deviennent-ils autonomes, quand les moyens de l'être leur ont été volés petit à petit ? Faudrait-il que les gens continuent de lutter aveuglément, chaque génération se vidant de plus en plus, sacrifiant ses enfants ? Ce n'est pas que rien ne leur est dû — en fait, il leur est dû beaucoup plus que de l'argent. J'ai été élevée par mes anciens pour être une gardienne de la culture et de la terre. Je pourrais considérer cela non pas comme un privilège mais comme un droit — un droit qui, en raison des circonstances, a été refusé à d'autres.

Mon travail à travers la ville, à travers le pays, ne se fait pas toujours avec des Māori. Il s'agit d'expliquer aux autres, d'enseigner, de négocier — même si j'en suis venue à comprendre que je dois consacrer mon énergie à mon peuple. Il n'y a pas assez de temps pour tout. J'adore le travail que je fais, mais je suis fatiguée.

Le traité de Waitangi est une convention qu'il faut garder comme la base sur laquelle notre société se construira si nous visons une société juste. Enfant, j'avais entendu parler du traité, et je savais que dans l'esprit des gens qui en parlaient, c'était quelque chose de précieux, un accord sur lequel, en dépit de la trahison, les gens continuaient de fonder leurs espoirs. Désormais le traité et toutes les questions qui s'y rapportent se discutent au Parlement, dans les ministères, dans les écoles, mais quand on considère ce à quoi ces discussions aboutissent, on ne trouve aucune évolution significative, aucun changement concret. On trouve plutôt déception et procrastination, quand les différentes autorités répondent pour la forme en attendant un changement d'orientation politique, un nouveau gouvernement peut-être, une nouvelle inflexion.

Et pourtant certains *Pākehā*, ceux qui ont de la fierté, sont sincères dans leur quête. Ces rares personnes commencent à comprendre que ce qu'ils peuvent faire pour assurer la justice, c'est se connaître eux-mêmes, comprendre leur propre histoire, la vraie, qui est absente aussi des pages des livres, comprendre les promesses faites en leur nom, briser leurs propres silences, chercher le sens véritable du racisme et de l'injustice, dont ils sont responsables seulement s'ils ne font rien. Les chercheurs, les chercheurs honnêtes, ceux qui agissent, qui réfléchissent à ce qui peut se faire, sont des gens fiers, humbles et dignes, qui agissent en se basant sur une solide estime de soi. Ils ne se sentent pas menacés, ils voient plutôt un défi à relever. Ils savent qu'ils n'ont pas à se sentir honteux ou coupables, parce qu'ils revendiquent leur propre et véritable héritage et qu'ils mènent des vies honorables.

Je suis fatiguée. Il est temps de céder à l'épuisement, il est temps de rentrer chez moi. Je pourrais peut-être me reposer un peu là-bas, ou peut-être pas. Nos *marae* d'origine sont redevenus des points d'intérêt, alors que notre peuple tente de retourner à l'autosuffisance et de retrouver assurance et amour de soi. Il reste encore beaucoup de travail à faire. Missy m'a dit que ce n'est pas suffisant d'envoyer Michael là-haut avec la culture hydroponique, que je dois venir moi-même. On m'a transmis des connaissances que je dois partager pour aider mon peuple à être intègre et fort.

Je suis contente d'avoir Mata ici. Cela veut dire que je ne suis pas obligée de faire venir Michael pour m'aider ni d'embêter Heni et les autres qui ont leur propre travail à accomplir.

Mata emballe tendrement les affaires de la maison ; on dirait presque qu'elle sait ce que c'est que l'amour. Elle est ordonnée, appliquée et systématique et prend bien soin des choses en les emballant et en les empaquetant ; elle dit qu'emballer et empaqueter étaient son premier emploi dans l'entreprise où elle avait travaillé après avoir quitté l'école. Pendant qu'elle s'occupe de cela, je trie et organise mes papiers, je vais voir mon avocat et mon agent immobilier. À part cela, il y a les nombreux appels téléphoniques, les lettres qui arrivent tous les jours pour m'inviter à des réunions, des séminaires, des colloques. Mais je sais que je dois me reposer un peu.

Petit à petit, nous arrivons à tout trier en trois lots différents — le premier ira à la famille dans la Maison aux perroquets, le deuxième à celle de la Maison aux chats, et le troisième sera mis au garde-meuble en attendant que ma nouvelle maison soit prête.

Maintenant il y a Mata à prendre en compte. Je veux qu'elle rentre avec moi sur ses terres. Tatie Gloria a dit que je devais la persuader, qu'il ne fallait pas la laisser refuser. Mais tout ce qu'elle a accepté de faire jusqu'ici, c'est de m'aider à rentrer chez moi. Je n'arrive pas à lui faire dire qu'elle restera. Elle ne veut rien, me dit-elle ; rien, c'est ce qu'elle a toujours eu. Je continue d'attendre un changement en elle, j'attends qu'il se passe quelque chose. Je ne veux pas qu'elle parte d'ici pour se promener sans cesse. Les cadeaux sont faits pour être donnés, et un jour rendus. Ce doit être son tour, à nouveau, de tenir la bille multicolore.

MISSY

Quarante-deux

J'avais seize ans quand je me suis levée dans la maison le jour des fiançailles ; j'avais quitté l'école un an et demi auparavant, et arrêté de me promener pieds nus trois ans plus tôt. Si une petite voix a parlé pour m'en dissuader, je ne l'ai pas entendue. Si quelqu'un m'a donné un coup de coude, je ne l'ai pas senti. La jeune fille en moi était en admiration devant les stars, et était amoureuse de l'amour.

Quand bien même, lorsque je réfléchis à ce moment-là, je me rends compte que ce n'est pas mon cœur romantique qui m'a mise debout, même si c'est ce cœur romantique qui, comme toujours, a pris le dessus. Si j'élimine tout le mélange d'émotions ressenties entre le moment où Makareta nous a montré la lettre et celui où je me suis levée dans la maison, je sais que lorsque j'ai fait le premier mouvement — un pied nu faisant un pas silencieux en arrière dans la maison silencieuse — c'était pour défendre Mama.

Les gens rassemblés dans la maison ce jour-là pour attendre les visiteurs, mais qui attendaient surtout Makareta, étaient principalement des anciens. La plupart d'entre eux sont morts maintenant, mais trente ans plus tard on raconte toujours cette histoire et on parle toujours des événements de la journée.

La robe que Makareta m'avait donnée était évasée, faite de taffetas jaune, avec par-dessus un jupon en nylon couleur blanc cassé qui lui donnait des reflets dorés. Il avait plu, mais le soleil a commencé à briller et je me suis mise dans ses rayons qui jetaient des éclats à travers le verre coloré et illuminaient les nattes de *flax* blanchi.

Eh bien, peu importe le mélange de couleurs et de lumière, on dit que j'avais une aura dorée — un terme utilisé comme si c'était un miracle qu'on racontait. On dit aussi que je grandissais à vue d'œil, que mon corps de jeune fille était devenu un corps de femme, que pendant que j'attendais, le *korowai* est venu se placer sur mes épaules, et qu'après un long moment debout pendant que les visiteurs attendaient au portail, j'ai chanté une vieille chanson de paix en *te reo*. Une des *kuia* a vu un *moko* sur mon menton, une copie de celui de notre ancêtre. Je sais que les anciens voient les ancêtres de façon différente et dans des endroits différents, et qu'ils les voient souvent incarnés par les jeunes. Cette maison est un lieu où les *tūpuna* sont visibles à ceux et celles qui ont le don de voir.

La femme en moi savait que je pourrais être celle-là, savait que je pourrais être celle que le peuple voulait que je sois. S'ils chantaient pour moi, j'étais des leurs. S'ils me faisaient asseoir, j'étais libre de partir dans le monde et d'aller parmi les stars.

Mais je voulais qu'ils me réclament. À ce moment-là, je n'avais aucun doute. Je suis restée calme et sans crainte lorsqu'on m'a emmenée sur la véranda, où j'ai regardé les pieds avancer sur la paille. Assise là toute l'après-midi, j'ai attendu, les yeux baissés, pour découvrir qui était mon promis.

Après ce jour-là, Hamuera et moi nous sommes vus seulement deux fois avant d'être mariés. Ce n'était pas que les familles voulaient nous séparer, juste que le temps passait si vite et qu'il y avait tant à faire.

Un mois environ après nos fiançailles, on m'a emmenée rencontrer son arrière-grand-père, qui n'avait pas été en état de voyager quand sa famille avait accompagné Hamu jusqu'à chez nous. Avant, je n'étais jamais allée plus loin que notre petite ville, alors ça a été pour moi un week-end excitant, et j'ai essayé d'avoir l'air comme il fallait, d'être comme il fallait, et de recevoir tous les conseils du monde. C'était un moment pour être avec les anciens selon la coutume, pour rester assis, attendre et écouter. Hamu et moi restions là, main dans la main, pendant que les anciens parlaient et riaient autour de nous, faisaient des remarques sur le couple que nous formions, nous taquinaient ou nous appelaient *taonga* à tour de rôle, les trésors de notre peuple.

Pendant tout ce temps-là j'ai attendu patiemment, mais n'ai écouté les anciens qu'à moitié, consciente à tout moment de la présence de Hamu à mes côtés, en imaginant ce que nous nous dirions si jamais nous nous retrouvions seuls. Aujourd'hui, si je pouvais retourner à cette période de ma vie, je donnerais tout pour écouter les histoires qui nous ont été contées ce week-end-là, au sujet de tous les mariages *taumau* qui avaient eu lieu, ou pour me rappeler les gens qui nous les ont racontés, mais j'étais amoureuse, pleine d'amour et sûre que je savais ce que ça voulait dire.

À part ça, la seule fois où Hamu et moi nous sommes vus, c'est quand le *koroua* est mort et que nous sommes tous allés à son *tangihanga*. Nous étions le couple de rêve qui allait enfin réunir les familles. Tous les yeux, tous les regards nous fixaient, ils savaient tout.

C'est lorsque Hamu m'a écrit pour la première fois que j'ai commencé à douter. C'est un homme qui parle peu, mais ses lettres étaient bavardes et spirituelles, tellement bien tournées, bien orthographiées, bien écrites, me disais-je. Elles me rappelaient les beaux cahiers de Makareta et j'ai commencé à m'inquiéter, puisque je n'avais pas beaucoup fréquenté l'école, à me rappeler que j'avais fait partie de la classe «C», et que c'était finalement Makareta qu'on avait élevée pour la marier à Hamuera, pas moi. Makareta était belle aussi, la peau si sombre et lisse, la fille si douce et *choisie*.

Je croyais à l'amour, à l'amour comme dans les chansons, comme dans les films, où deux personnes sont faites l'une pour l'autre. Te voilà, la femme. Quelque part dans le monde se trouve un homme qui est fait pour toi. Vous vous rencontrez, vous tombez amoureux à cause du destin. C'est le destin qui unit les vrais amants. Je me suis mise à douter que je puisse être la promise, alors que c'était en fait Makareta.

Et j'ai commencé à faire des rêves dans lesquels je me voyais comme Makareta. J'avais son visage sombre, ses yeux ronds et noirs et ses épais cheveux noirs, qui me couvraient le dos comme une couverture. Mais il m'arrivait dans le rêve d'être à la fois Makareta, que je voyais, et moi-même, invisible. Le moi que je ne voyais pas était amoureuse du moi qui était Makareta. J'entendais le moi invisible dire : « Makareta, je veux que tu rentres à la maison. »

Dans un autre rêve, je me tenais là, nue, sachant qu'il y avait quelque part des vêtements pour moi. Je les cherchais partout mais ne trouvais que des journaux ou des couvertures déchirées, dans lesquels je m'enveloppais. Keita, dans mon rêve, disait « Non, non, tu ne les as pas trouvés. Retourne chercher tes vêtements ». Alors je décollais papier et tissu, qui s'étaient transformés en une sorte de peau, et je voyais que j'avais les jambes en sang. Elles étaient pleines de trous par lesquels je me vidais de mon sang. Mama était là qui me disait : « Je ne l'ai pas fait exprès, Missy. Missy, Missy, je vais te panser. » Et elle s'asseyait sur la terre rouge et commençait à déchirer sa jupe en lanières pour m'en bander les jambes, tout en me disant « Quand tu te les enlèveras, toutes les cicatrices auront disparu ». Je me réveillais et pensais à partir.

Au début, ce sont les lettres qui ont provoqué mes doutes. Puis, c'est de voir les maisons s'élever qui m'a fait examiner le fond de mon cœur.

Après le départ des visiteurs, Keita avait fait en sorte que des maisons soient construites sur les terres à côté. C'était un terrain partagé par les deux familles, qu'on pouvait exploiter maintenant qu'elles allaient s'unir.

C'était une terre ingrate, marécageuse, près de la route, puis s'étendant sur des hauteurs couvertes de broussailles et de *mānuka*. Plus loin s'élevaient des collines pointues où poussaient des arbres et d'épaisses fougères, et où les sangliers et les cerfs avaient fait beaucoup de dégâts.

Keita avait l'habitude de durcir son cœur. Son amour pour Makareta, sa fierté de l'avoir élevée en fille spéciale, étaient encore forts, mais à cause de ce que ma cousine avait fait, Keita a écarté amour et fierté pour devenir dure à son égard. C'était facile pour elle, comme nouer une pièce de *sixpence* dans un coin de son mouchoir avant de le cacher dans sa manche.

Keita n'était qu'une toute petite femme, mais elle savait être grande. La famille de Hamuera donnait un fils, quelqu'un de fort et de beau, quelqu'un qui était parti se faire éduquer. Sa famille avait promis des vaches et un tracteur en cadeaux de mariage, et Keita n'avait aucun doute que c'était pour honorer notre famille à nous.

Elle savait d'ailleurs qu'il était temps de pardonner. Ce n'était pas parce que notre père et notre mère le méritaient ni qu'ils n'étaient pas en tort, selon Keita, mais c'était Makareta qui l'avait déçue, Makareta à qui on avait tout donné. On me considérait comme celle qui nous avait épargné la honte.

Alors, même si je n'étais pas celle qu'on avait élevée pour unir les deux familles, Keita savait que les nôtres étaient contents de moi. Moi aussi, je le ressentais. Elle savait que les anciens de Hamuera s'étaient rendu compte que je n'étais pas celle qui avait été choisie, et savaient aussi que je n'étais pas souvent allée à l'école, n'avait pas été éduquée par les anciens. Ils auraient mené leur propre enquête, une vieille cousine aurait parlé à une autre vieille cousine derrière une main ridée. Il y avait eu beaucoup de chuchotements. Mais puisqu'ils n'avaient rien dit, n'avaient accusé Keita de rien, n'étaient pas retournés chez eux avec Hamuera, ma grand-mère savait qu'ils m'avaient acceptée comme leur nouvelle fille.

Je n'étais pas belle comme l'était Makareta. J'étais maigre, j'avais de grandes dents, les jambes pleines de cicatrices et les cheveux multicolores, mais on me voyait autrement. Grande comme notre *tipuna*, les yeux d'Ava Gardner, disait-on. Je ressemblais à une ancêtre et à une actrice ! Et on m'examinait de près, me touchait et me poussait. Et pourtant, les yeux les plus durs qui me fixaient, à ce moment-là et plus tard, c'étaient ceux de Keita.

J'avais épargné les nôtres de la honte, mais Keita savait que la famille Te Waru gardait une carte dans leur manche au cas où ça tournerait mal — quelque chose dont elle pourrait nous accuser. Keita ne pouvait rien négliger pour s'assurer que la famille de Hamuera continue de se sentir honorée par cet arrangement.

Notre mère avait besoin d'une bonne maison. Il ne fallait pas que la famille de Hamuera voie celle où on avait permis à leur nouvelle fille de vivre. Alors il y aurait une nouvelle maison pour Mama et une autre pour Hamuera et moi. Il y aurait assez de place pour des maisons pour mes frères et sœurs, tant qu'il y aurait assez de travail à proximité pour qu'ils puissent continuer à habiter ici, parce que même avec tout le terrain supplémentaire défriché, ça ne suffirait pas pour qu'ils en vivent tous.

Keita est allée en ville pour obtenir des prêts, puis elle a fait savoir à tout le monde qu'il y avait des terres à défricher, un marécage à vider, des sites à niveler et des clôtures à monter.

À partir de ce moment-là, les gens parlaient surtout du mariage qui allait avoir lieu, des maisons qui seraient construites, des terres qu'on allait rendre cultivables.

Nous avions du travail à faire.

Avant la fin de l'hiver, tout avait été planifié. On a élargi les jardins pour pouvoir planter du maïs, des pommes de terre, des *kūmara*, des citrouilles et des choux supplémentaires. Au printemps, après la fin des gels, on a semé des graines d'herbe. Ceux qui restaient à la maison en semaine passaient tout le temps qu'ils pouvaient à couper les broussailles des nouvelles terres et à les empiler dans le champ près du lieu où on allait creuser les fours et monter la marquise pour le mariage. Ils ont coupé des poteaux et des lattes pour de nouvelles clôtures. Nous avons déterré des fougères et des chardons.

Les week-ends, tout le monde allait sur les terres, équipé de rouleaux de fil de fer, de clous et de clous cavaliers pour faire des clôtures, ou bien pour enlever les souches. Et une fois les premiers travaux finis, un de mes oncles est venu avec son tracteur et son cultivateur à disques pour préparer la terre aux semailles.

Keita et Gloria avaient installé un coin pour cuisiner et elles préparaient du sanglier aux légumes dans de grosses casseroles pour les travailleurs, elles faisaient du *rēwena parāoa parai* dans une cocotte en fonte et gardaient de l'eau bouillante en permanence pour faire du thé.

Après avoir effectué une grande partie des travaux de défrichement, de clôture et d'ensemencement, nous avons nivelé les sites pour les maisons, et lorsque ceux-ci ont été prêts, le constructeur et les matériaux sont arrivés.

J'ai vu les fondations se faire, la charpente s'élever, les planches commencer à recouvrir les cadres, et c'est en voyant tout ça que je me suis mise à douter. Je me demandais comment ça pouvait bien être pour moi, si ce n'était pas moi la choisie. J'avais des doutes quand je regardais dans mon cœur.

Lorsque les maisons ont été presque finies, Mama est tombée malade, et pendant un certain temps, je n'ai pu penser à rien d'autre. Depuis que j'étais une petite fille, c'est moi qui devais m'occuper de Mama.

Une après-midi, Keita est venue là où je travaillais et m'a dit qu'on avait emmené Mama à l'hôpital. En voyant le visage de ma grand-mère, j'ai pensé que Mama était peut-être morte.

Et quand je suis entrée dans le service, dans la blancheur et le silence de la salle, une question m'est venue dans la langue que je n'avais jamais parlée auparavant.

– *Kua mate a Mama ?* Une question trop terrible pour être posée en anglais.

– Elle est encore avec nous, a dit Keita, mais pas en anglais. Nous devons nous asseoir, attendre et prier.

Nous avons attendu — Dadda, Manny, mes grands-parents et moi — en tendant la main de temps en temps pour toucher le visage blême de Mama, ses cheveux noirs étalés sur l'oreiller blanc, ses mains aussi blanches que les draps. Et quand l'infirmière nous a demandé de nous en aller à la fin des heures de visite, Keita lui a répondu que nous devions rester pour la veiller.

– Je regrette mais ce n'est pas possible, a expliqué l'infirmière. Mais si vous voulez, un ou deux d'entre vous pouvez rester dans la salle d'attente.

– Un ou deux d'entre nous resteront, a dit Keita. Les autres iront dans la salle d'attente.

– Je regrette mais vous ne pouvez pas rester dans cette salle.

Keita n'a pas répondu, elle a simplement détourné les yeux de l'infirmière pour regarder Mama.

– Je vais chercher ma supérieure, a répondu l'infirmière, qui est partie en faisant crisser ses chaussures blanches sur le sol du couloir.

C'est avant l'arrivée de la supérieure que les lèvres de Mama ont bougé.

– Ils viennent, a-t-elle chuchoté. Keita s'est penchée vers elle.

– Renvoie-les, a-t-elle dit. Dis-leur de partir et de ne pas revenir. Dis-leur maintenant.

– Je suis désolée, mais nous avons des règles et vous devez partir, a insisté la supérieure en entrant.

– Nous restons auprès de notre fille, a répété Keita.

– Si l'un ou deux d'entre vous vouliez bien rester dans la salle d'attente, nous faisons le bilan de Mrs Tatua toutes les heures. Nous vous tiendrons informés.

– Quelqu'un va rester.

– La règle, c'est la règle, je regrette.

Mais nous nous sommes tournés à nouveau vers Mama alors que ses lèvres se sont remises à bouger.

– Partis, a-t-elle dit.

– C'est bien, ma fille. C'est bien. Ne les laisse pas revenir.

– Bon, écoutez, a dit la supérieure. Le mari peut rester un peu, si les autres s'en vont. Si son mari veut rester là tranquillement au cas où Mrs Tatua se réveillerait… tant qu'il n'y a pas de va-et-vient dans les couloirs.

Nous avons laissé Dadda et j'ai accompagné Keita jusqu'à la salle d'attente ; les autres sont partis chez nos parents pour dormir, et après quelques heures passées à attendre, Keita et moi avons enlevé nos chaussures et nous nous sommes dirigées vers la salle des malades, où Dadda était assis dans le noir.

– Elle a bougé les mains, ai-je fait remarquer.

– Bougé les mains, ouvert les yeux, n'a rien dit, a ajouté Dadda.

– Pas grave, elle t'a vu, a dit Keita. Si tu n'avais pas été là, si j'avais laissé ces infirmières nous chasser tous, Gloria se serait réveillée et se serait crue au paradis.

Le visage triste de notre père s'est relâché et il a ri, et dans le noir j'ai vu bouger Mama. Ses paupières ont tremblé mais ne se sont pas levées, et ses lèvres ont dessiné une légère courbe, un sourire partiel.

– Vous voyez, a expliqué Keita. Si nous étions tous sortis, ma fille aurait écouté dans le noir, n'aurait rien entendu et se serait dit «Tiens, c'est un endroit bien silencieux, que ce paradis.»

Cela a suffi pour faire rire Dadda assez fort pour réveiller les morts. Le sourire de notre mère s'est élargi.

– Chut, Dadda, elles viennent avec leurs lampes de poche, ai-je dit.

– Désolée, mais personne n'est autorisé à rester dans les salles après l'extinction des feux, a averti une des infirmières.

– La supérieure a dit que le mari pouvait rester, a répondu Keita. Mais mon gendre et ma petite-fille s'en vont maintenant. Je vais rester, moi, comme ça ma fille pourra voir quelqu'un quand elle ouvrira les yeux.

– T'as entendu ça ? a demandé Dadda, pendant que nous avancions le long du couloir. Gendre. C'est la première fois que je l'entends dire ça. Ah ah, ma fille, ça doit être toi qui fais mieux apprécier ton père. Ah ah, gendre.

Au travail le lendemain matin, j'ai ouvert les grands robinets en agitant la cage à savon pour faire mousser l'eau. Les portes s'ouvraient et se fermaient, des plateaux arrivaient, on raclait et empilait des assiettes, des chariots cliquetaient, des couverts glissaient sur les plateaux. Des bruits d'hôpital, mais les odeurs étaient différentes. Des voix.

– Tu étais où ? m'a demandé Lootie.

– À l'hôpital, ai-je répondu. Ma mère…

– C'est grave ? Lootie a soulevé avec force la grande marmite.

– S'est évanouie à la maison, plein de sang.

– Humm. Ils lui ont pris l'utérus, je suppose.

Elle a retiré la peau des oignons à l'aide d'un long couteau, se détournant pour éviter l'odeur, les yeux écarquillés.

– J'ai une cousine qu'a perdu son utérus. Après ça, elle s'est changée en homme.

Les oignons sans peau roulaient sur la planche et elle les a coupés rapidement en moitiés, puis en cubes, avant de hisser la planche sur son épaule et de les faire tomber dans la casserole.

– Et ils lui donnent du sang, je suppose… ? Faut faire gaffe, avec ce sang. Ils peuvent te donner un sang de Chinois, un sang de Japonais, un sang de Blanc, un sang de Noir, ou un sang tout mélangé. Après, on sait même pas en quoi on va changer.

J'ai plongé et replongé mes bras dans l'eau, en y faisant glisser la vaisselle et en pensant à Mama, pendant que Lootie marmonnait encore à côté de moi. Mais Keita avait dit quelque chose dans la salle d'attente au milieu de la nuit, qui n'avait rien à voir avec Mama.

– Quand tu t'es levée dans la maison, tu n'avais pas le moindre doute, avait-elle dit, me scrutant du regard.

Je n'avais pas su comment lui répondre tout de suite.

– Je suis à peine allée à l'école, ai-je expliqué.

– Tu parles de cette autre, ta cousine. Ça nous a servi à rien, qu'elle aille à l'école. Elle s'est enfuie sans la moindre pensée pour nous.

– Et je ne suis pas celle qui a été choisie.

– Ah, choisie. Si tu n'étais pas la choisie, ta Tatie Anihera et ta mère n'auraient pas fait ce qu'elles ont fait. Si tu n'étais pas la choisie, ta cousine ne serait pas partie. Si tu n'étais pas la choisie, ça n'aurait pas été toi dans la maison avec tous ces mots qui ont coulé de ta bouche et aucun doute dans ton cœur. Ce que tu dois savoir et te rappeler, c'est que ton mariage se fait pour ton peuple, comme le mien. Quand je me suis mariée avec ton grand-père, on ne s'était vus qu'une seule fois, mais nous étions promis l'un à l'autre depuis notre enfance. On a arrangé notre rencontre quand j'avais dix-neuf ans. Trois mois plus tard, nous étions mariés et c'était à nous deux de faire marcher le mariage. Nous avons fait de notre mieux parce qu'il l'a fallu. C'était pour notre peuple, et si ça ne marchait pas, c'était que le peuple avait tort. Notre peuple était responsable de nous. À cette époque-là je ne savais rien des terres, mais il m'a fallu apprendre. Il fallait que ce soit moi parce qu'il ne restait personne d'autre de ma génération de mon côté de la famille. Et maintenant, il va te falloir apprendre à ton tour. Nous avons transmis à ta cousine toutes les connaissances, lui avons tout donné, mais elle nous a tourné le dos. Tu dois savoir que toi et Hamuera, vous ne pouvez pas ne pas réussir. Si ça ne marche pas, alors ça voudrait dire que tout le peuple avait tort. Notre peuple, nous tous, sommes responsables de vous.

Alors nous étions comme un investissement ou une assurance, je suppose, mais je n'avais pas pensé à ça à ce moment-là. On nous donnait tout, on s'occupait de nous de toutes les manières possibles et rien ne pouvait être différent. Aucun retour en arrière n'était possible, parce que c'était ce qu'ils voulaient tous, ce que voulait Keita, ce que voulait Mama.

C'était ce que je voulais moi aussi. Je savais que je pourrais aimer. Mes doutes n'étaient rien à côté. C'est maintenant, en regardant en arrière, que je comprends mieux ces choses-là.

– L'autre fille a tout empilé, a dit Lootie. Elle a tout lavé, tout rangé. Elle peut le faire encore aujourd'hui si tu veux rentrer. Si Bigboy te le permet.

C'était un mariage pour tout le monde, et tout le monde avait du travail à faire et des décisions à prendre pour les préparatifs — sauf moi. On me disait que j'aurais ma part à faire le jour même, porter les robes (parce qu'il y aurait deux robes de mariée, l'une organisée par Keita et ma propre famille, l'autre par la famille de Hamuera), prononcer les vœux, m'asseoir à la table du centre, être la choisie.

Tout ce que je savais, c'était que les couturières étaient occupées, qu'on choisissait les demoiselles et les garçons d'honneur parmi toutes les familles, qu'on s'engageait de tous les côtés à fournir de la nourriture. Qu'on rénovait la maison de réunion, nivelait et drainait le terrain, plantait des arbres et des fleurs. Tout le monde discutait de matelas, de literie, d'espaces où dormir pour les centaines de personnes qui seraient nos invités. Et on discutait d'eau, d'eau, d'eau — et de bois, bien entendu. Je devais aller au travail, écrire des lettres, m'occuper de Mama et de la famille. Aucun aspect de l'organisation ne me revenait.

Le jour venu, je crois que je suis arrivée à être celle qu'on voulait, même si certains souvenirs sont maintenant un peu flous. J'ai été emportée par les mots — les mots des appels, les mots parlés, les mots chantés. Mais ce que je me rappelle le mieux, c'est le bonheur des anciens. Après la cérémonie, on a sorti de la maison les grands *whāriki* et on les a étendus par terre pour que tout le monde y dépose les cadeaux. Et les *kuia* et les *koroua* habillés de leurs plus beaux vêtements de mariage ont enlevé leurs chaussures neuves pour chanter les vieilles chansons, danser le *hula*, tirer des *pūkana*, rire et jouer. Ils ressemblaient à des *tekoteko* qui dansaient en descendant les planches de la maison, doigts écartés, coudes en saillie, leurs yeux de *pāua* animés de blancs repeints et de centres étincelants, visages allongés et bouches courbées vers le bas. Des *tekoteko* incarnés.

Après le mariage, on nous a mis dans la voiture du frère de Hamu, avec les étages du milieu des deux gâteaux dans des boîtes posées sur la banquette arrière, pour rendre visite à des parents qui n'avaient pas pu venir.

Nous avons mis trois semaines à les voir tous, et où que nous allions nous avons été traités comme des gens importants à cause des ancêtres et à cause des terres, mais je n'en étais pas pleinement consciente à ce moment-là. On nous a préparé des chambres confortables, des plats spéciaux, et on nous a donné de l'argent et des cadeaux pour nous aider sur notre route commune.

Et quand nous sommes rentrés, la maison était prête pour nous. On avait déballé et rangé dans les placards couverts, vaisselle, casseroles et poêles. Les rideaux étaient accrochés et le garde-manger rempli. À l'arrière de la maison se trouvait un poulailler tout neuf occupé par six poules noires et une poule naine. Tout le monde était là pour notre arrivée et nous avons passé la nuit à chanter et à fêter notre nouvelle maison.

On nous avait tout donné et ça faisait le bonheur des anciens. C'était pour nous tous, maintenant et à jamais, nous répétaient-ils. Ils disaient que c'était comme au bon vieux temps.

C'est un dur travail qui nous attendait après notre retour. Même si on nous avait tant donné et qu'il y avait de l'aide quand nous en avions besoin, c'était dur. Nous avions au départ des vaches non fécondées, et de la terre à défricher, des clôtures à construire, des champs à désherber, à labourer et à planter. Plus tard, nous avons développé un troupeau de vaches laitières. C'était un dur travail à l'époque, ça reste un dur travail aujourd'hui. Mais j'ai toujours su m'appliquer ; j'aimais sentir que je travaillais dur à la maison et sur les terres. Je m'attendais à ça. J'étais sûre.

Mais là où je n'étais plus sûre, c'est la seule chose dont je n'avais jamais douté avant, c'est-à-dire, l'amour. Je croyais en l'amour et j'étais certaine de savoir ce que c'était. Mais je suppose que c'est à cause des circonstances de notre union que j'avais besoin de l'assurance que Hamu et moi nous étions mariés par amour — mon idée de l'amour.

Tous les regards étaient fixés sur Hamu et moi. Mama, Keita, toutes les vieilles taties et tous les vieux oncles nous scrutaient, nous espionnaient, chacun avait sa propre façon de nous parler, de nous rappeler notre devoir.

Je ne sais pas si ces regards trouvaient quelque chose à me reprocher, mais je sais que toute ma famille adorait Hamu. Il travaillait dur pour nous et il savait ce qu'il fallait faire sur les terres.

Mais c'est un homme calme et au début j'avais du mal à comprendre ça. Il ne parlait pas beaucoup. Et d'une certaine façon, je ne voulais pas qu'il soit aussi capable, aussi solide, autant aimé de la famille. Je crois que je voulais plutôt qu'il ressemble à Dadda, qu'il fasse l'idiot et qu'il chante, et qu'il soit ce que Mama appelait un bon à rien. Je voulais qu'il me taquine avec des mots d'amour, comme Dadda taquinait Mama.

Je me rappelais ces nuits quand j'étais petite, où Dadda nous réveillait en pleurant à chaudes larmes. Mama devait alors le secouer et le prendre dans ses bras. Et elle allumait une bougie et sortait dans la cuisine prendre un torchon avec lequel elle lui essuyait le visage. Elle lui parlait pour le calmer, après quoi il lui disait des choses comme : « Comment je ferais sans toi, ma Glory, je ferais quoi ? » Peu de temps après, ils s'asseyaient sur le lit et Mama leur roulait à chacun une cigarette. Elle les allumait à la bougie puis soufflait pour l'éteindre. Il y avait une douce odeur de bougie et de fumée, et nous voyions les deux cigarettes, comme deux yeux brûlants, qui luisaient dans l'obscurité.

Nous savions que pour Dadda, Mama était la plus belle femme du monde. Il le lui disait. Il le disait à tout un chacun. Il lui chantait des chansons pleines de tous les mots d'amour, même si Mama disait que ce n'était que des chansons idiotes d'ivrognes et qu'elle aurait préféré avoir six *pence* et un sac de farine.

Et puis, c'est quoi, l'amour ? Il y a l'amour que vous reconnaissez tous les deux, où l'excitation vous picote la peau et dilate le centre noir de vos yeux, comme si vous laissiez entrer l'autre en vous à travers vos yeux. Vos corps sont ensemble et il est en toi ; vos peaux se frottent l'une contre l'autre et vous laissez votre marque l'un sur l'autre. Est-ce ça, l'amour ? En l'absence de l'autre, il y avait des moments où vous pouviez en douter. En l'absence de l'autre, vous pouviez ne pas vous contenter de mots, ne pas être satisfaits d'entrer ou de laisser votre marque. Vous pouviez avoir envie d'ouvrir l'autre, de manger son cœur, de sucer ses orbites. Est-ce ça, l'amour ? Je voulais savoir que Hamu ne pourrait pas vivre sans moi. Je voulais de sa part des mots qui l'ouvrirait complètement.

Ou bien l'amour, est-ce ce que les autres voient, ce qu'ils guettent sur les visages, dans les yeux, ce qu'ils veulent entendre dans les mots que vous utilisez, les choses que vous dites, comme s'ils regardaient tout se dérouler sur un écran ? Voilà les pensées et les doutes qui venaient de l'enfant en moi.

Et les regards guettaient autre chose aussi — guettaient des petits enfants qui ouvriraient la porte aux visiteurs, des petits enfants qui trouveraient des œufs ou porteraient un œuf caché dans leurs mains, des bébés qui se suceraient les orteils. Ils me scrutaient pour détecter une différence ou un changement, et ils interprétaient des rêves. Mais il a fallu attendre presque deux ans avant que je tombe enceinte de la petite Gloria, et c'est Dadda qui l'avait rêvé.

«Je les ai vus. Deux, a-t-il dit, bien emmaillotés et endormis.»

Il avait toujours cru que j'aurais des jumeaux. «Où est passé l'autre ?» m'a-t-il dit, la première fois qu'il a vu Gloria à travers la vitre de la nurserie à l'hôpital où elle est née. «Elle ressemble à un billet de dix *shillings*», s'est-il exclamé, et je me suis dit qu'il était bien bête et drôle, mon père. Puis, quand j'ai regardé mon bébé à nouveau, j'ai commencé à voir que c'était vrai. Elle avait tout à fait l'air d'être un billet de dix *shillings*. J'étais contente que Dadda soit là pour me faire rire.

La fille que j'étais avait eu peur en passant par les grandes portes au milieu de la nuit, après avoir perdu les eaux, et ayant eu à peine le temps de faire signe à Hamu et Mama avant que les portes se referment derrière moi. J'ai suivi l'infirmière avec ma valise jusqu'à une pièce chaude où on a relevé mes coordonnées et emporté mes vêtements.

Je ne m'attendais pas à devoir prendre un bain debout, surveillée par une jeune femme que je ne connaissais pas, et qui n'était pas plus âgée que moi, avant d'être étendue sur un banc étroit où elle m'a rasée, le rasoir balayant d'abord mon gros ventre comme pour m'éplucher et me couper en tranches, pour ensuite gratter et racler entre mes jambes jusqu'à ce que tous les poils soient partis et que je sois un œuf prêt à se fendre. J'étais contente que les douleurs s'intensifient, ça me distrayait de tout ce qui se passait.

Lorsque, au petit matin, on m'a emmenée en salle d'accouchement, je ne m'attendais pas à devoir me coucher sur le dos pendant que des inconnus me repliaient les genoux jusqu'au menton et me plaquaient un masque sur la bouche et le nez. J'ai écarté le masque, j'ai poussé mon bébé, je me suis entendue hurler, je ne m'attendais pas à ce bruit-là, j'ai senti que je me fendais en deux. Et puis la petite Gloria est arrivée, mon petit bébé tout mouillé, dans les mains d'inconnus, mais je ne veux pas dire qu'ils manquaient de gentillesse. Finalement on me l'a passée, mais personne n'était là pour la voir, sauf de gentils inconnus.

Et après nous avoir soignées, moi et le bébé, on nous a poussées dans deux directions opposées. Je ne m'attendais pas à ça. De retour dans la grande salle, je ne pouvais pas savoir si c'était mon bébé ou un autre que j'entendais pleurer chaque fois que la porte de la nurserie s'ouvrait à l'autre bout du couloir.

Cette nuit-là, je me suis réveillée dans le noir et j'ai pensé au placenta, je me suis demandé ce qu'il avait bien pu devenir. Où se trouvait le petit paquet emballé par Kui Hinemate, ou le *kete* tissé par Keita, dans lequel le *whenua* devait être mis en terre ? J'ai essayé de dormir. Il valait mieux ne pas penser à de telles choses.

L'après-midi, Mama et Keita venaient parfois en visite, ou Lootie ou Bessie avec qui je travaillais. Le soir, Hamuera venait. Mes visiteurs avaient le droit d'aller voir Gloria à travers la vitre de la nurserie, comme s'ils faisaient du lèche-vitrine. Ils donnaient le nom du bébé, puis une infirmière approchait de la vitre son petit lit en fil de fer, dans lequel un autre bébé était peut-être mort. De là, ils pouvaient voir sa tête et une partie de son visage. Elle était enveloppée dans la couverture de n'importe quel bébé, et sur une carte rose, accrochée au lit avec du sparadrap, étaient marqués son nom, son poids, ainsi que la date et l'heure de sa naissance.

Parfois mes visiteurs revenaient dans la grande salle, l'air inquiets, et je savais qu'ils avaient quitté un bébé Gloria qui tordait sa bouche en quête de nourriture.

Ils restaient jusqu'à la sonnerie, puis sortaient sur la pointe des pieds, pour éviter que leurs meilleures chaussures ne laissent des traces sur les planchers cirés, et que leurs pas résonnent quand ils passaient dans les couloirs et que des yeux les suivent au moment du départ. Dehors, devant ma fenêtre, ils se retournaient et me faisaient signe, mais sans parler, comme s'ils ne voulaient pas que leurs mots retombent parmi les pensées et les myosotis et que les oiseaux les trouvent là — comme s'ils ne faisaient pas confiance à ces oiseaux qui construisaient leurs nids avec ce qu'ils ramassaient par-ci par-là.

On nous donnait chaque matin de petites pilules qui me faisaient mal au ventre. J'ai trouvé un petit trou dans une des barrières du lit pour les mettre.

Samuel est né un an après la petite Gloria, et Tina encore un an plus tard. Chaque fois que je suis allée à l'hôpital, j'ai essayé de ne pas trop me souvenir.

Sur les terres, nous sommes passés par de bonnes périodes, comme par des mauvaises. Il a été difficile d'acheter les machines ; elles semblent nécessaires mais elles excluent les gens. La plupart du temps, ça a été très dur, mais nous avons tous pu manger. Des gens reviennent par ces temps difficiles et nous avons dû trouver de nouvelles façons de faire, comme Manny et Michael avec la culture hydroponique, comme Hamuera en cherchant du travail de sous-traitant, alors que moi et les enfants, nous nous sommes chargés de travailler nos terres. Mama Gloria nous a toujours aidés — elle s'occupait des enfants quand ils étaient petits, cultivait un potager, nous préparait les repas.

Je pense que Keita était heureuse avant de mourir. Elle répétait pendant ses derniers jours : « Nous sommes tous toujours là. » Et c'est encore le cas. Je ne peux penser qu'à ça, qu'à l'avenir nous serons tous là pour tenir bon. C'est ce que nous avons été chargés de faire, Hamu et moi. Il nous faut à tous survivre, mais nous voulons plus que la simple survie, voilà ce que disait toujours Makareta. Nous voulons le meilleur de tout, pour nous et pour nos enfants, nous voulons que tout aille bien pour eux, mais je ne sais pas encore comment nous y arriverons.

Je n'avais jamais cru qu'il puisse y avoir une autre femme comme Keita, mais après la mort de celle-ci, Mama Gloria est devenue la nouvelle Keita, têtue, déterminée, exigeante. Dadda lui manque, comme il nous manque à tous.

«Cinquante-neuf, c'est un âge bien avancé pour moi», a dit Dadda le jour où nous l'avons ramené de l'hôpital. Tant de choses allaient mal chez lui que le docteur a dit qu'on aurait plus vite fait de raconter ce qui allait bien. Ses jambes et ses hanches étaient hors d'usage, il avait des douleurs au ventre, son foie et ses reins ne fonctionnaient plus comme il fallait, et son cœur lui jouait des tours. Nous nous sommes relayés à son chevet, nous avons chanté pour lui, assez heureux qu'il parte quand le moment est venu.

Quant aux jeunes, ils semblent désorientés, du moins certains le sont, à manger bio, fumer du *taru kino* et boire des alcools haut de gamme. Les anciens disent qu'ils sont désorientés parce que leurs *whenua* sont partis dans la fosse septique avec tout le *tūtae* et les déchets, au lieu d'avoir été enterrés dans les lieux ancestraux où ils devraient se trouver. Je crois qu'ils ont raison, ou qu'ils ont raison en partie. Voilà quelques-unes des choses dont j'aurais voulu parler plus longuement avec Makareta. Voilà quelques-unes des choses dont nous avons déjà parlé au cours de nos longs appels téléphoniques.

Quoi qu'il en soit, certains des jeunes parents reprennent maintenant ces pratiques. Tant mieux pour eux. Ils rapportent de l'hôpital le *whenua* de leurs bébés ; ils n'ont pas trop peur de le demander. Ils se comportent comme si c'était leur hôpital, ces jeunes gens courageux. Solidaires, ils donnent à leurs enfants les noms ancestraux. C'est bien qu'ils aient envie de reprendre ces choses-là, ou c'est bien qu'ils veuillent faire les choses à leur façon, parce qu'ils ont de nombreux besoins. Ils ont perdu beaucoup de choses.

Je trouve que Dieu ou les ancêtres ont fait une erreur en prenant Makareta. C'est vraiment une grosse perte, alors que les enfants, et nous tous, avons tellement besoin d'elle. Elle possède les connaissances des anciens. Elle possède leur langue et leurs histoires et les belles façons de faire des *kuia* qu'aiment les enfants, même si elle n'a pas encore l'âge d'une *kuia*. Elle possède d'ailleurs les connaissances des nouvelles façons de faire qui nous conviennent, qui sont confortables pour nous, ou bien elle sait comment nous pouvons modifier ces choses pour les rendre confortables et acceptables. Ce n'est pas maintenir les usages anciens qui importe, a-t-elle dit, mais il nous faut rester nous-mêmes, nous servir des nouvelles connaissances à notre façon. Tout ce qui est nouveau nous appartient à nous aussi.

Mais elle est morte. Nous attendons ici pour l'appeler sur le *marae* chez elle et j'en suis triste et blessée.

J'ai eu une pensée de colère quand j'ai vu le groupe devant le portail qui s'apprêtait à faire entrer Makareta. J'ai dû arrêter de penser ainsi, parce que je sais que ça ne se fait pas, d'envoyer de mauvaises pensées vers les gens qui arrivent. J'ai regardé notre cousine Mata, que je n'avais pas vue depuis bientôt quarante ans, et je me suis demandé pourquoi ça n'aurait pas pu être elle à la place de Makareta qu'on ramenait. Tu sers à quoi, pour nous ? ai-je pensé, puis j'ai écarté cette pensée.

Et puis j'ai redirigé ma douleur sur Makareta. « C'est ainsi que tu nous reviens, alors ? » ai-je dit, quand on la faisait passer par le portail. Parce que, depuis la mort de Polly, je lui demandais de rentrer et de faire construire une maison sur ses terres. Nous avions besoin d'elle ici. Mais elle aimait sa vie en ville, aimait son travail là-bas. Je savais que c'était un travail important et nous étions tous fiers d'elle. Elle était connue dans tout le pays, ainsi que dans d'autres régions du monde, pour le travail qu'elle faisait pour notre peuple : les conseils, l'aide, les connaissances qu'elle pouvait transmettre. Mais ça l'avait usée. Elle aurait pu se reposer ici. Nous nous serions occupés d'elle, nous l'aurions chérie, comme nous l'avions toujours fait.

Elle nous avait envoyé Michael à la place, en nous disant qu'elle viendrait aussi sous peu.

Il ne restait plus qu'une semaine avant son arrivée lorsqu'elle a téléphoné pour me dire qu'elle avait retrouvé notre cousine Mata. Mama Gloria avait rêvé de Mata et avait dit que celle-ci n'était jamais revenue comme Keita disait toujours qu'elle le ferait. « Ses terres sont là, affirmait Keita, alors elle va venir un jour. » Je revoyais en imagination le visage sans expression de Mata, sa main tendue et la bille magique.

Mais c'est après son départ que Mata avait commencé à être une cousine plus réelle pour nous. On parlait souvent d'elle, même si on ne prononçait presque jamais son nom. On l'appelait « celle d'Anihera ». Les anciens, chaque fois qu'ils se réunissaient, demandaient à Mama Gloria : « Tu as des nouvelles de celle d'Anihera ? »

Ma mère leur disait alors que Keita écrivait à la femme qui était la tutrice de Mata mais que celle-ci ne répondait pas. Gloria avait essayé d'écrire directement à Mata mais n'avait jamais eu de réponse.

Les gens ont fini par ne plus demander, et Keita et Mama Gloria ont arrêté d'envoyer des lettres ; de temps en temps pourtant nous entendions Keita dire que les terres nous ramèneraient Mata un jour.

Et maintenant Mata va nous ramener celle dont j'ai pris la place quand j'avais seize ans. Makareta ne m'a jamais dit si elle avait cru que c'était ce que je ferais. Elle ne m'a jamais dit si c'était ce qu'elle espérait en regardant à travers la vitre alors que le taxi partait ce jour-là. Je ne lui ai jamais demandé.

Mais il me semble que j'ai bien fait. Si j'avais d'autres rêves, s'il y avait autre chose, une autre partie de moi-même, qu'est-ce que cela peut bien faire ? Si l'amour est différent de ce que j'avais imaginé, quelle importance ?

C'était à moi d'agir autrefois, c'est à moi de nouveau.

Il me semble que nous nous sommes bien débrouillés, Hamu et moi. Notre mariage de fortune vaut bien les autres mariages en kit, ou à la carte. Vaut même mieux que la plupart, il me semble.

MATA

Quarante-trois

Ça ne me faisait rien, la faim ou la fatigue de la marche. Ça me rendait heureuse, j'étais contente de ne sentir que la faim ou la fatigue. Je voulais marcher toujours et toujours, en aimant la nuit et la route noire, sans m'inquiéter de mes pieds qui me faisaient mal, de mon corps douloureux, contente de me retrouver parmi les gens de la rue. Quelque part, plus loin, il me faudrait dormir, mais je ne ferais ça que quand je ne pourrais plus marcher.

La route devant moi s'est mise à monter et à tourner, et de temps en temps un véhicule s'approchait. Je voyais les phares dans le virage devant moi, ou j'entendais le bruit du moteur derrière moi, alors je traversais la route et regagnais le trottoir pour attendre qu'il passe. Je ne sais pas pourquoi j'avais choisi de marcher au milieu de la route, mais ça avait peut-être à voir avec les mots qui me passaient par la tête : «milieu de la route, milieu de la nuit, milieu de nulle part.» J'avais capté leur rythme, car j'avais besoin de mots tambourinants pour m'empêcher de penser. Je devinais qu'il était déjà minuit passé, le milieu de la nuit.

C'est lorsque je suis arrivée au virage que j'ai entendu quelqu'un m'appeler par mon nom et qu'en levant la tête j'ai vu une femme sur le trottoir. «Mata, par ici», a-t-elle dit. Je voulais continuer de marcher, je ne voulais pas entendre, je voulais continuer de faire ce que j'étais en train de faire et ne pas me laisser distraire, parce que je m'étais décidée, j'avais commandé à mes pieds. Pourtant mes pieds ont dévié.

– Tu te souviens de moi ? a demandé la dame. Makareta, la gâtée, quand nous étions petites.

Elle m'a pris la main, a mis son bras autour de moi.

– Par ici, a-t-elle dit. Ma maison se trouve là-haut.

Nous étions à l'entrée d'une longue allée bordée de buissons et d'arbres. Des fougères basses poussaient des deux côtés et abritaient des lampes qui nous montraient le chemin.

– Je t'ai vue depuis le bus, a-t-elle expliqué. J'ai su que c'était toi et quand je suis descendue du bus je me suis dépêchée de monter jusqu'à la maison parce que je savais que je pourrais t'observer de là-haut. Je me suis dit que si j'essayais de redescendre à pied, je te raterais peut-être.

Je ne lui ai pas répondu. Tout ce qui m'est venu à l'esprit, c'était que je faisais là quelque chose que je ne voulais pas faire.

L'allée est devenue plus pentue et Makareta m'a fait prendre un chemin étroit qui passait parmi les arbres. «C'est plus rapide par ici», a-t-elle dit. Nous avons traversé un petit pont sous lequel j'entendais couler de l'eau. Il y avait une odeur de forêt qui me revenait d'un lointain passé. Nous avons monté une série de marches en pierre pour arriver à la maison où une lampe illuminait une solide porte en bois.

«C'est ici que j'habite toute seule, a indiqué Makareta. Mais plus pour très longtemps.»

Nous sommes entrées dans un couloir où Makareta a enlevé ses chaussures, alors j'ai enlevé les miennes aussi, car je me suis rappelé quelque chose de ce passé lointain à propos des chaussures à enlever. Nous avons marché sur une épaisse moquette blanche pour aller dans un salon où un chien s'est levé et a tendu son museau vers moi. Il avait le poil blanc et touffu aussi, exactement comme la moquette. «Ça va, Hipi, je te présente notre cousine Mata», a expliqué Makareta. Elle a arrangé les coussins dans un fauteuil et je me suis enfoncée dans son confort profond. Je n'avais pas dit un mot depuis que nous nous étions retrouvées, et je suis restée là, consciente de ma saleté, de ma pauvreté, de ma fadeur, de ma laideur, de ma timidité. Je voulais juste marcher.

«Une tasse de thé d'abord», a dit Makareta.

J'étais assise dans une pièce à haut plafond, à poutres vernies et à grandes fenêtres. L'un des murs était tapissé d'étagères de livres et comportait un système hi-fi et une télévision intégrés, ainsi qu'un meuble qui devait contenir, je le supposais, des cassettes audio et vidéo. Des lampes murales éclairaient des tableaux qui couvraient quasiment toute la surface des deux autres murs. Dans les tableaux s'animaient des figures en bois. Leurs visages sombres regardaient fixement, comme s'ils avaient le cœur brisé, et des motifs s'enroulaient sur eux-mêmes, ou bien s'étendaient en volutes colorées de sentiments, entretissées de brins fibreux comme si elles étaient issues d'arbres. D'autres motifs déliés ou accolés s'y entrelaçaient. Il y avait des oiseaux qui ressemblaient à des êtres humains, et des êtres humains qui ressemblaient à des oiseaux. Dans certains tableaux, des gens marchaient le long de routes en portant des banderoles qui flottaient.

En plus des tableaux illuminés, il y avait des figures sculptées sans éclairage ; certaines, plus grandes, se tenaient dans l'ombre contre les murs, d'autres plus petites se trouvaient çà et là sur les étagères.

Makareta est arrivée avec une tasse de thé qu'elle a posée sur une petite table à côté de mon fauteuil.

– Merci. Ma voix était étrange, comme meurtrie.

– Et puis un bain. Je te fais couler un bain, a-t-elle dit avant de s'en aller. J'ai répété pour moi-même les mots de la pièce — poutres et fenêtres, lampes et étagères, livres et tableaux, couleurs, motifs et figures — pour m'empêcher de penser.

La salle de bains était spacieuse et pleine de miroirs et l'eau dans la baignoire était chaude et parfumée. Je croyais que Makareta allait me laisser, mais elle ne l'a pas fait. Elle a pris du savon et un gant et s'est mise à me laver, faisant couler l'eau chaude sur moi. Je me suis sentie laide et intimidée, mais il n'y avait rien à faire ni à dire.

Quand Makareta a eu fini, elle est sortie et est revenue avec des pyjamas en satin, des pantoufles en laine et de grandes serviettes, qu'elle a posés sur un banc pour moi. Le temps que je m'habille, elle m'avait préparé un repas. Du poisson poché, avec de la salade, des tomates, de petites betteraves et des petits pains chauds. Elle avait tout disposé sur un plateau spécial, avec une serviette de table blanche et des couverts argentés. Je n'avais jamais imaginé de telles choses. Elle avait son propre plateau aussi et nous nous sommes assises dans les fauteuils, les plateaux sur nos genoux.

«Je vais en manger quelques bouchées seulement», a-t-elle dit.

Plus tard elle m'a emmenée à la chambre où je devais dormir. Elle a rabattu la couverture, m'a aidée à me mettre au lit, puis m'a bordée comme le font les mères. Je ne voulais pas vouloir ça, et je n'arrivais pas à parler.

«Demain matin, m'a-t-elle dit, tu pourras me raconter tout ce qui t'est arrivé depuis la dernière fois qu'on s'est vues, ou bien me raconter tout ce qui t'est arrivé avant ça.»

Je sentais mes yeux se fermer.

Ce que je lui ai raconté le lendemain, c'était surtout à propos de l'attente. Attendre tout d'abord l'arrivée de ma mère, ensuite attendre qu'il y ait quelqu'un pour moi, une mère, un ami, un enfant, quelqu'un pour m'aimer pour de vrai et que j'aimerais pour de vrai en retour. J'avais attendu et espéré — avant de décider enfin que je n'allais plus attendre, que je n'espérerais plus que ce que j'avais déjà, c'est-à-dire moi-même, pauvre et laide, mon nom, ma petite photo dans son cadre, mes deux pieds à moi pour m'emmener marcher.

J'ai parlé et parlé comme jamais auparavant, d'une façon que je ne me connaissais pas. C'était comme si marcher tant, penser et ne pas penser, ça m'avait secoué la langue que je portais en moi. Je lui ai dit tout ce qui m'était, ou ne m'était jamais arrivé, désireuse seulement de continuer de parler. J'étais partie marcher pour ne pas vouloir, pour ne pas rester assise à attendre, et pourtant j'étais là à m'ouvrir, à laisser se déverser tout ce qui avait attendu et attendu à l'intérieur de moi. J'avais trouvé quelqu'un, même si je ne l'avais pas cherché, quelqu'un qui me traitait comme une proche, comme si je faisais partie de qui elle était. Je me suis souvenue qu'il y avait longtemps, elle m'avait donné une robe et des chaussures.

Puis je me suis souvenue que je voulais ne pas vouloir.

J'ai arrêté de parler et j'ai sorti la photo de ma mère pour la lui montrer.

– Voici tout ce que j'ai comme bagages, ai-je dit. Je veux partir marcher avant de me surprendre à vouloir plus que ça. Je m'en irai et puis je continuerai à vivre, ou peut-être que non.

Elle s'est assise à côté de moi et a mis son bras autour de mes épaules.

– J'ai besoin de toi, m'a-t-elle dit.

Des mots étranges que je n'avais jamais entendu prononcer auparavant.

– Je suis fatiguée et j'ai besoin de ton aide. Je vais vendre cette maison et rentrer chez nous et il faut tout emballer, trier toutes les affaires. Ça va prendre trois semaines, quatre peut-être. Si tu veux bien m'aider, je n'aurai pas besoin de demander à Michael, ni à notre cousine Missy, ni à personne d'autre. Et si tu viens avec moi, tu n'auras plus à marcher.

– Les gens s'en vont, ai-je dit, ou bien ils meurent.

Je ne sais pas pourquoi j'ai dit ça.

Je ne connais pas très longtemps les gens, puis ils s'en vont, ou bien ils meurent.

Je me suis écoutée le dire de ma propre voix étouffée, de ma propre façon sans émotion.

Alors j'ai décidé que j'allais l'aider. Elle devait vendre la maison et communiquer avec le père de ses enfants. Elle voulait trier des papiers et mettre en place des arrangements avec son avocat. Elle n'avait pas de voiture, en avait vendu une et attendait qu'une nouvelle soit livrée, plus adaptée à la vie au fin fond de la cambrousse, a-t-elle expliqué.

Elle s'est occupée de ce qu'elle avait à faire et je me suis chargée des préparatifs du déménagement.

C'était une maison pleine de belles choses, certaines qu'elle voulait garder, d'autres qu'elle voulait donner à ses cousins. J'avais rêvé autrefois de maisons, mais jamais de maisons comme celle-là. J'avais rêvé d'avoir ma place dans une maison avec ma propre famille. J'avais imaginé des pièces et leurs meubles, leurs fenêtres, placards et cheminées, des assiettes, verres, couteaux et fourchettes et ainsi de suite. Je les faisais passer et repasser dans mon imagination. Mais j'avais toujours eu du mal à voir ma famille, à concevoir une famille à moi. Les personnages dans les maisons restaient toujours flous. C'étaient des familles d'emprunt, des gens que j'avais vus à travers une vitre ou dans un train, et j'essayais de les faire miens. Parfois il n'y avait que moi et ma mère, dont je ne me rappelais plus le visage. Je construisais une maison autour de nous et cette mère et moi, nous dormions dans les bras l'une de l'autre.

Makareta passait le plus clair de son temps dans son bureau à trier des livres et des papiers, ou bien, une fois la nouvelle voiture arrivée, elle sortait voir des avocats et des agents immobiliers, pendant que moi, je passais d'une pièce à une autre, en emballant des objets pour les disposer dans des caisses. La maison avait beaucoup de pièces, dans lesquelles je travaillais systématiquement l'une après l'autre. En fin d'après-midi j'allais faire quelques courses, avant de rentrer et de nous préparer un repas léger. Si je n'avais pas été là pour cuisiner, Makareta n'aurait sans doute rien mangé du tout.

Le soir nous parlions, et chaque jour j'attendais ces conversations avec plaisir. De toute ma vie, rien n'avait jamais égalé ça. Je n'avais pas peur du plaisir que m'apportaient ces moments passés ensemble, parce que je savais qu'ils allaient bientôt finir. J'avais décidé de me consacrer à la tâche qui devait être faite, et à la fin je reprendrais mon chemin.

Makareta parlait parfois d'une maison pour moi sur des terres qui selon elle m'appartenaient, mais je ne faisais pas trop attention. Je savais qu'il fallait juste accepter pour l'instant que nous étions ensemble, que quelque chose m'arrivait pour l'instant, fugitivement. Je savais ne pas vouloir, ne pas avoir de rêves — n'avoir que moi-même et l'endroit où m'emmèneraient mes pieds. Ma vie n'était pas une chose qui comptait.

Au bout de trois semaines, tout était fait, tout était emballé et étiqueté. J'ai eu des regrets quand tout le travail a été fini. Les étiquettes variaient : Chez nous, Maison des chats, Maison des perroquets. Les nouveaux propriétaires devaient emménager quinze jours plus tard. Makareta se fatiguait vite et se reposait souvent au milieu de la journée, mais à part ça elle avait l'air d'être en bonne santé et de bonne humeur. Elle avait l'air solide sans être grosse. Elle était belle.

Je l'entendais souvent parler au téléphone avec son fils Michael ou avec Missy, à discuter de maisons et de terres, et de moi. Elle était heureuse de rentrer «chez nous», heureuse que la maison qu'elle avait organisée soit presque terminée. Elle avait un acompte pour moi aussi, pour une maison, disait-elle, mais je ne pouvais pas penser à ça. Chaque fois qu'elle en parlait, ça me rendait muette. Un cousin avec un bulldozer allait défricher le site pour la maison aussitôt que je dirais oui.

«Dis-moi oui, répétait-elle. Il n'y a personne pour vivre sur tes terres, sauf toi. Il y a des enfants à qui tu pourras les léguer si tu veux, plus tard. Mais là, maintenant, dis-moi oui. Dis que tu partiras vivre là-bas, que tu laisseras les gens te connaître, surtout ceux qui ont connu ta mère, parce qu'il y a des gens là-bas qui ont grandi avec elle, qui se souviennent d'elle. Fais ça pour eux. Tatie Gloria me dit que je dois te faire rentrer chez nous, alors dis oui. Si tu veux qu'un enfant hérite de ta maison et de tes terres, les anciens te diront qui.»

J'avais appris à ne pas vouloir de maison, avec ou sans une famille dedans. Comment est-ce que je pourrais ? Comment pouvoir le vouloir alors que j'avais renoncé à vouloir ? Rien de tout ça n'avait de sens pour moi.

Elle parlait souvent de la vieille femme, de cette mamie qui s'était occupée d'elle quand elle était petite.

«Elle est là avec moi, a-t-elle dit. Je ne la vois pas, mais elle s'appuie parfois contre moi, parfois elle me chatouille le bras pour me faire savoir qu'elle est tout près. Je l'entends parler dans mon esprit. Quand je me sens seule, je lui parle, ou quand j'ai besoin de décider quelque chose. J'ai eu de la chance pendant toutes ces longues nuits où j'ai été infirmière de garde, parce qu'elle était là. Je ne sais pas comment j'aurais fait sans elle. Et quand on a besoin de moi chez nous, elle me renvoie là-bas. J'étais chez nous quand Wi est mort. J'étais chez nous quand Keita est morte, parce que Kui me l'avait fait savoir, mais je ne la vois pas…

«C'est Michael, a-t-elle expliqué, "celui qui voit". "Qui est là ?" demandait-il quand il était petit. "C'est qui, là, la femme au vieux visage ?" Je lui disais: "C'est Kui Hinemate qui s'occupait de moi quand j'étais petite."»

Pour moi, à cause des choses qu'elle disait, Makareta était un peu étrange.

Lorsque tout a été prêt pour le déménagement, j'ai eu des regrets. Les murs étaient différents sans leurs livres et leurs tableaux, et la maison semblait plus vide sans les yeux des figures sculptées qui regardaient depuis les coins et du haut des étagères. Mais ça restait une belle maison, entourée d'arbres vert foncé. Par les fenêtres, à travers les arbres, on apercevait le port bleu et blanc, et la nuit, une mer de lumières jaunes et orange.

Makareta avait fait le nécessaire pour qu'on vienne chercher les cartons pour la Maison des chats et la Maison des perroquets, et avant de me coucher je les ai placés dans une pièce près de la porte d'entrée pour les livreurs qui devaient venir le lendemain matin.

Cette nuit-là, je n'ai pas pu dormir, je suis restée éveillée en me rappelant qu'il ne fallait pas vouloir, en me disant que tout ce que j'avais, c'était moi, mon nom, une photo, mes deux pieds, et qu'il n'y avait rien d'autre qui me concernait.

Après plusieurs heures sans dormir, je me suis levée et me suis promenée dans les pièces vides. Je me suis rappelé que c'était ici un espace-escale, un lieu de repos dans mon voyage à destination de nulle part. Je n'étais pas malheureuse, j'aimais bien l'idée de nulle part, de vide, de ne pas vouloir. Il fallait écarter l'espoir qui vient parfois, et essayer de ne penser à rien, trouver des moyens de ne pas avoir de pensées. J'ai décidé de me faire une boisson chaude et de m'asseoir devant la fenêtre pour regarder à travers les arbres, pour la dernière fois.

Quand je suis passée devant la chambre de Makareta, il y avait quelqu'un là, quelqu'un d'il y a longtemps dont je me souvenais, et même dans l'obscurité j'ai reconnu la vieille dame qui s'était occupée de Makareta quand elle était petite. Alors je suis entrée dans la chambre. La femme n'a pas levé la tête, elle n'a rien dit, elle se tenait simplement là, ses mains étendues devant elle, les paumes vers le haut, le regard dirigé en bas vers Makareta. Makareta avait les yeux ouverts et elle regardait la femme.

Et puis j'ai remarqué les autres. La chambre en était pleine. Ils étaient flous. Ils étaient vieux. Mais même s'ils étaient flous, j'ai vu que certains nous ressemblaient, à Makareta ou à moi. Ils se déplaçaient dans un bruissement de pieds et s'asseyaient.

Je me suis approchée encore du lit, mais j'ai bien vu à son immobilité que Makareta était morte.

C'était normal, ça, parce que les gens s'en vont ou bien ils meurent. Je suis entrée dans la cuisine pour me préparer une tasse de Milo. Je me suis assise près de la fenêtre pour boire, en regardant dehors, puis je suis retournée dans ma chambre. Je me suis endormie assez vite.

Je me suis réveillée le lendemain matin au bruit de la sonnette. C'était le livreur venu chercher les cartons pour la Maison des chats et la Maison des perroquets.

Après son départ, j'ai pris une douche et j'ai enfilé ma vieille robe à moi. J'ai mis mes deux chaussures à moi, avant de m'asseoir pour manger une orange et boire une tasse de thé. J'ai rangé la chambre où j'avais dormi et j'ai pris la photo qui était sur le rebord de la fenêtre, puis je suis sortie de la maison. J'ai descendu la longue allée et je me suis arrêtée au portail le temps de décider dans quel sens aller, en attendant que mes deux pieds m'emmènent. Mais mes pieds n'ont pas bougé, avant de me faire revenir en arrière.

Il y avait des choses à faire quand quelqu'un mourait. Les morts ne disparaissent pas tout simplement, direction le paradis, il a fallu que je me le rappelle. Il y avait des choses à faire, mais je ne savais pas quoi. Je me suis souvenue que Makareta avait dit : «Dis-moi oui. Quand je rentrerai chez nous, je veux que tu m'accompagnes. Gloria t'attend. Tes cousins t'attendent. Tous ceux qui ont connu ta mère t'attendent. Ils veulent que tu restes, que tu ne t'en ailles plus. Dis-moi que tu le feras.»

J'avais trouvé difficile de lui répondre. Mais quand elle avait ajouté «J'ai besoin de toi. Si tu viens je n'aurais pas besoin de demander à Michael ni à personne d'autre de m'aider», j'avais dit que je l'accompagnerais. Elle avait serré dans ses bras mon corps raide et m'avait remerciée. Puis elle avait ajouté : «Pour la suite, on verra ça le moment venu.»

Maintenant elle était morte et ce n'était plus nécessaire, mais il me restait quelque chose à faire. Il y avait des choses à faire quand quelqu'un mourait, mais je ne savais pas quoi.

Je suis entrée dans la chambre. La vieille dame était toujours là à côté du lit, mais les autres étaient partis. Rien de ce qui s'était passé cette nuit ou ce matin-là ne m'avait semblé étrange dans le moment, pourtant j'ai senti que ma vie était en train de changer, même si je ne le voulais pas. J'avais arrêté d'attendre et d'espérer. J'avais essayé de partir mais mes propres pieds m'avaient fait revenir.

– Qu'est-ce que je vais faire ? ai-je demandé à la femme. Elle était assise sur la chaise à côté du lit, parfaitement visible, mais elle ne m'a pas regardée ; elle fixait Makareta sans parler.

Alors, je me suis assise sur la chaise de l'autre côté du lit et j'ai essayé de réfléchir. J'ai pensé sortir sur le trottoir et trouver quelqu'un pour m'aider. J'ai pensé frapper à la porte de quelqu'un. Puis j'ai pensé à la seule personne sur laquelle je pouvais compter, qui saurait comment faire. J'ai téléphoné au port et ai demandé à parler à Sonny. Je ne savais pas s'il travaillait toujours là. Ça faisait dix ans ou plus que je ne l'avais pas vu. Le monsieur qui a répondu a dit qu'ils lui feraient passer le message, pour qu'il me rappelle. J'ai attendu aux côtés de Makareta parce que je me disais que c'était sans doute ce qu'il fallait faire.

Une heure plus tard Sonny a rappelé. J'ai eu du mal à lui raconter tout ce qui s'était passé. J'ai entendu ma voix terne lui demander s'il pouvait juste me dire quoi faire. Il a dit : « Je viendrai après 13 heures. Je peux finir à 13 heures. C'est quoi, l'adresse ? » Elle se trouvait là, sur un morceau de papier laissé par le livreur. Je l'ai lue à haute voix.

Il était 15 heures environ quand il est arrivé, accompagné de deux vieilles femmes. Je suis restée sur le pas de la porte pendant qu'ils remontaient l'allée. Ça me semblait être ce qu'il fallait faire. Ils ont pressé leur nez contre le mien et pleuré, s'agrippant à mes épaules raides. Une fois dans la maison, Sonny m'a présentée aux deux femmes. « Voici ma femme, Mata », leur a-t-il dit, et j'ai été surprise, j'avais oublié que nous étions toujours mariés. Ça faisait de nombreuses années que nous n'avions eu aucun contact.

Nous sommes allés dans la chambre où se trouvait Makareta, et alors que nous y entrions, les deux femmes se sont mises à appeler dans leur propre langue. Tout cela était bizarre pour moi. La mamie de Makareta était partie. Quand elles ont eu fini, Sonny a pris place à côté du lit et a parlé dans la langue que je ne savais pas qu'il connaissait.

Les femmes se sont assises alors, une de chaque côté de Makareta. Sonny m'a prise par le coude et m'a fait sortir.

« Nous devons nous laver, a dit Sonny. Puis nous demanderons ce qu'il faut faire.»

Se laver, je me suis rappelé quelque chose à ce sujet ; ça me revenait d'il y avait très longtemps. Du moment où j'avais découvert que ma mère n'était pas un ange en vol. En quittant le cimetière, Tatie Gloria et moi, nous nous étions lavé les mains. Elle s'était lavé le visage et tamponné les yeux aussi.

– Nous devons téléphoner à la famille, a dit Sonny. À ceux qui habitent dans les environs, pour qu'ils viennent vite et prennent la relève.

– Je ne les connais pas, ai-je répondu. Mais alors je me suis souvenue des papiers laissés par le livreur, où étaient marquées les adresses de la Maison des chats et de la Maison des perroquets et les deux numéros de téléphone.

Sonny a appelé un des numéros et une petite fille a répondu. Elle lui a donné le numéro de travail de son père et Sonny a pu joindre Benny, un cousin de Makareta, et lui dire ce qui était arrivé. Par la suite, six personnes sont arrivées. Les deux vieilles femmes se sont mises sur le pas de la porte et ont lancé leurs étranges appels. Le groupe des cousins, leur père et un vieillard sont entrés, en pleurant Makareta. Tout cela était étrange pour moi.

Avant l'arrivée de ces visiteurs, Sonny était parti acheter de la nourriture, et il m'avait aidée à déballer assiettes, couverts et casseroles et à organiser la cuisine et la salle à manger pour pouvoir donner à manger à tous. Pendant que les visiteurs se trouvaient dans la chambre avec Makareta, j'ai fait de mon mieux, en mettant sur la table les meilleurs couverts et assiettes. J'ai découpé de la viande et fait des salades et des sandwichs, j'ai fait cuire une fournée de bouchées à la saucisse, et une fournée de scones. C'est quelque chose que je sais bien faire.

Celui qui s'appelait Ben, le père des cousins de Makareta, est allé dans le salon avec Sonny, qui s'est chargé de faire les appels pour lui. Bientôt sont venues d'autres personnes, y compris un docteur, un policier et les employés des pompes funèbres.

Ce n'est que vers la fin de l'après-midi que tout le monde a été prêt pour le déjeuner que j'avais préparé. Les employés des pompes funèbres avaient emporté Makareta.

Une fois que tout le monde a eu mangé, la plupart des gens sont partis se changer. Sonny et moi avons placé des matelas dans le salon, déballé de la literie et fait les lits pour les cousins quand ils seraient de retour et pour ceux qui viendraient de «chez nous», et qui devaient arriver à minuit. Nous avons préparé de la nourriture pour leur arrivée.

– Alors tu t'es trouvé une cousine, a dit Sonny.

Je ne lui avais jamais parlé de la famille de ma mère ; je lui avais toujours dit que je n'avais pas de famille.

– J'ai rencontré une fois la famille de ma mère, ai-je expliqué, mais je n'ai jamais eu de leurs nouvelles après, alors j'ai fait comme s'ils n'existaient pas.

– Comment tu as trouvé celle-ci ?

– Un jour elle est passée devant moi dans un bus. Nous nous sommes vues, nous nous sommes reconnues.

Je ne lui ai rien dit de plus.

Il m'a demandé si je voulais qu'il m'accompagne le lendemain pour que je sache ce qu'il fallait faire.

– Où ça ? M'accompagner où ?

– Pour ramener Makareta. Il a hésité, sans doute à cause du regard confus que je lui ai jeté. Tu dois y aller, a-t-il expliqué. C'est ta cousine… comme ta sœur. Tu étais là quand elle est morte, et maintenant tu dois rester avec elle pour la suite.

Je n'ai rien su répondre, et au bout d'un moment il a ajouté :

– Il vaudrait mieux que je vienne. J'appellerai mon boulot demain matin et j'irai chercher mes affaires. Puis il a demandé, « Et toi, ton boulot ? »

– Je l'ai quitté.

– La maison, quelques fringues ?

– Je l'ai quittée. Je n'ai pas de fringues.

– De l'argent ?

– Je l'ai laissé à la Postbank.

Il m'a regardée sans un mot, et je suis restée là à me dire que ça avait dû sembler bizarre. Alors je lui ai raconté tout ce qui s'était passé entre Makareta et moi pendant les semaines que j'avais passées ici. Au bout d'un moment il s'est mis à rire, comme s'il y avait quelque chose de drôle.

– Eh bien, il vaut mieux que je t'accompagne, a-t-il dit.

Les cousins sont revenus. D'autres sont arrivés aussi — beaucoup de gens, un groupe après l'autre. Il m'arrivait quelque chose. Je faisais partie de quelque chose et je n'en avais pas l'habitude. Je ne savais pas ce que faisaient tous ces gens, mais je savais comment préparer la nourriture et comment embellir la table avec toutes les belles choses de Makareta.

À minuit, Aperehama, Girlie, Nonny et Win sont arrivés. Ils ont pleuré Makareta d'une façon qui m'a fait peur. Ils se souvenaient tous de moi et ils ont pleuré sur moi aussi. Je n'en avais pas l'habitude et j'avais envie de m'éloigner d'eux, mais je savais qu'il ne fallait pas. Je me tenais là, raide et immobile, pendant qu'ils me serraient dans leurs bras, en attendant de pouvoir aller dans la cuisine et de leur faire du thé.

Il était 2 heures passées quand ils se sont installés sur les matelas que Sonny et moi avions installés pour eux. Je me suis couchée dans la chambre où j'avais dormi jusque-là, mais je suis restée éveillée en pensant à tout ce qui s'était passé.

Quand je suis allée dans la cuisine le lendemain matin, Sonny était levé et était déjà allé au magasin du coin chercher du lait et du pain. Nous avons commencé à préparer le petit déjeuner et il m'a dit que nous allions partir pour les pompes funèbres à 11 heures parce qu'on ne la laisserait pas partir avant, et que toutes les voitures se mettraient en route de là-bas. Je n'ai pas compris tout ce qu'il a dit.

Peu après 11 heures, nous avons tous quitté la maison avec nos sacs et nos paquets. Je suis montée dans la voiture de Sonny avec Pahe et Josie, les deux vieilles femmes qui étaient arrivées avec lui le premier jour. Aperehama et Girlie ont pris la voiture de Makareta, avec son chien, parce que Hipi n'a voulu monter dans aucune autre. Puis toutes les voitures sont allées ensemble aux pompes funèbres, où une autre file de voitures attendait pour nous accompagner. Je n'avais pas compris au départ que ces autres voitures viendraient avec nous. Je ne savais pas comment tous ces gens avaient appris pour Makareta.

Le corbillard est sorti sur la route. La voiture d'Aperehama est passée devant pour lui montrer le chemin et nous avons tous suivi. Je commençais seulement à comprendre ce qui se passait ; je commençais à me rendre compte que j'étais maintenant en route vers un endroit où, à l'âge de dix ans, j'avais passé des vacances de trois semaines, un endroit qui était resté présent dans ma tête bien des années après, mais que j'avais fini par chasser de mon esprit, en me persuadant que je n'y étais jamais allée.

Nous avons fait six heures de route. La gare où j'étais descendue il y avait tant d'années avait l'air bien petite, mais c'était la même gare. La route blanche et poussiéreuse où j'avais marché avec Tatie Gloria avait été élargie et goudronnée. Notre file de voitures a progressé lentement, mais même à cette vitesse-là nous n'avons mis que quelques minutes pour couvrir une distance qui m'avait alors semblé longue. Voilà l'endroit où le ruisseau coulait tout près de la route et où nous étions passées par la clôture avec le sac. Nous avons tourné dans un virage et la vieille maison était toujours là.

Il y avait également plusieurs nouvelles maisons. Nous avons monté une courte pente, pris un virage et puis nous avons regardé en contrebas la maison de réunion. Je n'y étais pas entrée, ne m'en étais même pas approchée, pendant mon séjour quand j'étais enfant, mais je me rappelais l'avoir vue un jour où nous montions la colline pour aller au ruisseau. Pour moi à cette époque ce n'était qu'une vieille bâtisse abandonnée, dressée toute seule sur un carré de terrain vague. C'était maintenant une maison rénovée entourée de pelouses et de jardins. À côté se trouvait un autre bâtiment spacieux et des gens se déplaçaient autour.

Nos voitures se sont avancées lentement dans la longue allée, puis se sont arrêtées devant le portail. Nous sommes descendus des voitures et Sonny m'a dit : « Tu dois te mettre devant avec Pahe et Josie. Tu dois mener la marche, ou du moins c'est comme ça que j'ai vu faire. »

– Je vais t'accompagner, ai-je dit.

– On aura peut-être besoin de moi pour la porter, a-t-il répondu, et puis c'est à toi de les accompagner.

Il m'a chuchoté ces mots d'une façon pressante.

– Tu dois savoir que ça te revient. À personne d'autre ici, juste à toi. Comme tu m'avais dit, ta mère est l'aînée de sa famille et tu es son seul enfant. Ça veut dire que ça te revient. C'est toi la plus proche. C'est toi la *tuākana*, d'une certaine façon, même si elle est plus âgée que toi. Il faut que tu sois là jusqu'à la fin. Ça va être une grande affaire, ce *tangi*, des centaines de gens vont venir demain et pendant les jours suivants, pour quelqu'un d'aussi connu dans tout le pays.

Je ne savais pas de quoi parlait Sonny.

Le directeur des pompes funèbres ouvrait la portière arrière de la voiture. Il se tenait là, à attendre. Aperehama s'est approché de Sonny, et Sonny a fait oui de la tête, mais ils n'ont pas dit un mot, ni l'un ni l'autre. Les autres ont une manière de savoir des choses que moi je ne sais pas, mais je sentais qu'il se passait quelque chose en moi. Sonny m'a pris par le bras et m'a menée là où se tenaient les deux vieilles femmes. Il leur a parlé dans leur langue.

– C'est bien ça, ma chérie, a dit Pahe. Tu dois venir avec ta sœur. C'est ta propre sœur, là-bas. Nous autres *kuia*, nous sommes venues pour aider ta famille. Cette chère fille, elle n'est pas à nous. On est juste venues pour aider à l'accueillir à la maison parce qu'on a de la pitié pour ta famille. Ta famille, elle n'a pas d'anciens dans cette grande ville là pour t'aider.

Elles me caressaient et me tapotaient le bras. Je ne comprenais pas ce qu'elles disaient.

– Nous, on va ouvrir la voie, et on t'amène avec nous. Allez, chérie, tu ne vas pas être toute seule. Il y aura nous et tous tes *tūpuna* pour t'accompagner, tous tes ancêtres.

Les hommes avaient sorti le cercueil de la voiture. Il y avait Aperehama et Ben, le fils de Ben, son beau-fils, Sonny et le directeur. Les autres, même Hipi le chien de Makareta, s'assemblaient autour et derrière eux. Mais les deux vieilles femmes me tenaient un bras chacune, et nous nous sommes placées à la tête du cercueil. Nous avions l'air d'attendre.

Puis j'ai entendu l'étrange appel. Je suis restée sans bouger, choquée, mais pendant un instant seulement parce qu'il se passait quelque chose en moi. Les deux vieilles femmes me poussaient, alors je me suis mise à avancer.

Nous sommes passés lentement par le portail. Tout le monde attendait là devant la maison et les gens criaient et pleuraient. Les plus âgés étaient pour la plupart habillés de noir. Les femmes étaient coiffées de feuilles vertes et elles tenaient dans leurs mains de petites branches feuillues. Il y avait des gens plus jeunes qui portaient des vêtements de toutes sortes : jupes et chemisiers, t-shirts et jeans, *swanndri* et bottes, casquettes à message, sweatshirts, survêtements, tennis, claquettes. Des nattes étaient étendues par terre.

Je voyais Tatie Gloria, Manny, Missy, Chum et d'autres visages que je reconnaissais. Ils se tenaient les uns les autres et pleuraient. Il se passait quelque chose. À côté de moi, Pahe s'est mise à appeler, et puis Josie, alors que nous continuions d'avancer lentement.

Il se passait quelque chose, parce que tout à coup il y a eu de plus en plus de monde. Tout à coup il y avait des gens assis là où on avait étendu les nattes, là où au départ il n'y avait personne. Il y avait des hommes et des femmes au menton et au visage tatoués, qui appartenaient à une autre époque. Certains d'entre eux avaient mon propre visage, celui de Makareta et le mien.

La véranda de la maison se remplissait de monde aussi — de ces gens d'une autre époque. Quelques-uns étaient des soldats en uniforme. Parmi eux se trouvait Keita, qui semblait être à la fois elle-même et Tatie Gloria, et pourtant elles étaient bien deux.

Et puis j'ai remarqué une femme qui se tenait un peu en avant des autres, qui ne regardait que moi. C'était Anihera.

J'avais attendu. Pendant des années j'avais attendu. Maintenant que j'avais décidé de ne plus vouloir, de ne plus attendre, de ne posséder que ce que j'avais déjà, ma mère était venue jusqu'à moi.

Autour de nous, avançant avec nous, encore du monde. Tout près du cercueil, c'était Kui Hinemate, la grand-mère de Makareta, des *pīwakawaka* dans les cheveux. Sa main était posée sur le bois.

Au milieu de la grande pelouse, nous nous sommes tous arrêtés. Pahe et Josie se sont mises à pleurer, en poussant des cris aigus et des larmes coulaient sur leur visage. Les gens qui attendaient se sont mis à pleurer plus fort. Quelque chose se passait en moi. Quelque chose.

Mes yeux se remplissaient. De l'eau coulait de mes yeux. Ruisselait de mes yeux. De l'eau coulait de mon nez et ruisselait, tombait sur le sol. De toute ma vie, jamais je n'avais pleuré et maintenant il me semblait que jamais je ne m'arrêterais. Nous avons tous pleuré longtemps là-bas. Toutes mes larmes tombaient et je les laissais tout simplement couler. Je n'avais jamais pleuré auparavant. Des années de larmes. Et j'entendais les bruits sortir de moi, les bruits des larmes, comme les bruits des femmes autour de moi.

Peu à peu nos pleurs se sont calmés et nous nous sommes remis à avancer. Les hommes ont déposé le cercueil sur les nattes et des femmes sont venues s'asseoir tout autour, touchant et caressant le bois. On m'a dirigée vers des chaises, et tous ceux de notre groupe se sont assis. L'un après l'autre, des hommes se sont levés pour parler, et on a entendu psalmodier des chants tristes et monotones. Une fois tous les discours finis, nous avons avancé à nouveau. Je ne savais pas ce qui se passait en moi, mais rien ne me faisait peur.

Les gens, Tatie Gloria et les autres, se mettaient en rang. Les autres, Anihera et ceux qui s'étaient attroupés, s'étaient retirés, étaient devenus flous, sauf la Kui Hinemate de Makareta, que je voyais clairement, assise à côté du cercueil. Notre groupe s'est avancé et les gens se pressaient le nez les uns contre les autres et se remettaient à pleurer. Je ne savais pas comment le faire, mais je n'avais pas peur. J'ai suivi Pahe et Josie, en essayant de faire comme elles. Quand je suis arrivée devant les femmes, elles m'ont serrée longuement dans leurs bras ; elles ont pleuré et gémi sur moi et j'ai senti mes larmes jaillir à nouveau. Il se passait quelque chose en moi.

Puis j'ai vu la Kui Hinemate de Makareta qui entrait dans la maison. Je ne savais pas si j'étais la seule personne capable de voir les autres personnes floues, mais je sais que cela ne me semblait pas étrange, tout comme il ne m'avait pas semblé étrange d'entrer dans la chambre remplie de monde la nuit où Makareta était morte.

Les hommes ont soulevé Makareta et nous sommes tous entrés dans la maison, où ils ont déposé le cercueil dans un endroit qu'on avait préparé. Le directeur a commencé à défaire les vis, mais je ne me suis pas rendu compte tout de suite qu'il enlevait le couvercle ; je ne savais pas que j'allais voir une nouvelle fois Makareta morte. Les pleurs et les gémissements ont repris, et quand j'ai regardé Makareta, j'ai senti mes larmes se remettre à couler. Je n'étais pas sûre que mes larmes ni tous mes pleurs ce jour-là étaient bien pour Makareta. Ça me semblait venir d'un endroit introuvé, qui remontait à bien des années.

Missy m'a emmenée m'asseoir avec elle sur les matelas, elle d'un côté de Makareta, moi de l'autre.

Nous nous retrouvions, toutes les trois.

Tatie Gloria déballait des photographies et Bub les arrangeait autour du cercueil. J'ai sorti la photo de ma poche et l'ai donnée à Bub pour qu'elle la mette là aussi.

Des hommes se levaient et parlaient. Je crois qu'ils parlaient à Makareta. Des gens prenaient place et se mettaient à l'aise et il n'y avait rien là pour me faire peur. J'ai cherché du regard ces autres que j'avais vus. J'ai cherché Anihera. J'ai cherché Kui Hinemate. Elles semblaient être là, même si je n'arrivais plus à les voir, mais je savais bien que je les reverrais un jour.

Lexique

acre : (anglais, pron. eh-que), mesure de superficie de terre ; 4046 m^2.

amo : porter, poutre centrale d'une maison de réunion.

demi-couronne : deux shillings et six pence, le huitième d'une livre dans le système monétaire d'avant 1967.

Feltex : fabricant de moquette, fondé en 1921 en Australie.

flax : *harakeke* en māori ; *Phormium tenax*, plante endémique utilisée pour tisser des vêtements, des paniers, etc.

haka tawhito, waiata tawhito : danse traditionnelle, chanson traditionnelle.

hakihaki : inflammation de la peau, prurit, démangeaison.

hāngī : four creusé dans la terre pour faire cuire des mets à l'étuvée ; repas cuit de cette façon.

He putiputi, *Hei aha kei taku uma*, *Me he manu rere*, *Ta hinei taru kino* : titres de chansons māori traditionnelles, respectivement *Quelques fleurs*, *Ce qu'il y a dans ma poitrine*, *Si j'étais un oiseau qui vole*, *Comme une mauvaise herbe*.

Hīkoi : Māori Land March, terme qui désigne la manifestation de 1975 contre la spoliation des terres, menée par Dame Whina Cooper qui avait alors 79 ans, et qui a rassemblé environ 5000 participants pour aller à pied de Te Hāpua dans le nord de l'Île du Nord au Parlement à Wellington, à quelque 640 km. Les manifestants ont présenté un Memorial of Rights (Rappel des droits), sorte de pétition signée par 60000 personnes qui rappelle au gouvernement les droits spécifiés dans le traité de Waitangi (1840).

hongi : salutation traditionnelle māori qui consiste à presser son nez contre celui de l'autre ; échange de souffle de la vie.
hula : danse polynésienne.
iwi : groupe familial, terme qui a remplacé «tribe» (tribu) en Nouvelle-Zélande.
kahikatea, *pūriri*, *mataī*, *kauri*, *rātā* : arbres endémiques.
kahu huruhuru : cape māori à plumes.
kai : nourriture, repas, plat.
kaiwero : lors d'un accueil traditionnel māori un homme lance un défi au groupe de visiteurs, auquel ils doivent répondre avant d'avancer sur le marae.
kākahu : cape māori (terme général).
kapa haka : danses et chants de groupe.
karaka : *Corynocarpus laevigatus*, grand arbre à baies orange ; orange (couleur).
karakia : prière.
kawakawa : *Macropiper excelsum*, arbuste dont les feuilles ont des qualités antiseptiques ; comestibles, elles ont un goût poivré ; symbole aussi de la mort.
kehu : brun (couleur).
kēhua : fantôme.
kererū : *Hemiphaga novaeseelandiae*, pigeon néo-zélandais.
kete : sac, souvent fait de flax tissé.
kōhanga ou *kōhanga reo* : nid de la langue (*reo*) ; maternelle d'immersion māori.
koroua : grand-père.
korowai : cape traditionnelle māori.
kōtukutuku : *Fuchsia excorticata,* arbre fuchsia.
kōura : écrevisse, homard.
kui, kuia : grand-mère, vieille femme, ancienne.
kūmara : *Ipomoea batatas*, patate douce.
maihi : décoration.
mānuka : *Leptospermum scoparium*, buisson ou petit arbre endémique.

marae : lieu de réunion d'un iwi.
mile : distance de 1,6 kilomètre environ.
milk-bar : sorte de café servant principalement des boissons glacées au lait ; populaire dans les années 1950 et perçu comme repaire de jeunes délinquants.
Milo® : boisson chocolatée d'origine australienne fabriquée par Nestlé.
mīmimi : pipi, faire pipi, uriner.
miro : *Pectinopitys ferruginea*, arbre endémique.
moko : tatouage.
mokopuna : petits-enfants.
muka : fibre de flax.
Neeco : marque d'appareils ménagers fabriqués en Nouvelle-Zélande entre 1930 et 1959.
Ngāti Pōneke : club culturel et pantribal de Wellington (autrefois nommé Port Nicholson).
nīkau : *Rhopalostylis sapida*, le seul palmier endémique de Nouvelle-Zélande.
pā : village māori.
Pākehā : Néo-Zélandais d'origine européenne, Blanc.
pāua : haliotide, fruit de mer dont le coquillage nacré est utilisé pour décorer divers objets.
penny : pièce de monnaie, un douzième de shilling, utilisée jusqu'en 1967.
pīpīwharauroa : *Cuculidae lucidus*, coucou.
piupiu : jupe (hommes et femmes) faite en flax séché.
pīwaiwaka, pīwakawaka : *Rhipidura fuliginosa*, petit oiseau à la queue en forme d'éventail ; associé à la mort.
Pō atarau : chanson traditionnelle d'adieu.
poaka : de l'anglais «*pork*», cochon.
poi : petite balle légère attachée à un fil utilisée dans les danses traditionnelles.
ponga : *Cyathea dealbata*, fougère arborescente.
poroporo : *Solanum aviculare*, arbuste.

pou tokomanawa : poteau central d'une maison de réunion.
pūhā : *Sonchus kirkii*, chardon des champs.
puhi : jeune fille destinée à mener son peuple, souvent par un mariage avantageux, et qui est donc considérée comme sacrée.
pūkana : grimace traditionnelle, la langue tirée et les yeux très écarquillés, qui marque la grande émotion pendant une danse māori.
puku : ventre.
Raupatu, Te Tiriti o Waitangi, Native Land Act, Public Works Act, Town and Country Planning Act, Rating Act, Counties Amendment Act : lois et accords relatifs aux terres.
rawakore : les laissés-pour-compte, ceux qui n'ont rien.
rēwena, rēwena parāoa parai : pain au levain de pomme de terre, frit (*parai*).
Ringa ringa pākia… : paroles du haka de Te Rauparaha, grand chef et guerrier māori. Sens approximatif : frappez vos cuisses, tapez vos pieds, étendez vos mains, revenez.
shilling : pièce équivalente à douze pennies.
sixpence : pièce équivalente à six pennies, petite somme d'argent.
swanndri : grosse chemise en laine imperméabilisée.
tangi, tangihanga : lamentation, funérailles traditionnelles qui durent une semaine ou plus.
tāniko : bordure de vêtements tissée avec les doigts.
taonga : trésor, possession de grande valeur.
taringa : oreille ; (péjoratif) qui n'écoute pas.
taru kino : (mauvaise) herbe, marijuana.
taumau : (d'un mariage) arrangé.
te reo māori : la langue māori.
tēina : ici, sœur cadette.
tekoteko : figure sculptée dans une maison de réunion et qui a comme rôle de protéger les habitants du village.
threepence : trois pennies.
tīpare : bandeau tissé.

tipuna, *tūpuna* : ancêtre, ancêtres.
toetoe : Cortaderia endémique.
trifle : dessert anglais semblable à la bagatelle.
tuākana : frère aîné, sœur aînée.
tuna : anguille.
tūrangawaewae : lieu d'origine et d'appartenance ; littéralement « lieu où se tenir sur les pieds ».
tūtae : excrément, crotte, étron.
urupā : cimetière.
waiata : chanson.
whakapapa : lignée, arbre généalogique.
wharenui : maison de réunion.
whāriki : tapis tissé.
whenua : placenta ; selon la coutume māori, le placenta d'un bébé est enterré pour marquer les liens qui ancrent l'enfant à la terre.
wīwī : *Isolepis nodosa*, petite plante endémique qui ressemble à un jonc.
Worcestershire : sauce brune légèrement épicée, vendue en bouteille.
zambuck : ambulancier, secouriste bénévole du Saint John's Ambulance Service.

Remerciements de l'auteure

Je tiens à remercier le Comité littéraire du Conseil des Arts de la reine Elizabeth II pour son soutien pendant la rédaction de *Cousins*.

Pour leur conversation et leurs renseignements, mes remerciements et mon affection à Joyce Gunson, Frances Warren, Harata Solomon, Dick Grace, Edith Tipuna, Mihipeka Edwards, Mary Mataira, Tungia Baker, Irihapeti Ramsden, Jensen Parata, Paparangi Reid, Rosemary Parker et Phyllis Grace.

Table des chapitres

La Baleine tatouée

Witi IHIMAERA

Titre original : *The Whale Rider*, traduction de l'anglais Nouvelle-Zélande, Mireille Vignol

Witi Ihimaera tisse un conte contemporain captivant et plein d'humour sur le courage, l'espoir, la puissance des femmes et l'importance des liens entre les générations. Un livre phare qui permit au romancier néo-zélandais d'asseoir sa renommée internationale.

39 Bonnes Raisons

de transformer des obsèques hawaiiennes en beuverie

Kristiana KAHAKAUWILA

Titre original : *This Is Paradise*, traduction de l'américain Hawai'i, Mireille Vignol

Immersion en terres hawaiiennes dans un décor idyllique pimenté d'un savoureux pidgin local… et l'envers de la carte postale. À travers six nouvelles éblouissantes, la jeune auteure Kristiana Kahakauwila parvient à saisir avec élégance, brutalité, humour et profondeur les tensions qui secouent l'archipel.

Bones Bay

Becky MANAWATU

Titre original : *Auē*, traduction de l'anglais Nouvelle-Zélande, David Fauquemberg

Les personnages de cette tragédie contemporaine sont subtils, ambigus, bouleversants, si puissamment décrits qu'ils finissent par habiter durablement le lecteur.

Ce portrait saisissant de la Nouvelle-Zélande des années 1980 à nos jours parle de liens familiaux, d'amitié, de gang, de drogue, de violence, de musique, d'amour et d'enfants perdus.

Gugubarra

Jacques-Olivier TROMPAS

Se trouver au mauvais endroit au mauvais moment, c'est un peu une fatalité pour Antoine. Traversant la vie comme un fantôme, il n'est attendu nulle part, mais déclenche malgré tout des réactions en chaîne aux conséquences toujours plus spectaculaires…

et la mer pour demeure

Chantal T. SPITZ

Dans ce nouveau recueil, Chantal T. Spitz nous livre sept courtes nouvelles ancrées en Polynésie. Sept textes qui sont autant de tableaux sombres et violents. Des textes forts qui coulent à la manière d'un slam, s'imprègnent et résonnent. Une prose sans ponctuation, empreinte d'oralité et de poésie dans laquelle l'autrice s'accapare cette langue jusqu'à la tordre.

Moana Blues

Anne-Catherine BLANC

Dans une langue magnifique et au travers d'une narration au plus près de son personnage vacillant et tourmenté, Anne-Catherine Blanc nous offre un huis clos d'une force, d'une sensibilité et d'une élégance remarquables, une plongée dans l'intime d'un homme en proie à de vieux démons mais décidé à cultiver l'espoir au milieu du chaos.
Avec beaucoup d'humanité et de finesse elle dévoile les méandres de l'intime et des états d'âme dans un Tahiti très éloigné des clichés.

ruby moonlight

Ali Cobby ECKERMANN

Titre original : *ruby moonlight*, traduction de l'anglais Australie, Mireille Vignol

Roman phénomène couronné de nombreux prix, traduit en plusieurs langues, *ruby moonlight* est éblouissant de justesse. Ses images, fortes et évocatrices, sont inoubliables.
Ali Cobby Eckermann tisse son intrigue avec élégance, oscille entre tendresse et violence, et entretient un suspense haletant entre le désir amoureux et le tourment de la peur.

L'Île des rêves écrasés

Chantal T. SPITZ

Ce premier roman d'une autrice autochtone de la Polynésie française, publié à Tahiti en 1991, fut encensé mais surtout décrié. La violence des attaques a été à la mesure des désordres que sa lecture a provoqués, à une époque où le conformisme tenait lieu de pensée. Il est depuis un best-seller de la littérature tahitienne. Avec sa voix singulière, Chantal T. Spitz y raconte le destin d'une famille tahitienne sur trois générations, comme un cri d'alarme pour une identité en perdition, un chant d'amour pour ces femmes et ces hommes colonisés dont la liberté et l'égalité restent à reconquérir.

The Visitants

Randolph STOW

Titre original : *Visitants*, traduction de l'anglais Australie, Nadine Gassie

Ce roman brillant, à la construction narrative audacieuse, est d'une modernité absolue. Il parle des tourments humains, aussi bien à l'échelle individuelle que collective, avec une force et une intelligence vertigineuses.

Avec *The Visitants*, Randolph Stow a remporté le Prix Patrick White, le Nobel australien, en 1979.

Le Monde flottant

Nathalie Lemel. Bretonne et révolutionnaire

Frédéric OHLEN

1921. Nathalie Lemel, figure méconnue de la Commune de Paris, amie de Louise Michel, va mourir, dans l'indifférence générale.

Du petit peuple de Paris aux grandes icônes de l'insurrection, de Brest à Montparnasse, de Quimper à la Nouvelle-Calédonie, au fil de cette biographie à rebours, Frédéric Ohlen questionne les limites, le courage et la pureté de l'engagement.

Pina

Titaua PEU

Livre « coup de poing » qui dit les misères contemporaines à Tahiti, où Pina brosse le portrait d'une Polynésie déchirée où deux mondes parallèles se côtoient sans se voir. Tahiti, île des différences qui séparent.

Pina a été publié en version US en août 2022, par les éditions Restless Books, traduit par Jeffrey Zuckerman, après avoir été lauréat du concours French Voices - AWARD GRAND PRIZE IN FICTION 2019 aux États-Unis.

La Femme de Parihaka

Witi IHIMAERA

Titre original : *The Parihaka Woman*, traduction de l'anglais Nouvelle-Zélande, M. Vignol

Quand un professeur d'histoire à la retraite se penche sur le journal de son aïeule, son monde vacille : les mémoires d'Erenora, jeune maorie qui vécut de plein fouet les guerres du XIXe siècle menées par les Anglais, sont bouleversantes. Femme libre et rebelle, elle va devoir quitter son village de Parihaka et traverser le pays en se faisant passer pour un homme afin de retrouver son amour de toujours.

Teahupo'o. Le Souffle de la vague

Ingrid ASTIER

Teahupo'o, PK 0. Le bout du bout du monde. Sur la presqu'île de Tahiti, la fin de la route est le début de tous les possibles. Chacun vient y chercher l'aventure. Et les plus téméraires, la vague la plus dangereuse du monde. Celle que tout le monde appelle « La Vague mythique ». Pour Hiro, surfeur légendaire du spot, Teahupo'o reste « sa première femme ». Un matin d'avril, l'équilibre de ce microcosme est perturbé par l'arrivée de Taj, un Hawaiien junkie qui pense que tout lui appartient.

Maeva nulle part

MOURAREAU

Tahiti aujourd'hui. Manutahi approche la quarantaine. Avec un regard désabusé il fait le bilan. Après une scolarité écourtée par un internat difficile, il s'était tourné vers l'armée car c'est le seul ascenseur social en état de fonctionner. Sauf qu'il déserte et revient meurtri du Mali. Recueilli par sa famille dont il devient l'obligé, il tente de joindre les deux bouts avec son petit boulot de livreur pour une plateforme en ligne.

Celles de la Bounty

Rowan METCALFE

Titre original : *Transit of Venus*, traduction de l'anglais Nouvelle-Zélande, H. Theureau

Cette histoire a maintes et maintes fois été racontée du point de vue des Européens. Ici, Rowan Metcalfe, ancêtre directe de Mauatua, une des Polynésiennes emmenées sur la *Bounty*, la raconte avec un autre regard, celui des Polynésiens et particulièrement celui des femmes à l'époque des premiers contacts avec les Anglais.

Bravoures

Witi IHIMAERA

Titre original : *The Uncle's Story*, traduction de l'anglais Nouvelle-Zélande, M. Vignol

Nouvelle-Zélande, années 2000. Michael, un jeune et brillant Maori, décide de faire son coming out à l'occasion du mariage de sa sœur. Dans ce tableau critique de l'hypocrisie qui sévit en milieu maori – l'un des plus homophobes au monde selon lui – Witi Ihimaera montre avec humour, panache et amour que la bravoure n'est pas le monopole des actes de guerre : il faut être brave pour refuser de cacher ce que l'on est et qui l'on aime.

Éditions Au vent des îles

BP 5670 – 98716 Pirae – Tahiti – Polynésie française
mail@auventdesiles.pf — www.auventdesiles.pf

Imprimé en France par Corlet Imprimeur
Photocomposition : Scoop - Tahiti
1re édition
Dépôt légal 3e trimestre 2024
ISBN 978-2-36734-560-4